我无惧
声名狼藉

埃德娜·奥布莱恩回忆录

[爱尔兰]埃德娜·奥布莱恩 著　李思璟 译

COUNTRY GIRL
A Memoir

COUNTRY GIRL
A Memoir

献给我勇敢的儿子们，
卡罗·盖布勒和萨沙·盖布勒

我抵达这里的时候才真正意识到——**我在这里**。
——泰森·盖伊,美国短跑运动员,
2012 年伦敦奥运会前夕

目　录

- 序　言　　　　　　　001

- **第一部分**

    幽　灵　　　　　　　005
    阿卜杜拉　　　　　　019
    餐　厅　　　　　　　024
    访　客　　　　　　　030
    教　室　　　　　　　037
    卡内罗　　　　　　　047
    暑　假　　　　　　　057
    书　籍　　　　　　　065
    基督的新娘　　　　　078

- **第二部分**

    重要时刻　　　　　　097
    文学贝茜·邦特　　　136

玩偶之家	158
监护权	199
夜　曲	214
莎斯姬亚之袖	234
切尔西	245

第三部分

空白页	277
北　方	294
纽约，纽约	314

第四部分

多尼戈尔	359
时光之夜	376
野　马	397
盛　宴	418

致　谢	423

序　言

那是在伦敦的一家公立诊所，一个女孩给我做了耳聋检查，她和蔼可亲，一头棕发，带着外国口音。"你很健康，但就听力而言，你就像一架破损的钢琴。"她观察着这句话有没有让我不安，然后滔滔不绝地讲起了年老的危险。最后，她写下我哪天可以去取我的两个助听器。我按时回去取了，却没能和它们成为朋友。它们像小滚珠一样滑进我的耳道，拿出来会很危险。不过，它们实际上又回到了刚取来时的棕色信封里。

家中的花园在等待着，玫瑰进入第二次花期，花朵粉扑扑的，开得凌乱，但美丽。三棵无花果树枝叶繁茂，在风中如涟漪一般舞动，鸟儿则疾速地飞进飞出，相互追逐着，半是在求爱，半是在打闹。

"破损的钢琴"带着它所有的含义不断在我脑海中回响，然而我却想到了生活的诸多恩赐——体验过极致的欢乐与悲伤、爱情（命途多舛的与没有回报的）、成功与失败、声名与杀戮，在报上读到作为作家我已过气，甚至被称作"廉价版的莫莉·布鲁姆[①]",但即便如此,我依然坚持写作与阅读,有幸能沉浸在这两样支撑我整个人生的炽热情感中。

我从科克郡的巴利马洛屋取出一本烹饪书,我曾在那里住过几次,品尝过诸如荨麻汤、角叉菜薹蛋奶酥、玫瑰天竺葵香柠檬凝乳,以及醋栗杏仁奶油配小香蕉太妃等美味佳肴。正是在那里,我第一次目睹了杰克·叶芝[②]的画作,那些凝结的蓝色厚重调色板,对我诉说着爱尔兰的深邃,不亚于任何诗歌或散文片段所能表达的。我查阅了苏打面包的食谱,并做了一件三十多年来未曾做过的事——我烤了面包。无论钢琴是否破损,当烤面包的香气弥漫在空气中时,我感到无比鲜活。这是一种久远的气味,是许多回忆的源泉。于是,在那个8月的日子里,七十八岁的我坐下来,开始撰写这本我曾发誓永远不会写的回忆录。

[①] 茉莉·布鲁姆(1978—),美国创业家、演讲家和作家,2014年出版回忆录《茉莉牌局:世上高赌注的地下扑克游戏最独家的内幕,一个26岁女人的真实故事》。——译注(本书注释均为译注,以下不再逐一说明)

[②] 杰克·巴特勒·叶芝(1871—1957),爱尔兰画家,作家威廉·巴特勒·叶芝的弟弟。早期主要绘制风景类插画,1906年后转攻油画。

第一部分

幽　灵

这两个梦境形成的对比再鲜明不过。在第一个梦里，我沿着林荫道走向我出生的德鲁斯伯勒庄园。它俨然是一座圣殿。窗玻璃上流淌着金色的光，房间浸在温暖的粉红光晕中，仿佛正在举行盛宴。沿着围栏铁丝，火把的光焰卷曲又舒展。当我拨开门闩走向大厅时，看见一列穿着制服的士兵拦在门前，他们的矛尖通红透亮，像是刚从烈火中抽出。他们是拦路的硬汉。

第二个梦里，我身处出生时的蓝色房间。门窗紧锁，连门缝下曾溜进尘埃微粒的缝隙，也被某种填料封死。家具仍保持原样——胡桃木双门衣柜，配着同款梳妆台和脸盆架。绿色便桶还在原处，带着编织篮状的纽扣盖子。我独自被困在这里，其他人都已死去。我来这里，是为自己的罪行接受审判的。即便审问者全都亡故，也改变不了什么。

我觉得自己似乎在真正看见事物之前就已经看到了它们；它们一直就在那里，就像我相信词语始终流淌在我们体内一样。比如，我想我认出了蓝房间的蓝色墙壁，那些因无尽的潮湿,也因为无火而悄然剥落的墙——尽管房间里有个小得可笑的壁炉架,与房间大小极不相称,上面还摆着一个巧克力盒盖作为装饰。至于圣母?她并非我日后在不同画作中见到的那位面色蜡黄的圣母,而是来自利默里克的丰腴圣母,脚边围着一群婴孩,仿佛她刚刚生下他们。她的分娩远比我母亲快乐得多——母亲会经年累月地讲述:她的阵痛,漫长的分娩,12月的寒夜,那年头常见的黑霜,姗姗来迟的产婆,以及当听说我因出生时胎位不正而患有畸形足时,最终证明是虚惊的那场骚动。出生在我前面的那个孩子幼年早夭,但我始终认为她并未死去,她就在其中一间卧室里,藏在衣柜或睡衣箱子中。自学会走路后,我再也不敢独自上楼,即便是在白天也不敢。

我父亲和他弟弟杰克正在楼下喝酒,听闻这个好消息后,他们醉醺醺地爬上楼来,手里拿着刚烤好的鹅肉条——当时正值圣诞季。据我母亲讲述,那鹅肉半生不熟,泛着粉红,且嚼不动。杰克还即兴唱起了《红河谷》:

若你爱我,
请坐到我身旁来。
不要匆匆与我道别离。
请记住红河谷,
还有那深爱你的牛仔。

我是个丑孩子,丑到当住在我们家门房的爱尔兰陆军上尉夫妇之子格尔·麦克纳马拉前来道贺时,母亲说我丑得见不得人,便把我藏在红色人字纹被子底下。

这些轶事、传闻、寓言与惊惶的碎片,就这样拼凑成我早年生活的画卷,既美丽又骇人,既温柔又野蛮。

德鲁斯伯勒是一栋两层的大宅子,带有飘窗,可通过新旧两条林荫道抵达。建筑所用的淡金色砂岩是从一幢"大宅"的废墟中取来的,这座"大宅"原属英国人,在20世纪20年代的"北爱尔兰问题"[①]动乱中被烧毁。我母亲年轻时,常受邀参加每年为当地农民举办的园游会,席间供应冰镇小圆面包和自制柠檬水,黄蜂在餐桌上成群飞舞。

德鲁斯伯勒的设计灵感,在某种程度上源自母亲在美国见过的时髦住宅。门廊处立着装饰性立柱,凸窗与铺瓷砖的门厅相连,他们称之为"前厅",这种设计在当地独一无二。草坪上树木林立,不像庄园里那样整齐排列,而是每棵树都自成一方浓荫帝国——夏日枝叶轻颤,昏昏欲睡,冬日枝干嘎吱作响,仿佛随时会倾倒。

---

① 北爱尔兰问题,《1920年爱尔兰政府法案》将爱尔兰岛分成两个管辖区:南爱尔兰与北爱尔兰。爱尔兰的分裂被1921年《英爱条约》确认,该条约终结了南部的游击战,建立了爱尔兰自由邦。

到我出生时，我们家已不再富裕。诚然，我们仍拥有那栋大宅和两条林荫道，但父亲继承的千余英亩土地已被零散变卖，或在一时慷慨中赠予他人，或为抵债而交换。父亲的财富源自几位富有的叔父——他们被授予神职后，移民至新英格兰，在波士顿郊外的洛厄尔教区任职。在那里，他们给一种名为"神父约翰万能药"①的药物申请了专利，这种号称包治百病的药水曾以加仑②为单位售卖，以此将宗教权威与世俗权力结合。

离我们住宅不远处矗立着老宅德鲁斯伯勒的废墟。和许多大宅邸一样，它被焚毁，以防英国民兵——黑棕部队③将其占为军营。父亲参与了那次纵火，常兴致勃勃地描述他与其他青年如何将布条浸满汽油，提着油罐四处往墙壁木构件上泼洒。无数火柴划燃后，冲天烈焰在数英里④外都可见，这成为反抗侵略者的又一胜利印记。

很久以前，德鲁勋爵和夫人曾居住于此，传说德鲁夫人的鬼魂身着衬裙，夜夜在我们的田野间游荡，为她失去的田产哀号。一个被剥夺了一切的女人。

---

① 一种止咳药，最初由卡尔顿和霍维于 1855 年在洛厄尔的一家药店配制，旨在缓解约翰·奥布莱恩神父的疾病。
② 1 英制加仑约为 4.55 升。
③ 指皇家爱尔兰警队后备队，大多是参加过"一战"、已失业的英国士兵，以暴行闻名。
④ 1 英里约为 1.6 千米。

我的曾祖母是个寡妇,她从德鲁家族手中买下了那栋房子,钱款来自洛厄尔的神父们。她是个傲慢的女人,每逢周日便驾着小马车巡视她的土地和畜群,接着继续前行,瞥见红鹿从灌木丛中窜出,奔向森林深处,那里的橡树、白蜡树和山毛榉盘根错节地生长在一起。到我长大的时候,那片林子已成了狐狸、白鼬、獾和松貂的领地,它们在夜间争斗,而我们的狗则吓得不敢进去,只在林子边缘歇斯底里地吠叫。

尽管独居,她每晚仍会盛装出席晚餐,总是一身黑衣,配白色蕾丝领饰,用银顶角杯啜饮棕榈酒,杯上刻着奥布莱恩家族可疑的格言——"强权即公理"。伺候她的是个名叫丹·伊根的家仆,关于他有这么一首打油诗,实际上当地许多人都有类似的诗谣:

丹·伊根在德鲁斯伯勒,
合欢树一家在城门边,
大街上的曼尼·帕克,
而那黑鬼正昂首阔步。

那黑鬼长着一张草莓色的脸,并非纯黑,而是深紫,脸上仿佛垂挂着浆果。他在板岩采石场干活。曼尼·帕克是个隐士,自称植物学家,常在我们田间游荡,有时为了研究鸟类和昆虫的习性,会在我们沼泽地的帐篷里过夜。那些动物和他一样，都远离烟囱角落、谷仓与教堂门廊。"金合欢"①一家得名于他们远赴澳大利亚的女儿，她在信中频繁提及这个词。她寄来的一张可折叠成手风琴状的明信片，展示着珊瑚礁与碧蓝岛屿，被陈列在他们家前窗上。

我更喜欢户外，田野连绵，可以遭遇暴风雨和雨夹雪，也可以享受阵雨和日光浴。然后，仿佛被施了魔法一般，报春花和黄花九轮草在高大的蓟草和优雅地被称为"煎饼"的新鲜牛粪旁绽放。时间在户外飞逝，室内却截然不同，常常充满紧张。

我母亲的家族与我父亲的截然不同，他们是来自基尔代尔郡富裕地区被驱逐的穷人，一路跋涉穿过中央平原，翻山越岭，最终抵达一片荒凉之地，在满是石头的土地上建起小屋。那里距离德鲁斯伯勒约五英里，我有时会将自身矛盾的性格归因于截然不同的祖辈——一位是淑女，另一位则是农妇。最近，一家爱尔兰报纸联系我，提议让我与其他拥有古老姓氏的人一同进行 DNA 检测，这让我真切体会到这种差异。起初我抗拒这个测试，但记者向我保证，收到检测工具包后，他会详细指导操作步骤及注意事项，而他确实这么做了。拭子寄回后，

---

① Wattle，是合欢树属（Acacia）植物在澳大利亚的别称。澳大利亚的国花亦即金合欢。

我如期收到报告，结果显示我与俄罗斯末代皇后①、玛丽亚·费奥多罗芙娜、玛丽·安托瓦内特，以及苏珊·萨兰登②存在基因关联。被问及对皇室血统的看法时，前两位的悲惨命运令我退缩；我也试图联系苏珊·萨兰登，但都以失败告终。

大宅的废墟对我有种莫名的吸引力。除了黄鼠狼的踪迹，这里还残留着昔日生活的痕迹：接待室里悬挂着印有橡果图案的墨绿色墙纸残片，像被撕下的舌头一般耷拉着。厨房里摆着一套覆满厚厚铜绿的锣，那些绿莹莹与银灿灿的光泽，都是往昔辉煌的见证。碎石堆成的高坡上长着一株接骨木，想必是飞鸟衔来的种子。我和母亲常采摘它的浆果酿酒。这些酒必须藏起来，不让父亲发现，因为他只要抿上一口就会贪杯狂饮。这些酒是专为客人准备的，不过除了流浪者③和疯梅布尔，很少有访客光临。一段楼梯的残阶悬垂而下，通向曾经的舞厅，激发了我各种天马行空的想象——舞会、后巷行驶的马

---

① 即亚历山德拉·费奥多萝芙娜（1872—1918），俄罗斯帝国末代沙皇尼古拉二世的皇后。
② 苏珊·萨兰登（1946— ），美国电影演员，曾凭《罗伦佐的油》和《末路狂花》等获得奥斯卡最佳女主角奖提名，并于1996年以《死囚漫步》获得奥斯卡最佳女主角奖。
③ tinker，爱尔兰流浪者（Irish Traveller）的贬义绰号。他们是一个游牧民族，主要讲英语，也讲雪尔塔语。2017年，爱尔兰政府正式承认爱尔兰流浪者是一个独立的民族。

车、举着点燃草皮泥炭块的仆役们跑出来搀扶宾客下车。前院里会有风笛手演奏，桌上摆着一壶壶热香料葡萄酒，像古老传说中那样宴饮作乐。我曾想象我的曾祖母穿着黑色塔夫绸礼服，配着白貂短外套和胸花，也许是紫罗兰，或是别的什么林间野花。母亲听到这些胡言乱语时会微笑，但随即又会皱眉，她拼命想保持冷静，可能是感觉到奥布莱恩家族那放荡不羁的血统在我身上占据上风，而非她克莱尔家族的血脉——那些人始终坚守着他们小小的山地家园。

有一次放学回家，一个法警坐在我家厨房里喝茶。他是个和蔼的人，没过多久就跟我搭话，问起学校的情况，以及我那天学了什么。然后他让我背诵一首诗。我背了《丰特努瓦》，一首关于爱尔兰伯爵和酋长的英雄民谣，他们被流放，在欧洲各地的外国军队服役，思念着故土。即使在战斗之际，他们也渴望、也因思念故乡克莱尔郡而憔悴，这诗非常振奋人心，充满爱国情怀。

母亲把我叫进食品储藏室，手指抵在上唇，示意我必须对我们家的窘境守口如瓶。父亲出门了，大概是去借钱，直到天快黑才回来。他与法警交谈后，那人便离开了。灾难暂且延缓。接着便是轩然大波。马匹。那些马在她眼里纯属浪费，它们趾高气扬地在田间吃光所有草料，还得送去种马场配种，耗费更多钱财，却输掉比赛。照母亲的说法，它们纯粹是存心作对。有匹叫香农玫瑰的母马,尤其招她憎恶。她说这小母马明明能跑第一,却偏要得第三,两种奖金的差额简直离谱。最后,父亲上楼睡觉去了,这总比他出门要好——盛怒沮丧之下,他难免会借酒浇愁。

在我心中,马匹始终象征着危险。它们是引发争执的导火索,意味着即将来临的穷困。它们湿润闪亮的眼眸,与行动形成鲜明对比——那动作突兀难测,嘶鸣着从一片田野奔向另一片。我目睹它们在田野中的身影,又在脑海中重现它们集体爆发的场景:当马群突然同步疯狂奔驰时,巨大的能量喷薄而出,飞扬的鬃尾高高弓起,以惊人的速度和大胆的姿态疾驰,扬起的尘土如雨幕般笼罩,而它们沉醉在欢腾中,仿佛凌空飘浮。

两年前的夏天,通往老林荫道的某座码头揭幕了一块以我之名义设立的纪念牌。不同于当年因作品被视作耶洗别①的岁月,如今神父站在祭坛上称颂我的归来是小镇的荣耀,并鼓动人们参加仪式。稀疏人群中,孩童们骑着单车穿梭嬉笑,当我就德鲁斯伯勒对我写作的影响发表简短演讲时,他们爆发出更多的笑声。我说德鲁斯伯勒是我的"灵感之泉",这个措辞尤其逗乐了他们。

---

① 《旧约》的《列王记上》和《列王记下》记载的人物,是以色列国王亚哈的妻子,后被引申用来形容恶毒、无耻、放荡的女人。

那是个温暖的夏夜，之后我和侄子迈克尔穿过高草丛，钻过一道道带刺铁丝网，去探访那座老屋。它正在回归自然：树木、荆棘与灌木如军队一般进驻，占领了这里。常春藤和树苗沿着切割的石块与灰泥交界处攀爬而上，嫩枝、野蔷薇和蕨类植物也缠绕其间，牢牢扎根，宣示着对这片土地的主权——这是任何在世者都未曾做到的。连野猫都已离去。母亲当年种下的几株红玫瑰如缎带般穿过倒塌的树篱，迈克尔为我摘下几枝留作纪念时划伤了手，鲜血迸溅，与封存的记忆一样鲜活。这座母亲曾竭力维护的房屋，这座她发誓绝不留给忘恩负义的儿子的房屋，承载着我们未竟的故事与永无休止的争吵。

我母亲的去世很突然。我曾去都柏林的圣母医院看望她，她因带状疱疹住院。她和一位修女R成了朋友，两人一起在患处涂抹一种棕色药膏；那是她从一位信仰治疗师那里得来的，她们都相信这能治好她。母亲本应在一周后出院，但她把我叫到床边，说我们必须悄悄回一趟老家，就一天。我得和护士长及住院医师商量好，再租辆车接送我们。事情是这样的。很久以前，当我父母差点彻底失去那处房产时，我父亲在一次酗酒后的悔恨中，把房产签给了她，因为她更擅长打理这些。两年前，在我哥哥约翰的再三坚持下，她立了一份遗嘱，说他和妻子会陪她去律师那里。她立了遗嘱，把德鲁斯伯勒留给他，心里却想着以后还能再立一份。她现在想做的就是悄悄回老家，立下第二份遗嘱，把房子和周围的草坪留给我。我说过不必着急，一切都可以在她康复后从容不迫且公开地进行。

直到今天，无论我如何努力回忆，仍无法确切记起母亲去世的那一刻，尽管我知道事情的经过。那是在1967年3月。当时我正在从纽约返程的飞机上，到家时电话铃响了。是姐姐打来告知这个消息。后来，从修女R那里，我得知了那个慌乱日子里，母亲几经往返的情形。母亲正准备回家。司机即将来接她。早餐后，她就已穿戴整齐准备启程。她坐在床边，身旁放着助行架和一根拐杖——那是修女R悄悄送给她，让她带回去给丈夫的礼物。在回家前的日子里，她口无遮拦地向多位护士透露，她多么自豪于打算修改遗嘱的念头。其中一位自称与我哥哥交好的护士，紧急打电话到他在莫纳斯特雷文的诊所，告诉他母亲正在酝酿的"阴谋"。哥哥闻讯勃然大怒，立刻赶了过来。不幸的是，修女R那天报名参加了大学的课程，没有目睹这场难堪的对峙。但正如她在信中所说，当她午餐时分回来打招呼时，发现母子之间弥漫着可怕的紧张气氛。

"真遗憾你没能早点来。"母亲对她说道，强忍着泪水。修女R不愿介入家庭纷争，便借故离开了。似乎没过多久，我哥哥也走了。而母亲仍穿着出行时的装束，等着从家里来的司机,他已经迟到几个小时了。

修女 R 的信是殡葬人员在教堂里交给我的,那时棺材刚被抬进来放在支架上,我就在那里读了信。她描述了午间匆忙的探访,以及后来得知我母亲还没有走便赶去见她,却发现她在厕所里痛苦呼救的情景。母亲被搀扶出来后,面色愈发苍白,并开始颤抖,心脏急救小组随即赶到,连人带床将她推进了手术室。当读到修女 R 写下的"我不得不松开她的手"时,我意识到她们在短短的时间内建立了多么深厚的情谊。似乎就在安装起搏器前的片刻,母亲突然振作起来,坐直身子,以最后一次对崇高的绝望追求,恳请周围的人们不要哭泣,因为"不再有死亡"[①]。听到从她口中说出这句话时,我从未感到与母亲如此亲近——这个始终对文学充满敌意的人,竟以这样的词句作为永别之词。

在她的葬礼结束之后,当地律师来到我们家宣读遗嘱。我们人数不多——父亲啜泣着,反复念叨我们失去了世上最好的朋友;姐姐和姐夫在场;另一位姐姐因定居南非未能出席;还有我的孩子们和我自己。壁炉另一侧站着哥哥和他妻子。炉膛里没有火焰,父亲在她离世的十二天里往里面扔了数百个烟头。每当有人经过餐具柜,柜门便会自行晃动,我能感觉到母亲的幽魂在徘徊。

[①] 出自《圣经·启示录》21:4。

我仿佛能听见她的声音在叹息,那些紫罗兰花纹的小茶杯虽已开裂,但仍被留下来用于装糖块。遗嘱很简短:她把德鲁斯伯勒及毗邻土地留给了儿子,若他先于她去世,则归其妻子所有。三个女儿各得了一些纪念品,瓷器、银器和玻璃器皿。一阵沉默后,哥哥以夸张的戏剧姿态搂住妻子的腰说道:"亲爱的,现在我们都知道妈妈真正爱的是谁了。"

我觉得他的话是如此自以为是,如此空洞,脑海中浮现出母亲临终前的画面,她独自坐在床边,孤立无援,因他引发的争吵而颤抖。我意识到,在她突然离世的那天,她确实有所预感。那天她恳求我陪她去克莱尔修改遗嘱,因为我离开的时候,她紧握着我的手说:"我希望我能活着离开这里。"

然而,我哥哥和他的妻子从未在德鲁斯伯勒居住过,而是选择去了他们自己在五英里外的蒙特香农镇买的退休小屋。出于某种担忧或恐惧,他们没在德鲁斯伯勒度过一个晚上,只是留了一台收音机开着,用挂锁锁上卧室门,给好沙发盖上防尘布,还架起了带刺铁丝网和电网来阻止我们进入。现在他们都去世了,正如迈克尔告诉我的,谣言四起,比如那里将会建一个养老院或五星级酒店,或者房子会被夷为平地,用来建造一百栋小屋。

但在8月傍晚的柔光中,夕阳西沉,楼上窗前的一株攀缘植物染上了红色,映出格子状的光影。无论是要改建成小屋,还是五星级酒店,这里或许都会保持它的本质——而且将永远保留着那种本质,那种赋予它"家"这个神圣而永恒名字的特质。

阿卜杜拉

通向房子的那块地说是草坪,却并不恰当。马匹和牛群偶尔会在那里吃草,因此地面被践踏得坑洼不平,到了冬天,人们便称之为"泥泞地"。那时正值盛夏,野草疯长——狗舌草、蒲公英,还有与我齐高的蓟草(当时我大约三岁),牲畜们已转移到别处觅食。

我既感到想冒险又充满好奇,决定一路走到山坡下的栅门边,透过栏杆窥探那个令我着迷的外界。趁母亲不备,我换上了最漂亮的蓝色连衣裙——那件从美国漂洋过海而来的裙子,箱形褶皱里还藏着星条旗图案。

那时我们养了三只狗。其中两只整天结伴外出猎捕狐狸和兔子,傍晚归来时,身上还带着新鲜的血腥味。第三只是短毛犬,烟灰色,性情阴郁,是凯利蓝㹴和双色瞳狗的杂交品种。它原本属于我叔叔,不知何故被留在了我们家。它叫阿卜杜拉,整日潜伏在山坡下的栅门附近,伺机跃起,袭击任何接近的车辆或行人。邮差和访客都对它畏惧三分。

我忘了它说不定会在那儿,一看到我,它就趴在地上,咆哮着,咆哮着,然后跳了起来,也许他本想玩些野性的游戏,但很快就变得凶狠起来。它上蹿下跳,口吐白沫,撕咬着我的膝盖。我赶紧往房子那边跑,这真是最糟糕的反应。这彻底激怒了它。它容易发狂,以前发作时会被喂药粉然后关起来,显然它又犯病了。它简直疯了,撕扯着我的裙子,吐掉撕下的碎片,但依然紧追不舍,我拼命跑啊跑,感觉气管里一丝气都不剩了。在边门那儿,我暂时甩掉了它几秒钟,但它很快从篱笆上早就挖好的洞里钻了过来,几乎和我同时冲进厨房。我跳上椅子躲避,又从椅子跳上桌子,它也跟了上来,很快我在它的重压下栽倒,感觉到被咬了一口,它的牙齿像钉子一样扎进我的脖子,撕扯着要咬下一块肉来。那大概不过一分钟,却如同永恒般漫长的一分钟,一个陌生人——既非我母亲或父亲,也非我们的工人卡内罗——恰巧从窗前经过,看见阿卜杜拉气急败坏的,还以为它是想去够那块面包。那人冲进来,一把将阿卜杜拉拽到地上,连踢了好几脚,接着揪住它的短毛,拖着它从厨房出去,越过石板路,一直拖到水泵房。阿卜杜拉猛地撞向镀锌铁门,发出撕心裂肺的呜咽。

随后,一切归于沉寂。唯有水壶冒出的蒸汽,声音在空气中悄然蔓延,直到他们赶来,看见我脖子上的伤口、齿痕、血迹,还有那件被撕成碎片的蓝色连衣裙,一遍遍追问这种事怎么可能发生。救了我的皮奇,正因他带着一袋泥炭路过时,听见尖叫声而受到众人的称赞。

伤口迟迟未愈合,很快就肿起一个蛋杯大小的包,每天早晨都得用针刺破,排出脓液。大家担心的是,它再次感染了先前患过病的淋巴腺;一听到"结核"(他们这样称呼肺结核),我就以为自己命不久矣。我姐姐班上有个女孩就是因为这种病去世的,整个人都消瘦下去了。那时他们会给我一种叫"爱尔兰钻石"的小饼干,裹着糖霜,有的是圆形,有的是三角形,还有的状如星芒。

记忆中挥之不去的是碘仿纱布的气味,两块碘仿纱布用膏药固定着,仿佛遮住伤口,它就会消失。但很快就出现两种气味——纱布的宜人药香与膏药的腐臭。一位与我父亲相识的女医生被请来诊治:她那扑着难看橘色粉底的鼻子皱了好几下,对我母亲发出"嗯、嗯、嗯"的沉吟,说这情况得动刀子。

两天后的清晨,她回来了。我至今仍记得她那辆福特小汽车,她穿着毛皮大衣,戴着毡帽,帽子上别着一枚镶有珍珠的大帽针,针上还有凹痕。她那棕色的医生皮包格外引人注目——底部宽扁,皮革向内收拢,两侧逐渐变窄,延伸至闪亮的黄铜搭扣处。她眨眼间就解开了锁扣,我父亲探头往里瞧,说道:"麦卡恩医生,这可是全套行头啊。"

他一直在抽烟,但预感到即将面临的任务,便掐灭了未抽完的烟,把它放回金箔牌烟盒里。我的姐姐们被命令到外面的旗杆旁去跳踢踏舞,还要大声哼唱。我虽不明就里,却知道可怕的事情即将发生。卡内罗走了进来,神情怯生生的,后面跟着一个烟囱管帽刷漆工,他的白色工作服上溅满了红油漆。他们正在一锅沸水给器械消毒,母亲告诉我,如果我乖乖听话,就会有奖励。

那一刻终于来临,三个男人分别按住我头部的不同位置,将我的头歪向一侧。他们的力气大得惊人。我想起院子里那些被割喉的猪,想起它们发出的嚎叫,决心自己也要大声吼叫,可是一只大手捂住了我的嘴。刀子划开皮肉、切入血肉的撕裂感无比真实,与狗的撕咬截然不同,我以为我的脑袋就要掉下来了。在神志不清中,我离谱地开始背诵"矮胖子"的童谣——他栽了个大跟头,国王的所有马匹和士兵都无法拼回原状。①最后那阵尖叫显然格外响亮,在路上都能听见,但于我而言,它却微弱如困在烟草味手掌牢笼里的呜咽。

随后是意识的空白,一段无时间的虚无,渐渐苏醒时我听到仿佛隔着雾飘来的只言片语:"小可怜——现在没事了。"而医生已用粗针厚线开始缝合伤口。母亲对她千恩万谢,我却几乎不敢相信自己的头仍连着身体,我

---

① 出自《鹅妈妈童谣》:矮胖子,坐墙头,栽了一个大跟斗。国王呀,齐兵马,破镜难圆没办法。

还以为，它会像施洗者约翰的头颅那样盛在盘子里。[1] 厚重的绷带成了横亘在我与他们之间的盾牌，所有人与我之间的屏障。奖赏是一片夹着柠檬酱的橙子蛋糕，但我拒绝进食，也拒绝开口。

"她永远不会原谅我们。"我听见卡内罗说道，随即看到母亲狠狠拍了他一下，呵斥他去田里干活，别胡言乱语。

我被允许把玩姐姐的玫瑰念珠，它们被收藏在一个我觊觎已久的小银圣物盒里。珠子是蓝色的，晶莹剔透，我至今记得每一颗的触感，以及我是如何紧握它们的。

自那以后，在恐惧来临的时刻，我都必须抓住点什么，任何东西都好，以延缓被毁灭的感觉。

---

[1] 施洗约翰，《圣经》中的人物，他因为公开抨击犹太王希律而被捕入狱，但希律顾忌其威望，一直不敢杀他。后来希律借赏赐女儿莎乐美之机，杀死了施洗约翰，将他的头放到盘子中交给她。

餐　厅

餐厅名叫"天堂"。是我命名的。里面放着一张杨梅木餐桌,其深邃的红褐色泽格外醒目。这张桌子,外加一块活动面板,便能容纳二十人共餐,尽管我从未见过有人在此落座。另有一个竹制陈设架,上面栖息着一只睿智的白猫头鹰,灰尘凝结在它胸羽的褶皱间。母亲对壁炉架上的镜子情有独钟,一面鎏金框的华美镜子高悬于壁炉上方,只是挂得过高,须站在瓷砖围边的路缘石上,伸长脖子才能瞥见自己的身影。

我仍记得儿时的狂喜,久久凝视着那只插满人工茶玫瑰的大花瓶,黄与红交织,远比荆棘丛中的野蔷薇或园外的火把莲更美——不知为什么,那些花因为色调鲜艳如暗火闷燃,总显得恶狠狠的。同一间摆满饰品的屋子里,立着两尊巴黎石膏女士半身像,母亲唤她们为爱瑞斯与加拉,还深情地为她们的脸颊抹上胭脂。餐具柜上散落着几件银器,一只盛果酱的浑浊黄色凡士林玻璃碟,碟柄悬下的勺子上印着教皇像——身穿猩红斗篷,头戴缀流苏的小圆帽。舔舐那把勺子,便能获得部分赦免的保证，意味着来世在炼狱中少受几小时的苦。

  我常常坐在那里，欣赏着房间和它淡黄色的墙壁，以及两幅描绘海浪猛烈拍打在灰黑色悬崖上的画作，那是在英格兰的某个地方。就在那个瓷器柜顶上，我摆放着一位新教徒女士——我母亲的朋友——每年圣诞节送给我的玩具娃娃。第一个是公主娃娃，我叫她罗莎琳，一个沉睡的娃娃，脸颊红润，仿佛用新鲜的胭脂染过，只须轻轻把头一歪，睫毛就会优雅地颤动。第二年送来的是个男孩娃娃，一个穿着红褐色天鹅绒睡衣、戴着鼓手橙色帽子的小荷兰鼓手。他也装在一个长方体盒子里，舒适地躺在薄纸的褶皱中。一天，我做了一件朦胧中觉得亵渎的事：我把小鼓手放在穿着蓝色塔夫绸裙子、围着网纱围裙的公主娃娃身上，盖上盒盖，任由他们胡闹。

  还有一次，邻居家的女儿艾莉坐在我家餐厅的高靠背直椅上。她的眼睛乌黑发亮，脸庞可爱又透着信赖，正等着心上人的到来。母亲踮着脚进进出出，透过门厅玻璃镶板张望那个必定会出现的身影——那扇门上既无门环，也无门铃。就在两天前，艾莉还和母亲步行三英里去了邻镇的诊所，用她的话说，她正饱受"烧心"之苦。我也跟去了。那天走在湖滨路上，烈日当空，微风阵阵拂来，波浪和涟漪在水面起舞，然而，这一切却始终无法消除母亲深重的疑虑。她不停地追问这是否可能。"怀孕"这个词始终没说出口，半是因为我在场，半是因为这事实在难以启齿。艾莉会突然抓住母亲的手表示愤慨,继而爆发出一阵哀恸,质问母亲怎能这样想,接着两人便会抱头痛哭。我吓得不敢看她的肚子,生怕某种动静会泄露真相。母亲一遍又一遍地重复着她的关键问题,等我们到了诊所,艾莉已经用手紧紧捂住耳朵,什么也不愿听。

医生的诊断并未如她们所愿,也没有找到治愈的方法。

次日傍晚,她的心上人来了,两人被留在一旁私下商议。后来,母亲向对这场风波毫不知情的父亲宣布了这一对要在 6 月结婚的计划。而告知女孩父母则是另一回事,很可能隐瞒了全部实情。他们只知道艾莉要结婚了,新郎即将登门拜访。

他们的第二个客厅①连着厨房,里面堆满了燕麦,自然得先清理干净,还得添置些家具。我母亲帮了忙,送了一张她亲手涂过清漆的木制花园椅,还用尖指甲在未干的漆面上划出锯齿状纹路,造出斑驳效果。艾莉的母亲不知从哪儿找来一张铺着红色雪尼尔桌布的小边桌。地上铺了一张新的羊皮地毯,散发着肉铺的气味,而且还掉毛。壁炉里的火苗犹豫不决地跳动着,毕竟那个炉栅从未生过火。新郎来了,穿着皮雨衣,戴着皮长手套,

---

① 指当时爱尔兰家中常见的第二个客厅,装修得比房子的其他房间更好,只在非常特殊的场合使用。

他颇有派头地脱下这些行头随手一扔。众人给他让了最好的椅子。艾莉坐在窗台上，不看他，也不看任何人，只顾用手指卷着自己波浪般的赤褐色发梢。我母亲和艾莉的母亲合坐在那张木椅上，而我父亲则站着，一边抽烟，一边望着窗外的雨。雨水从檐沟倾泻进接雨桶，又漫溢到远处平坦的田野里。

第一次失礼发生在艾莉的父亲进门时，他湿漉漉的帽子滴下的水珠悬在鼻尖上；猛然察觉到房间焕然一新的陈设与考究的布置，他转向我父亲问道："先生，我这是在自己家吗？"他称呼所有男性为"先生"，因为未曾受过教育的他认定旁人都算读书人，值得这份敬重。接着他又与新郎握手，同样尊称对方为先生。话题随即转向庄稼：连绵的雨水已使部分玉米倒伏在地里，当初是不是应该把那片地留作牧场更好。

我永远忘不了艾莉起身站在炉火前时，脸上那种令人眩晕的欢欣，她连声感谢每个人待她如此之好。她那深爱着她的父亲，想必突然领悟到她话中的深意，生怕当场落泪，冲出了房间。随后端上来的是茶和波特蛋糕。

那对夫妇不久后便搬走了，去了郡的另一头，婚礼就是在那里举行的。多年以后，我在都柏林的格拉夫顿街又见到了艾莉。她老了许多，眼神惊恐，那双曾被许多人艳羡的深石板色的眼睛。她正用一种疯狂而尖细的声音自言自语，骂着那些她想象中正盯着她看的人。

同样是在那个餐厅里,我和母亲曾与死神擦肩而过。父亲拿着一瓶威士忌和一把左轮手枪走了进去,那把枪曾属于我母亲的兄弟迈克尔上尉。枪原本放在衣柜顶上,配有皮套和子弹。他在那里扬言要对我们全家及路上那些拒绝给他酒喝的人家进行大肆破坏和屠杀。最终,警长被叫来与他理论。经过一番显然激烈的争执后,警长出来说,他唯一愿意交枪的人是我母亲,于是我陪她一起进去,充当她的保护者。

父亲不停地挥舞着那把上了膛的左轮手枪,一副得意扬扬的样子,仿佛那只是个玩具。母亲用安抚的语气问他:他想干什么?他到底想干什么?他想要钱。"给我钱。给我钱。"他不停地重复着。他不相信她身上没有钱,于是把手枪放在竹制的小摆设架上,走到我们面前站定。接着他伸手探进她的紧身胸衣里摸索——她有时会把钱藏在那儿,而我和他无疑都曾瞥见过那张橘色调的十先令钞票的边角。她像树叶般瑟瑟发抖。随后,他又去瓷器柜里翻找上好的茶杯,结果只发现那些断掉的精致杯柄——它们被收着,指望有朝一日能重新粘回去——这让他更加暴怒。我们看着他走回竹桌前,再次拿起手枪。我母亲以耶稣之名恳求他放下枪,求他放下。这反而激怒了他。那声枪响是我听过最震耳欲聋的,不像树林里猎兔人开枪时的闷响。我蜷缩在她身旁,以为我们已经死了,却奇怪为何会被灼热的硝烟呛得窒息。

子弹从我们身边擦过,射入门框,那里白色的油漆正剥落成碎片纷纷坠下。卡内罗和警长在房间里,正用凶狠的短句交谈着,仿佛随时要对他发起攻击。而我父亲却异常安静,几乎带着忏悔般的顺从,被带离了房间。

那晚,他本不该被关进营房里,这对我们曾经显赫的家族而言太不光彩了。他本该乘着轿车或出租马车,被送往罗斯克雷的熙笃会修道院①,因为他是院长的朋友。那里的僧侣会照料他度过震颤性谵妄的折磨——对此,我当时知之甚少——然后给他喝肉汤和粗麦粉布丁,并要求他立下誓言,郑重承诺永远不再碰酒。

他不在家的那些平静日子,是我们家里最快乐的时光。母亲和我烤面包、擦洗窗户内外的玻璃。我还记得有一次,我们成功做出了复杂的"布丁皇后"食谱。当它带着微微焦黄的蛋白霜顶饰从长方体耐热玻璃盘中出炉时,仿佛要从盘子里飘浮起来一般。

---

① 天主教修会,遵守圣本笃会会规,但是反对当时的本笃会,属于修道院改革势力。清规森严,平时禁止交谈,故俗称"哑巴会""清规会"。

访 客

　　重要的访客寥寥无几,除了那些夏天来的美国人。他们说话带着鼻音,给我们带来项链和骨制手镯作为礼物。之后,当他们离开后,母亲会开始怀念她在美国的时光,她那时的时髦和各种风味冰品。

　　夜里,我们总能通过大门的独特哐当声猜出来访者是谁。有一阵子,新来的守卫与我父亲交上了朋友,总是无缘无故地登门,因为他知道会有茶点招待。另一位是个单身汉,正在撰写教区历史,他称之为"史书"。他与同样单身的两个兄弟同住,三人共有一件体面的大衣。这意味着,周日他们得去不同的弥撒场次——由于我们教区只有两场弥撒,其中一人不得不赶往邻近教区。他给我们朗读零星的"史书"片段时,总会趁机碰触我母亲穿着厚实莱尔袜的膝盖,称她为"太太",反复强调她是多么端庄的淑女。他也会享用茶点和水果蛋糕,待到被"史书"弄得疲惫不堪时(我父亲早已上楼睡觉),母亲便会并四处走动,暗示他该告辞了。每当男性访客离开,她必做两件事:拍松靠垫,并嗅闻椅子的皮面坐垫——检查他们是否放了屁。若有异味，可拆卸的坐垫就会被拎到窗台上晾一整夜。

我们害怕那些流浪者，那些裹着格子披肩的壮实女人，她们会在前后门敲打着锡罐，坚称我们的锅需要修补，还索要牛奶和钱。因为我还没上学，母亲在院子里忙活时，就会派我盯着她们。不幸的是，有好几次，她们已经闯进厨房，那些厚脸皮的婆娘蛮横地要这要那。但有一天，她们从山坡下的门进来时，我迅速发现了她们，立刻喊来了母亲；我们俩躲进了鞋柜，那里散发着旧鞋的气味，还有老鼠，但那是唯一没有窗户的藏身之处。我们能听见她们在房子周围转悠，又是威胁又是哀求，因为她们怀疑我们在里面。临走时，她们对我们破口大骂，赌咒说我们总有一天会后悔的。

那天晚上，母亲去找她那双洗好晒在大门门柱上的漂亮黄褐色鞋子时，发现它们不见了。我们越找，她的哀叹声就越响。她描述着专门买来擦鞋的鞋油，想象着鞋头和鞋面上那些孔里还残留着小虫似的鞋油，幻想着穿上它们去远足的情景——如今这一切都成了泡影。她极不情愿地承认，很可能是那些流浪者偷走的。她勉强告诉了警长，本不指望他会追究，可他却真的查了下去。鞋子在一辆婴儿车的底部被找到了，上面盖着床垫布和枕头，那地方是流浪者家族一些女眷寄居的"跳蚤旅馆"。其他人则住在鬼影幢幢的荒地里的大篷车上，喝酒、唱歌，之后又互相斗殴。两张传票发给了两个同名的女人，而令我母亲蒙羞的是，她不得不去地方法院出庭。在那里，交恶的流浪者部落对她嘲笑讥讽，尤其是当她走上证人席指认那双鞋子是她的时。当十五先令罚款的判决宣布时，现场一片哗然；法官猛敲桌子，称关押一个月对他们都有莫大的好处。自那以后，那些鞋子就再也不是原来的样子了。

除了流浪者，我们最怕的访客就是疯梅布尔。她行动迅疾：会突然现身，仿佛从天而降。她身形高挑，语速飞快，眼神狂乱，挥舞着一根白蜡棍，叫嚷着朝面前所有人劈头盖脸打来。她会闯进厨房，责骂母亲邋遢肮脏。白蜡棍砰砰敲打在碗柜边缘，她尤其看不惯三层架子上那些装饰盘子——每个盘子都紧挨着另一个，每层硬挤出空间塞下六只。盘子上绘着彩色的梨子、苹果和石榴图案，母亲一想到它们可能被打碎就浑身发抖。接着梅布尔会嗅闻挂在碗柜旁铁钉上的盐腌熏肉块，边闻边嚷肉已经腐坏。她坚称我们偷了她家院里的土豆和鸭蛋，要我们必须在天黑前全部归还。就在那些令人恐惧的拜访之后不久，我们得知她被送进了疯人院，而她本不愿前往，如何在农场上挥舞着干草叉四处奔跑，扬言要自我了断，直到最后她的父亲、叔叔或是哥哥不得不抓住她，用绳子把她绑起来，拖向等候的马车。此后数月，没有人见到过她，她音讯全无。直到某日她回家了，我们才在弥撒上见到她。她异常安静，模样古怪，口中还不停地喃喃自语。

一日,我正在离后门不远的山坡上收晾晒的衣物,她突然出现,吓了我一跳。先是她拖长的影子和含糊不清的嘟囔声,接着便是一个高瘦如鬼魅的身影拄着棍子,疯言疯语地逼近。她让我喊她的名字,当我怯生生地唤出"梅布尔,梅布尔"时,她突然爆发出一阵大笑,仿佛察觉了我的恐惧,继而开始胡言乱语。梅布尔走了。再也没有梅布尔了。梅布尔死了。血啊血啊血。哈哈哈。梅布尔不复存在。

"我去给你倒杯柠檬水。"我说,只想找个借口躲开她。她拒绝了,不想要施舍,而且她还有重要的事要做。接着她猛地从晾衣绳上扯下我母亲的针织灯笼裤,力道之大,连衣夹都一起拽了下来。她挥舞着棍子扬长而去,嘴里念叨着要办正事——要把营房、警察和里面所有人都烧死。那是我第一次直面疯狂,既感到恐惧,又被它深深吸引。

每年夏天,都有一对父子从都柏林来。他们是我母亲那边的阔亲戚,她心里暗暗盼着能得点遗产。为此要做数不清的准备:房子从上到下都要彻底打扫,还要钻研新菜谱。他们刚到,她就跟他们讨论菜单,还照例拿他们的"avoirdupois"① 开玩笑,虽然我并不知道那是什

---

① 指常衡制,质量单位制,通用于美国,16盎司=1磅,2000磅=1美吨。

么意思。他们总会带一罐什锦玫瑰糖或是一盒巧克力，放在餐具柜上。这份礼物被大做文章，做得太过了。他们吃得极好，中午饱餐一顿后，去田里"散步助消化"，结果倒在玉米地或干草堆里打盹儿，可到了晚饭时间，他们又总是精神抖擞、饥肠辘辘。晚饭通常是冷盘肉配酸辣酱和香肠卷，这是她引以为豪的一道美味。

遗产的事从未被提起，不过她还抱着一点希望，因为那位父亲提到，已经把她的名字和地址给自己的律师了。我们也期盼着他们临走时或许会给我留下一张十先令的钞票。我能想象出那张钞票的颜色，一种富丽堂皇的金粉色，上面印着一位戴面纱的女士的肖像。他们的车刚驶出第二道大门，我们就会去翻遍了他们的卧室，摸枕套和靠垫套里，掀开床垫，在装饰品和雕像下搜寻，却一无所获。母亲会掉几滴眼泪，因为慷慨招待他们，我们现在欠了三家店铺的钱。她又会重提她常挂在嘴边的那两句老生常谈中的一句，念叨着："钱会说话，但告诉我，为什么它说的总是'再见'。"

每年圣诞节前夕，我们家都会举办一场纸牌聚会。这类聚会轮流在不同人家中举行，最终奖品是一只鹅，由各家轮流提供。正是在派对上，我第一次见识了因政治分歧引发的争执。厨房里摆好了几张牌桌和牌椅，餐具室中的双层盘里放着三明治，上面覆盖着微湿细棉布，有夹火腿、羊肉或鸡蛋馅的可选。另有一盘精致点心。那时母亲迷上了炸甜甜圈,热油与温糖的香气弥漫整个厨房。大家玩的是四十五分牌戏①,起初气氛欢快。搭档选定后,人们分坐各桌,零钱堆放在手边。或许是有人作弊、赖账,或误打了自家搭档,争吵总是在所难免——拳头砸向绿色呢绒桌面,纸牌散落一地,随后爆发的骂战中,那些鲜活的政治旧账又被重新翻了出来。这是爱尔兰分裂的老故事,六个郡②与祖国分离,人们激烈争论谁该为此负责。有人支持德·瓦莱拉③,也有人支持迈克尔·柯林斯④,即"高个子"和"大个子",争论的焦点在于德·瓦莱拉明知英国人要求可憎的分裂,却仍派迈克尔·柯林斯去英国谈判条约,结果后者不得不接受这一条件。对敌人的强烈不满如今又掺杂了彼此间的愤懑,只有一两个理智的人用老生常谈来平息情绪,提到爱尔兰经历的黑暗岁月,还说这个国家不过是在努力重新站起来,气氛这才逐渐恢复了平静,或表面的平静。牌局虽然继续,但夜晚的欢愉已不复存在。

---

① 起源于爱尔兰的纸牌游戏,以取得四十五分为胜。
② 英国与爱尔兰于1921年签订《英爱条约》,把原先统一的爱尔兰岛分割为两部分,南部二十六郡,成立爱尔兰自由邦;北部六郡(现北爱尔兰)则划归英国。爱尔兰南北分裂后,自治政府军与共和军之间爆发内战。
③ 埃蒙·德·瓦莱拉(1882—1975),曾任爱尔兰总理和总统。
④ 迈克尔·柯林斯(1890—1922),爱尔兰革命领导人,《英爱条约》谈判爱尔兰代表团成员。

在那样年幼的年纪，我就深深意识到，自己出身于一个强悍的民族，历史的伤痕如同散落纸牌上的图案般鲜血淋漓、触目惊心。北方不过是地图上的一片区域，但听着他们失去理智地高声叫嚷、彼此恶语相向，我预感这片土地终将给我们的生活蒙上阴影。

教　室

　　我们每天早晨都得打扫教室，给木地板洒上水，以抑制那些打着小旋升腾的灰尘。从地板的缝隙里，能听见老鼠在下面窜来窜去的声音，有时还会探出一张尖嘴或一条棕色的尾巴，引得女生们惊叫连连，慌忙把腿缩到衣服下蜷成一团。灰尘的气味始终挥之不去，但到了夏天，便会与窗台上果酱瓶里插着的鲜花香气混在一起。带花的女生是老师的"宠儿"，而香气最持久的要数紫罗兰，即便枯萎了仍散发着幽香。

　　我上学的第一天，老师把我抱在怀里。她佩戴的胸针与我母亲的一模一样，都是一丛花插在叶子形状的银色凹槽里。她的胸针上是草莓图案，而我母亲的则是紫罗兰。她用爱尔兰语问我来上学开不开心，问我会不会表现突出，赢得奖学金，然后自豪地用爱尔兰语替我回答了。教室里有一个为非洲黑人婴儿募捐的盒子，作为惊喜，她让我往投币口塞了一便士；那个黑人婴儿的瓷质头颅，梳着辫子，点头表示感谢。一封来自乌干达麻风病人聚居地的信，因泥炭烟雾熏得发黄，被钉在墙上，信中感谢了学校寄去的捐款。旁边是一张泛黄更严重的羊皮纸，上面写着17世纪英国国王代表约翰·戴维斯爵士的谴责之词：

> 因为如果让他们（纯爱尔兰人）拥有整个国家，像过去几百年来他们的部落那样，就算到了世界末日，他们也不会建造房屋、建立城镇或村庄，也不会施肥或按照应有的方式改良土地。因此，当国王陛下可以合法地将如此美好富饶的土地处置给愿意在此开辟民用种植园的人时，却让它像荒野一样荒废，这既不符合基督教的信仰，也违背了良知。

爱尔兰历史是她最钟爱的讲课主题。她大步流星地穿梭于教室的课桌之间，我们两人一组坐在课桌边，面前的搪瓷墨水瓶里盛着稀释的白色墨水，斜桌板上的凹陷处搁着钢笔与铅笔。她用夸张之辞讲了几个世纪的历史，举了各种围攻事件和战役——斯里夫默里、戈里和阿森赖①——作为例子，对我们长达七百年的被征服史、侵略者和撒克逊郡长的残暴表示哀叹。她如数家珍般念出那些头颅被悬挂在都柏林城堡门楣上的英雄之名，可

---

① 三处均为爱尔兰城镇。

即便如此,玛拉基①仍保住了他的金领圈。她用尺子敲打着墙上布质地图,目光锁定金塞尔②,那场长达六年的围城,标志着爱尔兰精锐部队的陨落,伟大的伯爵们——奥尼尔、奥唐奈——被迫逃离故土,不久便因心碎而逝,他们的部众则流落异国成为雇佣兵。此时,她会开始吟诵,眼中噙满泪水:

> 整个巴利亚多利德都知道,
> 直至西曼卡斯尽人皆知,
> 他们安葬红·休③的地方。

她的讲述纵贯几个世纪,回溯到神话英雄的时代,那些男人的一生由战斗与宴饮构成,他们的女人个个千娇百媚,有着暗淡的海绿色眼眸,脸颊泛着毛地黄般的

---

① 玛拉基(948—1022),10世纪末爱尔兰的至高王。多年来,他一直致力于驱逐生活在都柏林的北欧人,杀死挪威王子托马斯之后,取下了后者的金颈圈,作为胜利的象征。
② 金塞尔之围,由休·奥尼尔和奥唐奈及其他爱尔兰领主领导,是一次反对英国统治的运动,爱尔兰军最终一败涂地。
③ 即休·奥唐奈(1572—1602),昵称为"红",在九年战争中领导一支爱尔兰军队在柯卢山口战役中取得了胜利。在金塞尔之围战败后,他前往西班牙寻求国王费利佩三世的支持,但没有成功。他在西班牙去世后被埋在西班牙巴利亚多利德的西曼卡斯。此诗为爱尔兰诗人托马斯·麦克格里维所作。

红晕,肩头栖息着能预言的渡鸦。库·丘林①——那个以猎犬为名的英雄——是她最常驻足回想的角色。他征服了爱尔兰所有敌对部族与王族后裔。直到众神背弃他的那一天,正如预言鸟摩莉甘②所预言的,他的肠子撒落在战车的软垫上。孤身一人、血流不止的他俯身饮下溪水,踉跄走向一片湖泊,血水汇入,他目睹一只水獭啜饮下去。不甘于战败而亡,他用撕裂的束腰外衣将自己绑在石柱上,因为他从奥拉与吟游诗人那里知晓:"伟名长存,人死名在。"

从库·丘林讲到教皇庇护十一世,对她而言不过是小菜一碟。这位教皇临终前曾对全爱尔兰大主教③麦克罗里枢机说,爱尔兰人民是上帝纯净的空气。"他们无处不在,如同空气一般,为天主教信仰注入生机与活力。"他的离世充满仪式感;我们听她用哀伤的语调描述,当猩

---

① 库·丘林,凯尔特神话人物。原名瑟坦特,七岁时去参加铁匠库林的宴会,被其狗袭击,他徒手把狗勒死。这只狗因凶猛闻名,是铁匠的爱犬。瑟坦特深感内疚,向库林承诺,在他育成下一只看家犬之前,自己将守护这间房子。他改名为库·丘林,意为"库林的猛犬"。
② 摩莉甘,凯尔特神话中掌管战争和命运的三位女神之一,尤与战斗预言的厄运、死亡或胜利相关。库·丘林拒绝了摩莉甘的求爱,并在愤怒之下伤害了她,因此注定在战场上难逃一死。当库·丘林战死沙场时,摩莉甘又试图救他,但为时已晚。后来摩莉甘化身为乌鸦,永远飞落在这位英雄的肩膀上。
③ 全爱尔兰大主教,一种荣誉头衔,表示教会的礼仪优先地位。

红面纱从他脸上揭开时,医生、主教们和他的私人司祭为他逝去而震惊,枢机帕切利作为内侍官手持银制小锤,在他前额轻叩三下,呼唤他的教名"阿奇利,阿奇利,阿奇利"。见无应答,众人跪地哀悼,诵念《诗篇》第130节[1];随后,噩耗即刻传到了领袖贝尼托·墨索里尼的耳朵里,墨索里尼又转告意大利国王维托里奥·埃马努埃莱[2]。

通常,在讲完这些伟大的故事之后,她会安静地坐着,身形瘦削,目光空洞地凝视前方,陷入沉思。她在想些什么?是思索自己的命运,还是爱尔兰的命运?她独自住在离学校约半英里的一处破旧房子里。某个周六,考试前夕,我们加课去了她家。她从楼上拿下一个蛋糕盒,里面剩着一块浓郁的水果蛋糕和许多碎糖霜。这让我想起新娘们为等待第一个孩子受洗而保存的婚礼蛋糕,但她的情况不可能是这样,因为她是个老姑娘。

学校午餐铃响起时,我们会到院子里吃便当,而她偏爱的某个女生会留下来给她做果酱煎蛋卷。我曾渴望成为她宠爱的学生之一;我竭尽全力表现,尤其在作文方面,可她偏偏刻意冷落我。

---

[1]《圣经·诗篇》第130节传统上被称为"Deprofundis"(意为"从深处出来"),即该节第一句话:"耶和华啊,我从深处向你求告。"

[2] 指维托里奥·埃马努埃莱三世(1869—1947),1900—1946年为意大利国王。

检查员来的那天，我以为自己表现得非常出色。他穿着一件粗花呢夹克，上面缀着栗色的褶皱皮扣，搭配同色系的粗花呢灯笼裤。他看了看她的教学大纲和日志本，随后环顾四周，询问是否有学生愿意背诵一首诗或几段《教义问答》①。由于我用心背下了课本内容，她便让我站起来，复述《路加福音》中五饼二鱼的奇迹。我不满足于单纯背诵，还自己添了点花样，说众人吃饱后，耶稣吩咐门徒把散落在加利利海岸的饼和鱼都收集起来。检查员问我是否对耶稣很感兴趣，我回答说，我对他在迦拿婚宴上对母亲如此无礼感到失望，当时他母亲担心酒不够，他却说："这与你我无关。"教室里传来窃笑声，他微笑着四处走动，俯身查看几个女孩的抄写本，从他那本小日记本的边缘取出一支铅笔，做了笔记，然后离开了。后来我们得知，他在一家号称是旅馆的酒吧里吃了很长时间的午餐。老师非但没有因为他发回的热情洋溢的报告而表扬我，反而对我"怀恨在心"，决心惩罚我。她要求我在圣诞节时把我的瓷娃娃罗莎琳带来参加耶稣诞生剧的演出，但我却没有得到任何角色。②看着罗莎琳穿着撒满紫罗兰的象牙色缎子裙子，笨拙地在人们手中传来传去，我真是恼火。更糟糕的是，三博

---

① 基督教对教义的阐释，为问答形式的教义手册，传统上用于基督教的宗教教育。
② 在耶稣诞生剧中，婴儿耶稣有时由玩具娃娃代表。

士中的一位差点把她摔在地上。演出结束后,当我去要回她时,老师却说不能归还,因为有个摄影师要来为马槽拍照,连同用稻草制成的玛利亚、约瑟夫和动物们一起。在此期间,娃娃被保管在她家里。放学回家的路上,我透过客厅窗户能看到她被搁在餐具柜上,短粗的双腿叉开,两只瓷手——在我看来——正乞求我去"绑架"她,带她回家。我怒火中烧。最终,母亲写了封信,说明我对娃娃多么依恋,但这封信她既未提及过,也无人回应。

另一天,她派我去镇上买两便士的肉排。我注意到,听到这寒酸的请求时,肉店的父子俩露出了笑容。我站在悬挂于天花板的大块肉排之间,肉皮雪白油亮,琥珀色的捕蝇纸在肉块间啪嗒作响。儿子从纱网罩着的冷柜里拽出几块可能是喂狗的碎肉,用双层白纸包好,然后在黑油布材质的半截围裙上擦了擦手。

教室里一片哄笑声。我被派去买的应该是两便士的粉笔[①],真是个傻瓜。她让我站在炉火护栏前,举着那几张血迹斑斑的纸给大家看。后来,当我坐下时,除了几个朝我扔橡皮屑和太妃糖纸的女孩外,其他女生都对我表示同情。

我的哥哥姐姐们年纪较大,已经去寄宿学校了,所

---

① 排骨(chops)和粉笔(chalks)读音接近。

以我独自走回家的路上总是充满危险。可能会有流浪者，或是某个野人躲在墙后，用手指一旋，吐出一句"我想在你身上撒尿"。

有次我回到家，发现母亲不在。第二道门大敞着，母鸡饿得在石板地上啄食石灰屑，后门没上锁——这些迹象都证明，她在可怕的争吵后逃回了娘家。这意味着我不得不和门房的麦克夫妇待在一起。这对老夫妻身上有鹿蹄草油的气味，丈夫挠着头问妻子，要忍受我这个麻烦多久。她头发雪白，像海浪一样卷曲，看到我抽泣着很伤心，她会让我晚睡一会儿，和他们一起念《玫瑰经》。我睡在阁楼里，要爬梯子才能上去。透过天窗，我寻找天空和星星，祈求母亲回家，而她总会回来。我发誓从今以后我们会是一个幸福的家庭，因为我父亲已经戒酒了。作为庆祝，她会做一个橙子蛋糕，蛋糕快烤好时，她会把它从烤箱里拿出来，让我把一根织针插进去，然后我可以舔一舔——那温暖、带着橙香的蛋糕糊味道美妙极了。

我们的母鸡下蛋开始勤快了，从它们下蛋后的欢快啼叫声中就知道。接着就得去院子里从它们潮湿黏糊的窝里捡鸡蛋，它们的眼睛像珠子一样闪着光。她用湿布和一点面包苏打清洗鸡蛋，装在篮子里送到镇上一个新开的商店。她在那里可以赊账，她的名字是第一个被记入他那本像字典一样又大又重要的账簿里的。我被允许买一罐两磅重的黑醋栗果酱。就在小径尽头，跳下马路的地方，我失手把它摔了。果酱溅了一地，紫黑相间，玻璃碎片到处都是，小小的黑醋栗果粒像山羊的粪便。附近修车厂的一位妇女走出来，对此表示同情，然后拿出一扇破旧的鹅翅膀和一块硬纸板来清扫。

　　说来也巧，我那时迷上了电影明星，收集男人们抽完烟后丢弃的烟盒里的明星照片——女人是不抽烟的。那些照片如此迷人，我常以它们为蓝本编些小剧本，我最钟情的两位明星是克拉克·盖博①和多萝西·拉莫尔②。我让他们陷入浪漫纠葛，山盟海誓之际，多萝西竟傻乎乎地提起对邻居葛丽亚·嘉逊③的猜疑——那位也住在树荫掩映的豪宅里。克拉克顿时火冒三丈：她竟敢不信任他？争吵愈演愈烈，克拉克气冲冲地摔门而去，扬言要去海边。葛丽亚见机穿过草坪，假意安慰，实则刁难好友。这出小剧渐渐传开。某日放学时，一个叫蒂姆的男人把我叫进店铺，又领进小办公室，只见另一人坐在高凳上。褐色斜面办公桌上摆着威士忌酒瓶，两人显得

---

① 克拉克·盖博（1901—1960），20世纪30年代好莱坞男明星，代表作品有《一夜风流》《叛舰喋血记》《乱世佳人》等。
② 多萝西·拉莫尔（1914—1996），美国女演员，作品有"……之路"系列和《丛林公主》等。
③ 葛丽亚·嘉逊（1904—1996），英国女演员，代表作品有《忠勇之家》《万世师表》《落花飘零》《居里夫人》《帕金顿夫人》等。

坐立不安。他们要我表演这出戏，我照做了，用烟卡上的图片穿插对白，整场演出约莫五分钟。作为奖励，我得到了一枚三便士硬币。它在我掌心感觉温热，上面刻着一只猎犬的图案。我把硬币递回给蒂姆，让他从我们的账里划掉一笔。那一刻两人都别过脸去，不知该如何处理这情形。于是我用手帕把那枚三便士硬币包好系上，免得弄丢。

多年以后，当我如人们所说"出人头地"时，母亲让我去看望卧病已久的小学老师。她的房间弥漫着所有病房都有的霉味，窗户一直紧闭，混合着药水和橙汁汽水的气味。她的皮肤蜡黄，像是患了黄疸病，身体瘦骨嶙峋，只有被单下微微隆起的小腹还能看出些轮廓。她原先那种高度紧张的性格，如今只剩下不停拨弄床沿棉被流苏的小动作。她沉默良久，突然从气管里挤出萧萧的声音，同时紧紧抓住我的手，她说自己难道不是第一个发现我写作天赋的人吗？难道不是她最先点燃了那撮火苗吗？这时，她眼中倏忽掠过一道光芒，仿佛听见库·丘林和他的战士们冲锋时踏过寂静街道的声响。

卡内罗

我们家的农场工人外号叫卡内罗。他狡黠散漫,还懒得洗澡,吃起来却狼吞虎咽。母亲不得不在储藏室里切好熏肉或鸡肉,否则他就会趁她不注意偷抓几片。他给面包两面都抹上黄油,嘴里还挑衅似的咕哝着:"抹多点,再抹多点。"他大概十八岁。每到周六晚上,为了周日弥撒,他会赤条条站在雨水桶里洗澡,同时哼唱最爱的曲子。其中一首是:"哦,尼古拉斯小姐,别那么可笑,我不喜欢白天做那事,夜晚才是好时辰。所以尼古拉斯小姐,别那么可笑……"他算不上虔诚,男人大多如此。他们总站在教堂后排,神父举起圣杯饮酒时便互相推搡,窃笑他是酒鬼。而女人们则截然不同,大多热切祷告,仰望着刷白的天花板,仿佛这样上帝更能听见她们可怜的祈求。

卡内罗每晚都去酒馆,准确地说,是去众多酒馆中的一家,视受欢迎程度而定。令人惊讶的是,这个只有一匹马的小镇,竟有二十七家酒馆、三家杂货店、一家布料店、一家药店,没有电影院,也没有图书馆。当一位年迈的酒馆老板在自家院子的鹅卵石上滑倒,需要人帮忙抬起那些箍着铁圈的木质黑啤酒桶时，卡内罗撞上了好运。他成了老板的助手，作为回报，可以免费喝酒。但为了进一步讨好老板，他还从我们这里偷木头和木材，在那家酒馆里生起熊熊炉火，把顾客从其他店铺吸引过去。每周六晚上，他都会带给我一块巧克力——要么是夹着白色馅料的黑巧克力，要么是裹着葡萄干和杏仁的牛奶巧克力——还有佩吉的腿，那是一种甜腻的肉桂色黏稠糖果。由于我经常禁食，以此避免家庭遭各种灾祸，我把这些东西存放在一个公文包里。我会时不时像店主那样打开看看，决心不去吃。土耳其软糖的口感和质地胜过一切，甚至光是想想，就常常让我打破决心。我会打开公文包，一口气吃掉整整两块。我的另一个放纵之举是，徒手舀起一些母亲放在门厅地板上玻璃碗里待凝固的乳脂松糕，然后，为了掩盖罪行，用汤匙背面将表面抹平，使其恢复光滑。

夏日里的星期六，我都会被派去沼泽地给卡内罗送午餐——几片厚厚的苏打面包，抹上黄油，再撒些糖，因为他爱吃甜食。茶水已经加好奶，装在一个瓶子里。我特别喜欢这段路程。疯梅布尔从不去那儿，也没有男人或流浪汉躲在墙后一边笨手笨脚地拉扯你的外套和裙子，一边索要吻，他们还把这吻叫作"小鸟"。那时我痴心妄想着要当作家，已经开始观察自然，好给当地的周报投稿。有个匿名作者写风暴、海鸟和陡峭的海崖,让我嫉妒不已。那些故事发生在郡西面的大西洋沿岸。而我们住在内陆,我觉得德鲁斯伯勒是全世界最可爱、绿树成荫的地方。小路两侧长满野花、牛蒡和开花的杂草,草坡郁郁葱葱,蜜蜂在那些蜜糖般的"飞地"中嗡嗡飞舞,荨麻的气味热辣扑鼻。鸟儿在随意的阵风中俯冲,蝴蝶,有丝绒棕的、栗色的和玳瑁色的,那迷人的色彩从不冲突,也不显俗艳,在高处翻跹,如同片片飘扬的丝绸。

当我走到沼泽的入口时,卡内罗会向我招手示意快些,因为他脚下有"饥饿的草"①。沼泽本身(我未来作品的又一场景)是一片色彩斑斓的景象,绵延数英里,直至下一个教区。在那里,我们能望见教堂尖塔的板岩蓝。刚割下的草皮仍是黑色,但草皮堆边缘渗着沼泽水的黑色更深,而饱经冬风摧残的石楠则绽放出紫和紫褐的花苞。一丛嫩绿的莎草高高环绕着湖泊,水鸟在此筑巢,偶尔发出几声惊叫。微咸的水面上,几株被阳光照得金黄的鸢尾花,让人毫不怀疑此时正值盛夏。他不喜欢温吞的茶,于是拔了些石楠根,又折了几根桦树枝,生起火来,用铁皮罐加热茶水。露天火堆的气味如此纯净,袅袅轻烟断断续续地飘散。我有个惊喜要给他。"什么,

---

① 在爱尔兰神话中,"饥饿的草"指一片被诅咒的草地。任何在上面行走的人永远都处在饥饿的状态中。

什么?"我故意卖关子。这事关乎萨克,萨克既是他的朋友,也是对手。我带了张包茶瓶的报纸,上面生动记载着萨克鲁莽冒险的事迹。卡内罗仰面躺着,舌头反复舔舐着他那未刷洗的黄牙。他显得极为兴奋。那时我还太年轻,没注意到卡内罗既不识字,也不会写字。

就在一周前,我们读到关于住在西克莱尔的康西丁太太的故事时还一起捧腹大笑,她因贝格太太偷了两磅糖、四个便士面包和两支蜡烛而挥拳相向。推着康西丁太太自行车的证人,在法庭上自称"与现场"保持着距离,但承认两位女士脸上都有抓痕,还流了血,牙齿也松动了。还有一位妇女被指控偷了一块价值一先令六便士的羊肉。她的借口是,自己把包裹放在柜台上,由于屠夫太忙,她误拿了那块羊肉。"所以羊肉自己从柜台上走下来,钻进了你的披肩里?"以严厉著称的地方法官反问道,对此她辩称自己视力不佳且年事已高。最终,她因欺诈行为被罚款十先令六便士。

但我正要读的那篇报道更贴近家乡,事情就发生在我母亲手头宽裕时买果酱、覆盆子和奶油夹心饼干的店里。故事的主角是绰号"夜行贼"的萨克。他是个行踪不定的浪子,总在长期消失后突然现身,回来时炫耀着丝绸手帕或刻有字母的银质烟盒,声称是英国某位勋爵或海军将领为答谢他的效劳所赠。人人都知道埃蒙商店遭窃和鸡蛋被盗的事,也知道萨克曾是嫌疑人,但从未有人像我读给卡内罗听的那篇报道那样，将此事讲述得如此精彩绝伦。

  店主埃蒙睡在一楼，听到楼下传来玻璃碎裂的声响，下楼查看发现后窗的两块玻璃被人卸下，一盏灯被打翻，纸板箱里的许多鸡蛋和两枚鹅蛋也不翼而飞。尽管忧心忡忡，店主埃蒙还是回到了床上。天亮后，在当地警卫的协助下，通过一番侦查，他们得出结论：这个粗鲁的闯入者须身高约五英尺六英寸①，体重不超过十二英石②，才能从窗户的空隙钻进来。嫌疑人萨克被询问时，表现得像个无可指责的友善邻居，并详细说明了自己从午夜到凌晨四点的行踪。他绕着村子散步，在教区水泵旁停下来喝了一口水，与守夜人热烈地讨论了一场即将到来的战争，还出于善心，把四只在路上游荡的迷途小牛赶进了店主的院子里，以确保它们的安全。之后，他步行一英里出了城，来到一个每当他无处可宿时，农夫都会允许他临时过夜的地方。然而，他的叙述中存在一处"空白"。用他的脚印做的模型与后院的脚印完全吻合，而且，他是附近唯

---

① 约等于167.6厘米。
② 约等于76千克。

一被人知晓会生吞鸡蛋的人。原告的表现超出了预期，他向法官讲述了自己如何度过那一夜——走了太远，累坏了身子，他走进棚屋，找了根旧木棍横在角落，双手交叠正襟危坐，向上帝祈祷，像在战壕里一贯做的那样。

"战壕？鬼才信。"卡内罗说道，但他的兴趣被彻底勾了起来。

萨克继续向法官陈述，说他一生从未伤害过任何人，偷拿鸡蛋只是因为他一直在流浪，只能睡在马棚里，还患有严重的风湿病。

"还有其他精彩内容吗？"法官向他发问。

"没错……我是个多才多艺的人，精通音乐技艺……我会腹语，还会变戏法，这些才能可是我们那位地方警长所不具备的……所以他才会想方设法抹黑我。"

"这些才能我宁可不要。"警长跳起来说道，满脸通红，被一个撒谎的小混混嘲弄让他怒不可遏。但法官那天心情不错——或许他自己也爱喝两杯，又或者挺欣赏这番唇枪舌战，最终，以入室情节不严重为由放过了萨克，毕竟对那位人称店主埃蒙的阔佬来说，丢几个鸡蛋又算得了什么呢。

"天哪,这下谁也拦不住他了。"卡内罗盯着照片里身穿不合身的铜扣西装、戴着钢框眼镜装腔作势的萨克说道。

虽然接下来我念的内容引不起卡内罗的兴趣,他还是懒洋洋地听着,权当消磨时间。我问他,这些文字是否比我那些关于沼泽、蜜蜂和蝴蝶的苍白篇章更出彩?

> 在爱尔兰西海岸的克莱尔与凯里之间,香农河河口横亘其间,克莱尔一侧的路普岬半岛如长矛般向永恒不息的宿敌——大西洋——刺出二十英里。风与水的原始战争已摧毁半岛南北两侧的所有陆地屏障,而香农河的大洪水与海洋联手,从后方即陆地方向发起攻势,几乎将其变为孤岛。灰暗且愈发狭窄的半岛,以陡峭悬崖为刃,延伸至基拉拉附近的半岛侧翼,其上矗立着一座灯塔。如同一位年迈而尊贵的战士,灯塔闪烁着骑士般的警告:"当心!我击碎海洋,我摧毁船只。"

该回家了。若在归途中能再遇那只幸运的蝴蝶,那我想写的文章也会翱翔。它曾停驻岩石上,反复开合双翼,那翅膀是如宝石般深邃的紫罗兰色,点缀着黄铁矿般的星尘。它持续着开合的动作,宛如醉醺醺的卖俏女子——或许因刚啜饮过浆果花蜜而微醺,又或许是在引诱同类。

后来，一个雨夜，我们围坐在炉火旁，家里的狗突然狂吠起来，我们都很惊讶，竟有人会在这样的夜晚登门。等了又等，却始终无人敲门。最后母亲走到后厨，发现一封信从门缝底下塞了进来。是那可怕的东西——一封匿名信。她大声念出开头几行：每晚离开酒馆后，都能看见卡内罗和医生的女仆在我们林子里幽会。后面的内容不堪入耳，母亲把父亲叫到门外台阶上，关上门不让我听见。他们回来后，母亲压低声音厉声说，必须解雇卡内罗。若真如此，我们就完了。庄园全靠他撑着，他挤奶、喂牲口、犁地、耙地、每年杀两次猪，夏日星期天还要拧断公鸡的脖子做周日晚餐，主菜总是白汁香芹煮鸡。

脑中拼凑着匿名信的内容和卡内罗那场可怕的幽会，我嫉妒得发狂，为他的灵魂担忧，却丝毫不在乎她的灵魂。我唯一能施加的惩罚就是拒绝接受那些巧克力棒，而且不再和他说话。我不记得这场闷气持续了多久，只记得后来我们得知那个女仆被医生的妻子锁在杂物间后，很快就被草草解雇了。

多年以后的一天，不可思议的事情发生了。卡内罗通知说他要离开了。他要去英格兰，他的表亲在那里为他在铁路公司安排了一份工作。我父亲气愤地说，前一分钟他要去剑桥，后一分钟又变成了牛津，大家对他究竟会上哪所大学冷嘲热讽。但随着他离开的日子越来越近，我们才意识到这是真的。我母亲开始慌了，不再数落他的缺点，比如他不讲卫生，晚上会把他那个锡罐便壶里的东西从窗户倒出去，弄得一块石板总是黏糊糊的；比如他会趁她转身时，在面包两面都涂上黄油；再比如他早餐要吃两个煮鸡蛋，而不是一个。

我从学校回到家，看见母亲坐在厨房的桌旁哭泣。她很少坐着，大多数时候都坚强地忍住泪水。但此刻她就在那里，绞着双手，指向楼下他睡觉的房间，他大概正在收拾行李。她不明白为什么他花了这么长时间。我们在门口听着，她时不时敲敲门，但没有回应。我们回到厨房，用我们悲伤的表情互相询问"上帝啊，没有他，我们到底该怎么过活"，一边等待他带着一个棕色手提箱出现，或许还有额外的东西装在一个面粉袋里。她已经开始问谁来挤奶（我父亲从不挤奶），而她自己自从四十年前在山上的农场做小姑娘后就没再挤过。无数危险降临在我们身上。她突然想起，她在院子里的煮房里用锅炉烤了些面包，于是跑去取。

我迈出了不可挽回的一步。没有敲门，我闯进了他的房间。那是我为数不多的几次看到他面露愠色，他的第一反应是举起双臂来阻挡我。他知道我为何而来。他的物品摊在床上：那套体面的海军蓝西装、两条工装裤、几件衬衫、沾着干涸粪土的棕色钉靴，还有一堆杂七杂八的东西——自行车零件、铜管、湿电池和干电池，以及其他零碎——他本打算卖给利默里克的一个废品商。

小窗户大敞着，但房间里的气味依然闷浊。我不记得当时说过什么话。我所做的只是跪下来，紧紧抓住他的脚踝，哀求他不要离开。他像一尊雕像般站在那里，始终没有试图挣脱。我死死抱住他，越抱越紧，直到他卷起袖子，用一种我只能称之为彻底挫败的眼神看向我。

母亲欣喜若狂，把原本要留作父亲茶点的排骨煮给了他吃。我们静静地吃着饭，我和母亲坐在餐桌一端，啃着面包和果酱，卡内罗则大快朵颐那块连着一颗饱满红腰子的排骨。那种压抑令人窒息。我知道自己犯下了可怕的罪行。在尚未理解爱的分量之前，我就亲手扼杀了爱。

暑　假

我走进外祖母家的厨房，茫然地四处走动。即使在白天，那里也昏暗无光。有扇很矮的窗户，几乎透不进光，这是往昔岁月的遗迹——那时，窗户少意味着付给英国地主的租金更少。不过，当时八九岁的我并不知晓这些。

我常在那厨房里踱步，试图熟悉它，以驱散孤独感。铁制摇架上挂着锅壶，远离壁炉和明火的地方有张桌子，永远半摆半收，倒扣的茶杯上晾着茶碟，等待下一轮茶饮。牛奶罐蒙着细纱布防蝇虫，乡下黄油颜色过黄，浓烈的气味从玻璃罩下隐隐飘散。

靠墙放着一张可折叠的床，合上时就是个箱子，过去常有工人睡在那儿，得等其他人全都上楼睡觉后才能休息。在我外祖父的守灵夜，男人们坐在上面，轮流传着威士忌喝，抽着陶土烟斗低声交谈。死亡就在楼上。浆过的白床单拉到外祖父的下巴，苍白的脸因而显得更加惨白，灰白的胡须在死者的脸上显得极不自然。他手背上凸起的青筋像交织的字母，皮肤褶皱处还有结痂和褐色的痣。有人将一串念珠穿进他毫无生气的手指间。矮桌上铺着白色亚麻布，两支高烛静静燃烧，房间里弥漫着熔蜡和消毒剂的气味——油毡地板已被为他净身的女人们擦洗过。

附近的梳妆台上摆着代尔夫特陶器和盛满牛奶的平底锅，奶皮会被轻轻撇去。姨妈用指尖优雅地完成这道工序，醇厚奶油配黑莓本来很美味，但她留作搅拌之用，准备之后用来制成下一批气味浓烈的黄油——其中大部分被她带到镇上的杂货店，换取日常用品。我百无聊赖，不知这禁闭生活何时结束，思乡之情愈发浓烈。为躲避厨房的异味和外祖母的呻吟，我终日徘徊在小树林里，姨妈在那里种了红色大丽花，与幽暗如葬礼的紫杉树形成欢快的对比。

夜深时分，姨妈总在屋外挤牛奶、喂她当宠物养的小牛犊，还冲着不愿回狭窄鸡笼的母鸡们吆喝"咯、咯、咯"。我常和外祖母坐在渐浓的暮色里。她节俭成性，清楚一支蜡烛能燃多久，总舍不得轻易点燃。这时蟋蟀们便开始发疯似的尖叫。它们住在壁炉周围灰泥墙的孔洞里，但烛光一照便邪性大发，成群扑出来，总落在挂着晾干的湿毛巾或茶巾上，吮吸水分维生。抽屉里有本卷了边的年历，上面记载蟋蟀的叫声并非来自喉咙，而是翅膀剧烈摩擦所致。我们都不懂"摩擦"是什么意思。外祖母会絮叨她吃过的苦，说我血管里流着怎样了不起的爱国者的血——其中一位绰号"大棒"的，曾参加起义负伤，后来装了条木腿。我始终未能弄清那是哪一场起义，因多年来爆发了太多次，而据我在学校所学，每一次都功败垂成，因武器匮乏，也因告密者的背叛，手足或至亲互相出卖。我外祖母的儿子迈克尔曾是东克莱尔第三旅的旅长，一位无畏的战士，被英军悬赏通缉，四处逃亡。他留下一本日记，她会像捧出《诗篇》般从墙缝里郑重取出，用颤抖的声音高声诵读：

> 开始犁地，晚饭后刚刮完一道田垄，突然看见黑棕部队的卡车拐过莱昂十字路口。我就站在田地中央，无处藏身。逃跑反而愚蠢。于是继续犁地朝他们走去，直到抵达田头。那时他们距我仅百码之遥，但隐在树荫下。我翻过篱笆，退入艾伦家的树林，静静坐着看他们搜捕我。当晚在约翰·麦克家过夜，凌晨三点听见卡车声，躲进被窝，后派比利·麦克去警告特纳。比利回来说特纳家已被团团围住，情况不妙。我渡波河撤退至格里芬家，等待紧急消息。

读到这里，外祖母总会忍不住落泪，让我辨认之后一页又一页的内容，因为经年累月，墨迹已褪成灰褐色。我唯一渴望的，就是一勺能丝滑入喉的金色糖浆。

很久以后的一个夜晚,外祖母早已入睡,平日里温柔的姨妈迪莉娅决定捉弄我。她有位同样叫迪莉娅的访客,两人不停地说:"想想看,同一个不起眼的教区里竟有两个迪莉娅。"那位迪莉娅去过美国,"花哨"这个词就是从那儿来的,用"该死"代替"妈的"也是。那位迪莉娅总爱夸耀她与已故丈夫是多么琴瑟和鸣,说他们如何每晚坐在温馨的炉火旁,给予彼此必要的鼓励,说"不管那该死的庄稼如何,你我都得放松下来"。然而,众所周知,他们经常激烈争吵,他常常深夜离家,数日不见踪影。

就这样,我坐在那里,目不转睛地盯着她们,仔细听着她们说的每一个字。突然,我姨妈说,我妈不是我亲妈。这是她的原话。她说,我的亲生母亲在澳大利亚。我浑身发抖,然后整个人僵住了。她们继续笑着,添油加醋地编故事。我说我妈就是我妈。她们说我还太小,记不清当初是怎么被换来的。她们越说越起劲,乐在其中,看我越来越激动——我记得自己站了起来,挥舞着小拳头,无济于事的小拳头——而那个澳大利亚母亲的形象开始在我脑海中成形。她叫佩格,棕色头发,性格冷酷无情,把我送人就是证明。她住在某个偏远地方的养羊场,偶尔会寄来五先令的汇票作为我的抚养费。总有一天,我会被送到她那儿,和我深爱的妈妈分开——我曾发誓要和妈妈同生共死。一想到自己其实没有母亲,必须去那个地方，我就感到无比恐惧，大大小小的恐怖场景接踵而至。厨房里的东西开始变得模糊，她们也是，在一阵狂乱的冲动下，我冲出去想要逃离她们，打算不惜一切代价在漆黑的路上跑五英里回家，去找我的母亲，听她嘴里说出那句甜蜜而安慰的话："我是你妈妈，你是我的孩子。"她们在第一个小门处抓住了我毛衣的袖子，我被带回去，安置在一把摇椅上，半躺着。一条毛巾放在我的胸口和嘴上，以扼杀我那必定是咆哮的声音。我一直重复着："我要回家，我要回家。"

第二天早上，姨妈不得不骑自行车到十字路口等邮车，因为要找人送信去通知母亲，让她派卡内罗来接我回家。没有说明任何理由。我们恳求那个开邮车的人往返邮局时绕一段路，专门去我家送信。我已经把自己的几件物品装进小行李箱，整天待在种植园里，因为外祖母得知我想家后就开始抱怨，说我被宠坏了，不知感恩，明明她们给了我那么多款待，比如星期天的果冻和牛奶冻。那一天过得异常漫长。

方圆数里的鸟儿都在进行黄昏的巡游，俯冲向聚集着蠓虫的雨水桶，乌鸦早已栖息在夜间的树梢上。暮色中，我仍在等待，确信卡内罗会来，都能不断幻听出墓园铁门在石板门柱上转动的刮擦声。我能想象他放下自行车，抄近路穿过高高的草丛，一边咒骂露水会毁了他刚擦亮的皮鞋。

随后我被叫去吃晚饭。姨妈心怀愧疚，把一片从商店买的面包切成小块，慷慨地浇上金色糖浆罐里的糖浆，想哄我开心。外祖母则喋喋不休地抱怨她不得不忍受的所有苦难和苦修，还大声祈祷主能早日接走她。姨妈和我都为彼此间的冷淡感到遗憾，因为在那之前，我们已结下了牢固的友谊。曾经，每晚外祖母上楼睡觉后，我们都会坐着聊天。起初她谈起她已故的丈夫，她的伴侣，那个肖像挂在她胸前的吊坠盒里的男人，她时不时会和他交谈。他有着黑色的眼睛和黑色的头发。

她唯一的慰藉就是能弄到手的那些爱情小说。与我母亲不同，她酷爱阅读，而且奇迹般地，几个月前凯里郡的一位退休教师给她寄来了一套《战争与和平》。那是三册小开本，字印得极小，纸张薄得翻页时得用口水沾湿手指才能分开。假期里，她曾拿给我看，并让我把书中俄国角色的名字连同父称打印出来，这样她冬天再读第二遍时就能更熟悉这些人物。我由此结识了渴望独身的安德烈公爵；跳舞时气喘吁吁的玛丽亚·德米特里耶夫娜；美丽的娜塔莎；在安娜·帕夫洛夫娜沙龙里拿错帽子的皮埃尔；还有童山上那个总折磨可怜女儿玛丽的老顽固公爵——临终时却让她穿上他最爱看的白裙。我把这些片段抄进笔记本，里面还记录着多年来磨坊主收购他们家谷物的出价，以及牲畜饲料价格的浮动。

坐在那张桌子旁，我渴望休战，我确信姨妈也想，但我们谁也不愿先迈出那一步。就在这时，事情发生了。一道影子掠过低矮的窗户，还没等我反应过来那究竟是不是他，卡内罗已经穿着笔挺的藏青色西装站在厨房里，说自己渴得直喘气。姨妈用买汤力水附送的小烧杯给他倒了一指节高的威士忌。他手里拿着个坐垫，准备绑在送我回家的自行车横梁上，而假日里的阴郁与烦扰已然开始消散。姨妈给了我一个崭新锃亮的一先令硬币，还要我发誓永远不透露关于远在澳大利亚的佩格的那些胡话。

一路上，卡内罗和我闲聊着，告诉了我自我离开后发生的各种消息，说并没有发生什么严重的骚乱。有时要骑上陡峭的山坡，我们不得不都下车来，因为他相当魁梧，还得额外负担我的重量。我们坐在一座低矮的小石桥上，桥下河水欢快地流淌，发出悦耳的潺潺声。那条河叫波河，正是我死去的舅舅逃亡时曾退避到的地方。一群奶牛躺在田野里，彼此紧挨着，发出夜晚特有的轻柔喘息声。在渐深的蓝色夜幕中，山峦与天空交融，显得虚无缥缈。卡内罗心满意足地点燃一支烟，以他那狂放不羁的性情，突然放声唱起歌来：

当我走向阿西的集市，

瞧见一条晾晒着的旧衬裙,
我脱下衬裤,挂在一旁,
为了让旧衬裙保持温暖。

书　籍

　　我记忆中拿在手里的第一本书是一本布面书，上面有图画和儿歌：

　　　　嘿滴答滴答，
　　　　小猫拉着小提琴，
　　　　母牛跳到了月亮上。
　　　　小狗看了哈哈笑，
　　　　碟子带着汤勺跑掉。

　　这些长长的彩绘字母，宛如永不倾塌的房屋彩绘支柱。
　　我坐在母亲的膝头，嗅着她的气息，感受羊毛开衫带来的微痒，还有她胸膛特有的起伏。我细细端详她脸庞的每一处细节——于我而言那是如此美丽，除了那布满皱纹的额头，像一张地图，而我就在那地图上写下了最初的文字，献给她赞美的诗篇。
　　我们的房子里满是祈祷书和宗教典籍，它们有着柔软凹陷的皮革封面，书页边缘烫金，当阳光透过储藏室的小窗照进来时便闪闪发亮。书里夹着各色缎带，随手翻开，就能读到圣母七苦；安提阿的圣彼得、锡耶纳的圣伯尔纳丁，圣艾尔罗德、圣克劳德、圣科伦巴，以及克洛因、德罗莫尔、基尔马库达赫的圣科尔曼的祷文；最令人心碎的，莫过于专门写给圣方济各圣痕的祷文，愿他能将肉体从诸般恶习中钉上十字架。

这些相同的祈祷书如今就放在我伦敦家中的书架上，有时我取下一本，才意识到它们如何深刻地塑造了我的思想甚至梦境——当我和母亲紧挨着蜷缩在床上，一遍又一遍地念诵这些词句时：

> 愿心中无物撩拨，
> 虚妄幻梦与夜魅；
> 护我们远离敌害，如此
> 我们的身体不知何为污秽。

晨祷、晚祷、晚课、祈求、痛悔、圣咏、短颂，日复一日。关于骄傲、虚荣、淫乐的说教不绝于耳，我们的罪孽深重到人类心智无法完全理解。地狱之火仿佛炉中燃烧的泥炭般真实。有时，泥炭块掉落，母亲会赤手接住，为将来可能面对的永恒烈焰试炼自己的力量。对我们而言，地狱比天堂真实得多。天堂只是金色而虚幻的迷雾。

我会独自前往小教堂,"虔诚地念诵二十遍《天主经》《圣母经》和《光荣颂》,并恭敬地亲吻十字架"。接着是默想,在拜苦路前,沉思耶稣的五处圣伤:左脚的伤口、右脚的伤口、左手的伤口、右手的伤口,以及罗马士兵用长矛刺穿的肋旁,血水涌出。这一切都如此真切,仿佛每一处血淋淋的苦路像都活了过来,我几乎能触摸到那荆棘冠冕、被撕裂的紫红袍子,或是圣妇韦罗妮卡为耶稣拭面用的汗巾,甚至能听见士兵们朝他脸上吐唾沫时的嘲弄。我几乎尝到了浸满醋与胆汁的海绵被迫递到他唇边的滋味。

家中读物是每月一期的《爱尔兰圣心使者》,这份祈祷宗会的刊物售价三便士。在那华丽的亚光深红色的封面上,绘有一幅圣心像,他双臂伸展,供罪人们蜷缩于其宽大垂落的袖褶之下。多年后,我的朋友卢克·多德告诉我,他的母亲和阿姨们曾用湿手指在华美的亚光封面上擦,当作胭脂涂抹,效果不逊色于真正的腮红。

该杂志公开宣称的宗旨是促进家庭幸福,抵制"狂热节奏舞乐队"的涌入,并阻止共产主义的蔓延——共产主义已使俄罗斯沦陷,这个面积二百四十倍于爱尔兰的国家沦为"那片红色废墟"。

还有关于如何制作婴儿午后外套的荷叶边,以及如何在9号、10号和11号针织针上起针编织美丽的费尔岛开衫的小贴士。在一个名为"你的问题解答"的专栏里,各种忧虑被倾诉出来。一位困惑不已的读者询问，星期五用油煎面包是否构成罪过，因为那天禁食肉类；另一位则想知道频繁亲吻她挂在脖子上的十字架是否过于放纵。"感恩"专栏里洋溢着感激之情：鼻血止住了，针线活考试及格了，房屋附近危险的树木被移除，坏疽得以避免，包裹安全送达，曲棍球比赛时是好天气，父亲承诺戒酒，彩票中奖。

人们可以读到爱尔兰修女和神父的冒险故事，他们走遍世界，为渴望受洗的不幸异教徒施洗。有照片记录着修女们坐在人力车上渡过汉阳①的汉江，或沿着跳板行走，背景是上海的天际线。这些是艾琳②之女，因为"只要人类有需求，爱尔兰修女就会去满足"。神父们像基督对待百夫长一样，冒着暴风雪或酷暑，深入美国的偏远地区、澳大利亚的丛林、非洲的草原、麻风病院、中国的城市、缅甸的克钦山区、八莫的陶器村——当地人从未见过白人，更不用说骑着驴或坐着牛车到来的大胡子神父了。

在这些传教站准备弥撒时，总带着流动剧团般的魔力与即兴感。教堂会为渴望皈依的忏悔者设立便携式告解亭，举行弥撒的祭坛则是一个木柜子，上方悬着用竹

---

① 即现在的韩国首尔。
② "艾琳"（Erin）是爱尔兰的昵称。

竿撑起的深色布幔。两名身着白色罩衫的汉阳小辅祭构成了完美的画面——这一切都发生在荒废的庭园里，在比木柜子美丽千百倍的古老废墟、悬空寺庙与佛塔之间。但我们的上帝并非他们的神，并不栖居于那些垂挂装饰的庙宇中。神父做完弥撒后，会用筷子吃一小碗米饭，然后骑着毛驴或驾着牛车，前往下一个遥远的前哨，去传播神圣的旨意。

《爱尔兰圣心使者》还刊登了一些浪漫故事，以连载形式呈现，且无一例外围绕良心危机展开。以年轻的布兰奇为例，她是一位"二十二岁、风度翩翩的已婚妇女"，路易莎伯母在遗嘱中将威克洛郡的忍冬小屋留给她，条件是她永不结婚。布兰奇放弃了她在律师事务所担任秘书的卑微工作，搬到威克洛，照料她的玫瑰丛和苹果树，在夏季的周日，偶尔邀请几位都柏林的朋友来访。她是世上最幸福的布兰奇，直到有一天，一位流浪艺术家敲开了她的门——一个目光炯炯、贫穷但骄傲，且极具说服力的男人。"哦，爱情，它竟变成了如此不讲道理的东西。"布兰奇辗转难眠，头发从发夹里滑出，来回踱步，害怕孤独一生的悲惨命运，因为她绝不能屈服，除了路易莎伯母对婚姻的严苛规定外，那位流浪艺术家并非罗马天主教徒，而布兰奇则天生具有强烈的精神本质和她所属种族的宗教情感。每期结束时，都会预告下一期的精彩标题——"她狂野的血脉"或"不幸的夜晚"，但我始终没能读到"帷幕落下"那一章,因为那期杂志从未送到我们手中,大概是因为缺钱。三便士看似微不足道,可我们有时连这点钱都拿不出来。我回想起有次不得不去门房讨要一便士来交舞蹈课费用,至今仍羞愧难当,也因而恨透了那位舞蹈老师,她穿着漂亮的黑麂皮宫廷鞋,海军蓝丝袜包裹的小腿线条流畅优美。

一个星期天,我在邻居阁楼的一个箱子里偶然发现了一本书。它是怎么到那儿的,我永远无从知晓。这是本二手书,1907年由爱丁堡学校董事会作为奖励赠予一位名叫玛丽·麦克唐纳的学生,以表彰她一贯的出勤和勤奋。书的封面也是深沉的暗红色,就像《爱尔兰圣心使者》杂志一样,但取代圣心图案的,是一位俏丽的年轻女子,她张开双臂,红色斗篷的褶皱里夹着两张空白页,暗示着她任性生活的戏剧性。这本书名为《东林怨》。书中配有雅致的插图,描绘了幸福的家庭:父亲穿着燕尾服,母亲身着长裙,袖子是羊腿袖的款式,金发的孩子正是幸福的化身。全书共548页,充满了爱情、阴谋、背叛、浸满古龙水的棉手帕、令人不安的梦境、香囊中的秘密,以及一个临终场景——一位误入歧途的母亲乔装成家庭教师回到自己的孩子身边,在垂死的小儿子威利的床前,犹豫是否该揭露她那可怕的秘密。这位不羁的母亲——伊莎贝尔夫人,有着锦缎一般的白皙面颊和华贵垂发,是一位恣意挥霍的伯爵的女儿。伯爵去世后,她身无分文，因此亟须嫁人。住在西林的卡莱尔先生虽然沉默寡言，且在意年龄差距，却对她倾心相许。伊莎贝尔虽未全心全意地爱上他，但敬重他，并希望爱情能随着岁月成熟。当她身着单薄的黑色薄纱丧服（为父亲服丧）走上乡村小教堂的过道时，她丝毫不知芭芭拉·黑尔心中那令人作呕的嫉妒，而芭芭拉早已对卡莱尔先生芳心暗许。两个女人给这段本该幸福的婚姻蒙上了阴影：心怀毒意的芭芭拉，以及专横跋扈的科尼小姐——卡莱尔先生的妹妹。科尼与他们同住，嫉妒伊莎贝尔的幸福和她那些镶着黑玉珠的漂亮黑裙。夫妇俩开始了婚姻生活，傍晚在庭院散步，伊莎贝尔坐在钢琴旁，甜美地唱着《波西米亚女郎》的歌词。卡莱尔先生情不自禁地将那张可爱的脸庞捧到面前，"热烈地亲吻"。然而，阴影正在逼近。伊莎贝尔无意中听到仆人们谈论芭芭拉·黑尔与她从前和卡莱尔先生的交情，嫉妒如恶魔般攫住了这位年轻的新娘。是的，岁月流逝。月圆月缺几度轮回，三个孩子相继出生，可伊莎贝尔始终无法治愈此刻啃噬着她心灵的痛苦。她病倒了，日渐憔悴，于是医生建议她换个环境。就这样，她独自在滨海布洛涅，重遇了当年令她痴狂的潇洒上尉莱文森。每天清晨，当她坐在沙滩上享受海风时，莱文森上尉便陪伴左右，在卡莱尔先生不在场时，假意以忧心忡忡的兄长身份自居。很快，她被他殷勤献媚的醉人微风所蛊惑，隐秘欢愉的征兆悄然滋长。她的心因狂喜而悸动,天空更蓝了,摇曳的树梢泛着翡翠般的光泽,她发觉自己越来越难以抗拒与这位危险敌人分离。某个清晨,他"可怕地攥住她的手臂"宣称,若说世上真有天造地设的一对,那必是他们二人。她逃离布洛涅和他那危险的诡辩;她让大海横亘其间,却发现他尾随而至,还讨好她的丈夫,直至某个午夜——必须是午夜——一辆四轮马车疾驰过英国乡间,留下一个混乱不堪的家庭,仆人昏厥在地,孩子们失去了母亲,一位困惑的丈夫读着一封告别信,字迹在他眼前模糊晃动,而无法回避的事实是,伊莎贝尔已经远走高飞。在此,作者亨利·伍德夫人用骇人的色调与罪恶的黑暗描绘了这一场景,并对她的读者——想必都是女性——说道:

> 女士、妻子、母亲啊,若你曾受诱惑欲抛弃家庭,那就醒醒吧……无论婚姻生活赐予你何种考验,即便它们在你受挫的心灵中放大为难以承受之重,也要决心承受,宁可忍受至死,也不愿丧失清誉与良知,因你须确信,若你贸然选择另一条路,其后果将比死亡更为惨痛。

伊莎贝尔很快陷入恐怖的深渊;不忠的莱文森上尉频频前往巴黎,而她却在格勒诺布尔的谷仓里瑟瑟发抖,饱受寒冷、饥饿与孤独的折磨。被彻底抛弃后,她遭遇了一场铁路事故,不仅毁了容貌,还瘸了一条腿。这成为一件幸事,她得以乔装打扮回到东林,化名"蔓藤夫人",成为自己孩子的家庭教师。她一身黑衣,黑纱缠绕至脖颈与下巴,戴着厚厚的眼镜,操着浓重的法国口音,不得不忍受卡莱尔先生与他新妻芭芭拉·黑尔之间的亲昵——那些曾属于她的温存。孤零零的蜡烛在病房里投下寒光,她的小儿子奄奄一息;这位心碎的母亲跪倒在地,脸埋在被单里,咬着被角啜泣不止,而她那位克制而英勇的前夫,始终未能识破她的真实身份。

巧的是,他的新婚妻子芭芭拉正在三十英里外的温泉疗养地。葬礼刚结束,伊莎贝尔就和她的小儿子一样突然病倒,病情迅速恶化,毫无招架之力。她该不该说出那个从未打算透露的秘密?她伸出滚烫的双手,坦白了一切,并乞求他的原谅。经过深思熟虑,卡莱尔先生挺直高贵的身躯,拂开她额前的碎发,拭去她眉间的死亡之露,让"双唇轻轻贴上了她的唇"。

我在托尔斯泰的书中再次发现了那种死亡之露与愚蠢的沉醉——安娜·卡列尼娜穿着黑色长裙,圆润的手臂戴着手镯和珍珠项链,鬈发不受约束地垂落,双眸半掩,同样屈服于禁忌爱情那邪恶又迷人的诱惑。但安娜的故事伴随我一生,可怜的伊莎贝尔却渐渐淡去。那些压抑的场景、廉价的刺激和情感的操纵都变得索然无味。安娜在火车站,准备投身车轮下,既为惩罚渥伦斯基,也为逃避他人的恶意,她贴近铁轨,注视着螺栓、链条和第一节车厢高大的铁轮缓缓驶近,计算着前后轮之间的中点,以精确把握跳轨的时机。相比之下,可怜的伊莎贝尔只在一轮歌剧风格的满月下,乘着四驾轻便马车匆匆离去。

然而,在我大约八岁初次开始小说创作时,亨利·伍德夫人笔下那些甜腻的倾向仍影响着我。那篇故事写在一本便签簿上,名为《吉卜赛》。年轻的女主角伊索尔德梦想逃离囚笼般的家。她经常遭暴戾父亲毒打。她的母亲也被杀死了,因此没有给她带来正面的影响。她的白马王子以吉卜赛人的形象出现,他戴着金耳环、系红头巾,驾着大篷车、骑着马肆意游荡乡野。某日在田间瞥见她时,他被她那卷曲的秀发、忧郁的神情与青春气息打动。只须等到暮色降临,趁她赶牛去挤奶时,他便掳走她,让她侧坐在骏马上,头脸蒙着裹尸布般的织物,将她带往远山中的堡垒。抵达后,她面对一群陌生人。那些目光凌厉却冷漠的女人将她拉到一旁,赐予她新的名字,一个吉卜赛人的名字,从此她不再是曾经的伊索尔德。接着,她们为她梳妆打扮,为新婚之夜做准备,而我在叙述中并未排除致命结局的可能。午夜时分,马蹄声响起。一队人策马而至,领头的正是她父亲,双方交战,枪声大作。所幸我不必详述这场战斗,因为故事正是从她的视角展开,惊魂未定的女主角被匆忙塞进马车后部，藏在一卷厚重的地毯之下。我只需描述他们如阿帕切人①（虽然不知具体所指）般凶悍搏斗，最终，她被自家的人救出，回到往日劳役与顺从的旧生活中。

我把故事稿塞进母亲存放鸡饲料的绿色木箱，后来要么是被丢弃了，要么就是被老鼠啃成了碎纸屑。

在这些虚构故事之后，戏剧的魅力出现了。巡回剧团每年来镇上两次，在镇公所里，几盏石蜡灯照亮的舞台上，我们领略了《东林怨》《老红谷仓谋杀案》和《德古拉》的离奇情节。在《德古拉》中，一枚巨大的安全别针划过年轻女主人公娇嫩的喉咙，那场景可怕得令人不敢直视，却又扣人心弦。作为活生生的剧场表演，它无与伦比。姑娘和妇女们或啜泣或强忍泪水，男人们则假装对此取笑，然而，在星光下走回家时，我们谈论的仍是这部剧。

扮演德古拉的演员和他妻子住在一家酒馆楼上的房间里。我决定去问问能否加入他们的剧团。他们家里的情况令人沮丧：一个孩子躺在婴儿车里，德古拉推着它在房间里来回走动，而他妻子怀里抱着个更小的婴儿，正用汽油炉搅拌着一锅东西。她没涂脂粉的脸庞透着红晕。至于他，舞台上那种勾魂摄魄的魅力只剩下银白的

---

① 北美原住民部族之一。阿帕切部族在历史上相当有势力，与白人抗争达数世纪，也是最后一个向美国政府投降的部落。

鬓角。他们对我能上楼来感到惊讶,德古拉问我为何而来。"我想跟你们私奔。"我说。听到这话,妻子笑了起来,德古拉则露出几分怜悯。他温和地问我为什么想跟他们走。我说我写了个剧本叫《德古拉之女》,想看到它搬上舞台。这话大大激发了他的兴趣,他说改天再来,我们可以一起读剧本。他妻子突然戏精附体,抄起滚烫的锅子对准我,用优美的舞台腔说道:"滚出去。"

我会跑到田野里去写作。词语与我一起逃逸。我会写一些虚构的故事,背景设在我们家的沼泽地和菜园里,但这还不够,因为我想要深入其中,就像我试图重新回到母亲的怀抱一样。她的一切都让我着迷:她的身体、她的存在、她的粉色束身衣、她的怪癖,以及她容易沉迷的东西。其中一个故事是关于一套六把的小银勺中的一把,那是她蜜月时就有的。它们被放在一个有天鹅绒衬里的盒子里,天鹅绒已经褪色发白。有一次,因为要接待贵宾,这套勺子被借给了职业学校举办活动。然而,当盒子归还时,母亲发现少了一把。她骑上自行车,气冲冲地去了学校。他们进行了彻底的搜寻,抽屉里、橱柜里、桌子下、食品储藏室里、两个垃圾桶里,还有泥炭棚里。村里到处都发了寻物启事,但不知为何,母亲骨子里知道,她再也见不到那把勺子了,她始终无法原谅这件事。她坚信自己知道是谁拿走了它,一个嫉妒我们半显赫家境的店主。自此之后,两人之间便有了隔阂。

很久以后,当我写到母亲时,对她的专注愈来愈盛,她甚至渗透进了我笔下的所有世界——她母亲是装满万物的橱柜,是供奉上帝的圣所,是承载传说的湖泊,是拥有珍珠与沉尸的海洋,一个她渴望永远消逝其中的国度。

基督的新娘

那个修道院是一座石灰石堡垒,一共住着三百个女人,有唱诗班修女、平信徒、寄宿生和孤儿——未婚母亲们罪孽的产物。我们这些寄宿生,是天堂的小小新兵,在这里学习如何不受激情的影响,以各种方式苦修,并忍受冻疮的折磨。

弥漫的主要气味是抛光蜡和卷心菜的味道,但在礼拜堂里,却是那异域般的熏香气息,之后,在烟雾缭绕中,这气味仍久久不散。

我刚到那儿不久,穿过院子时,一阵口哨声让我停下了脚步。在我听来,那声音是世间最美妙、最悦耳的旋律。我猜想那是个下工回家的少年,内心涌起一股强烈的渴望,不愿再待在这院子里,而是想走出去,在星空下漫步。尽管我们位于小镇边缘,却仿佛置身于遥远的廷巴克图。宿舍分两层,低年级女生住一层,高年级女生住另一层。高年级生有带帘子的独立隔间,而我们只能在床边的脸盆里洗漱,姑娘们将壶中刺骨的水往身上泼,还得小心不让睡袍滑落。我的睡袍是母亲的旧物,浅黄褐色，毛茸茸的，衣领背面缝着我的名牌。从睡袍就能看出谁家父母阔绰——她们的不是绗缝的，就是缎面的，粉红或玫瑰色的都有。母亲在我所有校服上都缝了名牌，用她的话说，每一针都缝进了她的心。我走后，她哭了一个星期，期间粒米未进。我也禁食，因为食物难以下咽：肉丝黏糊糊地泡在棕色的肉汁里，一成不变的卷心菜；而晚上的茶点，则是已经涂上了黄油和油渣混合物的面包。那时正值战时，黄油是配给的。最初几周，有个女孩的床铺紧挨着我的，她把苹果藏在衣柜里，熄灯后便偷偷啃食。她心情好时才会分我一些。但不久后，我从一位学姐那儿得知，抑制饥饿的最佳方法是在舌头上抹一点维克斯灵膏①，这会引起轻微的反胃。不过，当我坠入爱河时，就完全感觉不到饿了。

修女们总共有六七十位，都身着宽大的黑色修女服，硬挺的白色镶边环绕着脸庞，将她们的面容勾勒得棱角分明。已发终身愿②的修女们在无名指上佩戴婚戒，象征她们是基督的新娘；而不同于唱诗班修女，平信徒虽同样戴着婚戒，却系着围裙从事杂役工作。三百名女性，各有各的情绪、脾气、渴望、疑虑以及各自的经期循环。在那段岁月里，我的宗教热忱时而高涨，时而消退，其间我

---

① 一种药膏，涂抹在喉咙和胸前可缓解感冒和咳嗽。
② 要正式成为修女，须经过誓发初愿、复愿、终身愿等过程，表示自己对天主的献身。在誓发终身愿后，便终身不能结婚。

囫囵吞枣般塞进的大量知识与信息,终将随时间遗忘。

那是一段阴郁的岁月,我在此期间爱上了拉丁语,那些词汇在我口中是如此熨帖,仿佛母语般自然——amo、amas、amat、amamus、amatis、amant①;那些年,我以几分之差与奖学金失之交臂,我父母可是热切期盼我能获得的,因为每年四十英镑的学费对他们而言是沉重的负担。那些年,我以同样炽烈的方式爱上一位修女,这种情感与我往后岁月里对男人们产生的接连爱恋并无二致。

我们每周有三次获准走出大门散步,但不能穿过镇子本身,以免受到世俗或亵渎的诱惑。这个名为洛赫雷的小镇得名于洛赫雷湖,居住着数百人。据我们所知,据说在大约八英里外的地方,小镇正在通过开采锌和银来发展工业。我们两人一组走路,按规定不得交谈,但将午餐扔进湖里的举动不可避免地会引发欢笑。第一周过后,我和每个女孩一样,对黏糊的肉片和卷心菜条感到恶心,便把午餐包在纸里塞进体操服,准备倒进湖中。肉汁漏进我的胸口,留下湿漉漉、暖乎乎的一块。我记得那些散步总是刮着风,当湖面结冰时,一个穿工装裤的男人会拿着大锤砸开厚厚的冰层,好让成对的天鹅能在新开辟的黑色水面上缓缓游动。

---

① 分别为"爱"一词三个人称的单复数动词变位。

修道院有它的规矩、友情、忏悔和欢乐。一次,一个女孩不小心把一张十先令的钞票冲进了厕所,陷入了绝望。那时正值万圣节包裹陆续送达的时期,到了院长嬷嬷每晚布道的时刻,她提到客厅里堆积如山的包裹时,说好像有一大波钱。听到"波"这个字,女孩们爆发出一阵笑声。我们都笑了,包括那个丢了十先令钞票的女孩。[①] 院长嬷嬷对我们这种轻率行为感到非常困惑,而我们又拒绝解释原因,于是她也开始笑。那是我唯一一次想到,她可能也有人性的一面。

我即将爱上的那位修女与众不同。她更年轻,脸颊异常苍白,如象牙般白皙,有时当她因我们无法理解她刚写在黑板上的几何定理而沮丧时,颧骨上会泛起一抹淡淡的酒红色。我会守候她。我会等待她。当她抱着一摞书本和练习册走下台阶时,我总会冲上前去帮忙——可惜常常被其他同样爱慕她的健壮姑娘抢先一步。然而有天傍晚,我在娱乐厅与她意外擦肩而过时,她竟对我露出了一个只能称之为暗示的微笑,但这已足够鼓舞人心。在礼拜堂里,我注视着她跪下的地方:她修长的背部曲线宛如悬崖峭壁,锁骨则是帕特农神庙的立柱——这些新奇比喻都来自那本我在玻璃书柜里偶然翻到的书。

---

① 院长嬷嬷说的"一大波钱"的"波",与上文"把一张十先令的钞票冲进了厕所"的"冲",英文拼写相同,即"flush"。

书柜每逢周日开放一小时，允许我们阅读消遣。柜中多是虔诚的宗教书籍：圣徒传记、纽曼红衣主教的布道文，以及希恩教士描写蒂珀雷里郡家庭沉闷生活的健康小说。而我无意中抽出的，却是一部神祇百科全书，里面尽是些离奇怪诞的故事。酒与湿气之神狄俄尼索斯造访埃托利亚国王狄翁时，爱上了少女卡瑞亚。她那善妒的姐妹正要向父亲告发她，狄俄尼索斯便令她们发狂，将她们化作岩石。这些男神总以狡黠面目示人——或化作北风，或变作湿漉漉的杜鹃，或藏身母羊的绒毛里，肆意占有宁芙与女神，由此神异受孕就会发生，不过这与圣母玛利亚借圣灵感应而孕截然不同。这些远古神祇的狡诈与荒淫，与我们高居圣龛的那位严厉上帝判若云泥。终有一日，我将站在圣龛前，领受惩罚。

令我惊讶的是，分发万圣节包裹时，我竟收到了一份。那是个锥形玻璃碗，盛满精致点心，覆着红色透明纸，顶部收拢成王冠状，系着白色缎带蝴蝶结。包裹直接从商店寄来，白色卡片上印着一位女士的姓名与问候。我想起曾和母亲去戈尔韦城郊的索尔特西尔拜访她。她穿着剪裁得体的套装，端坐着看我们用餐，丝毫未动专门准备的食物。她讲述的事几乎让母亲晕厥：做她称为的"手术"（我猜是妇科问题）时，丈夫被允许提前进入手术室片刻，见到了她赤裸的模样。她讲述这事时带着骄傲。我始终不明白她为何寄礼物给我，但当我每晚给宿舍女孩们分发巧克力蛋糕、分享花生和榛子时，人气顿时飙升。

空气潮湿，加上夜晚的寒意，我们虽然盖着一条毯子和一条棉鸭绒被，却还是冻得瑟瑟发抖，这意味着我们会生冻疮，会喉咙痛、咳嗽。有些人被关在空旷孤寂的宿舍里，喝一杯番泻叶当作治疗。

一天傍晚的祝福仪式上，咳嗽声此起彼伏。就在神父用白纱覆盖的双手高举盛放圣体的圣体匣，而一位唱诗班修女正将她的狂喜倾注于《圣母悼歌》时，一阵此起彼伏的咳嗽声盖过了一切。这是亵渎。事后，院长嬷嬷要求有罪之人举手，我的手不由自主地举了起来，但我却发现自己孤零零的。作为惩罚，我被勒令次日其他女孩外出散步时，必须独自站在礼拜堂里。

我站在通往祭坛的栏杆旁，生怕我的修女会进来匆匆祷告，看见我时揣测我究竟犯下了何等滔天大罪。没有点燃的蜡烛和其他女孩的教堂显得孤寂，祭坛台阶上菊花的香气也带着泥土的忧伤气息。

但这一切都是值得的，站立、羞辱，以及我对其他女孩没有承认事实的不公感受到的刺痛。晚祷时，我注意到我的祈祷书被放反了。女孩们把祈祷书放在小教堂后面的小格子里，修女一定是发现了扉页上写着"德鲁斯伯勒"的那本。黄色羊皮纸上有一幅圣像。从金色朦胧的天空中，细如针尖的水样光线倾泻而下，照耀着一群悬浮在空灵光芒中的天使。它是如此神圣，简直可以当作一个便携的小祭坛。但真正让我倒吸一口凉气的是背面写着的字："耶和华啊，求你不要在怒中责备我。不要在烈怒中惩罚我。"① 这是什么意思？意思并不重要。它会帮我撑过去，学习功课、定理，吃下黏糊糊的肉和卷心菜，因为此刻，我已经秘密地卷入事物的狂野之心。

圣诞节的娱乐活动中，一只大箱子被扔过来让我们挑选戏服。各式花哨的戏服、斗篷、披肩，全都散发着樟脑的气味，任我们翻找。因为我要朗诵马克·安东尼在恺撒尸体前那段悲怆的演说，我选了一件过于宽大的丝绒托加长袍，还用一根窗帘绳系住它。当我的修女到来时，我已经在狂热地排练——"各位罗马人，各位同胞！请你们听我说。"② 她把我拉到一边，告诉我要少些冲动地演绎这段台词，要体会字里行间的感情，融入其中，感受那怜悯之情，为那位恺撒大帝，他的妻子曾警告他那天早上不要出门，因为她预见到他将遭杀害。她帮我穿

---

① 出自《圣经·诗篇》38：1。
② 该句是马克·安东尼在莎士比亚的戏剧《裘力斯·恺撒》中的第一句演说，发生在第三幕第二场中，是莎士比亚所有作品中最著名的台词之一。译文据朱生豪译本（人民文学出版社，1994年）。

上那双对我来说太大的木屐，并用一块微湿的海绵，在我脸上涂满白色的亚光粉底。演出时，她站在侧翼祈祷，我能感觉到她在那里。结束后，她向我招手，我跟着她来到接待厅，那里本是院长专用的，但她冒险带我进去。她有个惊喜给我，从她宽大的深口袋里掏出来。那是一盒四分之一磅重的巧克力，包装纸上印着蓝翠鸟图案。她是怎么弄来的？我想这一定是别人送给她的礼物，而她非但没有把它交给院长嬷嬷，反而公然违抗命令，把它藏起来留给了我。

回家过的第一个圣诞节，我对母亲冷淡了些，她无法理解我身上的变化。我不肯吃她硬塞给我的蛋糕或水果奶油布丁，每晚都跑到邻居家坐着，而母亲多希望我能陪她坐坐。有位寡妇，她的新房子建在两村之间，外墙贴着卵石饰面，门前有花坛，屋里还飘着灰浆和新鲜油漆的气味。在她的小厨房里，我们紧挨着搪瓷炉取暖，早餐餐具早已摆在桌子另一端——茶杯托碟、麦片碗、亚麻餐巾插在骨质环扣里。她会把千篇一律的新闻说给我听：酒馆老板因超时卖酒和警卫起冲突，邻居为土地纠纷闹得不可开交，夫妻扬言要杀了对方。等气氛酝酿得差不多了，她便问："来杯热棕榈酒怎么样？"随即就消失了，很快就腋下夹着雪利酒瓶闪现，拿着两只酒杯——给我的是小利口酒杯，她自己用的则是大雕花玻璃杯。雪利酒呈现出深邃浓郁的琥珀色泽，配着松软的柠檬饼干，可以掰开蘸着酒液吮吸。几杯下肚后，她要么变得神经兮兮，要么陷入忧郁，思念那个溺水而亡的丈夫——仍因刻薄之人议论纷纷而心痛不已，他们说那不是意外，而是他蓄意为之，只为逃离她。随后，她总会在一阵感伤的泪水中，背诵一首名为《人言可畏》的诗。

假期过后，回修道院的时候，我一滴眼泪都没掉，因为知道我的修女正在那儿等着我。当我们重逢的第一瞬间，某些迹象就让我明白，如果说有什么变化的话，那就是她的感情愈发深厚了。

郡立养老院由同一修会经营，位于城外一英里处，俯瞰着湖泊。我父亲的一位表妹是那里的护士长，一位护理修女。院子里满是些老人，老翁和老妪，流着口水，慢悠悠地走动着，照料着假山。这里远不如修道院那样纪律严明，因为她们是护理修女，心怀更多怜悯。我带了母亲做的圣诞蛋糕给父亲的表妹，因此获准亲自送给她。这位女士身材娇小，还不及我的肩膀高，却像小鸟一样雀跃，兴奋不已。她放下茶盘，匆匆忙忙地进进出出，呼唤她照看的老人，说他们耳朵背得很，下达着他们听不见的指令，又亲自去取茶杯、茶托、茶壶，以及放在覆着白色小垫巾的盘子上夹着覆盆子果酱的海绵蛋糕。她是慈爱的化身，比其他修女直率得多。她说，要是早知道宗教生活如此艰辛，等待她的是怎样的考验与严苛，她当初绝不会踏入这一行。

我没有久留，因为我另有打算。这意味着要绕湖走更远的路，一直走到镇子的尽头，以免被人窥见。石墙凹处立着一尊斯通尼·布伦南①的雕像，他脑袋圆滚滚的，英国人曾因他偷了个萝卜而将他绞死。或许是为了庆祝圣诞节，有人在他的脸颊上涂了红颜料，还把烟蒂塞进他嘴里。药房橱窗里长条金属箔片正懒洋洋地飘动，这是圣诞节的另一个标志。

那种欣喜若狂的感觉几乎难以承受：走在街上，呼吸着在我看来罪恶的空气，心中怀揣着对修女炽热的爱，我打算为她买一件礼物，那将是在寒冷结霜的夜晚属于她的天赐之礼。布店的橱窗里有一个女士模特，一位摩登小姐，穿着斜裁的黑色绉纱连衣裙。我愿付出一切代价变得足够苗条，以便能穿上它。店里弥漫着各种布料的气味，羊毛、亚麻和哔叽。柜台后的女人抬起头，惊讶地看到一个穿着海军蓝华达呢外套、戴着校帽的修道院女孩。她猜我是偷偷溜出来的。我是来买睡袜的。一个装满袜子的白色鞋盒被扔在柜台上，有夏季的，也有

---

① 根据当地民间传说，他拥有治疗能力，在1845—1849年饥荒期间因为偷萝卜被绞死。

冬季的，我挑了一双羊毛和安哥拉毛混纺的，上面有对比鲜明的粉色条纹。那女人称赞我的品味，说我挑了这批袜子里最贵的一双。我身上只有两先令，但既然她知道去哪儿能找到我，也知道我的违规行为，她确信自己会收到剩下的六便士。尽管如此，她还是用一支刮纸的钢笔蘸着浓重的棕色墨水，把我的名字和欠条写进了一本似乎满是名字和欠条的大账簿里。她用银纸包起袜子。那并非耀眼的银，更像是暗沉的银色，与过去包裹牛津午餐蛋糕的纸相似——外祖母每年探亲时带给我母亲的就是这种蛋糕，可她从不住满一周，总是思念家乡和群山；母女之间不知怎的总有些隔阂。包裹牛津午餐蛋糕的银纸散发着葡萄干、金提子和蜜饯果皮的气息，而包裹粉色袜子的银纸却毫无气味。我将它放在修女跪拜的长凳上。

我知道她收到了袜子，或许还很喜欢，因为不久之后，她毫无来由地谈起安哥拉毛与羊毛的不同——前者取自兔子的绒毛，后者来自山羊的细绒，两者都备受追捧。

那是交织着狂喜与犹疑的一学期，爱的跷跷板忽上忽下，阵阵战栗中，我时而刻意回避见面以沉浸于思念，时而又像只摇尾乞怜的狗般扑到她跟前渴求奖赏。我们最亲密的时刻总在烹饪教室——课后，她常留我帮忙收拾，这场景很随意：她指间和修道服沾着雪白面粉，我们叠放炖锅和滤盆，偶尔交换只言片语，却胜过千言万语。她似乎洞悉了我决心成为修女的抉择，知道几年后我们将共处一个屋檐下，遵守相同的戒律，身着刚毛衬衣①，卧于铁弹簧床，以坚忍之姿超脱情欲与诱惑的影响。

然后事情发生了。那种冷漠。她开始显得憔悴苍白，在课堂上脾气暴躁。她让其他女孩帮她拿书。她从一个教室到另一个教室，像被附了身。我在事情实际发生之前就梦到了，梦见她不得不离开。一天晚上，有人看见她坐在一辆汽车的后座，和另一位修女一起，两人都裹着厚重的针织披肩，显然是要开始一段漫长的旅程。我以为她永远离开了，以为她不得不放弃誓言，耻辱地被带回父母身边；几周后，那是痛苦的几周，我从一位来自家乡附近教区的年轻见习修女那里得知了真相。我的修女经历了一场危机，有点崩溃，被送到巴利纳斯洛的修女之家休养。她缺席了整整一学期。

然而，当我数月后再次见到她时，心中又燃起了希望。我们正聚集着聆听院长嬷嬷的晚课讲道时，她轻轻走进来，轻得几乎无声，对院长嬷嬷耳语了几句。当我们的目光短暂相遇时，我感到一阵狂喜。但这不过是错觉。我再也没能单独见到她。升入高年级后，几何和数

---

① 一种旧时苦修者所穿的粗糙衣衫。

学课由另一位雷厉风行的修女教。我们鲜有交集，直到某个傍晚，在小教堂的庭院里，我看见她独自朝我走来。四下无人。她正低声诵经，可一发现我，那双从宽大袖袍中抽出的手便猛然抬起做出防御姿态，仿佛我是敌人。她快步掠过，祈祷声陡然响亮起来。

由于我表面上的虔诚和顺从，我有幸在学校戏剧中扮演法蒂玛圣母①。这个角色没有台词，我要做的就是双手合十，做祈祷状，凝视着跪在下方、我将暗中传达第三个秘密的三位牧童。我的宝座由四个覆盖着淡蓝色薄纱的木黄油盒堆砌而成，我也身披蓝色薄纱。舞台另一侧的女孩向观众宣告了前两个秘密：为不信神的俄罗斯的皈依而忏悔和祈祷。第三个秘密降临前，灯光模拟出颤动的太阳，一颗违背宇宙规律运行的太阳，被猩红与紫红光芒环绕的太阳，这已超出了舞美人员的能力极限，他们仅有闪光灯和自行车灯可用。当我停顿片刻，准备传达第三个秘密时，三位牧童念诵着《玫瑰经》，观众则激动地等待着，或者如预期般等待。最终，那个至关重要的预言由旁白者转述，他仿佛通灵般破译了我传递给孩子们的密语。它预言了教会将遭受一场可怕的灾

---

① 圣母玛利亚的称号之一。1917 年，三个牧童称在葡萄牙法蒂玛连续六个月于每月 13 日目睹玛利亚显现，这一事件的真实性被天主教会承认。法蒂玛圣母的神迹以三个秘密预言知名。

难，教皇将殉道。听到这个消息，身穿海军蓝体操服的女孩们组成的合唱团齐声哀号，牧童们则沮丧地躺在舞台上。我唯一的职责就是一动不动地站着，不能摇晃，这才符合我所传达信息的深刻性。前两晚，我得到了许多赞美，但第三晚最为关键，因为神父们和戈尔韦主教都到场了。紧张和兴奋不断升级。爬上黄油盒时，我甚至都觉得自己站不稳。它们似乎不如之前牢固，我与牧童们之间的距离显得无比遥远。我开始颤抖，无法控制地颤抖，紧抓着蓝色的薄纱，这本身就是一种亵渎，因为我本应双手交叠。我能看到下方的孩子们也开始有些不安，但我却无法停止这一切。我只求能熬过那四十五分钟，别让自己出丑。就在我几乎恢复镇定之际，那感觉又来了，且更糟：太阳颤抖着，确实违背宇宙规律晃动起来。我也开始出现幻觉，失去意识，像矮胖子般轰然倒下，引得孩子们一片惊惶，旁白和一位修女手忙脚乱地把我抬走。帷幕不得不提前落下。没穿薄纱裙的替补演员爬上黄油盒搭的台子，演出只得重新开始。

我躲进小隔间里，仍能听见掌声。后来，一位平信徒给我送来果酱馅饼，虽不确定，但我猜想那是我的修女送的，表示她与我共同承受了这份耻辱。

人们都知道罗兰是个流浪汉，可当他乘着晚班车来到镇上时，气氛立刻就活跃起来，消息迅速传开——罗兰来了。就连他的名字"罗兰"都带着传奇色彩。他来自利默里克郡的某个地方，借住在镇上一位五金店老板的单身汉家里。那人养了几条瘦骨嶙峋的灵缇犬，却总用洪亮的嗓门喊着："罗兰，给狗喂点水。"每逢周日晚间的舞会，罗兰便大放异彩：身着海军蓝西装外套，衬衫领口敞开，喇叭裤配着用发蜡梳得油光水滑的背头。他那套招牌动作是故作漫不经心地观察场子，然后突然拽住某个姑娘的胳膊——这声"来跳支舞？"的邀约，总伴着那句标志性的"好吗？"

"舞会"的入场费为六便士，收入将用来资助教堂新祭坛的修建，新祭坛将采用意大利风格的大理石，镶嵌金色马赛克，仿梵蒂冈的一座祭坛建造。教区的神父站在入口处，也就是人们买票的地方。之后他坐在大厅内的椅子上，确保跳舞的男女不会过于亲密。地板上撒了一种新发明的神奇粉末，变得很滑，再也不用忍受过去用来浇地的煤油那股难闻的气味了。

我正等待着考试成绩的公布。在经历了法蒂玛的羞辱、修女的冷漠，以及其他种种不安后，我决定缩短学业，提前一年参加毕业考试。这意味着没完没了的苦读，包括夜里在宿舍隔间盖着被子，打着手电筒偷偷学习。我不停地阅读，如饥似渴地吸收所有知识。那时我已升入单人隔间，由于废寝忘食的学习，我成了几位修女偏爱的学生。每当患上麦粒肿或神经紧张发作时，院长嬷嬷就会把我叫到一旁,用滴管往量杯里滴几滴缬草酊给我服用,再配以硼酸粉冲洗眼睛。

那是我第一次参加学校舞会,内心雀跃不已。一个叫珀西的男孩邀请我跳华尔兹,随着缠绵悱恻的旋律旋转时,他问我眼睛是什么颜色,家离镇子有多远。这是一种拐弯抹角的方式,用来决定是否要提出送我回家。男人们总是想方设法要送女孩回家,如果事情如他们所愿,就意味着他们会离开大路,沿着码头路走,或是去桥下的小径,穿过田野,那里有废弃的牛棚和石灰窑。但当地女孩谁也别想和歌手多莉比。她金发碧眼,穿着黑色渔网袜和黑色麂皮高跟鞋。她还戴着及肘的黑色天鹅绒手套,男人们看着她握着麦克风唱那些甜腻的情歌时,互相推搡着,琢磨着自己有没有机会。但她身边总有个保镖,一个粗犷的家伙,几根手指上戴着金属戒指,足以吓退任何不自量力的人。到了晚上快结束时,她的歌总围绕着心碎和不忠。有《舞会之后》,唱的是许多心碎故事;《嫉妒》,以及《田纳西华尔兹》——这首歌里,一个男人可恨地偷走了一个朋友的心上人。

在我离校前的最后一学期,某个夜晚,我莫名预感到罗兰会邀我出去。果然,他来了,带着那句意料之中的"好吗?"。具体细节已记不清,只记得舞会散场、灯火熄灭后,我们离开会场,在街上徘徊,直到车灯与手电筒的光亮全都消失。全程没有说一句话。我半推半就地跟着他,在繁星闪烁的夜空下攀爬小镇。街道空无一人,镇民们都已沉入梦乡。

我们在院子外镀锌门旁的墙边站定后,我开始各种拖延。结果,我敞开外套,任由裙子在周身皱成一团。他暴露的那部分身体半掩在手帕里,动作之猛烈,仿佛那股劲头同样能施加在那扇门上——门框已经被震得格格作响。我担心这会惊动某个可能正提着闪光灯巡逻的圣母玛利亚,她们专逮这般伤风败俗的行径。停在山脚下的那辆车的前灯亮着,街道泛出湿漉漉的光泽。一切随即匆忙起来:他拉开门闩,将我推进一个宽阔的院子。借着月光,我看见院子里堆满了蓝色的碎石片,原来店主是这类石料的供应商。

罗兰没有送我回家。

回到修道院后,我不断学习,不想期末考试不及格,因为那将意味着要在这里再关一年。一个充满罪恶、诡计和花言巧语的世界在向我招手。

第二部分

重要时刻

　　夜晚，我在乡间小路和田野中跌跌撞撞前行，手电筒的光束时断时续，电池随时可能耗尽，都柏林却让我着迷：街灯璀璨得如同1932年圣体大会①期间照亮天空的颂赞诗篇《赞美颂》《崇拜颂》《荣耀颂》所描绘的盛景。灯光倾泻在人行道上，映照着废弃电车轨道的钢轨，又将金线般的氤氲洒向栖息着鸟雀的年轻树丛。

　　那是20世纪40年代末的一个周六夜晚，我和姐姐艾琳、与我们合租的安娜，以及她的朋友梅芙第一次挽着手臂结对走进城市。我们路过一家颇为破旧的旅馆——他们说那是曲棍球赛后球员和球迷喝酒的地方，又经过一家高档食品店，橱窗里陈列着令人垂涎的熟火腿，裹着面包屑与芥末的脆皮，点缀着丁香的红糖闪闪发亮。我饥肠辘辘。渴望食物。渴望生活。渴望写出那些故事，只是所有念头都在我过度兴奋的大脑中如气泡般翻腾，尚未成形。

---

① 圣体大会，由天主教会举办，以致敬圣体、见证天主教的重要教义——耶稣真实地存在于饼、酒之中。大会通常包含大型的露天弥撒、朝拜圣体等仪式，持续数天。

"邦邦又来了。"梅芙说。每晚，邦邦都会握着一把钥匙当作枪，跳上公交车，扑倒在站台上，大声警告，然后又跳下车，但没人理会他，大家都知道他在战争中得了炮弹休克症。

我们驻足凝视格雷沙姆酒店，这里是宏伟建筑的巅峰，有悬在空中的遮阳篷，用铁和玻璃制成，令人叹为观止。安娜说，这是乡下神父们来都柏林时的下榻之处，因此既散发着神圣气息，又弥漫着健康氛围。巨大的纳尔逊纪念柱高耸入云，根本看不清他那只失明的眼睛。1809年，都柏林市参议员们为纪念他在特拉法加战役中击败拿破仑而立此柱。但可怜的纳尔逊还要经历更多劫难——他的纪念柱将被爱尔兰共和军的炸药摧毁，完好无损的头部被存放在棚屋里，却遭人盗走。窃贼随后通过晚报向当局寄去邮政汇票，赔偿被破坏的玻璃、挂锁、窗框和螺丝。包括拳击手"大块头苏格吕埃"在内的许多人都觊觎这个头部，很快它就再次被盗，在伦敦一家古董店展出，后来物归原处，安放于原址。就在那里，它遭到了嘘声，而公司的一位官员将其带走，却在装车时不慎掉落。经过一番折腾后，纳尔逊最终被送往一家平静的图书馆中，在这里度过余生。

在柱子脚下，被称为"披肩女贩"①的女人们正将

---

① 尤指爱尔兰科克郡和戈尔韦在街头卖水果、蔬菜和二手衣物的女性，她们通常披着披肩。

压扁的水果、鲜花和蔬菜装上手推车，地面被果皮和果肉弄得湿滑。整个都柏林都认识她们，她们吆喝着商品——"科克苹果……血橙……血橙"，然后在周六晚上涌进酒馆，像流浪者一样打架，脏话越来越"精妙"，发誓要把对方的"肠子做成吊袜带"。其中有个叫罗茜的，梅芙说，是个活宝，以她的"上流腔"闻名，每句话开头都是"正如德·瓦勒拉所言"。德·瓦勒拉是我们的总理，一个严肃的人物，每天在圣体前静坐一小时，虔诚到会带着祝福过的圣衣作为礼物，分发给外国代表团中的异教徒们。

那儿还有个疯癫女人，穿着粗花呢服装，帽子上别着红色帽徽，正蹦蹦跳跳地进行她的道德圣战，高举着大串念珠制成的十字架让路人亲吻，半唱半念道：

> 万物皆在玛利亚手中，
> 在玛利亚强大的手中，
> 万物皆在玛利亚手中，
> 她的军团继续前进。

柱子对面是邮政总局，1916年起义[①]的人们在那里

[①] 爱尔兰共和派1916年复活节发动，起义在六天后遭到镇压，被认为是通往爱尔兰共和国最终成立道路上一座重要的里程碑。

宣布了爱尔兰宪法，升起了爱尔兰国旗，但很快被镇压，并在基尔曼汉姆庭院被草率处决。再往前走，是丹尼尔·奥康奈尔的雕像，这位天主教解放者，一个穿着黑色铁外套的铁人，由铁铸天使守护。但我已厌倦了这一切，厌倦了历史、殉道者、田野、七片树林和宗教狂热分子，因为我自认为正站在大胆解放的边缘。

奥康奈尔桥的四角都矗立着高大的灯柱，都建在坚固的铸铁底座上，给桥增添了一派威严之气。我们正进入城市的南侧，那里被认为更为时髦，朝着格拉夫顿街的边缘前进，那里是"时尚的巅峰"。那里有更多宏伟的雕像，而在"学院绿地"，看不到一片草皮的地方，有一块保卫尔牌牛肉酱的广告牌①，如此耀眼，如此迷人，站在它面前，吸收那六个大写字母红金色的光芒，就像目睹了一场人间极光。

三一学院占据了整条街的一角，灰色的石头显得阴沉沉的，窗户没有灯光，仿佛它自己陷入了沉睡。而马路对面的广告牌则引人注目得多，那色彩斑斓的灯光忽明忽暗，闪烁的光芒与我内心翻涌的希望与狂野呼应。

我们在格拉夫顿街的商店橱窗前驻足，那些款式都

---

① 这种肉酱由苏格兰屠夫约翰·劳森·乔德发明，20世纪初被推广为超级食品，成为英国文化的象征。这里提到的广告牌曾矗立在下格拉夫顿街和学院绿地交会处的一栋建筑上，其独特之处在于每个字母都以不同颜色的霓虹灯点亮。

是如此华丽，令人艳羡，但那些薄如蝉翼的连衣裙上却没有价签。随后，我们折返到街道另一侧，经过桥上一位手持一把青葱的乞妇，不知是有人出于怜悯赠予，还是她指望能卖掉它们。路灯的光线给她的皮肤镀上了一层奇异的青绿色调。我们走过时，她嘴里还念念有词。我们在一家意大利冰激凌店外停下，眼巴巴地望着精致玻璃碟中的冰激凌球，上面浇着融化的巧克力或红色糖浆，还有高脚杯里的圣代，顶上有呈完美螺旋状的鲜奶油装饰。身无分文真是令人懊恼。

第一次觉醒发生在次日，那个星期天，我和姐姐去菲布斯伯勒拜访表亲。我们坐在天鹅绒沙发上巴巴看着他们享用午餐，他们吃得津津有味，却什么也没给我们，甚至当女仆在厨房里切好苹果派，用蛋糕刀递给他们时，他们也没有与我们分享。

尽管如此，那个星期一早晨，我仍怀着异乎寻常的骄傲前往卡布拉路的药店。我穿着最好的百褶裙和海军蓝开衫，幸运的是，由于当时是9月，那件令我羞耻的粗笨花呢外套还挂在衣柜里。在这家药店，我将度过接下来的四年，接受一份并非我初衷的职业培训，却坚信自己会遇到诗人，终有一日能跻身文学世界。

接待我的药剂师面色苍白，形容枯槁，戴着金丝边眼镜，我将在他手下学习。老板娘起初和蔼可亲，但发现我没带工作服后，立刻变得尖酸刻薄。她不情不愿地从收银台取出两张一英镑的纸币,命我去游行队伍旁的布店买件外套,并声明每周要从我工资里扣除半克朗①。我的薪水是每星期七先令六便士,算上这事,今后几个星期就只能领五先令,留给我消遣的余地并不多。其实本来也没什么闲暇,因为我每周有三个晚上要去城南听药剂学讲座,另外两晚则要参加验光师资格培训,这是我哥哥认定能为家族谋利的事。光学课程在凯文街进行,那里是贫民窟的一部分,肖恩·奥凯西②的戏剧中曾欢快地将其记录下来——和乔克斯和弗勒瑟③一样的人们在酒馆里挥霍工资,一边对地球大发宏论,而他们的妻子们则推着婴儿车,像传说中的幽灵茉莉·梦露④一样,"穿过大街小巷",去搜寻一块煤、一片面包、一颗卷心菜,任何能喂饱孩子的东西。骑车穿过那些阴暗的街道时,我没有看到诗意,只看到摇摇欲坠的公寓铸铁阳台上用临时晾衣绳挂的衣物。

---

① 价值相当于二先令六便士。
② 肖恩·奥凯西(1880—1964),爱尔兰剧作家,其都柏林三部曲真实地再现了爱尔兰独立运动中城市劳工阶层的面貌,表现了爱尔兰民族的典型性格。
③ 均为肖恩·奥凯西都柏林三部曲中的人物。
④ 《茉莉·梦露》是一首流行于爱尔兰都柏林的民谣,被视为都柏林市非官方市歌。茉莉·梦露是靠卖鱼为生的少妇,每天沿街叫卖,最后死于发烧。一般认为,茉莉·梦露的遭遇是17世纪都柏林职业妇女的缩影——养家糊口,白天从商,晚上还需要从事性交易。

"温柔的早晨,城市!!我是绿叶在说话。"安娜·利维娅说道。①然而,我的早晨既不温柔也不绿意盎然。骑着一辆破旧的自行车去上班时,我努力在其他骑车人、公交车和赶着上班的人群中穿行。每月一次,北环路会有牲口集市;牲畜被从卡车后部赶下来,对新环境感到不安,咆哮着、吼叫着,叫声几乎像人类的哀鸣。有些牛拒绝被驱赶,四处乱跑,而赶牲口的人用他们的白蜡树枝和棍棒,猛击它们的头和腿。在汉隆角,由于这阵骚动,我不得不下车,赶牲口的人一边叫喊着,一边抽打那些可怜的牲畜,它们滑来滑去,湿漉漉的粪便到处都是,公交车司机则不耐烦地按着喇叭。这些赶牲口的人,和我一样,都来自乡下,要么是"公牛人",要么是"小母牛人",无忧无虑,笨拙而快活。这些乡下人,他们年轻时来到这座城市,爱上这里,在屠宰场和市场工作,后来穿着肮脏的风衣,手持柔韧的白蜡木手杖,赶着牲畜——那些街头的主宰——长途跋涉到码头。这一切都让我想起家乡的气味和束缚。我会记起母亲那三封未回复的信,不禁为自己的疏忽而颤抖起来。家中的物件会不由自主地闪现在我眼前:橙色的纸浆碗里装着账单和弥撒卡,墨水瓶歪斜地搁在一旁,留待母亲写下一封又一封信,她会耗尽最后几滴墨水,写下心中无数

---

① 出自《芬尼根的守灵夜》第四卷,安娜·利维娅最后的独白。

的思绪。

> 有人为爱而死,
> 有人为国捐躯,
> 而我遇见了我的死亡,
> 通过都柏林市政公司。

这就是我在冒险前往雇主所拥有的几家药店途中,对自己默念的韵文。在卡布拉路上,顾客们穷困潦倒,敲着玻璃柜台要"两三便士的龙胆紫,给我妹妹治蛔虫";而在纳万路上,客户则更为讲究,穿着粗花呢夹克的直爽男子和嗓音沙哑的妻子们,或亲自或派司机来取右旋安非他明[①]药片,据说能提神,还有瘦身功效。起初,我在两家药店的职责都相当琐碎:整理货架,将泻盐、芒硝、硼砂和硼酸称重,分装进小纸袋,并贴上标签,同时逐渐熟悉两位互相竞争的医生用拉丁文开具的处方。我的店员制服是个亮点,硬挺的领子颇似神父服,左肩还缀有一排珍珠母纽扣。

都柏林充斥着各种故事,有的诙谐活泼,有的则令人毛骨悚然。一位以张扬个性闻名的金发护士驾驶着红色名爵跑车,在一间昏暗的房间里非法实施堕胎手术,

---

① 即右苯丙胺,在我国被列为第一类精神药品,受到严格管制。

表面上却宣称是治疗头皮屑和便秘。她的手法原始，注射麦角溶液后，用洁厕液冲洗，但不幸的是，当人们在休谟街的路边发现一具死去的母亲的尸体，米斯郡的路旁又有一个新生儿被遗弃时，护士因此被判了刑。她被判入蒙乔伊监狱服苦役，那里离我渴望爱情、祈求恋爱九日敬礼①的药店不远，然而，我却始终被玛米·卡登②的幽灵所困扰——对某些人来说，她是拯救天使，对另一些人则是杀人犯，最终她被宣布精神失常，死在邓德拉姆的精神病院里。

街头巷尾同样聚集着渴望交谈的老家伙，他们如数家珍地念叨着传奇人物的名字与绰号——佐息末③、约翰尼四十件外套④、帕迪·博恩斯·斯威尼⑤，还有那些民谣歌手、诗人、蹩脚诗人，以及拿着养老金感叹"上帝与旧时光同在，那辉煌岁月"的老人们，他总说若非战时那

---

① 九日敬礼，一种连续九日重复为某一特定意向祈求天主的恩赐，或在困境中请求帮助的祈祷方式。
② 即上文提到的护士。
③ 佐息末（约1794—1846），爱尔兰街头押韵诗人，在都柏林各地演出，他的押韵诗多为宗教、政治性主题，或讲述时事。
④ 原名帕特里克·约瑟夫·马洛，是20世纪30年代和40年代都柏林街头的流浪汉，因他无论天气如何都要穿多件大衣的习惯而得名。
⑤ 本节故事发生的时间为50年代，帕迪1989年加入都柏林漫步者乐队，不可能是文中"老家伙"口中的人物。特此说明。——编注

些拼尽全力服务的马匹与骑手,都柏林早已不复存在。三一学院大门附近,围着医学院的学生们,他们戴着时髦的围巾,其中有几位来自非洲最偏远地区的外国学生,据说"个个都是本国正统的王子"。

> 首先他摸她的痒处,
> 接着他拍她的别处,
> 然后他将女用导管插进。
> 只因他是一名医科生,
> 快乐的老医科……①

我逐渐认识了药店里形形色色的顾客,了解他们的病痛、为钱发的愁——他们常要求"赊账",直到周末发薪日。在纳万路的店铺里,我吸引了一群羞涩的仰慕者,是附近聋哑学校的男孩和年轻男子。他们来了就只是站着,竭力想说话,像囚犯般顶着平头、穿着粗糙的灰色制服。若偶然从体重秤前的镜子里瞥见自己,他们会慌忙后退——不喜欢自己所见到的模样。但他们的笑容是灿烂的,看见我从大罐子里偷拿几根麦芽糖时,他们会脸红耳赤。他们吮吸着糖果,在卑微的感激中互相较劲。老板娘肯定不会赞同这种行为,但这比起我母亲

---

① 出自詹姆斯·乔伊斯《尤利西斯》。本书中引用《尤利西斯》的文字,译文均出自金隄译本(人民文学出版社,2012年5月)。

的主张已算温和：我那虔诚的母亲在一封信中引用圣托马斯·阿奎那的《神学大全》，说这位12世纪的圣徒曾建议低薪工人必要时可从富裕雇主那里偷窃。她如何知晓《神学大全》或这位中世纪圣人的言论，实在令我费解。①

一位名叫帕斯卡尔的退休警卫患了十二指肠溃疡。起初，他总像站岗般杵着等待配药，后来得知我对书籍感兴趣，便借给我两本他的藏书。一段时间后，他向我透露自己正在撰写一篇文章，意图揭露这个国家的偏执与愚昧。他提到鲁奥②的《耶稣受难》雕像被藏在暗室蒙尘的丑闻，说那是一种彻头彻尾的耻辱。"国家收藏之友协会"③筹集了四百英镑将其赠予市立美术馆，却因"淫秽"理由遭拒展。厌恶这件作品的不止他们：前市长夫人克拉克称其"亵渎基督教情感"，画家基廷则批评它"幼稚、拙劣且不知所云"。帕斯卡尔说，国内仅存少数开明之士，比如专栏作家迈尔斯·纳·戈帕林④，他曾讽刺

---

① 托马斯·阿奎那（1225—1274）实际生活于13世纪。
② 即乔治-亨利·鲁奥（1871—1958），法国野兽派、表现主义画家。晚年他由于感觉自己时日无多，烧掉了三百多幅未完成的作品。
③ 爱尔兰国家收藏之友协会，成立于1924年，由画家萨拉·珀瑟和一群朋友创立，目的是收集艺术作品和历史文物，并捐赠给爱尔兰各地的国家和地区美术馆、博物馆。
④ 迈尔斯·纳·戈帕林（1911—1966），爱尔兰小说家、剧作家，笔名弗兰·奥布莱恩更广为人知，受到詹姆斯·乔伊斯的影响，现在被认为是20世纪爱尔兰文学的重要人物。

鲁奥作品遭遇的荒诞命运，指出没有哪个"广泛了解神圣艺术和巴黎圣叙尔皮斯大道售卖的宗教装饰品"的爱尔兰人，能容忍如此亵渎之物存在于他的卧室。

诚如帕斯卡尔所言，可叹的是，伟大的神明们已然消逝。叶芝离世，最终长眠于鼓崖；乔伊斯故去，葬在苏黎世，紧邻动物园；奥凯西流寓英国，给报社写愤懑的信件；而贝克特，"放荡和渎神者"，与死无异，已移居巴黎。正如帕斯卡尔所说，"这一切都归咎于一个人"，德鲁姆康德拉的大主教约翰·查尔斯·麦奎德①，是这位大祭司守护着爱尔兰免受异教信仰和现代畸变的侵蚀。都柏林臣服于他的威仪之下——他身披猩红斗篷、头戴猩红四角帽，手上佩戴着圣哥伦巴骑士团在其就职典礼上献上的珍贵紫水晶"博尔贾戒指"②。当他出席宗教音乐会时，聚光灯打在他身上，唱诗班高唱《试观此人》。他的权力原始而强大，既有顺从的政府，又有庞大的间谍网络和众多宗教团体。他与梵蒂冈的共鸣是如此之深，以至于爱尔兰尽管贫弱，却仍承担着圣彼得大教堂长明灯油的费用。他的苛刻人尽皆知，但其中偏执的极致细节，直到约

---

① 约翰·查尔斯·麦奎德（1895—1973），爱尔兰天主教主教、都柏林大主教。他以对历届政府非同寻常的影响力而闻名。
② 据称，教宗亚历山大六世的私生女卢克雷齐娅·博尔贾曾拥有一枚戒指，凹槽处可以藏匿毒药。

翰·库尼①在他去世后出版的那本精彩纷呈、时而令人捧腹的书中才得以全面揭露。书中披露了这位大主教一些更为怪诞的癖好,比如,他在乡间别墅"林中圣母院"安装了望远镜,用来窥探夜幕降临后基利尼海滩上的情侣和年轻男子,还有他对用拉丁语写成的露骨医学手册的嗜好。

他沉迷的那些"负面影响"包括英国报纸、邪恶文学、共产主义和外籍足球运动员。电影院同样是罪恶的温床。只有像《抗击结核病》这样的教育片,或是展示各地防御部队演习的影片才被推荐。在他的授意下,影院外组织了抗议活动;在不同时期,奥逊·威尔斯②、丹尼·凯耶③、拉里·阿德勒④和阿瑟·米勒⑤都曾因左倾倾向遭到谴责。就连科尔·波特⑥最终也难逃审查。当电台播

---

① 约翰·库尼,记者、作家,阿伯丁大学客座荣誉研究员,曾是《爱尔兰时报》的宗教记者,著有《约翰·查尔斯·麦奎德:爱尔兰天主教统治者》。
② 奥逊·威尔斯(1915—1985),美国电影导演、编剧和演员。他1941年的电影《公民凯恩》被认为是史上最伟大电影之一。
③ 丹尼·凯耶(1911—1987),美国演员,主要作品包括《银色圣诞》《安徒生传》《艳曲迷魂》等。
④ 拉里·阿德勒(1914—2001),美国口琴演奏家,以杰出的演奏技巧闻名。为1953年电影《老爷车》演奏的配乐曾获得奥斯卡奖提名。
⑤ 阿瑟·米勒(1915—2005),美国犹太裔剧作家,玛丽莲·梦露的第三任丈夫,以剧作《推销员之死》《萨勒姆的女巫》等闻名。
⑥ 科尔·波特(1891—1964),美国作曲家和词曲作者。他的许多配乐在百老汇和电影中取得了成功。

放《医院请求》中的歌词"永远以我的方式忠于你,亲爱的"时,大主教坚持要求下周用无害的管弦乐取而代之。为了推行"端庄运动",他常于夜间乘坐豪华道奇车巡视都柏林街头,搜寻任何不端迹象。若百货商店橱窗里有裸体模特,次日便下令撤除。当卫生棉条未经他同意就被错误地引入时,他立即向政府发布了主教谴责,导致一位不幸的议会卫生秘书不得不出来解释说,将停止销售卫生棉条,因为它们可能会刺激处于易受影响年龄的女孩,并最终可能导致她们获取避孕药(当时也是非法的),以满足她们被危险激起的欲望。

在报上看到香蕉奶油色的晚礼服、镶满珍珠钻石的短上衣、黑色麝香鼠皮披肩,以及"淑女牙齿增白剂"的广告时,我对时尚的狂热被彻底点燃了。但我攒的钱只够买一对金耳环,只因我相信那首歌里唱的:"若你的爱人戴着金耳环,她就属于你……"我选择了马斯特森医生,我从处方上知道他的名字,哪怕他的字迹几乎难以辨认。他是个粗人。穿耳方法很原始:用针穿透耳垂,抵住后面的软木塞,然后反复扭动针头,直到耳洞足够大,能塞进那枚小小的耳环。动手前,他警告说,如果我穿第一只耳朵时叫出声,他就不会给我穿第二只。他的诊疗室里挤满了人,而穿耳洞在他看来是件轻浮的事。大约一周的时间里,我的耳垂上结着暗红色的血痂,那些蠢货们盯着看，还大惊小怪。

我正在巴戈特街上骑着自行车，看见有一群人围住了一位高挑的女子。她全身黑衣，宛如修女。那是在独角兽餐厅外，由于个子太高，她不得不弯下腰与他们交谈。有人说，这就是莫德·冈恩①，那位叶芝在狂喜中为之写下无数诗篇的仙女皇后。她是锡德②般的女子，很久以前曾骑着马，身后跟着她的狗达格达，走遍多尼戈尔，为那些被驱逐的农民鼓劲打气，而他们的棚屋正在攻城槌的冲击下坍塌。这是我离神话最近的一次，因为她不仅是叶芝的缪斯，还嫁给了布尔战争中的英雄、1916年注定失败的起义中被处决的约翰·麦克布赖德③少校。历史与文学交织，体现在她高大的身影中——"帕拉斯·雅典娜在豪斯站，等候一列火车"。④

当她走远时，一位年长的男子激动得颤抖，背诵了叶芝为她写下的那首预言诗：

---

① 莫德·冈恩（1866—1953），在英国出生的爱尔兰革命家、女权主义者和演员。她与叶芝之间有着曲折的感情纠葛，多次拒绝了叶芝的求婚。
② 锡德，爱尔兰神话中的一种超自然种族，可与仙女或精灵媲美。
③ 约翰·麦克布赖德（1868—1916），爱尔兰共和军领导人，于1916年5月5日在都柏林被行刑队处决。
④ 改写自叶芝的《美丽高尚的事物》，原句为："莫德·冈恩在豪斯站等火车，雅典娜挺拔的后背和高傲的脑袋；所有的奥林匹亚人；一件再也不为人知的事。"

> ……一群人
> 将聚集，却不知这条街上
> 曾有一人行经其上，恍若燃烧的云霭。①

数年后，我遇见了她的儿子肖恩·麦克布赖德②，他继承了母亲全部的贵族气质与风采，太阳穴如她一般白若雪花石膏。他因在诺曼底长大，略带法国口音。他带我去都柏林最豪华的餐厅贾梅特共进午餐，餐后他抽着雪茄，饮着白兰地，而我点了人生第一杯薄荷冰沙。那时我已婚，居住在威克洛郡。麦克布赖德主动提出送我半程，朝威克洛山脉方向去往基尔马卡诺格。途中他想牵我的手，我却因胆怯而退缩。这份矜持，与内心渴慕的交织，使他成为我的第一部小说《乡下女孩》中那位令凯特倾心痴迷、神秘而疏离的律师主角的原型。

随着圣诞节临近，运输公司负责人宣布，火车站无须再维持维多利亚时代的风格，更要驱散配给制时代的阴霾，车站将张灯结彩，以营造"节日氛围"。华丽的祝

---

① 出自叶芝《失落的王权》。
② 肖恩·麦克布赖德（1904—1988），爱尔兰外交家，1974年诺贝尔和平奖得主。1917年加入爱尔兰共和军，数度被捕，他反对割裂爱尔兰的《英爱条约》。1936年成为共和军总参谋长，同年创立替天行道士兵党，次年退出共和军。

福牌匾、悬挂的花篮、闪烁的彩灯和花环纷纷挂了起来。韦斯特兰街上矗立着首都史上最高的圣诞树。但我正从另一座车站——"刺骨寒风的国王桥站"返家,行李箱里塞着借来的肖恩·奥凯西自传。还是那件粗花呢旧外套,不过多了几分张扬——加了一条男士白丝巾,有奢华的流苏,花了几个铜板从二手店淘来。到家时,我受到了热烈的迎接,母亲摩挲着我的金质耳钉,仿佛这些小物件让她忆起了自己的青春岁月。

第二天早晨,不用骑自行车上班,我一直睡到中午。她端来一壶茶和几片切得精致的吐司,把我叫醒。她对都柏林充满好奇——商店橱窗的时尚风格、众多教堂里的祭坛、身着褐色长袍匆匆穿过街道去照料病人的修士们,还有每年夏天都来我们家狼吞虎咽,却吝啬到连杯茶都舍不得请的亲戚们。

后来,我走到田野里去。霜很重,草又脆又干,老远就能听见动物的呻吟。我忘了自己有多爱那些田野,在清新的空气中,呼出的气息几乎泛着蓝色,两条狗在我身边小跑,有时当一只兔子从洞里窜出来,先是傻乎乎地朝它们的方向跑,接着又逃命似的狂奔时,它们也会蹦蹦跳跳地追上去。鸟儿轻快地飞着,时而落在电报线上,发出低沉的嗡嗡声。然后,它们会突然大胆地飞向别处,或许是继续去开它们的音乐会。我知道自己总会回到德鲁斯伯勒,但又永远不会完全回来。我感到无忧无虑,在外面待了很久,爬上小山去看那条河,冰冷的河水清澈见底,野天鹅在芦苇丛中瑟瑟发抖。

母亲在开口前,眼中就已燃起怒火。她手里攥着肖恩·奥凯西自传的那一卷,正翻到煽动性的一页。我就是这样打发时间的吗?这就是他们含辛茹苦送我去都柏林得到的回报?我才读了前四十页,内容无非是家庭琐事、工会运动和艾比剧院后台的勾心斗角,此刻却慌得手足无措。当她开始高声朗读时,我几乎晕厥过去:

> 据接近核心圈子的知情者普遍传言,若要让修士远离风流韵事,除非将他关进石棺,每日只在早中晚三餐时分,由百名戟兵监督着短暂放风。但鉴于对女士们实施这等监护耗资巨大又麻烦透顶,修士们便彻底为所欲为——这世上没有哪个姑娘会分不清护裆与真家伙,哪怕她闭着眼睛神游天外。

她打算把书烧了。我哀求她别这么做,说这不是我的书,必须归还。我苦苦哀求着,心里却恨透了她。

回到都柏林,放荡之风盛行。一名来自克拉姆林的失业劳工因在奥林匹亚舞厅跳吉特巴舞时行为不雅被罚款两英镑。末日预言甚嚣尘上——因奇科尔的德克兰神父警告前往梅奥郡诺克圣殿的一千名朝圣者:日益猖獗的背信与叛教行为将让世界陷入血泪深渊。教皇在牧函中被迫承认,这是"大洪水以来的至暗时刻"。法蒂玛的牧童们即将收到圣母第三次显灵传递的信息,预言这场末日决战。教堂座无虚席。预定日下午三点,城外高档高尔夫俱乐部的球员与球童们跪伏在潮湿的草皮上祈求宽恕。然而,预言时刻平静流逝后,人们又重拾堕落生活。

如果有闲钱,每个月药房放假的那半天,我都去国会剧院看两次舞台表演,那里被誉为爱尔兰的女神游乐厅①。那真是个圣地般的所在,舞台上,薄纱背景映着艳俗的彩色灯光,漂白金发的舞娘们穿着闪亮的吊袜带,大腿与小腿踢向天际。她们的身体是那么美丽,古铜色的皮肤是那么均匀。相比之下,她们的脸却白得像雪花石膏。她们不过是主秀的陪衬——当一位穿着浅褐色西装、笑容炫目的歌手漫步登场时,女神们早已围成半圆,手臂搭成栏杆供他倚靠。随后,他走向台前,迷倒了我们这群痴狂的女人和女孩,我们每人付一先令,就为这份悸动。当他唱起第一首歌时,观众席集体晕眩的程度无法估量,那歌声对我们每个渴望者而言都如同信号:

---

① 女神游乐厅,法国巴黎的一家咖啡馆兼音乐厅,位于第九区。它在19世纪90年代至20世纪20年代达到鼎盛时期,演出以华丽的服装、堂皇的排场以及异域风情著名,并时有裸体表演。

> 拭去你眼中的泪水,
> 试着明白,
> 从今往后,
> 我将永远忠诚。
> 我离开了,
> 但我并非有意久留,
> 这将让我抱憾终身。

那时,手帕已然掏出,有时他会再唱一遍最后一节,权当安抚,而合唱队的姑娘们,那些女神,则耸肩噘嘴,佯装愠怒。

在舞台后门,我们这群仰慕者徘徊等候,他会面带微笑、吹着口哨走出来,为自己拥有这么一小群观众而自豪。或许有一两个人能幸运地得到匆匆的签名。我失望地发现他的字迹潦草。望着他沿小巷离去时,我从未想过他会单独注意到我。可偏偏他就这么做了。过程很简短。他微微点头,示意我离开人群,问我是否介意他下周日两点左右来访,随后记下我在北环路的住址。我已在盘算如何支开姐姐和安娜离开公寓,寄望于她们会去做善事,去医院看望病人。

星期天,家里只有我一个人。我烤了个海绵蛋糕,摆好了茶盘。"好地方。"他边说,边爬上铺着深色油毡的三段楼梯,走进兼作客厅的厨房。他穿着破旧的西装,胡子拉碴，没抹粉底，却依然魅力难挡。他从未见过茶壶保暖罩——那是我母亲的，用马海毛织成，上面还用马海毛绣着白色小屋和红色小厅门的图案。他觉得这玩意儿"真不赖"。"不赖"是他的口头禅。

我们坐在塌陷的马鬃沙发上，说着甜言蜜语时，不幸的事发生了。那个放着炖锅、滤网、煎锅和一罐清洁剂的盥洗柜门，自己悄悄打开了，我们杂乱的家居生活暴露无遗。他似乎没有注意到，因为他已经在探索我的颈背和喉咙，说着平常，但在那种情境下出奇诗意的话，而我在心里想着，经过数周耐心的追求后，自己被选中是多么幸运。我的胸罩钩子在他的触碰下顺从地松开了。当他脱下我的丝袜，并将它们扔到一个阴暗角落时，两个令人不安的念头浮现了：一个是我姐姐或安娜会提前回来，另一个是那双已经两次送去隐形修补的丝袜，经不起这番折腾，也无法用指甲油修复了。

但迂回到此为止。此刻，他正乞求着卧室的温存，而随着他的恳切愈甚，我的抗拒也愈烈。我兜着圈子，跳起来要泡茶，可他对茶毫无兴趣。他相当粗暴地将我拽回，我跌坐在他膝上，颤抖着，他叫我别抖，说不会弄疼我。我试图告诉他，难处在于我姐姐或安娜——两人都极为虔诚——随时可能回来。为何我不早说？我们本可以另寻他处。凤凰公园里就有僻静的小山谷。他变得烦躁起来。在彻底疯狂的瞬间，我提议他不如唱那首《拭去眼中的泪》。给你唱歌！除了坦白别无他法。我说出了自己的恐惧，他察觉到了，用臂弯搂住我，唤我"宝贝"，说没什么好怕的，因为"他能像穿过黄油一样样顺滑地进入我"。这一切简直骇人听闻。

我指着墙上的钟说，她们三点前就该回来了，这样一来，我们只剩下十一分钟可以温存。他紧紧抱住我，说自己"状态正佳"，完全能在更短的时间内完事。爱的幻影——那种将灵魂与肉体神秘联结的纽带——骤然断裂，我挣脱了他的怀抱。"你想要什么？"他喊着我的名字问道，这名字想必是初次约会前他给我签名时就记住了。魔咒就此打破。他意识到这是在浪费时间，便走到厨房椅边，取出自行车夹①，咔嗒一声扣在海军蓝华达呢裤的脚踝处。随后，他站在圣水钵旁的镜子前，掏出一把断齿的白梳子，梳理那美丽柔软的棕发。"就这样吧。"②他说着，脸上又恢复了笑容，然后匆匆走出去，下了楼梯。这个短语对我来说很新鲜，我猜是都柏林的俚语。没过多久，我开始阅读詹姆斯·乔伊斯的作品时，又遇到了它，发现是一位麦考伊先生在跟利奥波德·布鲁姆进行了一番漫无目的的对话后说的。当然，由于之前发

---

① 穿着裤子骑行时戴在脚踝周围的C形薄金属环，旨在防止裤脚被链条卡住或弄脏。
② 原词为"tolloll"，出自《尤利西斯》。乔伊斯通过重复音节模仿钟声的绵延回响。——编注

生的尴尬事,我羞于再去国会剧院,所以我的半天假期就在书店和书摊上度过了。

1950年的都柏林,民风更为淳朴,二手书会被摆放在店外的支架桌上,上方支着帆布遮阳棚以防骤雨。任何想要的人都可以随手取走一本书。我是在学士步道的一个书摊上发现这本薄册子的,那里俯瞰着利菲河,书名是《乔伊斯导读》,作者T. S. 艾略特。我随手翻开,纸张是淡柠檬色的,印刷字体很小,字母呈现出深邃的凹版黑色。一句话猛然跃入眼帘:"所有的人都为自己祷告,迪达勒斯先生高兴地舒了一口气,把菜盘上沉甸甸的盖子揭开,盖子周围的水珠闪闪发光,简直像珍珠一样。"[①] 这一幕是迪达勒斯家的圣诞晚餐,是透过小斯蒂芬的眼睛看到的:炉火熊熊,欢声笑语中夹杂着机智妙语,点缀着去皮杏仁和冬青枝的葡萄干布丁,欢乐满溢,酒杯不断被斟满,直到突然爆发关于神职人员干政的争论,以及查尔斯·斯图尔特·帕内尔通奸一事被发现后,教会对他的穷追猛打。读着它,我意识到,这可能是我们家或爱尔兰许多家庭中的圣诞晚餐场景,或许没有同样的博学,但有着同样撕裂人心、使人刻薄不肯原谅的苦涩。我花了四便士买下它,随身携带,甚至带到药剂学讲座

[①] 出自詹姆斯·乔伊斯《一个青年艺术家的画像》,译文据黄雨石、黄宜思译本(江苏凤凰文艺出版社,2018年9月)。

上，以便随时阅读并抄录那些如迷宫般错综复杂又熠熠生辉的句子。正是在抄写的过程中，我开始领悟到它们的伟大之处——那些简短无瑕的对话片段，对尸体、阉牛、猪群、母牛、海洋与礁石丰富的描绘，以及随后超凡的升华，层层叠叠的世界在其中展开。

挂着三个金球的当铺①就在卡普尔街。因为是周一早晨，店里忙得很。我那件漂亮的戈雷裙在"水晶舞厅"已经小有名气，可几乎没人邀我跳舞，于是我决定把它当了。我借口生病，从药店请了一上午假。四年学徒期间，我只请过两次假，一次是为了去当铺，另一次是去穿耳洞的那天早上。当铺柜台上堆满了东西：旧衣服、西装、装着床单和枕套的脸盆、体面的套装、运动外套、假牙，还有一个医学生带来的骷髅标本。那骷髅泛着病态的黄色，活像老钢琴的琴键。人们总在周一早晨来当东西，通常周六前就能赎回去。有个男人不停用台球杆指着我们每个人，管它叫"吉尔达"——他根据丽塔·海华丝②饰演的角色给球杆起的名字，"好心的坏女人吉尔达"。接着，他絮絮叨叨讲起得到这球杆的经过：他在建

---

① 自中世纪起，当铺的典型特征是门口横梁上悬挂的三个金球。
② 丽塔·海华丝（1918—1987），美国著名女演员，20世纪40年代红极一时的性感偶像。有时亦称"爱之女神"或"美利坚爱神"。《吉尔达》是她主演的一部1946年的美国黑色电影。

筑工地出了事故，裤子被铁丝网钩住，摔得够呛，丢了工作，赔偿金足足等了两年才拿到。突然间，他与当铺老板争执起来，骂对方是个放高利贷的，该死的吸血鬼，说我们都被坑惨了。这就是都柏林的特点，故事俯拾皆是，而许多都围绕着贫穷展开。我用那条裙子换了五英镑，还有一张蓝色赎回票据，不过，我知道自己不会再回去了，因为一切感觉都将不复从前。

我的贞德已逝，衣服也不多了，我正疯狂祈求上苍，这次不为爱情，只为金钱。我的祷告得到了回应。我姐姐是位秘书，为铁路公司某位"高层"工作，于是我得到了一份为他们杂志撰写每周专栏的委托。要求写六百字左右的轻松短文，内容需引起女性的兴趣。我将获得一笔高达一基尼①的丰厚稿酬。我选了"萨比奥拉"这个笔名，并不清楚其来历，只隐约记得这是埃及法鲁克国王宫廷里一位妃子的名字。每篇胡言乱语的专栏顶端，都印着我的虚拟形象，一个剪着波波头、叼着烟嘴的妖艳女子画像。我的文章必须与那些更为严肃的专栏形成鲜明对比，比如《一位养老金领取者的哀叹》《离奇的铁路事故》《致敬都柏林巴士司机》《非法货运》《诺克班车服务》，以及"蒸汽机车时代落幕"之际《柴油机车的华丽登场》。由于无暇漫步城市或采访民众，我的

---

① 即 21 先令。

选题往往略显宽泛，从金色秋夜的欢愉，到忏悔星期二煎饼的烹饪技巧，皆有涉猎。我会走进服装店，向采购员打听最新时尚潮流，得知由于都柏林阴雨连绵的天气，长发风潮即将兴起，当地女士很快会追随美国的热潮，陷入"贝雷帽狂热"。这与詹姆斯·乔伊斯笔下的世界相去甚远。

　　从郊外望去，都柏林宛如童话之城，串串灯光为天空染上粉红，离城越远，天色便越发浅淡。我和彼得·阿伯拉尔是乘巴士前往的。我清楚记得那注定要发生重大事件的夜晚。初见他是在报社办公室，我一次次带着稿件前去，盼着能被采用。透过新闻室长长的玻璃窗，我看见记者们正伏案工作，唯独他总低垂眼眸，沙色睫毛纤长，显得格外沉静。我暗自唤他彼得·阿伯拉尔——他因爱恋爱洛伊丝，而被克吕尼的中世纪神职人员阉割。①

　　后来的一天晚上，我有机会和他说上话。我写的一

---

① 12世纪，巴黎圣母院的神父福尔贝委托彼得·阿伯拉尔为自己外甥女爱洛伊丝授课。阿伯拉尔与爱洛伊丝相差二十多岁，坠入爱河后一起私奔。后阿伯拉尔独身返回巴黎，向福尔贝请罪，决定正式迎娶爱洛伊丝，但请求福尔贝不要将他们的婚姻公布于世。两人与福尔贝发生了不少冲突，阿伯拉尔不堪其扰，把爱洛伊丝送去了修道院。福尔贝安排一伙人夜闯阿伯拉尔的房间并阉割了他。

篇文章被报纸的女性版面采用了。那篇文章写的是一处尚未被人发现的海滨度假胜地。我去过那里，只是简单地记下了我所见：那绿色而高耸的巨浪，那长长的湿漉漉的黄色沙滩，以及远处一座看起来孤零零的塔。文章被采用，我感到非常自豪，因为我知道家里人会读到它，而我母亲或许会原谅我对文学的抱负。在听完药理学讲座回来的路上，我去领取应得的稿费，编辑说过钱会放在她的桌子上。令我高兴的是，那里有一张还带着温度的报纸，油墨尚未干透："尚未被发现的波特拉尼海滨"，但署的不是我的，而是我姐姐的名字。我被剥夺了自己的荣耀时刻，于是走进走廊寻找编辑、副编辑，任何能纠正这个错误的人。透过一扇窗户，我能看到他们所有人，编辑和排字工都在工作，彼得·阿伯拉尔也在其中。他看到我有些激动地挥舞着那张报纸，便走了出来。他接过它，退进里屋，片刻后回来，抬头处赫然印着我的名字，粗黑醒目。他问我是否愿意找个时间喝一杯，于是我们在德拉姆康德拉的一家酒馆见了三次面，双手在桌下彼此触碰，而我不习惯的威士忌，像火一样灼烧着我的胃。某个傍晚，柜台后与我们熟络起来的友善女孩问我们是否要订婚了，他露出了最美丽而莫测的微笑。

下了车，我们穿过一道门，走进田野，沿着田边下到一处洼地。他在低垂的树丛下把雨衣铺在微湿的草地上。当他牵我的手扶我坐下时，我觉得，这举动多么绅士，也看出他同样羞涩。这次献身对我而言具有原始仪式般的重要性，但很快我的思绪就被打断了。彼得·阿伯拉尔褪下长裤，正要与我欢好，此时再说"我想更了解你"或"我想聊聊"或"我们能穿上衣服回大路上去吗？"都已太迟。我最渴望的，是能在那片永远不知其名的野地里，听见"我爱你"这三个充满魔力的音节。

我的目光向上倾斜。树枝与细小的枝丫，在夜空中显得如此宁静。第一次的冲击捅破了爱的幻象，但我那有些歪斜的理性认为，必须经历这种粗暴的启蒙，才能让我们踏上真爱的道路。我抓住稀疏的草叶，仰望那几颗惨淡而孤寂的星，心想，将来会有更快乐的栖所与繁星之夜，便竭力抑制住啜泣。很快，他的喊声就穿透了周遭夜的寂静，将我的呜咽压得更低。我请求他抱住我，他照做了。片刻后，我们站起身，各自找了棵树倚靠。我们穿上衣服时，都默不作声。

后来，我们走了很远，来到一家酒馆。在楼上的房间里，我们坐在一张用铰链固定在墙边的折叠桌旁。四下无人。也许是我太拘谨，吃不下多少东西，也许是我太担心彼得·阿伯拉尔可能付不起两顿饭钱。我喝着茶，看着他切掉一大块排骨边缘的肥肉，然后开始吃，还有煮土豆和豌豆，这些菜是用一个煮蛋的小锅端上来的。豌豆不断从他的叉子上滑落，这似乎让他有点恼火。我确信——尽管永远无法证实——他在德拉姆康德拉暗示的爱意，以及我们之间的文学联系，都已不复存在。由于他在报社工作，能在海外小说被禁之前看到它们，我询问了阿尔贝托·莫拉维亚的《同流者》，这本书被认为冒犯了爱尔兰民族。但彼得·阿伯拉尔不愿多谈。有两个词在我脑海中不断重复——处女膜和处女蕨，它们发音相同，意思却天差地别。处女膜，"通往女性之门入口的一层薄膜"，以及处女蕨，"一种叶子细如发丝的植物"。我记得在书店里读过半部戏剧《塞莱斯蒂娜：西班牙女郎》，其中一位叛逆的女人专门修补处女膜，好让未来的情郎们愚蠢到"再次陷入她们的裙摆之中"。但那是1502年的萨拉曼卡，而这是20世纪50年代的都柏林。

我们乘公交车返回城里，在终点站轻松地道别。直到走回家的路上，我才开始一点一滴地重温那一刻，但其他琐碎的念头不断侵扰，比如草地的潮湿、我丢失的水钻发夹、不断从他叉子上滑落的豌豆、他金色的睫毛、他那美妙如神父般的声音——若非他是个十足的罪人，这声音足以让克吕尼、巴黎或萨拉曼卡的会众为之倾倒。快到家时，我突然心慌起来，生怕姐姐和安娜察觉我身上巨大的变化。她们早已起疑，认为我正堕入放荡的生活，暗自揣测：如果不是为了招摇，为何要戴一条绅士用的装饰围巾？更何况，这么晚归家总得编个理由，但这些都比不上我内心必须给自己的交代。进门后，我要把内裤泡在漂白水盆里，让所有证据都消失。

　　接下来的那个周六晚上，下班后，我骑车去了码头区的一座教堂，希望那里的神父能比卡布拉圣血教堂里的恶魔更宽容些。我想起自己滴在田地上的血，牛群会去嗅闻那块地方。在告解室的私密空间里，我粗略地讲述了自己的"堕落"，他听后直起身子，圆鼓鼓的脸颊紧贴着狭窄的格栅，说这种罪行，这种可憎的罪孽，无法遮掩，必须向上帝和他的使者彻底忏悔。当我断断续续羞耻地道出实情时，这罪似乎更加可憎，他则怒火中烧。我以为隔在我们之间的挡板会被震塌。接着，他问我有多懊悔自己的罪，是否承认基督——灵魂的渔夫——必须将我从那充满瘟疫、邪恶与污秽的罪孽泥潭中打捞出来？他提醒我，除非我彻底赎罪，并决心从此远离这万恶之首的罪孽，否则不可能得到救赎，不可能被打捞上岸。他询问是否谈及婚嫁之事，我因惧怕后果，便说那人已去了英国，没有留下地址。他给我的忏悔惩罚堪称艰巨——要十年又十年地念《玫瑰经》，每天做弥撒和圣餐礼，我心知这根本不可能，因为我必须在八点半前赶到药店上班。走出告解室时，我满心困惑，周围目光灼灼，仿佛在质问我为何在里面待了那么久。想到自己编造了彼得·阿伯拉尔逃往英国的谎言，现在只得去码头区的另一座教堂（那里有五座教堂）再次告解，才能为即将领受的圣体获得第二次赦免。

尽管田间闹剧收场,我还是将珍藏的詹姆斯·斯蒂芬斯的《玛丽玛丽》寄给了彼得·阿伯拉尔,帕斯卡尔坚持要我保留这本书。为营造成熟气质,我在扉页抄录了彼得·阿伯拉尔在德拉姆康德拉酒馆说过的一句经文:"蜜糖于患黄疸者口中亦觉苦涩。"

直到11月,亡魂之月,他才给药店打来电话,邀我周日去他家与妻儿共进午餐。砾石地上散落着玩具和一辆三轮车,虽是冬日,厅门却大敞着。屋内有些凌乱。最令我难忘的是,他在厨房窗台的石沿上磨切肉刀,随后从容地切开烤肉的情景。五个月未见,他几乎没正眼看我;那双令我倾心的蓝眼睛,依然带着疏离的戒备。饭后,他从门后挂钩取下外套要去上班,他妻子让我留下。那时我心头发颤,以为她要质问我,但她没有。她只说他们是青梅竹马,没人能插足。她是个瘦削的女人,脸上有雀斑。那个周日,一切似乎尽在她的掌控之中,督促孩子们吃完饭菜,又问他几点能回家。

后来有一天,她给药店打了电话,叫我去见她。我去了,以为她发现了什么,但根本不是那回事。他坠入了爱河。她之所以知道,是因为在翻他口袋时,发现了各种赞美这段新恋情的顿悟之词,这对他而言是个巨大的冲击。他删去多余的词句,打了一次又一次草稿,直到找到最完美的那句:"在那位阴郁的女人之后,你寻找着能契合你内心不规则角落的人。"她拿出一瓶自圣诞节就放在那儿的雪利酒,我们喝了几杯。然后,在悲痛中,她把空瓶砸在厨房水槽的瓷面上,摔得粉碎,反复念叨着那句刺痛她的话:"在那位阴郁的女人之后,你寻找着能契合你内心不规则角落的人。"

我无法告诉她我的欺骗行为,相反,为了证明我那有些可疑的忠诚,我投身于激烈的诗的创作。

> 哦,阴郁的女人,
> 披着披肩,肋骨嶙峋,
> 我本可以更好地侍奉他,
> 用我的小调。
> 但男人们总爱那微光,
> 于是他的幽灵,
> 在我们之间被劈成两半,
> 阴郁的我与阴郁的你。

我新结识了一位朋友,罗里,他在《爱尔兰时报》旁的皇宫酒吧工作,那里是文人雅士聚集之地。

"啊,薄伽丘都比不上这儿。"他总爱这么说,一边复述着偷听来的种种——即兴的诗与颂,还有个叫艾伦·C.布雷兹的男人从英国带回一副假牙,声称那是T. S.艾略特的遗物。但比起每晚的谈资,这些都黯然失色:从晨祷夜课到三段论,扬抑格与长短格,再到那个多余的撒号、维吉尔断裂的诗行,还有亚里士多德的白板说。据罗里所言,酒客分两种,一种如乔伊斯笔下那般滔滔不绝,另一种似贝克特剧中人——那些贝拉夸①,孤独的先驱,克拉普②的雏形,盯着杯中酒,"沉溺梦境,渴望逃离"。

学者们用亚历山大诗体(不管那是什么)交谈,互相抛掷希腊语和拉丁语俏皮话,豪饮如尼亚加拉瀑布般汹涌,祝酒词是"为未来的干杯而饮"。主编斯米利③先生头戴绿色宽檐帽,身穿金丝雀黄的背心,常在夜晚十点左右现身,有时还会哼唱社论片段——他稍后要润色,同时挥手驱赶纠缠者:"让开,蝼蚁们,术士们,靠边站。"罗里说斯米利先生的指甲修剪得酷似济慈生前所用钢笔的笔尖。在他周围,私人雅座里簇拥着他的亲信,还有几位最受青睐的记者,包括罗杰·凯斯门特④的哥哥汤姆——他是该报的象棋专栏记者,拖沓懒散。还有两

---

① 但丁《神曲·炼狱》中的次要角色,被认为是懒惰的缩影。
②《克拉普的最后碟带》是塞缪尔·贝克特1958年的一部剧,被认为是贝克特的主要戏剧之一。
③ 即罗伯特·斯米利,《爱尔兰时报》的传奇编辑,从1934年起担任主编,直到1954年去世。
④ 罗杰·凯斯门特(1864—1916),爱尔兰民族主义者,一战期间因叛国罪被英国处决。他在英国外交部担任外交官,成为人道主义活动家,后成为诗人和复活节起义领袖,被称为"20世纪人权调查之父"。

位天才，分别是诗人帕特里克·卡瓦纳①和作家弗兰·奥布莱恩，后者还以迈尔斯·纳·戈帕林为笔名在《爱尔兰时报》撰写专栏。据他自己所言，"他那谦逊而不倦的笔触在羊皮纸上记录下这个国家的点点滴滴"。谦逊他未必算得上，但凭借犀利的机智，他嘲弄了都柏林市政公司、妻子、公务员系统（令人惊讶的是，他自己也是其中一员）、骑自行车的人、艾比剧院、保险推销员，以及爱尔兰的普通百姓，这些人被他称为"被上帝愚弄的蠢货和呆子"。

帕特里克·卡瓦纳，莫纳汉的山丘和扭曲的树枝仍流淌在他的血液里，他声称，除非泥土含在口中，否则歌手就唱不好歌。正如罗里所说，很难将这个男人与诗人联系起来。这位诗人曾写下如此动人的诗句：

> 爱意盎然的河岸，运河的碧水，
> 为我倾注救赎，我跟随，
> 上帝的旨意。

然而，这个男人可能粗鄙不堪。他曾与一位女士约定在格雷沙姆酒店喝下午茶。她是住在米德兰的老姑娘，

---

① 帕特里克·卡瓦纳（1904—1967），爱尔兰诗人和小说家，20世纪最重要的诗人之一。

是他的诗歌崇拜者。这个表面粗鲁实则害羞的男人，决定带几个混混去活跃气氛。透过屏风和几株高大的蓖麻植物，他们瞥见了她——独自一人，灰头土脸，戴着针织帽和配套的针织手套。他们一言不发，退回到外面的街上，卡瓦纳像公羊般蹦跳着说："那可怜虫永远别想让人热血沸腾。"

他们的生活，正如他们的朋友约翰·瑞安[①]在优美的回忆录《追忆往昔》中所写，混乱不堪。卡瓦纳"过着无妻的生活"，在彭布罗克街租了一间单间公寓，浴缸里堆满了空沙丁鱼罐头，客厅里放着一台打字机和二手切斯特菲尔德沙发套件，窗户上还挂着一面从卡车上偷来的后视镜，用来观察来访者是受欢迎还是不速之客。就在圣诞节前不久的一个夜晚，令整个都柏林震惊的是，麦奎德大主教"为了向神圣的贫困状态致敬"，决定拜访这位诗人。碰巧卡瓦纳当时正在招待一位"夜之女郎"，因此，他不得不用各种借口搪塞前来通报大主教即将到访的教士，比如房间凌乱、厕所未修。不过，诗人最终还是同意下楼与大主教会面，并得到了一件手织毛衣、一瓶鲍尔牌金标威士忌和两百支甜阿夫顿牌香烟。

他的日常作息一成不变。黎明即起，有时会写上几

[①] 约翰·瑞安（1925—1992），爱尔兰著名文学家、艺术家，创办了杂志《特使：文学和艺术评论》。

行诗，然后出门买报纸研究赛马表格，在附近的酒廊快速喝杯麦芽酒，乘巴士前往格拉夫顿街，到他最常光顾的麦克达兹酒吧，再去赌马店，每隔十五分钟又回到酒吧——这一切都得益于他押注赛马时出人意料的好运气，主要是押冷门马。晚上，他会去酒吧，由斯米利先生坐镇，罗里目睹了卡瓦纳时而沉默时而暴怒的状态。当住在伦敦的路易斯·麦克尼斯[①]胆敢闯入他们的圈子时，卡瓦纳用《阿马吟游诗人》的曲调嘲弄他："滚回去为费伯出版社卖苦力吧。"夜晚降临，互相较劲的诗人及其追随者打斗起来。

在这些圈子里，乔伊斯常被提及，但并非总是美言。诚然，他有过顿悟时刻，可作品里充斥着粗鄙内容，还透过一层"朦胧"晦暗地窥视世界。更甚者，他不少素材竟厚颜照搬《汤姆街道指南》[②]。当被问及是否像乔伊斯时，迈尔斯会说"那简直跟底特律八竿子打不着"，还说《芬尼根的守灵夜》是"文学内衣的钱包"。这本书连同

[①] 路易斯·麦克尼斯（1907—1963），爱尔兰诗人和剧作家，也是奥登圈子的成员，该圈子还包括 W. H. 奥登、斯蒂芬·斯彭德和塞西尔·戴-刘易斯等。

[②] 即《汤姆爱尔兰年鉴和官方指南》，1844 年由亚历山大·汤姆首次出版，记载与爱尔兰相关的统计信息，每年修订一次。随着时间的推移，它逐渐囊括了都柏林所有街道的信息，以及爱尔兰其他城镇和地区人们的姓名、地址和职业。乔伊斯写作《尤利西斯》，很大程度上依赖于该指南的 1904 年版。

《飘》，是他五次翻开却始终未能终篇的两部作品。然而，他最尖刻的嘲讽留给了大草原教授们——那些美国人操着"土腔"，专程来都柏林撰写关于乔伊斯老爷的论文，将伊萨卡章节的核心意象与埃克尔斯街7号的门锁相比较，以此向布卢姆夫妇致敬。[1]

我第一次和退休警卫帕斯卡尔一起去艾比剧院，站在大厅里，一想到叶芝、格雷戈里夫人[2]和辛格[3]也曾站在同一个地方，就感到头晕目眩。那出戏是叶芝的《凯瑟琳·尼·胡里汉》，西沃恩·麦克纳[4]饰演凯瑟琳，那个哀叹的女人，爱尔兰的化身，她正在招募年轻人来为她的理想而战。这令人着迷。我当场决定放弃写作的道路，转而投身舞台。我想起自己曾试图加入那个演过《德古

---

[1] 伊萨卡部分指《尤利西斯》第十七章，布鲁姆夫妇住在埃克尔斯街7号，该章有一段内容讲述如何打开门锁。
[2] 格雷戈里夫人（1852—1932），剧作家、民俗学家和剧院经理。她与叶芝、爱德华·马丁一起创办了爱尔兰文学剧院和艾比剧院，并为两所剧院创作了大量剧本。此外，她也以爱尔兰神话为底本写了不少小说。她是爱尔兰文学复兴运动中的重要人物，该运动中的许多人物都曾到她家聚会。
[3] 即约翰·辛格（1871—1909），另译约翰·沁孤，爱尔兰诗人、散文家、民间故事搜集者。他是艾比剧院的创办者之一。其成名作为《西方世界的花花公子》，在艾比剧院首演时甚至引发骚乱。
[4] 西沃恩·麦克纳（1923—1986），爱尔兰话剧和电影女演员，最著名的话剧表演是萧伯纳的《圣女贞德》。

拉》的旅行剧团时的苍白尝试。但现在我更加坚定了。

希尔顿·爱德华兹和米歇尔·麦克利亚姆莫伊尔经营着盖特剧院，他们是都柏林最声名狼藉的两位人物。我未曾看过他们的舞台演出，却有幸在一次公交站等车时，目睹迈克尔加入排队队伍，众人都惊叹不已。他宛如半神，身披宽大斗篷，妆容精致，头戴赤褐色假发，尽显戏剧范儿。他正用天鹅绒般柔和的嗓音回应着一位对他赞不绝口的女士。至于我是如何曲折地弄到他家地址的，已无从记起，但至今仍保留着那张明信片，上面写着我可以在某个周日上午十一点半前往哈考特广场4号。

那将是我踏足的第一座剧院，充满异域风情。一张红色躺椅，深紫色墙纸上勾勒着羽毛纹饰，墙上挂满两位演员身着各式戏装的镶框海报与照片——他们的眼神如糖蜜般幽深邪恶，眉毛透着不羁。无论我在房间里走到哪个角落，米歇尔·麦克利亚姆莫伊尔的目光总从每一个可以想象的角落追随着我，令我坐立不安。他翩然现身时，依旧妆容精致，穿着及膝的印花真丝和服，与朴素的哔叽长裤形成鲜明对比。

我选诵的台词出自《凯瑟琳·尼·胡里汉》中那位老妇之口，她挨家挨户游说青年为爱尔兰赴死——西沃恩·麦克纳曾以如此笃定而深情的声音演绎这段独白：

　　从前面颊红润的，终将面色苍白；曾自由徜

伴于山丘、沼泽与灯芯草丛的人们,终将被放逐异国,行走在冰冷的街道上;多少宏图终成泡影;多少新生儿将会降临世间,却无人能在其受洗时赐予名姓。

我彻底搞砸了那些台词。以我当时那种不得体又莽撞的举止,就算看到墙上的画滑落下来,或是细颈酒瓶在银托盘上摇晃,那也不足为奇。他忍受了大部分场面,最后用安抚的手势和出人意料的温柔语气说,他相信我是某个古老而显赫的戈尔韦部族的后裔,随后便借口告退,希望我能自己找到出去的路。

走到阳光下,我崩溃了,觉得自己的人生道路是灰色的,是没有尽头的文学地狱,我永远无法抵达那个在痴妄中向往的帕纳萨斯圣山。

文学贝茜·邦特

因为总爱随口吟诵几句诗,我逐渐有了"文学贝茜·邦特"①这个名号。广播电台的一位昵称"巴尼"的记者给我取了这个名字。初次做广播节目那天,我遇见了他。那次节目讲的是圣布里吉特,乡村妇女与黄油的主保圣人,她的瞻礼日在 2 月 2 日。"文学贝茜·邦特",后来人们向我要嫁的那个男人介绍我时,用的就是这个称呼,尽管当时的我压根没考虑过婚姻这回事。

在彼得·阿伯拉尔之后,我曾立下贞洁誓言,但仍有几次平淡无奇的约会。其中一次是与一个往乡下送面包和蛋糕的男人,他会从南安妮街的水晶舞厅陪我走三英里路,回到凤凰公园旁北环路边的住处。那时的我,虽然沉迷于书本,却允许一个从未读过书的男人送我回家,

---

① 出自 1907—1940 年在男孩故事报纸《磁铁》上连载的"格雷修士学校"系列故事。贝茜·邦特是故事的中心人物比利的妹妹,个头高,胃口大,和她哥哥一样没有吸引力、自负、不诚实、贪吃、肥胖,但她比他更霸道,通常会喋喋不休地说明自己的意愿。

只为在前门台阶上无伤大雅的笨拙举动。还有一次,在基尔肯尼的一家酒店里,一个浑身散发着野性的鬈发无赖用香槟灌醉我,带我上楼进了唯一没锁的卧室。幸好一个女管家气冲冲地闯了进来,双手叉腰,喊道:"昨晚有位主教睡在这个房间,你们竟想玷污它!"他闻言立刻溜走了。

那是12月,我们的女房东叫我去接走廊里的付费电话。是巴尼打来的,邀请我和一位作家一起喝一杯,这位作家的书《怒海雄风》被改编成了电影,由斯宾塞·屈塞[①]主演。我要不要加入他们?为了让自己看起来更体面些,我戴了个红色暖手筒,那是我姐姐从一位富太太那儿借来的,我知道这能让我那件褪色的黑外套(粗花呢的那件早就扔了)显得不那么寒酸。这件黑外套已经泛绿,还被虫蛀了几个洞。

当我走进亨利街那家拥挤的酒吧时,巴尼热情地招呼我,仿佛我是他的旧情人。欧内斯特·盖布勒也在那儿,英俊得难以形容,面色蜡黄,深棕色的眼睛,轮廓如花岗岩般坚毅。我看过德国演员康拉德·韦特[②]的照片,

---

① 斯宾塞·屈塞(1900—1967),美国电影演员,代表作有《怒海余生》《孤儿乐园》《纽伦堡的审判》《猜猜谁来吃晚餐》《老人与海》等。
② 康拉德·韦特(1893—1943),最出名的角色之一是在《卡萨布兰卡》中饰演的德国少校。

觉得这人与之有几分相似，他的声音如此迷人，以至于所有人都对他言听计从，我也一样。他谈起自己去好莱坞的经历，对此嗤之以鼻，还提到一出本打算在纽约上演的戏剧，由萨姆·沃纳梅克①主演，可制片人和制片人的妻子为此争论不休，最终项目流产。他是那样见多识广，那样温文尔雅。他熟稔地谈起詹姆斯·乔伊斯，称利奥波德·布卢姆为波迪。我兴奋不已。机缘巧合下，我们发现彼此有个共同点。我每周都会为一位德国人调配两种胃药，那人总穿着黑色长大衣，戴着黑色绅士帽，说话带欧洲口音。原来那人正是他的父亲阿道夫。

第二天是我的生日，他一定是无意中听到我对什么人提起过。令我惊讶的是，当我午休关店准备去吃午饭时，发现他正轻敲窗户示意我出去。他开着跑车带我来到格拉夫顿街的一家店，在那里给我买了一件大衣，它超越了母亲、加文家的漂亮女孩们或医生的妻子们穿过的任何衣物。那是件灰色阿斯特拉罕羔羊皮外套，配着红色天鹅绒领子，很合身。那一刻，我已开始向"文学贝茜·邦特"告别了。

那个春天，我第一次去他在威克洛郡的家中拜访，彼时金雀花正与黄水仙一同绽放，沿蜿蜒的林荫道一路

---

① 萨姆·沃纳梅克（1919—1993），美国演员兼导演。

往北,可以看见冒出了绿色的锥形嫩芽。他徐徐开着,好让我饱览沿途风光,他很自豪地指着那些东西给我看。即便在那初识的日子里,他也半开玩笑地称我为他的"童养媳"。那座狩猎小屋并不十分宏伟,漆成白色,坐落于洼地中,背后是一片年轻的林地;他告诉我,那里有座女士花园和玫瑰园。虽名为湖畔公园,却并不临湖,湖泊在沿蜿蜒小径下行约一英里处。四周田野里羊群的咩咩声不绝于耳。站在前门的台阶上,我望见另一处山谷——据他说,那里住着一位波西米亚诗人,那人曾毒杀过自己众多妻子中的一位。他们还没有见过面,而我感觉他多半离群索居。

他的女管家南希打开大厅门,袖子卷起,露出结实而粉嫩的手臂。她责备他前两天没按说好的来,瞥了我一眼,便认定我是他失约的原因。为表和解,他递给她一个在格拉夫顿街的比利店买的棕色釉面咖啡壶,还有熟食店精选的晚餐食材。她看了看,轻哼了一声。

我独自在客厅等候时,望着墙上挂着的他的肖像。画以绿色为主调,他的皮肤泛着病态的绿光,眼中闪烁着惨淡的光芒,仿佛画家对他并无好感。房间昏暗,墙壁漆成深牛血色,半掩的棕色百叶窗挡住了大部分天光。

我怎么能想到,六周后,我这个未来的"童养媳"将会住进那里,穿梭于那些陌生的房间,却并非女主人——因为他的妻子带着他们的儿子回美国去了,而他们还保持着婚姻关系。我会住在这里，从一个房间游荡到另一个房间，带着些许迷茫与无措，好奇着在我到来之前，发生在其中的生活和爱情。

这一切来得太突然，太仓促了，我以为，我们要花上几个月，甚至几年才能互相了解。我怀念都柏林的生活，那些顾客，周六的夜晚，匆匆赶去商店买东西，买任何东西，因为讽刺的是，在遇见他的两个月前，我刚取得药剂师资格，周薪涨到了三英镑十先令。我怀念听罗里讲文人圈子的最新消息，以及那个闯入他们诗人圈子的耀眼美国女人，因为她的发色，大家都叫她"橘子酱"。欧内斯特虽是个作家，却是这些圈子的局外人，他唯一的朋友是J. P. 唐利维①。唐利维写了一部关于波西米亚式都柏林生活的小说，尚未出版，但据说会很劲爆。

事情是这样的：我从药店跑了出来，身上还穿着白大褂，躲避着要来带我回家的家人，而且，我从老板和他妻子的谈话中偷听到，如有必要，他们会把我"关起来"。"关起来"，无非就是送去疯人院，我脑海中瞬间闪过疯梅布尔的形象。他们知道了我的罪过，知道了我与那个邪恶陌生人的罪恶生活，以及我和他在他的乡间别墅度过了两个周末。那是封匿名信，在我母亲做完早弥撒出

---

① J. P. 唐利维（1926—2017），生于美国的爱尔兰小说家和剧作家。他最著名的作品是小说《姜饼人》，最初因淫秽被禁。

来时，看到信留在她的自行车车座上。某个非常了解我的人出卖了我，而那个人就此开辟了我未来的人生道路。

消息传来的那天早晨，药店里一片慌乱。老板忙着四处打电话找人顶替我，而他妻子则愤愤不平，因为我母亲打电话给了老板，而不是她。我决心做自己唯一能做的事，那就是逃跑。他们上楼去吃午饭的时候，机会来了。我照例穿过厨房，溜进后花园的小屋——那里存放着装在温彻斯特瓶里的药品库存，我负责把药分装到八盎司的小瓶里。我趁机逃进后巷，沿着游行路线一路狂奔，最终拐到更远处的主路上。为了不引人注目，我脱下白大褂，搭在手臂上。每晚七点，开往威克洛郡的巴士会从圣斯蒂芬绿地出发。我躲在树荫下等待，不知到了狩猎小屋时会受到怎样的对待。

我未来的丈夫拥抱了我。见到我时，他几乎像个孩子般欢喜，对即将到来的风暴一无所知。他想我了。壁炉架上放着几枚发夹，是从我头发上掉到床上的，他留着作为纪念。我心乱如麻地告诉他，会有人追来，把我拖回家关起来，但他不信，说诗歌让我胡思乱想，这类事只发生在遥远的黑暗年代。

飞机降落在马恩岛时，我望见盛开的金雀花，仿佛与威克洛郡那片花海相连，似乎这段距离不足以阻挡家人找到我。欧内斯特最终顺从了我的恳求，决定我们一起离开一星期左右，避避风头，等怒火平息。他联系了唐利维，对方正与妻子瓦莱丽住在马恩岛上岳母的宅邸里。正如他所言，那里与世隔绝，我们绝不会被找到。

只可惜我们被找到了。第二天早晨，我被一个陌生的警察押着走出花园，木栅栏的另一边有一群人在等着我：我的父亲、一位熙笃会修道院的院长，也是我父亲的朋友；我姐姐的老板，他曾雇我写"萨比奥拉"专栏（现在已取消）；我们的一位邻居；还有我哥哥。我哥哥走上前来，抓住我的胳膊，说："你得跟我们走。"但我并不想跟他们走，还冲动地说出再也不想见到他们的话。然而，前一夜，听到唐利维和欧内斯特那样漫不经心地谈论书籍，交流文学八卦，以及他们似乎熟知的出版商轶事时，我确实也产生了疑虑。唐利维谈到了来自俄亥俄州的盖诺·克里斯特，他是一个退伍军人，本来到三一学院学习，却成了各家酒吧的常客，结交了形形色色的酒友。唐利维的《姜饼人》就是从他身上得到的灵感，当时巴黎的一位出版商正在考虑出版这本书。至于我，每每想开口说点什么，却总是发现自己无法把话说完。唐利维的妻子瓦莱丽察觉到我的尴尬，见我不知所措，便替我解围。

修道院院长为了平息事态，举起挂在脖子上的金十字架，在我面前画了个十字。他是我最不害怕的人。我让他跟他们讲道理，告诉他们我不会回家。两名警察站在远处的路边，有些漫无目的，我哥哥拽着我的胳膊把我拉向另一辆车。天气酷热难耐,车内热得我能感觉到汗水从腋窝渗出来,浸湿了粉色的泡泡纱连衣裙。那是欧内斯特在去机场的路上给我买的新裙子,当时我们路过一个小镇,一家布店的老板被叫给我们开门。我哥哥问我是不是怀孕了。我可能怀孕了吗?我不知道。我有过性行为吗?有过。他说除了带我去英国之外别无他法。"堕胎"这个词没有被说出来,但意思已经很明显了,我眼前浮现出玛米·卡登的形象、昏暗的房间、一桶消毒水和死亡的画面。此时我已经歇斯底里,他正要扇我耳光,突然我们听到叫喊声。他从后窗看到,远处那群人已经打了起来。一时冲动之下,他冲出去保护自己人,车门都没关。我趁机下车,跑向附近的一栋平房,那里有个戴草帽的男人正在浇花,身旁趴着一只金毛猎犬。我问他是否可以把我藏起来,他竟然同意了,领我进了门厅,一位女士递给我一杯水。听到两辆车驶离那条寂静小路后,我知道他们已经走了,便请求那位女士打电话让瓦莱丽来接我。

回到厨房后,那场斗殴的细枝末节被反复谈论,夹杂着兴奋与厌恶。客人们把欧内斯特叫了出来,立刻围攻了他。他们狠命踢打他时,修道院院长和两名警察就在一旁冷眼旁观。这时,曾在纽约接受过顶尖拳击教练训练的唐利维卷起袖子赶来,冲进人群,和他们撕扯起来。结果是那些人离开了,去镇上的旅馆休息,双方约定,我和欧内斯特下午四点也过去,到时我会被送回家。当我告诉他们我哥哥的意图后,他们打消了去见面的念头,并通知警察,我们四点钟不会过去。

随后,我们听到了那架私人飞机从头顶掠过,我不禁思忖这趟飞行花了多少钱,父亲又是如何在如此短的时间内凑齐这笔巨款的。

正是在主楼毗邻的客用平房里,我未来的丈夫表露了他的心迹。他的脚踝被踢得青一块紫一块,两条小腿上还有绽开的伤口。片片皮肤像羊皮纸般垂挂着,遵照他的指示,我正用冒着蒸汽的水壶挨个烫那些伤口。我至今仍记得蒸汽升腾的弧线和他咬牙切齿的表情。

他已经用唐利维的打字机给我父母写好一封信,等着我签字。那是一封很令人难堪的信,对他们毫不留情。我实在难以将这个写信的男人,与那个给我买阿斯特拉罕毛皮大衣、将发夹摆在大理石壁炉架上作为纪念的男人联系起来。我说不能签字时,他对我小小的反抗尝试显得很惊讶,愤然质问,莫非我渴望回到他们那种愚昧野蛮的生活中去。

我最终还是签了字,落笔那一刻,我明白,从他们身边走向他的那一刻起,我已自断退路。

我们回到狩猎小屋,用温和小说中的话来说,安顿了下来。他给我钱买新衣服。我买了一条百褶裙和一件绯红色的开襟羊毛衫,袖口的小纽扣也覆着同样迷人的粉色，还有平底芭蕾鞋，因为他说我钟爱的高跟鞋对我不好。他在都柏林的一家图书馆为我办了借阅证，这样我就能读到所有最新出版的书籍，而事实上，开始了真正的作家学徒生涯。他为我拍了一张照片，我长发披肩，略显拘谨地站在大厅门旁，他自豪地将照片寄给了他的第一任妻子。我学会了烹饪。我抄下了伊丽莎白·毕肖普的一行诗，"圣诞树，等待着圣诞节"，尽管那时才4月。

作为一个恋爱中的女人，或半陷爱河的女人，我的孤独感超出了应有的程度。我们之间横亘着一道鸿沟，他身上有太多陌生而疏离的特质。有时我会注意到他脸上哀伤的表情，不禁猜想那是因为另一位妻子、他的孩子，还是他早年的生活——关于这些，我正逐渐了解。他的家庭支离破碎；他父亲是位巡回演出的单簧管乐手，曾带着乐团从爱尔兰迁至伍尔弗汉普顿，后来又重返都柏林，那时他父亲已与为他生下六个孩子的妻子分居。那个女人身材娇小，却言辞犀利。有次她带着一个女儿来草草拜访过。她上下打量我后，说道："在这栋房子里，你永远成不了盖布勒太太。"据他所知，他的祖先是从亚美尼亚来的提包客，移居到波西米亚后，与捷克人、德国人通婚融合，因此他父亲是个混血儿，母亲则是爱尔兰血统——或许正因为如此，某天当我偶然朗诵起贝托尔特·布莱希特的诗时，他会那般恼怒。

> 我,贝托尔特·布莱希特,从黑森林出来。
> 母亲把我带到城市,当我还躺在
> 她身体里。而森林的寒冷
> 将留在我体内,直到我死去那天。①

这不是我第一次看到那种冷漠的怨恨,仿佛什么本该属于他的东西被夺走了,或者更可悲的是,他自己抛弃了它,而这正是他写作的源泉。

在我们睡觉的楼梯平台对面有一个房间。一天,我鼓起勇气走了进去。一个角落里放着一张粉色婴儿床,上面挂着一串彩色珠子算盘,还叠放着一床粉色安哥拉毛毯。衣柜里挂着他妻子的几件衣物——休闲裤、围巾、衬衫,以及几双塞着鞋楦的徒步鞋,仿佛女主人刚刚离开一般。侧边的抽屉里放着叠得整整齐齐的内衣,还有各式各样的腰带。我从衣架上取下一件格子呢外套穿上,房间里没有镜子,我便去浴室照照,却撞见南希鬼鬼祟祟地躲在那里。她总是这样神出鬼没,越来越像《蝴蝶梦》里的丹弗斯太太那般阴魂不散。她说这件外套不适合我,更适合"另一位太太"。接着,她在我耳边小声说了些骇人之事:那位太太即将归来,而这个秘

---

① 出自《关于可怜的贝·布》。摘自《致后代》,黄灿然译本(译林出版社,2018年2月)。

密只有她南希知道。这将是个惊喜。那位太太已带着儿子、衣箱等全部家当，乘船前往科克郡的科夫港了。我明知这是让我不安的谎言，却仍像畏惧凶兆般胆战心惊。欧内斯特一直在写信给妻子，索要他们匆忙结婚后的离婚文件，而她也回信了，谈论着她的新生活，但两人之间的关系却比以前融洽了些。邮票上的图案全是美国英雄，我把那薄薄的航空信封举到灯下，希望能从中窥见些什么。

我对他有些畏惧，都是些小事，却暗藏深意。一只陌生的羊混进了我们的羊群。汤姆，也就是南希的丈夫，发现了这事。在所有蓝色条纹的羊中间，确实有一只带有粉红条纹的羊。他猜是某个心怀怨恨的农夫故意赶进来的，因为他在当地并不受欢迎。深夜，我们提着汽化灯，前往树林那边的田野。一看到我们，那只羊就开始跑，湖对岸农场的狗也狂吠起来，破坏了这次行动的秘密性。羊群疯狂地绕圈跑，那只罪魁祸首混在其中。结果，由于我提灯的角度不对，他两次抓错了羊，大喊着让我把灯拿正。那是个狂风大作的夜晚。他一边跑，一边用带来的绳子把羊赶开，或者说试图这么做。他大声叫我跟紧点，声音歇斯底里。他们跑得像灰狗一样快，毫无心机，不停地撞在一起，又四散奔逃。他两次抓住那只粉色绵羊的后腿，可它还是逃脱了。最后，当他差点被一个坑绊倒时,那只羊也绊倒了,于是他抓住它,跪下来用双手紧紧抱住。他让我放下灯,用绳子绑住羊的腿,我照做了,尽管它还在徒劳地疯狂挣扎。然后他把它抱在怀里带下山,它断断续续、可怜巴巴地叫着,其余的羊则早已仓皇从我们身边跑开,匍匐在低矮的石墙下,挤作一团,为自己的性命担忧。当他把羊塞进空草皮袋,放到汽车后座上时,它仍不时发出微弱的叫声并挣扎着。

我们从那里开车下行,进入第二道山谷,沿着一条分岔成更小路径的公路前行,通向一片广袤的沼泽地。一旦松绑,那只羊便冲过入口处纠缠的灌木丛,尽管戴着笼头,它仍不停地跑啊跑,最后我们看到它在疯狂而古怪地蹦跳,无疑是想挣脱绳索。它只是在逃到的第一个小土丘上跳着,在幽暗沼泽与深沉夜色的映衬下,灰蒙蒙的,像一块巨石。

我们沿着空寂无人的道路开车回家,一路上谁也没说话。

家里开始丢东西了。我留着晚上穿的粉色开衫不见了,母亲留给我的金链十字架也消失了。接着是他的物品,衬衫、夹克,最后连咖啡壶也没了。他怀疑是南希干的。某个周日,当她和汤姆乘巴士去六十英里外朝圣时,我们去了他们在院子里的住处。那里有条旧毯子,像集市摊位一样,摆着好几件物品,甚至还有些我们尚未察觉已经丢失的东西。

我们叫来南希,通知她被解雇了。她在他书房里来回踱步,尖叫着说这不公平;她的双手在说话,她粗壮的手臂在说话,她身体的每一部分都在说话,她发誓自己不会被赶到大街上,也不会像只迷途的羊一样被扔进沼泽里。她时而愤怒,时而痛苦。接着,她打出王牌,说起那些让他沮丧的事、让他心碎的事,还有那个他一起床,发现他的妻子和他们的孩子已经离开了的早晨。

她给他描绘了一幅画面:他从一个房间走到另一个房间,打开衣柜,却发现有些是空的,接着是那张光秃秃的婴儿床,他寻找着能告诉他这一切不可能是真的的迹象,然后像个疯子一样开车到村里的邮局打电话,但一切都是徒劳。她回忆他在书房里坐了好几个月,过着修道士般的生活,而她是唯一给他送饭、逗他开心,并唱歌的人:"橱窗里的小狗多少钱?那只摇尾巴的。"然后,她转过身来,对他说:"在遇见她之前,你只有我,没有别人。"她的丈夫出现在门口,完全不知所措,鞠着躬,手里拿着那条藏着赃物的毯子,不知怎的,当他展开它时,看起来可怜兮兮的。他们得到了缓刑。

我们带他们去都柏林的那天,是他们第一次来到这座城市。南希戴着一顶装饰着人造樱桃的草帽,穿着一件紧绷绷的亚麻外套。当我们进入城市郊区时,他们失望地发现房子那么小,杂乱无章,彼此还靠得太近。汤姆看见一个高大的黑人时，兴奋地拍着自己的大腿，想下车去聊聊《汤姆叔叔的小屋》，他曾在巡回电影放映中看过这部片子，坚信街上的这个人和电影里的那位一定是亲戚。

我们在格拉夫顿街的一家茶室吃了午餐，那里有位钢琴师，南希点了《橱窗里的小狗多少钱？》，并自得其乐地哼唱着。她给我带了件礼物——一条镶蓝边的白色法兰绒围兜，铺在桌上时还冲我眨了眨眼。她机灵地猜到我怀孕了，因为看见我清晨去树林里呕吐，知道其中缘由；但我们都心照不宣。

那晚，我在书房里向丈夫祖露心声，他的转变堪称奇迹。他露出无限的幸福，整个人变得温柔而惊异，所有敌意都烟消云散，仿佛迎来了本该拥有的新生，而那陈旧悲伤的世界已安然入睡。

我姐姐帕齐和我曾共事过的女性版块编辑露丝突然造访。当时我正在花园里栽种一排嫩莴苣。两人都穿着海狸毛大衣，在酷热中显得荒唐，或许是为了给欧内斯特留下好印象。他正在湖边给船只涂焦油、刷油漆，为我们要进行的一次旅行做准备。她们握了手，为不请自来道歉，接着姐姐拥抱我时，唤我"可怜的铜匠"，说她会在车里等，因为露丝有重要的事情要告诉我。那是个信封，上面有我母亲的笔迹。她当场就念给我听：

亲爱的露丝,

　　我不记得自从埃德娜那件不幸的事发生之后是否给你写过信。我本打算写的,但过去几周所做的一切似乎都从脑海中消失了。唉,露丝,这难道不是一场可怕的悲剧吗?可怜的埃德娜,我曾全心全意地爱着她。她伤透了我的心,我根本无法向你描述我的感受。这是我经历过的最大的打击,至今仍难以相信埃德娜会对我们如此残忍。她到底怎么了,还是她神志不清?她父亲让我写信给你,让你和帕齐一起去看看她。所以露丝,请务必去看看埃德娜怎么样了,你觉得能做些什么让她离开那个可怕的男人。如果她能离开那里,或许会恢复理智。问问她是否愿意见我,何时何地,并转告她,我依然像从前一样爱她,只是不明白她为何如此残忍,伤透了我和她父亲的心。他也深爱着她,对她对我们所做的一切,尤其是对她自己造成的伤害,感到无比痛心。愿上帝帮助并怜悯她,我相信他会的。我知道你也受到了惊吓,但露丝,没有人能像当母亲的那样感受这一切。我曾以为埃德娜不会做错事,她是那么活泼开朗、心地善良,但我想这也不能怪她。她是被人愚蠢地引入歧途,对她遇到的那个男人太过天真。我期待收到你的回信,相信你会为我打探,并如实告诉我们你对埃德娜的看法。可怜的艾琳也因此事深受打击,似乎她已为此忧心忡忡了许久,但对我们而言,这完全是晴天霹雳——直到最后一刻,我们才知道这件事,否则我们会及时出手阻止的。我甚至连续两个晚上去车站接她了,因她来信说要回家,可现在我确信她当时是逃往湖滨公园,根本没有回家的想法,只是为了拖延时间,好去见那个可怕的男人。我发自内心地祈求上帝在这场可怕考验中庇佑她,并请你转告她,露丝,我对她的爱一如既往,我希望她能见见我。

你非常诚挚的,
莉娜·奥布莱恩

她读信时,我低头望着那一排莴苣。它们在漆黑的黏土苗床上显得如此可怜,我浇过水的地方颜色更深。

"我看看。"我说着,从她手里接过信。

"但我不能没得到答案就回去见他们。"她说。

"我没有答案。"我说道,以为她会理解,但她没有。她因受挫而恼火,朝车的方向跑去,拒绝了我近乎哀求的喝茶邀请。

那是个阳光明媚的早晨,我已经怀孕六个月了,胎儿的小脚时常在我肚皮上踢动。我把两把厨房椅子搬到院子里，椅面相对摆放，一把椅子上放一盆热水，另一把椅子上放一盆冷水，用来洗头。洗完后，我坐在其中一把椅子上，用毛巾擦拭湿发，完全没有注意周围的环境，沉浸在《包法利夫人》临近尾声的情节里。这是艾玛·包法利临终的场景——她像具触电的尸体般从床上直挺挺坐起，头发散乱，双眼僵直圆睁，这时那个瞎子（死亡的预兆者）从她的窗下经过，哼着老套的情歌，歌声使她猛然支起身子："在可怕的痉挛中，她的心要从肋下几乎爆裂。"

我止不住地流泪。为什么现实生活不能像书中那样浓烈？为什么只有在书里，我才能为情感找到彻底的宣泄？

当欧内斯特发现我正在写一篇故事的初稿时，我们爆发了一场争吵。许多年后，这篇故事被命名为《小镇情人》。开篇第一句是"那是一条铺着蓝色柏油的乡间小路，夏日里，我们常在那儿散步。"他勃然大怒，说世上根本没有蓝色的路，但我知道确实存在。我见过，还曾走过一条，滚烫的柏油弄脏了我的新白帆布鞋。道路有各种颜色，蓝的、灰的、金的、砂岩色的、胭脂红的。他对此斩钉截铁。仿佛我写下这句话，就挑战了某种不可辩驳的真理。他必须事事正确，如果有人冒犯他，他眼中就会闪过憎恨，而我这个文学上的轻浮之徒却胆敢冒犯他，在他看来简直荒谬，因为他深信我属于他。

但私下里,我还是念念不忘那条蓝色的路,同时心知,它终会像冰川一般横亘在我们之间。

我给母亲写了离家出走后敢下笔的第一封信:

亲爱的母亲:

那是一件绿色丝绸褶皱连衣裙,细小的褶皱相互交织,还有一件相配的外套,是你嫁妆的一部分。我的生活已经改变,但在许多方面又未曾改变。如果我能和你说说话就好了,如果我能向什么人倾诉就好了。我身边的这个男人有些神秘,他有他的起伏,也有他阴暗的情绪。他父亲的家族来自亚美尼亚,是提包客,最终辗转来到捷克斯洛伐克的波希米亚定居。他们是个音乐世家,音乐流淌在他们的血液里。一个在布拉格当小提琴手的叔公或叔叔,宁愿砍断自己的右手,也不愿在盖世太保手下效力。他从未见过这位叔叔或叔公,只知道他叫赫尔曼,但他以某种痛苦的方式与他产生共鸣。他继承了亚美尼亚、犹太、捷克、德国和爱尔兰血统的特质,这些特质连他自己都感到陌生。有时我看到他脸上浮现出那样阴沉、忧郁的神情,不是针对我,或者不总是针对我,我就畏缩了。爱是你坚决反对的东西,就我而言,你赢了。他时而温柔体贴，某些夜晚，我们会一起坐在他的书房里，灯也不开，一切都显得温馨而柔情。但这不过是些插曲。比如，他曾梦见我举办了一场聚会，一场盛大的聚会，我租了帐篷，用玻璃碗盛着鱼子酱，还有成加仑的香槟。醒来后，他对我大发雷霆，仿佛我真的办了那场聚会，浪费了那么多钱似的。我正在尝试写作。我写了一条蓝色的路，他说，根本没有这种东西。我的思绪有些混乱。如果想想未来，比如十年或十五年后，我无法想象这样的生活还能继续下去。当枸杞和李子结果时，我会做果酱。他喜欢我做果酱，这让我确立了家庭主妇的形象。他的朋友们往往认为我配不上他，而且沉闷无趣。当我回想起德鲁斯伯勒时，总是会想起那里的霜冻，在我们清晨去做弥撒或做完回来的路上，高高的草上结着羽毛状的霜花，你喊着让我小心走路，以免我那双神圣的圣餐礼童鞋被弄脏。我的孩子出生后，你和我或许能再次成为朋友，这可能会让我们重新走到一起。我害怕极了，真的害怕极了。你的分娩之痛与我的交织在了一起。愿上帝保佑，当时机来临，我不会让自己蒙羞。

最终，婚姻的障碍被克服了，因为欧内斯特已受洗成为天主教徒，而他在登记处的第一次婚姻并未得到天主教会的承认。我在当铺里买了自己的婚戒,心中暗想:这会带来好运吗?那年我二十三岁。我的结婚礼服——那件黄褐色与暗褐色相间的裙子,也是我的孕妇装,前襟有一块可随腹部隆起程度调节宽窄的活褶。婚礼在7月一个阴雨的早晨,于布兰查德斯敦的天主教堂举行,两名工人被从脚手架上叫下来充当见证人。随后,我们在贝利餐厅吃了午餐,我的姐姐艾琳、诗人瓦尔·艾瑞蒙格①和他夫人都来了。正是在那里,我初次品尝了香槟,并对其产生了过分的喜爱。

四个星期后,我躺在哈奇街的产科医院里,即将分娩。在那里我感到安全,护士们细心周到,频繁进出,计算着阵痛的间隔时间,告诉我呼吸,深呼吸。尽管他们给我打的药让我昏昏沉沉,当孩子的头开始冒出来的时候,我仍能感受到最后几阵刺骨的疼痛,喜悦与激动的泪水从眼中奔涌而出。欧内斯特为有了儿子欣喜若狂,仿佛是他自己生下来的。

在接下来的日子里,我会起床望向婴儿床。安静时,这个受洗名为卡尔·欧内斯特的婴儿肤色如雪莲般苍白,哭闹时又涨得通红,小小的手指弹来弹去,仿佛有自己的脾气。他接受割礼的那天早晨,尿布上渗出一颗鲜亮

---

① 瓦尔·艾瑞蒙格(1918—1991),爱尔兰外交官和诗人。他的诗歌包括《一个最近的晚上》《在街垒保留地》《霍兰的田野和其他保留地》及《桑迪蒙特》等。

的血珠。我忍不住要看他,看那一小撮黑发,看那撮黑发下面头骨顶部的缝隙,两瓣头骨就像舱门一样开开合合。我一直在犹豫要不要把他抱起来,因为作为母亲,我觉得自己完全没有准备好。

玩偶之家

正是在伦敦，我找到了写作的自由与动力。我们于1958年11月搬到这里。那时我已有了两个孩子——卡罗①和萨莎，他们就像外婆家的牧羊犬那样，虽然整日打闹嬉戏，却始终结盟对抗令他们困惑的成人世界。

送孩子们上学后，我会飞奔回家写作，坐在他们深深的卧室中宽大的窗台前，用从爱尔兰带来的名为"Aisling"（意为梦境或幻象）的记事本写作。有次，一只昆虫，一只小蚊蚋，从装订线里爬了出来，吓得我惊跳起来，那一瞬，我仿佛被拽回了德鲁斯伯勒的乡野。记忆的潮水，以及比记忆更强烈的感受汹涌起来，让我全然忘记自己正身处伦敦一栋半独立式住宅，窗外的小后院正对着另一个小后花园，以及一片相同的红瓦屋顶住宅群。阴郁的郊区景象。

文字喷涌而出，如脱粒日②那天麦粒从秆上滚落一

---

① 卡尔后改名为卡罗。
② 在一些国家的农业地区，人们每年开始脱粒的日子。

样，坚硬的燕麦粒顺着滑道滚落，被装进袋子，谷壳四处飞扬，钻入人们的眼睛，他们不得不提高嗓门，才能盖过机器的轰鸣声彼此交谈。

在伦敦的第一个月，我去一所大学听阿瑟·米泽纳①关于海明威的讲座。当他朗读《永别了，武器》的开篇段落，写到士兵们行进在路上，靴子扬起的尘土与早已飘落的树叶时，我瞬间领悟了海明威如何完美地实现了把麦粒和谷壳分开的艺术。

在写《乡下女孩》时，我哭了很多次，但几乎没有注意到自己的眼泪。不管怎么说，那都是有益的泪水。它们触及了我未曾察觉的情感。眼前无比清晰地浮现出那个旧世界——我曾深信在那个世界，我们的田野与山谷中沉睡着某种古老的旋律，历经百年沧桑。夜里我会让自己梦见德鲁斯伯勒，以此唤醒记忆。一次，我梦到新生牛犊互相顶撞着争抢桶里的脱脂奶；另一次，则是绒毛如花瓣般柔软的雏鹅。而永远铭刻在我记忆中的一幕，是我用火钳夹着父亲的小腿骨，准备将其投入楼上那个从未生过火的小壁炉。母亲、父亲、田野、堡垒、临时围栏，雨中倒伏的玉米，烤箱里膨胀的面包。室内

---

① 阿瑟·米泽纳（1907—1988），美国英语教授和文学评论家。作品包括为 F. 斯科特·菲茨杰拉德和福特·马多克斯·福特撰写的传记。

与户外。5月里,树篱上是如同狂欢一般盛开的粉色和白色的花朵,山楂花瓣像彩纸屑般四处飘飞。

我又一次看见一只狗在洼地里舔食小牛胞衣,贪婪地吞咽着;我也再次看到那座幽暗的古堡,那里曾有人瞥见德鲁夫人身着睡袍的身影。也是在那里,某个夏日的礼拜天,一个鬈发女孩诱我进入"手术室"。屋内漆黑一片,低垂的枝丫掩住我们褪去内裤的身影,随后我们拔起沼泽中野鸢尾的茎秆,将沾满泥浆的湿漉漉根须塞进彼此体内,又呜咽着求饶。当我们发誓会永远保守秘密的时候,我们的哭喊交织在一起,被飞进飞出的蜂群嗡嗡的振翅声淹没。后来,当我们走到阳光中时,她的眼睛呈现出诡异的油亮黑色,瞳孔里跳动着金色的光斑。她威胁说,除非交出我最珍爱的物品——那条缝着粉色粉扑的乔其纱手帕,否则就要"告发"我。我只好照办。

小说开篇的段落围绕着我对父亲的恐惧而写——我突然醒来,猛地从床上坐起。只有心里有事时我才会睡不踏实。我的心跳得也比平时快。过了一会儿才反应过来是怎么了。想起来了,还是那个原因。他没有回家。

但正是我的母亲为那幅画布注入了生命,也为我的第一本书赋予了灵魂。甚至在写作时,我就预感到她会反对,因为她对文字总怀有戒心。"白纸从不拒绝墨水"是她诸多讽刺言论中的一句。我忆起她手持木槌搅动滚烫麦糊的情景,同时读着从日历上摘抄下来的诗句:

> 当一条条冰柱檐前悬吊，
> 牧童狄克呵着他的指爪，
> 汤姆把木块向屋内搬送……①

她抬头望向我，脸庞被蒸汽缭绕，说如果那就是写作，"他们钱来得可真容易"。

二十年后在伦敦，文字从我笔端倾泻而出，悬于纸上的笔尖移动得还不够快，有时我甚至担心它们会永远消失。

我收到了五十英镑的预付款，准备写一部小说。这笔钱由纽约的克诺夫出版社和伦敦的哈金森出版社共同支付。我有了这一大笔财富，便大手大脚地花掉，给丈夫买了一件套头毛衣，给家里买了一台缝纫机（缝纫并非我的强项），给孩子们买了一些塑料武器和锡鼓，他们的父亲对此颇有微词。而我自己则买了一小瓶香水，喷嘴处有一个橙色的橡胶塞。它的气味几乎带有宗教般的肃穆。有些夜晚，我会在耳后轻擦一点来提振精神。看到这一幕，卡罗和萨莎会感到不安，以为我要出门。但我们无处可去，也没有交到什么朋友。有时，在他们上床睡觉后，我会走到莫登那么远，阅读报刊亭橱窗里的手写卡片——黑猫寻回……招聘钢琴调音师……藤椅翻

---

① 出自莎士比亚《爱的徒劳》第五幕，朱生豪译本。

新。正是在那里，我萌生了第一部电视剧《婚纱》的构思。卡片上写着："鳏夫希望处理最近去世的妻子的衣物，完好如新，请夜间来电咨询。"五十年后，这部剧演变成了舞台剧《闹鬼》，讲述的是住在偏僻的布莱克希思的贝里先生和贝里夫人生活在婚姻熔炉中的故事。

我背叛了我的丈夫，虽然不是在行为上。他听到我与未来出版商伊恩·汉密尔顿在电话中交谈了几句，言辞明显带着柔情蜜意。伊恩是约我写这部小说的人，他喜欢我，并相信我的写作才华。但我并不爱他。真相是，我想被拯救——对一个有妻儿和出版社要打理的男人来说，这要求太高了。我们约好"上伦敦"（我这么称呼）共进午餐。我先去了温布尔登一家美发店，但不走运，发型师执意给我卷小发卷，结果顶着一头过时的蓬乱发型。尽管如此，这毕竟是三个月前我们到达滑铁卢车站后，我第一次出门和别人吃饭。刚到的那天，我觉得车站灰扑扑的，满是煤灰，鸽子笨拙地蹒跚，不像家乡的鸟儿那般轻盈。时值 11 月，当我们乘出租车从滑铁卢车站前往 SW20 区时，看到几座纪念碑周围的纸罂粟花环，只觉得英国是如此沉闷哀伤。

然而，此刻我正注视着皮卡迪利广场：那里人潮涌动，街角的报贩高声叫卖着引人注目的头条新闻，早版的晚报已被人从停下的货车中抛出，全然不顾其他车辆。这里是万物的中心。在邦德街，我询问了一匹青铜马的价格，我猜那是贾科梅蒂的作品，可一位身着考究、袖扣镶着美丽青金石的男店员却给了一个傲慢的答复。在摄政街的一家店里，我试穿了各式各样的高跟绒面宫廷鞋，就像我过去那位舞蹈老师常穿的那种。哦，那烦琐的程序：我穿着袜子的脚要放在一个倾斜的台子上测量，一个已不再年轻的胖女人说我的两只脚尺寸不同，让她的工作更难做。我选了一双黑色绒面鞋，鞋带系在脚背上。那不是我习惯的细绳鞋带，而是黑色塔夫绸带子，被她系成了蝴蝶结。走在那地毯上，我觉得自己仿佛要飘起来。当我从长镜中看到自己，那位敦实的女人夸赞我的小腿时，我已经想见自己穿着这双鞋去参加文学沙龙了。听到价格，我几乎晕了过去。

"二十英镑！"我重复道。

"是基尼，夫人。"她尖刻地说，意识到这桩买卖做不成了，便匆忙解开鞋带，将它们放回那个衬着灰白如净灰般的薄纸的白盒子里。我至今难忘那双鞋。

午餐是在舰队街的埃尔维诺餐厅吃的，我认为那里是文学精致品味的终极体现。餐厅非常拥挤，我们坐在靠窗的一张小桌旁。他点了一瓶红酒，还有牛排腰子派。我生怕我们会被发现。他不喜欢我的新发型，不时用手抚过头发，试图将其抚平，以此来确认他的吸引力。我不得不告诉他，我的丈夫听到了我们的对话，因为他用卧室的分机偷听，而我起初并未意识到。我只是因为他的一篇日记才发现。日记放在一个黄色保险箱里，总是上着锁。我在他书柜顶部的槽里找到了钥匙，读到了那些随着岁月变得愈发刻薄的记录：他把我从药店柜台后面拉出来，带我进入文学与优雅的世界，违心地让我在伦敦生活。尽管缺乏才智或认知能力，我已经开始冒充作家了。我只向出版商透露了与他有关的部分——我丈夫声称，出于对我的痴迷，他会出版我任何胡言乱语的作品。他显得局促不安，斟满我俩的酒杯后，凝重地握住我的手，意识到这段友谊再继续下去太危险。我会完成这部小说，它将是我们之间唯一的纽带。我想起柳树图案餐盘上的那幅画：两只伸向彼此的手，注定要分离。

每天一点四十五分，就该给丈夫送去伯爵茶和两片淋了橄榄油的微焦吐司了，我会合上记事本，盼着明天的章节已在心中安然酝酿。等孩子们回到家后，我烤着面包和海绵蛋糕，明知香气能让屋里欢快些，却也清楚自己无法永远困在那座俯瞰公共荒原、深陷雾霭的仿都铎式宅邸里。

没有争吵，没有发脾气，摩擦只是潜伏在表面之下，不断累积。吃晚饭的时候，察觉到了异样，孩子们会做些傻事，不可控制地大笑，或是讲述学校里听来的离奇故事：一场演变成血腥斗殴的打架，大男孩们"挤榨"小男孩，还有个叫珍妮丝·巴丁的女孩被诱骗到暗处。他们的父亲总是埋头阅读，通常是他订阅的《新科学家》

杂志。随着他对大气中的毒素和食物中有毒物质的担忧日益加深，我们的饮食也受到了严格的控制。他最爱的一本书是霍尼布鲁克①先生所著的《腹部的文化》，他会随意从中挑些段落朗读：

> 一个人无法在粪坑上保持健康。如果我们体内携带着粪坑，保持健康就更加困难……食物每天被摄入多次，往往过于频繁、过量，且质量不佳；但通常，人们只有一次机会可以排出废物。请记住，只要这些滞留在肠道中的"房客"未被排出，有利于恶化的条件就会持续作用：热量、湿气、含氮废物、无光照和微生物。这个缓慢的毒物工厂正全力运转，其产物会被输送到身体的各条高速公路和小路上。

作为两个孩子中较年纪较小的那个，萨沙以恶作剧的方式表达了他的不满。他刮掉了父亲自豪地涂在厕所马桶座上的新绿松石色油漆，还有一次，他弄坏了父亲用来设定早餐时间的红色塑料挂表。表上的两根指针通常设定在一点到两点之间，那时我会给他送早餐。我惊讶地发现时针和分针被拨到了十点，并意识到这是个恶

---

① 即 F. A. 霍尼布鲁克（1878—1965），伦敦身体文化主义者和作家。

作剧,因为在表下的纸上,萨沙写着:"希望你能看懂这个玩笑。"他自诩为初出茅庐的作家,并骄傲于自己的作文在家长开放日展出,页脚还贴着一颗金色小星星。在这篇文章中,家庭生活沉闷的一面被轻描淡写地一笔带过:

> 我和父母住在一个大洞穴里,每天早晨父亲都会外出打猎,如果运气好,他会猎到一头鹿。他外出时,母亲就在洞穴里打扫灰尘。

我用三个星期就写完了小说。它仿佛是自行书写的,而我不过是信使。我抄了更整洁的一份,寄给了海边黑斯廷斯的一个病人让她帮我打出来。我在《新政治家》杂志的末页找到了她的名字。她寄回稿件时,说这唤起了她很久以前在英国北部生活的记忆。如果我有机会去黑斯廷斯,她一定会欢迎我的。

我的出版商很高兴;他的直觉验证了,他们的审稿人、作家克利福德·汉利[①]写了一份热情洋溢的审读报告,并附了一封给我的私人信件,引用了罗伯特·彭斯[②]的诗句。

---

① 克利福德·汉利(1922—1999),苏格兰记者、小说家、剧作家和播音员。
② 罗伯特·彭斯(1759—1796),苏格兰诗人,主要用苏格兰语写作,所作诗歌受民歌影响,通俗流畅,便于吟唱,在民间广为流传,被认为是苏格兰的民族诗人。

我把备用稿放在门厅的桌子上,供我丈夫阅读——如果他愿意的话。一天早晨,他出乎意料地早早出现在厨房门口,手里拿着手稿。他读完了。是的,他不得不承认,尽管种种,我做到了。然后他说了一句话,这成了我们本已岌岌可危的婚姻的丧钟——"你可以继续写下去,但我永远也不会原谅你。"

仿佛通过书写,我抽走了他脚下的根基:我破坏了他内心对自我的信念,而我不能完全责怪他。在遇见他的六年里,当我如此忠实地扮演着文学贝茜·邦特的傻气时,我身上发生了某种变化,而他在这一变化中扮演了重要角色,如今我已蓄势待发。

但我们的婚姻还继续着。当出版社的支票寄到时,我不得不背书并交给他。每周我会从中得到一小笔家用钱作为回报。作为奖励,他给我买了一个小屋,让我能在花园里写作。那是个木制棚屋,配有一张桌子、一把椅子和一个油汀。每到周六,孩子们在家,在花园里玩耍时,他们会透过窗户对我做鬼脸,或是塞进字条,上面写着:我们想你了,我们生病了,我们对蒸馏杜松子酒感兴趣。他们既早熟又胆怯,再清楚不过我们过着提心吊胆的生活。

为何我如此被动,在外人看来或许难以理解,但对我而言却不然。我吓坏了,只想着让我们——我的孩子们和我自己——都能活下去。

一个陌生人打来电话，邀请我去杜尔维治参加一场诗歌朗诵会。他从出版社的朋友那里听说了我即将出版的小说，于是决定联系我。通常诗人们每隔一周的星期四在酒吧聚会，但这次却安排在他家里，而且不同寻常地选在了周日，因为特德·休斯会出席——那是他唯一有空的夜晚。终于！我读过关于文学圈子的描述：在旧金山，垮掉派诗人冲击着中产阶级的敏感神经；在俄罗斯，诗人们在地下聚会朗诵作品，因为印刷出版太过危险；还有几年前在苏豪区的一家酒馆里，包括迪伦·托马斯①在内的波西米亚主义者们聚集一堂。现在我要去杜尔维治，会见到特德·休斯，这位活着的俄耳甫斯。显然，我是独自受邀的，我知道丈夫对此心怀不满，肯定会在日记本里记上一大笔。

从坎农山巷的腹地到杜尔维治充满诗意的环境，真是一段漫长的朝圣之旅。为了换乘地铁，我异常早地离开了家——我已经在小巧的地铁图上研究过两次换乘路线，还要转乘前往杜尔维治的地面列车。从车站到那个奇怪地址的路上，遇到了一些小意外，但最终我还是找到了那里。窗帘没有拉上，透过窗户往外看，只见一辆放满瓶子的茶水推车，还有一架电炉，上面装饰着巨大

---

① 迪伦·托马斯（1914—1953），威尔士诗人，出版了一系列诗集，也从事剧本和小说创作，诗歌代表作有《不要温和地走进那个良夜》等。

的锯齿状纸浆饰面,泛着糖果般的粉红色光芒。一位女士正努力将孩子们赶出房间,却不太成功,她气急败坏地用手捋着头发。一个高个子、活泼的男人开了门,对我的准时感到有点惊讶——诗人本不该如此守时。他跟着妻子上了楼,让我自己倒杯喝的。在那青涩懵懂的岁月里,我很少饮酒,但经历旅途的焦虑后,需要喝上一杯;然而,我发现茶车上的瓶子只是装饰品,各种形状和大小的都有,包括两个有着细长黄色尖顶的利口酒瓶,全都空空如也。主人很快回来,换上了一件橙色天鹅绒夹克。他从口袋里掏出一小瓶威士忌,显然这是他的心头好。他从餐具柜里拖出一瓶文家宜酒,给我倒了一杯。他是个爱调情的人,聊天时频频眨眼。我见过哪些文坛巨匠?我读的是哪家文学"小报"?我有没有关注《倾听者》杂志上两位北方重量级人物的争执?我觉得特德·休斯是希思克利夫[①]的转世吗?霍沃斯教堂墓地[②]那东西是什么?

> 缪斯也曾垂青于你,
> 摇篮中你笑容明亮,
> 却有阴翳悄然降临,

[①] 艾米莉·勃朗特《呼啸山庄》中的主要人物。
[②] 勃朗特纪念教堂和勃朗特家族墓地的所在地。

（我不知何物）横亘其间。①

他热情高涨，一次也没等答复。他自己也盼着重拾诗笔，还想大斋节②期间钻研但丁。今晚注定不寻常，毕竟请到了头号诗人本人。酒吧演出常遇波折，诗人们带着保镖和粗野之徒，要求现金预付。宾客中除俄耳甫斯外，还有两位加拿大女诗人，以及一位叫阿奇的年轻人——在抵押贷款经纪行工作。阿奇正从水晶宫赶来，却为找不到保姆而犯难。

女主人身着天蓝色针织裙，配珍珠项链回来了，显然对丈夫不满，说孩子们周日晚上总失禁，必须想点办法。

"失禁。"他带着古怪的笑容说道，又灌了一口酒，于是她递过一个空杯子让他倒酒。她说自己叫珍妮丝，还有个双胞胎妹妹叫朱迪思。两人长得太像了，朋友们总爱开玩笑说：你好，朱迪思，珍妮丝怎么样？或者反过来。她问我是不是远道而来，有没有孩子，当我报出他们的名字时，想起离家时他们眼里的愤怒和无声的责备。她说她决不让自己的孩子长大后走艺术这条路，因

---

① 出自马修·阿诺德的诗《霍沃斯教堂》，这首诗因罕见地赞赏了《呼啸山庄》而闻名，当时艾米莉·勃朗特作品的价值在很大程度上还没有得到公众的认可。
② 基督教的一个斋戒节期，时间为复活节前四十日。这期间天主教徒进行守斋，以为复活节做准备。

为那是傻瓜的游戏,她丈夫听了说"一针见血",接着又仰头喝了一大口。

最先到的客人是那几位加拿大女士,从她们紧挨着站在一起、手牵手的姿态来看,显然是好闺密。年长的那位将发辫盘绕在前额,由于珍妮丝对此大为赞赏,我不合时宜地提了一句,这发型与我在书店见过的艾维·康普顿-伯内特[①]的照片颇为相似。主人突然爆发出一阵大笑:你们知道吗?当菲利普·汤因比[②]有幸与艾维和她朋友共进晚餐时,他居然在喝汤时睡着了!就在喝汤的时候!太可怕了,太可怕了。

他不时走到大厅门口,打开门,以为俄耳甫斯已经到了。他显然坐立不安,又闲聊了几句后,为了确认一切正按计划进行,决定给特德·休斯打个电话。电话放在侧桌上,黑色的听筒沉甸甸的。他从内兜掏出一张小字条,小心翼翼地读出那个无比珍贵、只有少数人知晓的号码,还因拥有它而得意地眨了眨眼。我们每个人都看着他拨号,随后,他把听筒举向我们,好让我们都能听到电话那头——大概是查克农场或樱草花山某处——传来的铃

[①] 艾维·康普顿-伯内特(1884—1969),英国小说家,作品主要关注维多利亚时代晚期或爱德华时代上层中产阶级的家庭生活。

[②] 菲利普·汤因比(1916—1981),英国小说家,也为《观察家报》撰写评论。

声。显然，特德·休斯已经出门，正在赶来的路上。

眼看时间流逝，他提议或许我们该开始了，先来点开胃小菜，权当序曲。两位女士中较年长的那位点头应允，目光大胆地凝视着，从她的棕色皮质乐谱袋中抽出一沓诗稿。她朗诵了几首，字里行间尽是瀑布、溪流与激浪的意象，皆是对各种高涨情欲状态的隐喻。众人礼貌性地鼓掌后，她的朋友接着念了两首明显受奥格登·纳什①影响的短诗。我的东道主此时已开始有些放肆，时而轻推，时而将手搭在我膝上。他说他即兴写了几行诗，也要凑个热闹：

> 还有那个绿眼睛的娘子，
> 身着红眼睛的裙子，
> 在昼夜交缠的尽头，
> 细数她的爱恋，
> 以先令与六便士计量。
> 噢，亲爱的妹妹，
> 噢，绿眼睛的缪斯。

珍妮丝尖叫一声，将杯中的东西直接泼到他脸上。

---

① 奥格登·纳什（1902—1971），美国诗人，以韵律怪异、结构奇特、含有淡淡讽刺意味的诗歌闻名。

要不是门铃恰好在那时响起,事态可能进一步恶化。我们屏住呼吸。来人是水晶宫的阿奇,他幸运地找到了临时保姆。他显得局促不安,外套没脱,一直低着头。当被问及是否在车站旋转栅门处见过一个高个子、黑发凌乱的男人时,他窘迫得无法作答。他坐在椅子边,从口袋里掏出一张折好的纸,认真地研读起来。他羞涩朗读的那首诗里,没有一丝美感、情感或激情,但我们的主人仍断定这就是诗歌的潮流——后现代潮流。房间里,弥漫着一种沮丧的觉悟:特德·休斯不会来了。

那位年轻的加拿大诗人给我们朗诵了几行《三贤士之旅》①以供解构,我们却绞尽脑汁不得要领。突然,我们的主人灵光一现:我们要效仿超现实主义者的做法,比如安德烈·布勒东那帮人,每人写一行诗,然后折起纸传给下一个人,这样就能得到一首可供解构的前卫诗作。就在此刻,早前因玻璃杯砸人闹剧离场的珍妮丝端着茶点回来了。她捧着一沓红色纸巾和奶酪盘,盘上摆着标签还挂着的新奶酪刀。与此同时,她丈夫从餐具柜取出六瓶黑啤,一边开瓶,一边冲我们眨眼,把它们摆好任我们自取。但我知道周日夜晚地铁会早早停运,从温布尔登车站开往坎农山巷尽头的末班车十点半发车,只得先行告退。

---

① 《三贤士之旅》,T. S. 艾略特 1927 年创作的诗。

经过坎农山巷的那条河时,离家还有几百码远,我听到青蛙震耳欲聋的求偶声。

我没有料到小说出版会引起这样的轰动,尽管之前已有一些风声。慈悲修道院的院长嬷嬷来信说:"我们听说你写了一本小说。我们对此持开放态度。"那张纸在我手中颤抖,我又看到了她那双审判者般的眼睛,左眼下睑上还有个小囊肿。我母亲的一位朋友——一位正在伦敦访问的医生太太——邀请我到大理石拱门的坎伯兰酒店共进晚餐。她盘问起这本书时起了疑心,没过多久,我母亲就写信来说,她希望并祈祷我不会给自己的家人带来耻辱和难堪。

出版后的日子一如其他日子,书评接踵而至,赞誉声中夹杂着来自家乡的刺耳之音。母亲在信中提及邻里的震惊、受伤与厌恶。我曾寄给她一本,她却只字未提是否收到。直到她去世后某天,我才在长枕套里发现那本书,冒犯之词已被黑墨水涂得面目全非。她预言,以后我每年假期回家,许多人都将对我避之不及。那位新教徒女邮政局长甚至对我父亲说,合该让我赤身裸体游街示众,接下来就该是乱石加身。

幸好,彼时懵懂的我,并不知晓麦克奎德大主教与时任司法部长查理·豪伊之间那些义正辞严的往来信函,两人一致裁定此书淫秽不堪,体面人家都该拒之门外。

他们还向威斯敏斯特的天主教大主教宣泄愤慨,《伦敦新闻画报》"文学闲谈"专栏那位素来理智的评论人竟对我笔下留情,三位显贵显露出显而易见的困惑。

偶尔也有些激动人心的时刻。演员罗伯特·肖在电视上采访了我,他对我颇为赞赏。之后,在休息室里与我丈夫相遇时,两人却怒目相视。与此同时,作家L. P. 哈特利正接受杰克·兰伯特关于此书的采访,称其为两个爱尔兰色情狂的轻浮故事。

家庭生活充满惩罚性。没有争吵,只有沉默与例行公事。如今翻阅日志时——那些他开着古董车带孩子们去温布尔登公地兜风的午后——我发觉他对我、对世界的怒火一直在持续。他常熬到凌晨三四点,听着音乐,并坚称自己在写作,可我未见任何成果,唯有这些尖刻的记录。据他所言,阿瑟·库斯勒[①]已背弃马克思主义原则,而处决罗森堡夫妇[②]的人自己也该坐上电椅。日记里写,我被新获得的名声冲昏头脑,对文学圈的贪慕日深,

---

[①] 阿瑟·库斯勒(1905—1983),英籍匈牙利犹太裔作家、记者和批评家。库斯勒是前共产党员,出于对苏联大清洗的反思,他的思想逐渐趋向自由主义,最终写著名政治小说《中午的黑暗》。

[②] 即朱利叶斯·罗森堡(1918—1953)和艾瑟尔·格林格拉斯·罗森堡(1915—1953)夫妇,冷战期间的美国共产主义人士。他们被指控为苏联进行间谍活动,被处以死刑。

世人却看不见，我的书得以存在，全因丈夫牺牲自己的才华成全我，甚至为此殉道。我被允许继续涂鸦，作为交换，他则完全掌控孩子们的生活起居与方方面面。一份浮士德式契约，只是我此前浑然不觉。

无路可逃。

在我的第二部小说《孤独女孩》出版后，梅努斯学院的英语教授彼得·康诺利神父撰写了一篇长文评论这两部作品，称赞其中对自然景色的描绘、对乡村生活和修道院教育的全景式呈现。在一封匿名信中——我收到过许多这样的信——我只发现了一张剪报，标题是"神父盛赞她"。

利默里克一个名为"意见"的文化组织决定召开公开会议，好让我的乡亲们能当面表达他们的保留意见。大厅里挤得水泄不通，原定开始时间已过半小时，仍有人不断涌入，或跪着，或蹲着，而我坐在主席台旁，紧挨着会议主持人和康诺利神父，心里毫无底气。正如后来的报道所言，会场里那种无形的压抑感，一时间仿佛印证了詹姆斯·乔伊斯笔下的爱尔兰确实是头会吞噬自己幼崽的母猪（他指的是小猪崽），或者用在我身上，就是会吃掉"那个三十岁谜一般的文学小崽子"。

主席狄龙先生上来就说，或许并非所有在场的人都读过今天要讨论的这本书，至少他读过。他接着表示，爱尔兰能在一位作家——无论男女——尚未去世或心灰意冷之前，就公开与之对话，实属罕见。随后，康诺利神父手持《乡下女孩》站起身来，建议大家在做出判断之前先把全书读一遍。他坦言自己注意到关于书中不道德的指控，但据他判断，该书无关道德，而非不道德。他着重强调了书中描绘的自然部分、地方感，以及乡村生活的粗俗趣味，并补充道，就算有些段落令某些人难以接受，难道文学的责任不正是要展现生活的全貌，包括其中的瑕疵吗？接着，他谈及会前与我的交谈，以及我因爱尔兰的狭隘思想和严厉审查制度而不愿在此居住的原因。当他提到易卜生也曾遭到挪威同胞的严厉批评时，听众对此并不感兴趣。

应他的要求，大家开始提问，而这些提问不可避免地演变成了长篇大论。一位女士率先发言，称书中的性描写毫无必要，令人震惊，且下流，除了赚钱别无目的。康诺利神父觉得有必要再次起身，告诫大家不要仅凭一两段文字就对一本书妄下论断，而读者本可以从那些"扎实、有分量且严肃"的内容中获益。他重申这本书并非不道德，而是无关道德，听众似乎对此表示怀疑。下一位提问者同样是位女士，她颤抖着说这对爱尔兰是多么悲哀的一天。我在这些内容中倾注了多少自己的生活？对修道院的描写有多少真实或不真实？我难道没有考虑过家人，以及给他们带去的耻辱吗？难道我不认为，将收入捐给慈善机构才是体面而有益的做法吗?这时,一位身穿绿色连衣裙、挥舞着绿色标语的勇敢年轻女子跳起来,激昂地唱起了"他们绞死男男女女,只因他们穿上了绿色"[①]。

狄龙先生认为认为男性的参与度不够,于是前排一位戴帽子、穿外套的男子言辞激烈地质问我:为何住在英国?为何在英国写作?难道我的村庄和社区经历不够丰富?难道没有值得挖掘的丰富素材?我回答说,不幸的是,正因为挖掘了这些素材,我正在遭受惩罚。一位几近中风的妇女厉声指责,说我显然背弃了基督教社会,过着放荡堕落的生活。康诺利神父立即制止,提醒在场众人这是公开会议,而非忏悔室。

于是,争论范围扩大到是否应将硬核色情内容拒于爱尔兰门外。我表示自己无论是在爱尔兰还是英国,都未曾读过此类作品,毕竟光是尝试写作已足够艰难。这番话引来零星掌声。另一位试图保持理性的男士追问,能否明确说明我与祖国之间的羁绊究竟如何——我是否在效仿本丢·彼拉多[②]洗手推责?听众有权知晓。我答道,这

[①] 歌词出自一首爱尔兰街头民谣,表达了对1798年爱尔兰叛乱支持者被镇压的哀叹。

[②] 本丢·彼拉多,罗马帝国犹太行省的第五任罗马长官。他最著名的事迹是判处耶稣钉十字架。在《马太福音》中,彼拉多洗手以示不负处死耶稣的责任。

份羁绊是完整的，因为每位作家对语言的热爱都始于名为"家"的地方。我引用了叶芝的话，他曾说斯莱戈的海崖为他早期的诗作赋予了声音，但这却招致讥讽，他们笑我竟敢自比威廉·巴特勒·叶芝，尽管我本无此意。

狄龙先生察觉到气氛渐趋紧张，裁定当晚应以积极基调收尾，并提议大家达成共识：无论我栖身何处，爱尔兰始终是，且将继续是我灵感的源泉。

《爱尔兰时报》的一篇社论赞扬了康诺利神父的勇气，并表达了此次会面可能标志着局势转折的希望。文章指出，长期以来，对爱尔兰作家的封杀与作品篡改，已成为"独立四十年来更为可耻的印记"。

母亲正在厨房桌上为我们清理一只鸡，准备让我们过完一年一度的暑假后带回伦敦。鸡内脏裹在报纸里，血滴落在瓷砖地板上。我们约莫一小时后就要出发。丈夫整个早晨都没和母亲或我说过一句话，只顾擦拭他的雷尔顿轿车。儿子们情绪低落，正忙着向他们心爱的去处告别——树屋、橡树堡垒、他们曾嬉戏打闹的干草棚，还有那辆因马匹惊跑导致萨沙摔落的干草拖车。农场帮工埃蒙要他发誓保密。当晚，母亲发现他身上的淤青问起时，他挺着小胸脯回答："我知道，但不能说。"

我正在后厨洗餐具，母亲继续给鸡拔毛。我既为即将离开感到解脱，又对前路充满恐惧。这段婚姻已濒临破裂。我清楚这一点，只是不知它将如何收场，甚至天真地以为它会永远持续下去。我反复冲洗着杯碟，只想独自待着。这时母亲突然厉声唤我名字，连唤两次。我走进屋里，站在她身旁。鸡屁股泛着毫无生气的粉红色，细长的趾甲呈现出病态的暗黄。她正剪出心脏和肝脏准备炖汤，却不慎划破了胆囊，霎时一股恶臭的绿色胆汁喷涌而出——整只鸡的内脏都毁了。她因这个失误暴怒，摔下剪刀冷冷地质问我："这些孩子到底要不要上天主教学校？"

"我不知道。"我回答。

"回答我。"她厉声道。

"我没办法回答你。"我说。关于孩子的教育问题全由我丈夫做主，当初同意给他们施洗，用他的话说，也不过是迁就我的迷信罢了。

她变得越来越坚持，而我也因她寻求答案和解决方案而愈发防备。最终，她抓起那张包着鸡肉、内脏等杂物的报纸，匆匆从后门出去，爬上地窖。那里是她丢弃杂物的地方，夜晚常有狗和狐狸来翻找。

我们的出发时间提前了一小时。气氛压抑得令人窒息。无人言语，每个人都在哭泣，儿子们失控地大哭，他们与两只牧羊犬道别，拥抱和依偎的仪式就这样被粗暴地打断，因为母亲和我彻底闹翻了。丈夫坐在车里暗自怒火中烧。当我将行李装进后备厢，回望房子时，做了件蠢事。我走进荒芜的花园,折下一小段忍冬枝夹在书里当纪念。仿佛我还需要什么纪念似的!

父亲怒气冲冲地快步走出屋子,命令我进去拥抱母亲并安慰她。

"我不能。"我说道,强忍住交织着愤怒与绝望的泪水。

"你这小浑蛋……从你出生那一刻起一直如此……以后也永远如此。"他说道。

那是我们最后一次全家一起去那里。

正是在那种心境下,我为父母写下了那段墓志铭,日后它每每都令我沮丧。只不过我是在彼时写下的:

> 我是否该写信告诉他们,我恨他们,这对濒临临终圣事的父母,我恨他,因为他扼杀了我,扼杀了我每一个微不足道的倾向,以至于我佝偻着行走,战栗着思考,说着最虚伪、安抚性的废话;而她,她用一根大缝衣针——那是她的心,和一捆粗麻线——那是她的意志,将我重新缝合,每当我走出去,她便把我唤回,快点,快点,回到那个只顾吃喝拉撒的世界,回到散发着呕吐酒气的阴冷暗室,回到等待下一次可怕罪孽的阴冷暗室。

路途差不多走完一半的时候,我丈夫停下来喝茶,茶是他用保温瓶带来的。我们走进一片已经收割过的玉米地，地面残留着尖利的茬子。远处有一群鹅，一只公鹅伸长脖子，嘶嘶叫着，决心要把我们赶走。我当时正在读契诃夫的《草原》。故事里焦干的平原、晒得黝黑的山丘、捆扎玉米的农妇，以及那种可怕的停滞感，与我所在的地方如出一辙。令我惊讶的是，我在那片玉米地里睡着了，梦见一群人，包括故事中的一些角色、我丈夫和我的父母，都挤在某个避难所里等待着。一个以偷窃闻名的女孩拿起一袋土豆，带着它们走开了。我们等待的可能是某种宗教仪式，当然也是某种解脱，然后我们听说，要来给我们表演的演员们半路停下来吃了一顿醉醺醺的午餐。我母亲坐在那里，一言不发，膝上放着一只母鸡。那是一只罗得岛红母鸡，她反复用手指梳理着它羽毛的褶皱，寻找她丢失的某样东西。我走向她，想要道歉，却发现我失语了，然而当我惊醒时，我发出了一声沮丧的喊叫。我的儿子们摇晃着我，说他们的父亲已经发动了汽车，是我们该走的时候了。

一个写着我名字的信封，里面装着一张巨额支票。金额接近四千英镑，是《孤独女孩》的电影版权费。足够让我带着孩子们逃离，租一套公寓，聘请律师，等等，但我被自己的恐惧所麻痹。我丈夫正熟睡。我一遍又一遍地看着那张支票，举起来对着光，对那笔巨款感到难以置信，然后读着银行的名字和两个几乎难以辨认的签名。这一次，我不会像之前处理两本小说的所有支票那样，将它背书转给他。我只是把它放回大厅的黑色樱桃木桌子上，桌子正面有一个格子面板。那些关键时刻的每一个细节都深深印在我的记忆里。

午后不久，我带孩子们去公共草地散步，心里清楚他们的父亲有时会举着望远镜远远观望，追踪我们的行踪。但那天他仍在酣睡。孩子们正用两根木棍玩打仗游戏——他们向来热衷这类游戏——谁知厄运骤临，卡罗失手打中了另一个被游戏吸引的男孩，木棍险些刮伤对方的眼睛。一位暴怒的家长冲过来夺走木棍，声称他儿子的眼睛这辈子算是毁了，当场索要赔偿。我口袋里只揣着门钥匙。那人执意记下我的姓名、家庭住址和电话号码，我浑身发抖，只得如实相告。

欧内斯特仿佛凭空出现，我惊讶地发现，他竟在卧室茶点送来前就起床了。就在我们手拉手准备过马路时，他迎面走来，我瞥见他匕首般锐利的目光，原以为他透过望远镜目睹了我和另一个男孩差点发生的意外，但并非如此。孩子们被破例提前几个小时叫去看电视，卡罗嘴里不停喊着"哎呀，哎呀"[①]——那是他当时最爱的口头禅。他总是会挑些合心意的词，反复玩味。

"你还没签字。"他指着玄关桌上的支票说道。旁边

---

① 原文为"whoops, whoops"。

摆着钢笔和墨水瓶。

"是没签。"我答道。

他顿住脚步，半晌没有作声。我强作镇定，却仍似决堤般冲口而出："不签，而且我也不打算签。"

他一动不动地站了几秒，在那一刻，我意识到自己从未公开违抗过他。

"上楼来。"他说。我上了楼，心知多年来我一直在等待这个决定性的时刻，无论如何我必须挺过这一关。他背对着门站着，一副权力的假象，眼中燃烧着怒火，说：没错，婚姻结束了，是我用分裂的人格和狂妄的野心毁了它，但我还有最后一次机会。只要我遵守规则，就可以继续住在那栋房子里，见到孩子们。

"我不会签的。"我说，他无声地冲向我，把我按坐在床上。他的手突然掐住我的喉咙，那一瞬间我以为自己已经死了，却仍怯懦地挣扎着想说话，话还卡在喉咙里，但等着要说出来。那两个字"好的，好的"。

我走下楼，在支票背面签了名，将它正面朝下放在他铺在那里的吸墨纸大页上。如同梦游一般，我穿上外套出了门，惊讶地发现夜幕已然降临。那是1962年9月底。空气中弥漫着秋的气息，虽然我说不清那具体是什么味道，或许是落叶、腐殖土，还有记忆中后院篝火的气息。气味总是与某个特定时刻紧密相连，而那个秋天，我明白自己正从父母与丈夫的双重管束中走出，只是步履尚且踌躇。

  我先去了警察局,然后去了医院。接待我的警察态度粗鲁;听完我这为人妻的陈述,他只反复追问:他到底有没有侵犯你,是否要追究到底?我有气无力地回答说不必了。

  从那里,我去了巷子尽头的纳尔逊医院门诊部,那里仿佛聚集了世间所有的渣滓。有人叫嚷,有人流血,有人大喊大叫。一对醉醺醺的夫妻先是争吵,突然又搂抱在一起,一条似乎不属于任何人的狗汪汪乱叫,孩子们号啕大哭,一个出租车司机踉跄着闯进来,举着他的证件,寻找那个跟他吵架的浑蛋,角落里独自坐着一个侏儒,神情极度凄凉。我不确定自己为何会出现在那里。这大概与打发掉特定的几分钟有关,之后还会有另外特定的几分钟,时间就这样流逝,如同踩着踏脚石前行。最终接待我的护士像母亲般慈祥,但她表示不能给我开安眠药,她的建议是:回家去,化个妆,喝杯金汤力,修补婚姻的裂痕。

  我去了滑铁卢车站,那是我初到伦敦时第一眼看到的地方。我坐在长椅上,奇怪地感到毫无畏惧。周围的男人大多是爱尔兰人。其中一个话痨不停地来回走动,重复着同一句话:"哦,我告诉你啊,哇……哦,我告诉你啊。"但无论他想说什么,都已从他模糊的记忆中溜走。他们传着一瓶酒喝。另一个男人掏出一枚硬币投入体重秤,当机器报出他的体重时,其他人笑得前仰后合。他的朋友立刻跳上去蹭那值一便士的称重机会。那晚我在那里并不害怕,或者说,比起我刚搬离的那栋房子,恐惧少了许多。多年后,在前往波多贝罗路的出租车上,司机信誓旦旦地说,他当晚也在那些长椅中的一张上,还记得我缩在大衣领子里瑟瑟发抖的模样,还记得我的口音。

伍德福尔电影公司位于寇松街,正是他们买下了《孤独女孩》的版权,后来改名为《绿眼睛的女孩》。他们办公室的一位男士借给我一些钱,然后打电话给佩内洛普·吉利亚特①,问我是否可以带着儿子们去她在苏塞克斯的家里住几天,她和约翰·奥斯本②就住在那里。我从学校接上孩子们,带了些巧克力、每人一辆丁基玩具车和一些塑料剑,他们都觉得这些很让人兴奋。我们到达后不久,约翰就动员他们去砸温室,这让他们更加兴奋了,温室本来就已经摇摇欲坠。那是一个铸铁框架的老旧温室,玻璃窗上布满了厚厚的黑绿色苔藓斑点。我们

---

① 佩内洛普·吉利亚特(1932—1993),英国小说家、编剧和电影评论家。她是20世纪60和70年代《纽约客》杂志的主要影评人之一。
② 约翰·奥斯本(1929—1994),英国剧作家、编剧和演员,伍德福尔电影公司创始人之一。

坐在屋里喝茶时,打碎玻璃的声音从敞开的窗户传进来,我向两个显然深爱着彼此的人倾诉了我的烦恼。不久之后,他们手挽着手,说说笑笑地去了他们在伦敦的公寓,我心里一阵刺痛般的嫉妒,因为我担心自己永远无法和一个男人那样轻松自在。佩内洛普给了我两颗安眠药,是明亮的绿松石色,像项链上的珠子一样。只是我不敢吃,怕自己再也醒不过来。

我和丈夫有个共同的朋友,加拿大作家泰德·阿兰[①]。在我眼中,他是世故练达的终极代表,因为他有一部戏在巴黎上演了一年多,由雅克·布雷尔[②]主演。令我震惊的是,我打电话给他时,他开始大喊大叫,质问我怎么能这样对待他们的父亲,怎么能让一个男人去学校门口,却得知自己的孩子被绑架了,而这个男人与前妻已经有过同样的噩梦经历。他说欧内斯特要求见我,并向我保证一切都会好起来,不会有任何指责,一点都不会。见面地点在泰德位于迪欧达路的公寓里;那里可以俯瞰泰晤士河。欧内斯特看起来像变了个人。他显然没有睡觉,眼睛凹陷,穿着那件拉链拉到喉咙的旧绿色毛

[①] 泰德·阿兰(1916—1995),加拿大编剧、作家,曾获得过奥斯卡最佳编剧(原创剧本)提名,并因电影《父亲的谎言》获得金球奖最佳外国电影奖。
[②] 雅克·布雷尔(1929—1978),比利时歌手、作曲人、演员、导演。他的歌曲在英语音乐界具有独特的影响。

衣。他询问了孩子们的状况,然后泰德主动退到卧室,希望我们能体谅他准备茶水的辛苦——两个陶制杯子和一个壶嘴破损的棕色茶壶。欧内斯特语气非常温和,他说他接受婚姻已经结束的事实,意识到我还年轻,用他的话说,需要种下自己的狂野麦粒。他说我们都是理智的人,会共同抚养孩子,但在我找到自己的房子前,我应该暂时把他们送回他家去。钱的事只字未提。

我回到乡下接他们,那晚,我们借宿在伦敦北部的特里克斯·克雷格家。她是我在杰里·斯莱特里博士举办的聚会上认识的。斯莱特里博士是科克人,热衷于让所有爱尔兰人,尤其是演员和作家,在他家相互结识。特里克斯准备了苹果馅饼当茶点,饭后我们玩了十字戏①,孩子们和我睡在她摆在客厅的充气橡胶床上。他们对即将发生的事浑然不觉。她给了我五英镑,补充我见底的资金。从温布尔登车站乘出租车时,他们焦躁地念叨着至少要赶上《大叔局特工》的后半集。两人为剧情争得面红耳赤,我实在分不清哪个是正派特工,哪个是反派,是俄国人还是美国人,只隐约听出,他们联手潜伏在纽约某家裁缝店楼上的总部,等着迎战觊觎他们武器的敌人。我告诉他们我不会进屋了,我和他们的父亲已友好

---

① 十字戏,以骰子随机决定棋子沿路径的前进步数,绕行棋盘,以抵达终点为胜利,是飞行棋的前身。

协商分居，不过，这个消息远不如纽约裁缝店楼上两位特工的生死悬念来得重要。

出租车停下时，他们冲进敞开的大门，甩下外套直奔餐厅，电视机就立在角落。他们的父亲仍站在门口，脸上挂着冰冷而疯狂的笑容。他在向我道谢，说："谢谢你，埃德娜，你刚刚合法地抛弃了他们。"话音未落，他关上了门。自那以后，那扇门的关闭总让我联想到棺材盖合上的瞬间。

时值9月，第一批树叶已经飘落，零星几片堵塞了他那辆古董雷尔顿车的格栅。稀薄的雾气填满公共绿地边缘的沟壑，又化作零散的阴影漫上路面，我在桥上停车沉思。其实没什么好思考的，只有一个无可辩驳的事实：我抛弃了他们，合法地。我俯身桥栏，望着漆黑水面，夏日里，垂钓者坐在野营凳上耐心地给钓鱼竿装线。如同凝视深渊般，我宣泄着麻木而受阻的愤怒。我仍幻想着戏剧性的转机：孩子们或许已逃脱，正沿路向我奔来。此生我只会再看到那座桥一次。

问题是我要去哪里。我借的钱几乎用光了。手头还剩几先令，但不够租一间房，即便前方出现"住宿加早餐"的招牌。虽然在伦敦生活了近四年，我对这座城市却知之甚少，只见过舰队街的酒吧、出版社办公室的巨型会议室、社区诊所的候诊室，以及学校大门。我甚至没有足够的钱返回伦敦北部去睡那张充气床垫。

我发现自己正朝帕特尼走去,因为泰德·阿兰住在那里。在街道上,我可以躲在行人身后,但走过温布尔登公地那段长路时,恐惧开始成倍滋生。细微的声响。草丛里窸窣的窜动。一簇高大的蕨类植物中暗藏活物,我跑开时,鞋子差点陷进缠结的草茎中。所有对黑夜的恐惧与不祥预感都凝聚在那一夜、那一次独行中,公地边缘稀疏的路灯,每个臃肿的阴影里都潜伏着危险。我想我或许可以一死了之,但某种力量却推着我继续前行。

帕特尼高街上熙熙攘攘,咖啡馆里人头攒动,电影院外排着长队,空气中飘来炸薯条温暖而微带醋香的气息。

我一路走到桥边,路灯的光束穿透雾气直射入水中。1787年,女权主义哲学家玛丽·沃斯通克拉夫特曾在这座桥的某处,因感到被情人吉尔伯特·伊姆雷抛弃,浸湿裙摆,投河自尽,最终却狼狈地从淤泥中被捞起。① 站在此处,我能望见泰德·阿兰居住的那片公寓楼群,但无法确定他那扇窗是亮着灯,还是隐没在黑暗中。那晚,这

---

① 疑原文年份误。1792年,玛丽·沃斯通克拉夫特前往法国见证法国大革命,在巴黎遇到了美国军官兼商人吉尔伯特·伊姆雷,很快就成为他的情人。1794年,她与伊姆雷生了一个女儿范尼·伊姆雷。回到伦敦后,沃斯通克拉夫特意识到伊姆雷抛弃了她,她心烦意乱,试图从帕特尼桥跳入泰晤士河自杀。

里是我唯一的避风港。

在街道拐角处，通往迪欧达路的路口前有家拍卖行，我盯着那些二手家具出神了至少一刻钟，也不知为何。

泰德·阿兰不在家，于是我敲了对面的门。一位叫贝丝的女人开了门，我记得在来和欧内斯特调解那天曾与她有过一面之缘，当时还以为事情能顺利解决。没等我解释，她就明白了我的来意，并邀我进屋。虽然那房间或许不如记忆中那般富丽堂皇，但在我眼中，它却是全世界最温暖、最安全、最令人向往的所在。桌上有台灯，高高的黄铜落地灯洒下的光线映照出黑色桌面上珍珠母的纹理，以及几块地毯上丰厚柔软的绒毛。

被允许留下并被告知可以过夜，这让我浑身无力，远比之前惊恐的行走更甚。于是我一股脑全说了出来——在伦敦北部留宿、借了五英镑、坐出租车之旅、《大叔居特工》的插曲，还有孩子们跑进走廊，浑然不觉我刚抛弃了他们。她让我坐下，给我倒了酒，然后聊了起来。生活是个贱人。爱情也是个贱人。后来，她在窗下的沙发床上铺好被褥，盖上一床手工缝制的被子，上面绣满她故乡加拿大那些美丽的图案和花纹。她说，是的，她懂，她理解，明白这一切的残酷本质，然后拥抱着我说："遇到这种事啊，亲爱的，茫茫大世界没人能帮得了你。"

落地窗正对着泰晤士河，对岸公寓的灯光闪烁，将光柱投映在水面上，光柱破碎交织，跳着无序的舞步。

就在那时，我下一部小说的主题浮现了。这便是写作的奥秘：它诞生于苦难，来自被欺骗的时光，心被切开的时刻。我听见芭芭①高亢的嗓音和她激昂的言辞，她滔滔不绝地讲述着她们的生活与破碎的婚姻："女人需要的不是选票，我们该武装起来。"

我在这条路上一间房，每星期的租金为二十九先令。我常在乘公交时写小说，去学校或温布尔登车站接孩子们的时候，有时得等上一个多小时，因他们父亲乐见我焦灼不安、以为孩子们不会来了的样子。他们会从雷尔顿车飞奔而出，跑向我站立的地方。我和他不再交谈，所有沟通都通过信件，卡罗作为哥哥，负责把信件转交给我。

我把这部小说命名为《幸福婚姻中的女孩》，人们认为不如我早期作品那般富有诗意。但有了这笔钱，在伍德福尔电影公司一位名叫沃尔特的会计师的协助下，我得以在街上购置了一幢小别墅，还用从那个我曾在大雾弥漫之夜久久凝视过的拍卖行里淘来的零星家具布置了一下。

他们每星期可以和我住三个晚上，有时是四个晚上，全凭他们父亲一时兴起。从见面时他们愁眉苦脸的表情就能看出，准是发生了些令人唏嘘的事，但他们闭口不

---

① 作者小说《乡下女孩》及后面两部续作中的女主角之一。

提。作为那段阴郁时光的补偿,他们得到了额外的零花钱、漫画书、糖果,以及在那栋"另一座房子"里被明令禁止的一切。我们管那儿叫"另一座房子"。

随后,短暂地,我那近乎空虚的生活闪过一抹光亮。我明白这只会是一夜之欢。这情节具备了民谣的所有要素:一个狂野的男人骑马经过,一位少女,即便没有明显的困境,也无疑在等待,而场景则是梅菲尔区的一个豪华房间,天花板高耸,落地窗通向锻铁阳台。尽管我在伦敦生活了五十多年,"梅菲尔"这个名字依然能唤起一片充满希望与特权的奢华之地的想象。派对由美国制片人查理·费尔德曼举办,我是被摄影师山姆·肖[①]带去的,他当时正在参与自己最新电影的工作。我穿着冰蓝色的短袖轻薄连衣裙,那是那年夏天我出门的装扮。这是它第二次亮相,第一次穿它时多少有些失望。那时我通过山姆·肖认识了歌手里奇·海文斯[②],被他演绎的歌词深深吸引:"她像女人一样索取……却像小女孩一样破碎。"后来,我们见面了,他邀请我第二天晚上去他在公

[①] 山姆·肖(1912—1999),美国摄影师,以拍电影剧照和电影明星照享誉国际。他最经典的作品是为电影《七年之痒》中的玛丽莲·梦露拍摄的飞扬白裙照片。

[②] 里奇·海文斯(1941—2013),美国创作型歌手和吉他手,音乐包涵民谣、灵魂、R&B元素。

园巷的酒店。抵达时,前台递给我一封信,措辞至今清晰如昨,仍深深刻在记忆里:"我不在此处,我许下两个诺言,皆将在同一座山上兑现。"什么山?什么诺言?我暗自思忖,踏着大理石地面往回走,穿过旋转门,步入喧嚣的街道。

费尔德曼曾邀我重写玛丽·麦卡锡[1]小说《她们》的剧本,但我自觉经验不足,婉拒了。不过,他还是邀请我参加了一场夏日派对,据说罗伯特·米彻姆[2]可能会出席——也可能不会。只不过他确实来了,带着他的同伴们在阵阵大笑声中现身。随后,他穿过人群,一把抓住听众,继续讲起他从多切斯特酒店一路沿街都在说的那个笑话。他歪戴着一顶柔软的棕色帽子,刻意扮作一副流氓模样,比我在电影中见过的更加英俊。罗伯特·米彻姆,活生生地站在这里。他穿过房间走到我站立的地方,握住我裸露的手臂说道:"我打赌你希望我是罗伯特·泰勒[3],还打赌你从没尝过白桃。"显然,无论我是不是单身,他都打算带我回家。他花了一点时间应付那些追随

---

[1] 玛丽·麦卡锡(1912—1989),美国知名小说家、评论家、社会活动家。主要著作有《她们》《一个天主教女孩的回忆》等。
[2] 罗伯特·米彻姆(1917—1997),美国电影演员、作家、作曲家和歌手。他是黑色电影的代表人物,被视为20世纪50和60年代反英雄电影的先驱。
[3] 罗伯特·泰勒(1911—1969),美国影星。主要作品有《茶花女》《魂断蓝桥》等。

者，有男有女，一边澄清自己"要么带枪要么不带枪"①的传奇名声。突然，他点点头朝我喊道："走吧……宝贝"，我们便离开了。

走到外面的街上，我们停下来互相看了一眼。路灯下，我的头发显得比实际更红，让他想起一位他认识的女演员，那人为拍电影染了头发，之后便执意要让头发自然长成红色。他说那是迷惑人的把戏之一，然后笑了起来。去多切斯特酒店的路上，我们顺道去了几家小旅馆，然后是梅菲尔区的一家酒吧，那里的灯光像妓院一样诱人，接着又去了一家不那么花哨的酒吧，在那里没人认出他。他和男人们轮流玩起了飞镖游戏。当我在帕特尼我那简朴的房子里打开灯，他看到了那张上了漆的小桌子和厨房椅子。他猜到我手头拮据，便说我们第二天应该回到国王路的古董店，把这里好好布置一番。

银幕上寡言的他，生活中却口若悬河。他母亲出身于挪威海员家族，父亲出身于劳动工人家庭，在北卡罗来纳州的一次铁路事故中被轧死，他为自己的父母自豪。他全无明星架子，倒像个街头诗人，带着咄咄逼人的魅力。他细数自己的跌宕人生：挖过沟渠，当过带镣

---

① 指他在电影《带枪的男人》(*Man with the Gun*，又译《雪恨焚城记》)中的角色。

苦役队成员①，因持有大麻在加州县监狱度过一周，所幸沿途邂逅过几位可爱的女士。我播放最爱的唱片——托米·马克姆②、伊万·麦科尔③的歌曲，他跟着旋律哼唱。我们一路跳着舞步登上楼梯，钻进狭小卧室。白色纱帘被敞开的窗吹得鼓荡，我们带着羞涩缠绵，如同甜腻情歌里醉醺醺的陌生人。

清晨，敲打门窗的声音简直像是《麦克白》中的司阍④。电影公司追踪他到了我家，一个踌躇的年轻人上门说，米彻姆先生几小时前就该出现在谢伯顿片场。他不慌不忙地穿好衣服，反复亲吻我，又想起自己曾短暂替占星师代笔的经历，便执起我的手相看，带着戏谑的认真说道"我们会再见的……亲爱的"，随后便离开了。

差不多一年后，我坐在14路公交车的上层，突然被一阵毫无来由、挥之不去的嫉妒攫住。车子驶过温布尔登公地——那个我有着无数回忆的地方：婚后沉闷的散步、离家那晚心惊胆战的夜行，还有一次突如其来的雪

---

① 一群囚犯被锁在一起做卑微的体力工作，作为一种惩罚形式，工作可能包括修复建筑物、修建道路或清理土地等。
② 托米·马克姆（1932—2007），爱尔兰民间音乐家、艺术家，有时被称为"爱尔兰音乐教父"。
③ 伊万·麦科尔（1915—1989），英国民谣创作歌手，是20世纪60年代英国民谣复兴运动的倡导者之一。
④ 司阍，莎士比亚剧作《麦克白》中麦克白城堡的守门人，他开玩笑说自己是"地狱之门"的守门人。

仗——透过车窗，我猛然瞥见丈夫的车。敞篷车顶敞开着，他身旁坐着一位年轻女子，发丝在风中飞扬，活脱脱是香水或香烟广告里的画面。我冲下公交车楼梯，跳下车，却发现他的车早已绝尘而去。接完孩子后，我把他们留在公地的秋千上，说几分钟后就回来。用仍保留的钥匙打开家门时，我感觉自己像个罪犯。我在寻找什么？那女人的名字。丈夫对她的感情。她对丈夫的感情。证据就摆在书桌上：他们通过报纸广告相识，我还得知了她的名字，还知道她居住在萨福克郡的小村庄。在桌上那本不再需要上锁的日记里，他热情洋溢地描述她的品性；按他的说法，她是个善良、聪慧、体贴的人，既没有疯癫之态，也无文学野心。

那天晚上，我请了保姆照看孩子后，朋友贝丝开车带我前往一个地方，我们认为那个女孩就住在那里。车程很长：商业街的酒吧已打烊，铁闸和百叶窗紧闭；随后驶入乡间，卡车停靠在路旁停车带，司机们酣然入睡；唯有一家餐馆亮着俗艳刺目的灯光，招牌上写着"全年无休"。沿途时而掠过栽着树木或树苗的田野，时而经过堆满垃圾的荒地，间或有一座孤零零的电话亭。许久之后，我们终于抵达那片低洼地，延伸至与海相接处，天地苍茫，泛着灰白，带着荒凉之感，无声诉说着这趟徒劳之旅。小镇已陷入沉睡，清一色的房屋，其间点缀着咖啡馆、书店、橱窗摆着巨型婚礼蛋糕的糕点铺，还有二手服装店。在街道尽头,我看见了欧内斯特那辆灰色的复古雷尔顿轿车。它停在那里,如此庄重,如此格格不入,车身上还覆着薄薄一层雾。这是我争取监护权所需的证据,它近在咫尺,可突然间我却不知所措。我变得非常焦躁不安。贝丝带了一小瓶杜松子酒,装在奎宁水瓶里,我们一边讨论下一步的行动,一边各自灌了一口。她说她可以假扮成侦探冲进去,但随后又觉得这太危险也太愚蠢。整个事件是多么冲动和欠考虑。我走到街角的电话亭,查到了那个女人的号码。惊讶地找到后,我拨通了电话,几分钟后一个声音接起,她只说了一句:"滚。"

监护权

"恳请允许我援引诉状中的内容……"繁文缛节间，我正踏入英国最负盛名的司法机构之一，此前仅通过阅读查尔斯·狄更斯的作品才知道这里。巨大的告示牌上写着"遗嘱认证：离婚诉讼：海事法庭"，穿过庭院，我来到第23号法庭，案件编号10706。此行是为争取孩子们的监护权。那个场景时常闯入梦境：庄严肃穆的法庭里只有寥寥数人，身着西装和白衬衫的法官高坐审判席，书记员紧挨其下。梦中，法官审视着我，裁决我是否配为人母。

孩子们有时在我家过夜，有时在他们父亲那里，经过三年不稳定的安排，情况变得更糟。他制定的规则和条款越来越多，像一本不断增厚的词典，我实在遵守不来。他们不准乘坐任何私家车，不准由任何成年人或未成年人给他们洗澡，不准进入我写作的房间，因为我的作品如今散发着克拉夫特-埃宾[①]笔下的变态与疯狂气息。

[①] 即理查德·冯·克拉夫特-埃宾（1840—1902），德裔奥地利精神病学家，性学研究创始人之一。他于1886年发表的著作《性心理病态》被誉为性学的开创性著作。

他多次警告我,哪怕我把船摇晃了哪怕一英寻[①],他就会带着孩子们移民到新西兰,他姐姐就居住在那里。

随后,邮件里附上了一篇六千余字的档案。这是一篇悼文,记录了我们的关系,从他把我从药店柜台后面解救出来的那天讲起,他原以为自己找到了一个体面、可敬的伴侣,结果却发现是个"虚荣狂妄的怪物,丧失了所有人性",这个怪物能摧毁所触及的每一个人和每一件事,包括她自己的孩子。文章结尾写道:"如果你去找律师和法庭,我会与你对抗。对此我心意已决,我会以我的方式与你斗争。恶行生恶行。十万阿拉伯儿童每天需要一杯牛奶来救命。乐施会的地址就在电话簿里,或许你还有时间拯救自己。"

我的律师伯纳德·梅因属于老派人士,彬彬有礼,却略显心不在焉,他的办公桌堆满文件和文件夹,覆着灰尘,令人联想到《荒凉山庄》里那些绝望的请愿者。他穿着一件磨损的燕麦色粗花呢夹克,肘部打着皮补丁。上街时,他又套上一件一模一样的,却似乎没注意到两者的相似。我们此行带着些许使命,希望能找到几位愿意证明我并非怪物、疯子、花痴,也没有精神失常的友善人士。我丈夫已从当地医生、希尔克洛斯学校校长及曾为我们工作的爱尔兰女孩那里搜集证据,整理了一份档案。

---

① 约等于1.8米。

我和伯纳德和身处伦敦南部一所房子的冰冷瓷砖走廊里。一位家乡的旧识同意充当品格证人。我们被领进一间堆满玩具的小客厅,半套火车模型蜿蜒在壁炉边缘,一扇门通向厨房,里面一个孩子的痛哭声被其他孩子的叫喊淹没了。

"他们是在煮马肉吗?"随着厨房里炖菜的香味愈发浓烈,伯纳德不停地念叨着,对我们此行是否明智表示怀疑。毛拉认识我的家人,平时话很多,此刻却慌慌张张地走进来,坐在蒲团上,把围裙拧得像块抹布似的。她以前从未和律师打过交道。她看看这个,又看看那个,大声嘀咕着要是她丈夫知道了会怎么说,然后怀旧地回忆起德鲁斯伯勒,那个可爱的菜园子,里面种着各式各样的苹果和梨,孩子们总会偷吃。她特别记得一种苹果,果肉泛红,好像染了色似的。对此她絮絮叨叨地说了半天,却没什么用处。最后他记下了一份简短的证词,她签了字,心里希望这不会让她进监狱。

那是个寒风刺骨的夜晚,我们走下山坡,朝酒馆诱人的灯光而去。我们坐在角落里,喝着热红酒,这时伯纳德放下了律师的戒备,指着那沓威胁信函,问我为何要嫁给这样一个疯子。这是我无法回答的问题,甚至毫无头绪。脑海中只浮现出弗洛伊德的那句话——生理构造决定命运。而在我初次受邀与他见面那晚,接起北环路58号大厅里那部付费电话的瞬间,同样也是命运。事实上，后来我才知道，巴尼手头有一份可约女孩的名单，他们可以随意拨打，所以找到我不过是抽奖的一部分。和伯纳德坐在一起时，他无法给我任何案件结果的保证，我开始崩溃。我问他监护权由谁决定，他说只取决于一个人，唯一的那位法官。

案件审理的前一晚，孩子们在父亲家中遭受了一场盘问，而我直到后来才知晓此事。当时我正身处帕特尼的家中，电话听筒搁在一旁，黑色的电话线像一条蓄势待发的蟒蛇般盘绕在厨房桌面上。上楼睡觉时，我惊讶地发现门内地垫上有一封信，信封上是丈夫的笔迹。信中写道："我不会再和你争了，你的手段太过卑劣狡诈。明早我不会出庭，孩子们是你的了，你想毁了他们就毁吧。"

次日凌晨，我就给出庭律师约翰·莫蒂默打了电话，说了这个好消息。他如释重负地表示，会派初级律师出庭。我并未穿着时髦衣服，却愚蠢地戴了一对令人眼花缭乱的长耳坠，羽毛吊坠如花序一样低垂着。

我穿过小径，沿着草坪走向通往法庭的庭院时，第一个映入眼帘的是丈夫。他穿着深色西装，异常活跃，正以夸张的亢奋姿态与两名男子交谈——想必是他的辩护律师。

一位身着黑色长袍的引座员将我领到座位，我看见对面我的丈夫正排列着一沓素白明信片，上面写满了即将作为指控证据的内容。

我的律师为人友善，却显得有些茫然无措，正低头盯着笔记。丈夫的辩护律师随即传唤他做证，他敏捷地登上证人席，手按《圣经》宣誓。他情绪激昂，宛如一位终于得到梦寐以求的重要角色的演员。他向法官陈述，已将证据归为三类：我的品行、我对男性的态度，以及我的写作。我突然想到，倘若摩尔·弗兰德斯①坐在那个法庭上，她赢得监护权的胜算或许都比我大。

　　他说，我最近的书《八月是个邪恶的月份》让克拉夫特-埃宾笔下那些对变态和疯子的描写都相形见绌。这本书在南非被禁，理由是"令人作呕、下流且淫秽"。当我看到他递给书记员一本，封面和封底还印着斯诺顿勋爵②拍摄的两张迷人照片时，我不禁发起抖来。我对婚姻的态度确实可以从书中窥见，正如他此刻挥舞的那本杂志一样，标题极具煽动性——"奥布莱恩向婚姻的彩绘

---

① 丹尼尔·笛福小说《摩尔·弗兰德斯》中的女主角，她是个美貌的女子，出生于新门监狱。在她还未出生时，她的母亲便利用她逃脱了绞刑的罪罚。她在一个大户人家的帮助下逐渐成长，却被这家的大少爷诱骗玷污。后来她和这家的二少爷结婚，第一次走上乱伦之路。再后来她逐渐摸清当时"婚姻卖淫"的实情，利用自己的美貌得到一次次生存的机会；当青春年华逝去，她沦落为窃贼。当她被捕，再次回到自己出生的地方—新门监狱时，她的一生也形成一个充满讽刺的轮回。
② 即安东尼·阿姆斯特朗-琼斯（1930—2017），英国摄影师和电影制片人，以为世界名人拍摄的肖像闻名。

玻璃窗扔了一颗燃烧弹"。我在文章中提到，婚姻誓言应该重写，以偏向妻子；这在满屋子男性面前可不是什么好兆头。然而，他论点的核心是，我其实根本不想要孩子，他们只是我生活中的"装饰品"。面对一周七天都要照顾他们的责任，我会退缩并消失数月，我以前就这样干过，抛弃他们后不久逃到美国。我的律师每听到一次证据披露，脸就越来越红。打这场监护权官司是我对男性复仇的又一例证，也是我精神分裂的一面——觉得必须与世上所有男性元素对抗。从性瘾者突然变成厌男者。他信誓旦旦地向法官保证，若孩子判给我，那他们将会被母爱窒息，成为情感病态的同性恋者——那恰是我最钟爱的人群。法官被要求阅读《八月是个邪恶的月份》中的一个段落，他略显不耐烦地照做了；随后又翻了几页，合上书，环视四周道："在我看来，九岁和十一岁的男孩对这种文学不会感兴趣。"

我的律师随即被询问是否希望传唤我做证，听闻他婉拒后，我发现自己已然起身，话语不受控制地倾泻而出。我未走向证人席，直接说我如果不深爱他们，我如果不渴望他们，断不会如过去三年那般拼死抗争。律师问是否还有其他陈述，我只是摇头，无力反驳那些接踵而至的指控。我坐下的时候，不仅双耳灼烧，连垂挂花序的金耳坠也疯魔般发烫。

法官检阅双方律师大量的笔记时，法庭陷入沉默——

他时而凝视纸页，时而陷入沉思，任由黑绳挂着的眼镜滑落鼻梁。我确信自己劫数难逃。这短暂的等待竟漫长得没有尽头。

"请肃静，法官大人即将宣判。"

我听到了那些话，但它们仿佛来自遥远的地方，只有通过那位年轻律师紧握我手臂的力道，我才完全相信了它们的分量。他决定将监护权判给我，同时充分考虑申请人探视和假期安排的权利。多年的痛苦终于结束了。我朝丈夫的方向望去，看到他因愤怒和难以置信而僵在原地，随后他的目光转向我，我感觉到一种可怕的审判降临在我身上，就像罗得的妻子①被变成盐柱时那样。

我把孩子们从他们各自的学校接回来，说了这个好消息，他们却几乎没有反应。那天晚上，在帕特尼的晚餐桌上，他们沉默而困惑。突然，卡罗，作为哥哥，因为对他们离开的父亲感到内疚，转而指责我说："爸爸说你是个势利眼，会把我们送到势利学校，而不是体面的社会主义学校，在那里我们本可以成长为负责任的公民。"按照他们父亲的说法，选择送他们去温布尔登上学，那里交通更拥挤，他们有可能被车撞到，是我对他们抱有死亡愿望的一部分。卡罗一边说一边哭，既伤心

---

① 在《圣经》中，罗得的妻子因违反了不能回头看所多玛的要求，变成了一根盐柱。

又困惑。萨沙把我们三个人的手放在，以示和解。整个晚上，我们都在努力对彼此说些好话。

很久以后我才得知他们在坎农山巷经历的最后一重磨难。他们被分别安置在不同的房间，面前放着一份宣誓书。钢笔和墨水递到手中，他们的父亲手持一根长长的红色封蜡棒，要求他们写一封信，次日他将呈递给法官。信中他们要表明希望留在父亲身边，而不愿受到病态母亲的不稳定影响。他们被单独留下完成此事。

卡罗写道：

> 亲爱的爸爸，毫无疑问，等我长大些，会想跟着您打猎、钓鱼、狩猎，等等，但现在我只想和妈妈在一起。
>
> 爱你的，卡罗

萨莎草草写下"帕特尼"和自己的签名。

他们的父亲永远不会原谅他眼中孩子们的背叛。

两周后的圣诞节，他们带着礼物去看望父亲，却遭到冷遇。至于礼物，他说自己认识其他更懂事、更忠诚的孩子，于是原封不动地退回了毛衣和马克杯。

在那段剑拔弩张的日子里，他对我笔耕不辍，以及报纸上所谓的过分吹捧——主要因我被视作颇具魅力——感到愤懑。他在爱尔兰的朋友、作家约翰·布罗德里克受命去泼脏水，在当地刊物《希伯尼亚》上援引我丈夫的原话，称我的"才华全藏在裙底"。随着欧内斯特愈发察觉我的富裕，他写的小文章就愈发激烈。我从迪欧达路的小屋搬到同一条街上更大的宅邸，对此他更是暴跳如雷，用他的话说，我是为了"扮演女主人的角色"。新居前院栽着紫丁香和金链花树，宛如乡间别墅，后花园一直延伸至河畔。

泰晤士河的名字源于凯尔特语"Tamessa"，意为幽暗。它发源于格洛斯特郡，温顺地流过我们花园尽头，途经东区河口，汇入北海。多数时日里，河水是褐色的，懒洋洋的，如黑啤酒般沉郁，黑色驳船与运煤船突突缓行，河面是一派漫无目的的静物画般的慵懒。

但对卡罗和萨沙来说，那里承载着关于宝藏、舰队、商船和征服的梦想。哪怕它总是散发着气味也不影响。一次，一队刚从屠宰场漂来的猪头经过，苍白浮肿，耳朵耷拉得像空豆荚。还有一次是一只死去的斑点小狗，活像一件圣诞玩具的完美仿品。从水里爬上花园的老鼠则带来了恐惧与冒险。山姆·肖带我们去克拉里奇酒店参加自助餐会，我们遇到了约翰·休斯顿[①]，他答应送孩

---

① 约翰·休斯顿（1906—1987），美国电影编剧、导演及演员，以1948年的《碧血金沙》获得奥斯卡最佳导演奖和最佳改编剧本奖。

子们几把气枪。萨沙看到铺开的盛宴时说:"我担心的是谁来为这场大摊子买单。"不久后,气枪从罗马寄来,休斯顿正在那里拍电影。建筑工帕特·洛比当时在忙各种活计,也教会他们装弹和射击。于是他们对着沿着后墙摆好的易拉罐练习,和我们住得最近的邻居突然从侧门进来,愤怒地质问我难道不知道子弹可能会反弹伤人,他们这才不再胡闹。气枪被收了起来,留待想象中的狩猎之旅玩。

卡罗与他在新学校结识的朋友亚当突发奇想,既然不能射杀那些大老鼠,或许可以用雪茄熏走。后墙上的金属钩成了临时梯子,每晚他们都会与包括罗克·桑福德和永远活力四射的霍奇一家在内的朋友们攀爬上去,潜入河中搜寻战利品。某个傍晚,他们未曾察觉潮水已悄然上涨,转眼间就被困在了一处较高的泥滩与碎石堆上,只得高喊:"救命啊,有船吗!"另一位邻居不得不放下小船,将他们摆渡回来。这场冒险促使卡罗写了一篇关于潮汐活动、北海反常狂风,以及命运女神的详尽文章。

在伦敦的商人维克餐厅里,十个喧闹孩子的欢腾劲儿简直难以用语言形容。这是为卡罗十二岁生日补办的庆祝,用以抚慰他们经历的所有不快。他们从未到过如此神奇的地方:船用灯笼和独木舟悬挂在天花板上,身着纱笼裙的女服务员如波利尼西亚人般轻盈穿梭。各式东方美食盛放在暖锅里端上桌,饮料装在宽口杯中,上面漂浮着栀子花。他们狼吞虎咽,咸香菜看过后,是椰子冰激凌,接着又扑向幸运饼干,随手丢弃那些未能满足他们此刻高涨期待的签语字条。

随后到了纵火时刻,他们点燃蛋白杏仁饼周围的金箔纸,看着灰烬随机盘旋上升,最终与空气融为一体。

由于朋友们没有把礼物带到酒店,我只好在家里再办一次生日派对。这也同样热闹非凡。茶点、三明治和蛋糕不过是序幕,随后便是一场近乎野蛮的追逐战。在室内和花园里,穿着薄纱裙、系着宽腰带的女孩们四处奔逃尖叫,被水枪和飞来的蛋白甜饼围攻。这些袭击过后,又演变成短暂而羞涩的偷吻。

在萨沙的生日派对上,我安排了《狼城脂粉侠》的放映会。他们偷偷用两把气枪练习快速拔枪射击的技巧派上了大用场。他们模仿起了片中李·马文①饰演的小谢林醉醺醺中没打中对手,反而跟跄着裤子也掉下来的滑稽桥段。原本计划让李·马文本人在放映结束时惊喜现身,山姆·肖也接到通知去接他,不料李·马文却重演了小谢林的戏码,醉倒在酒店酒吧里,死活不愿动身。

---

① 李·马文(1924—1987),美国电影演员,1966年凭《狼城脂粉侠》获得奥斯卡最佳男主角奖。

通过我最有影响力的两位朋友泰德·阿兰或山姆·肖，我结识了导演杰克·克莱顿[①]。杰克每周六晚上都会在泰德家与一群男人打扑克。当时杰克正在为电影《苦海七雏》挑选儿童演员，卡罗获得了试镜机会，随后又被召回参加第二轮试镜，并最终被选为主角。他新学校的校长答应，在为期六周的拍摄期间，他可以在特定的日子请假，条件是他将在片场接受私人辅导。卡罗有些自视甚高，也承认自己的拉丁语较弱，因此他要求辅导拉丁语，如果可能的话，还希望学习希腊语。

一周的拍摄刚刚开始，他的快乐极具感染力，还夹杂着之于弟弟的优越感。这时他父亲打来电话，说我违反了监护权的相关规定，要再次将我告上法庭，并且已经通过律师通知电影公司，卡罗不会重返片场。他是从报纸上得知此事的，那篇文章刊登了卡罗与其他小演员的合影。挂断电话后，我泪流满面。该如何告诉卡罗这个消息？他猜到了，气得浑身发抖。这是他人生中第一个重要的梦想，就这样被剥夺了。"我要杀了爸爸，我要杀了爸爸。"他不断重复着。从他颤抖的样子我能看出，那股杀意也蔓延到了我自己身上。

[①] 杰克·克莱顿（1921—1995），英国电影史上最杰出的导演之一，擅长文学改编类电影，曾导演1974年版《了不起的盖茨比》。

"还会有机会的。"我说道,但他眼里满是怀疑,仿佛早就在等待着这一刻的到来。

不过,也有令人兴奋的意外造访。比如某个夜晚,保罗·麦卡特尼走进了他们的卧室,里面堆满了杂物和装备,涂好色的士兵模型摊在托盘上,等待尚未开始的战斗。我是在离开肯尼思·泰南①和昆汀·克鲁②举办的一场派对时遇见他的;派对仍在热烈进行中,后来我才知道,因为保罗·麦卡特尼决定不上楼加入客厅的聚会,而是送我回家,两位主人自然很恼火。

我们到家时,孩子们已经睡着了。保姆伊丽莎白·洛比告诉我,他们吃过晚饭,也洗过澡了,而保罗·麦卡特尼出现在我们迪欧达路家中的走廊上时,她显然激动得快要晕过去。

他问孩子们睡在哪里,然后便上楼进了卧室。他拿起卡罗的二手吉他,开始弹唱当时玛丽·霍普金③的热门

---

① 肯尼斯·泰南(1927—1980),英国戏剧评论家和作家。他的评论通常尖刻而富有争议,在戏剧界影响巨大,为20世纪50年代中期的戏剧改革做出了贡献,并对后来的剧作家塞缪尔·贝克特等人有持续的影响。
② 昆汀·克鲁(1926—1998),英国记者、作家、冒险家。克鲁游历世界各地,撰写了十一本关于旅程、传记和美食的书。
③ 玛丽·霍普金(1950—),威尔士创作歌手,以其1968年发布的第一首单曲《往日时光》闻名。

歌曲《往日时光》。

> 往日时光，我的朋友，
> 我们以为它们永不会结束，
> 我们会歌唱跳舞，直到地老天荒，
> 我们要过自己选择的生活……

萨沙迷迷糊糊地坐起身，像故事里的阿拉丁那样使劲揉眼睛，仿佛这样就能让瓶子里的精灵现身。卡罗被吵醒后生气地说："走开，妈妈，你肯定是喝醉了。"他说完就把自己埋进了蓬松的大被子里。不一会儿，我听到保罗·麦卡特尼用吉他弹唱起一首即兴创作的歌：

> 哦，埃德娜·奥布莱恩，
> 她所言非虚，
> 你得仔细听，
> 听她要说的话，
> 因为埃德娜·奥布莱恩，
> 她会让你叹息，
> 她会让你哭泣。
> 嘿，
> 她会让你惊叹不已。

第二天，在伊布斯托克学校，一场激烈的争执爆发了，萨沙炫耀着一位披头士成员来家里了，说那人即兴唱了首歌，而卡罗则不断喊他"骗子，骗子"，直到萨沙出乎所有人意料，拿出了保罗·麦卡特尼给他的拨片。

夜　曲

后来的某天，我虽不情愿，还是决定送他们去寄宿学校，那时他们分别十一岁和十二岁。我选择了贝达尔斯学校，那是一所男女混读的学校，其创始人约翰·巴德利是个有远见卓识之人，他倡导"头脑、双手与心灵"全面发展的教育理念。

放手让他们离开，对我而言是一次巨大的痛苦。初次分别时，他们提着行李走向红砖校舍，树上的叶子正转为赤褐色，那一刻几乎令人难以承受。

帕特尼的房子宛如一座陵墓，他们的卧室里，涂色铅兵仍排列在托盘上等待未开始的战役，两个奥克索罐头盒装着他们的零碎物品，四处贴着不容置疑的告示：请勿触碰。

学期中，我多次造访，带去许多食物篮。这让他们在宿舍深夜聚会时大受欢迎。

那个圣诞节是有史以来最快乐的：圣诞夜，我为三十多人准备了晚餐，其中一位客人是连·戴顿[①]，他给孩子们

[①] 连·戴顿（1929—　），英国作家，作品涉及烹饪、历史和军事史，最出名的是间谍小说。

带来了七卷本的《劳埃德百科词典》作为礼物，这套书1895年印刷于伦敦。它是语言与信息的奇迹，穿插着几个世纪以来伟大作家的引文，当他们返回贝达尔斯学校时，我发现它被留在了餐桌上。

我们在滑铁卢车站，几个贝达尔斯学校的学生互相大声喊叫，抛出无人应答的问题，还囤积了脆脆棒和几袋糖果。他们中有个叫旺达的女孩，穿着鲜艳的吉卜赛裙，戴着一顶男式帽子，还有一个用地毯材料制成的印花肩包。年轻人们围着她转。"旺达，旺达，旺达。"萨沙低声告诉我，他哥哥迷恋她，但从众多追随者来看，旺达的舞伴名单已经排满。

她如女皇般穿行于众人之间，当栅门一开，准许进入时，他们——她的随从们——便紧随其后，我也略带迟疑地跟上，深知自己绝不能流露丝毫情绪。我的主要任务是拎着必备的野餐篮，里面装着熟火腿、腌菜和斯蒂尔顿奶酪，还有一瓶偷偷带上的波尔图葡萄酒。旺达专横地选定一节车厢，她身旁的座位空着一个位置，我知道卡罗会乐意坐在那儿。他的朋友诺莉正怂恿着他，诺莉就坐在她另一侧。但卡罗带着骄傲而忧郁的姿态，拒绝了，然后独自走向车厢深处坐下，掏出《农夫皮尔斯》[①]，沉浸在这位卑微农夫对天堂的寓言式追寻中。

---

① 威廉·兰格伦的一首中古英语寓言叙事诗。

正是通过孩子们的信件,我开始了解他们,不一样的他们,已经开始独立的他们。卡罗写道:

> 我是在贝达尔斯学校纪念图书馆里写下这首挽歌的。这里通常很安静,弥漫着浓重的蜡味。但正如你从我们花园所知晓的,鲜花能冲淡这种气息,尤其当图书管理员在楼下花园种了水仙与番红花后,花香驱散了图书馆令人昏昏欲睡的沉闷空气。我想,部分得益于你和你的言传身教,部分源于自身经历,我已懂得,这世上有太多事物能充盈生命,而我们必须成为自我生命的丰盈者。既然已探讨完心智成熟的哲学意义,接下来容我谈谈现实问题。我忘了为公共休息室的新管理团队(即我与杰里米·菲利普斯)申请经费,我们想自费购买些海报,再买些活页夹,来整理六门学科的浩瀚笔记。既然如此,是不是该请你出具书面许可,让我从财务官处预支款项,到学期末再统一结算?另及:我的睡衣已褴褛不堪,简直与乞丐无异。爱你。

萨莎的来信中充满了悔意。在我带他们看完电影《迷幻演出》后,他对詹姆斯·福克斯[①]饰演的精神病态

[①] 詹姆斯·福克斯(1939—),英国演员,作品有《尼罗河上的惨案》《告别有情天》《迷失世界》等。

主角查斯痴迷不已，开始模仿查斯的声音、情绪和语调，还总用黑帮式的口吻主导谈话。我在信中提及此事后，他回信道：

> 我已将你的话铭记于心。问题不在于我只见树木不见森林，而是我愚蠢地看向错误的方向，导致两者皆未能见。我正在改过自新。你这个星期天来吗？

他决定和一位名叫安东尼的男孩一同前往法国提高法语水平。安东尼患有心脏病。他们计划住在法国西部的托诺，学校已为他们安排好了住处。在与未来房东太太唯一的一次通信中，一切看起来都很理想。上午他们去上课，中午准时回家吃午饭，融入这个家庭以磨练法语发音。这个家庭有母亲、当邮差的父亲和两个孩子，但孩子们对两人的到来充满抵触。午餐时全家享用烤肉，而萨沙和安东尼却被分到某种兔肉炖菜。安东尼立刻对那位母亲产生了厌恶，拒绝和她说话，只是用勺子敲打盘子嚷着："我讨厌这个女人，我讨厌这头母牛，cette vache[①]。"

这一切都是后来萨莎回家时我才听说的，他神采飞

[①] 法语，意为"这头母牛"。

扬，自信满满。托诺的生活平淡无奇。傍晚时分，他们会散步到湖边的小镇，然后穿过小镇走向沙丘，再往前，便是一片片松树林。他们本希望能偶遇女孩，却只碰到了遛狗的家庭。他在那儿期间，我只收到一张言辞专横的明信片，说如果有他的信，就放进牛肉罐头盒里。我理解为这是不许我拆看的意思。我猜他大概是爱上了贝达尔斯的一个女孩，证据就是他反复哼唱的那首歌，

> 她站在街上，
> 从头到脚都洋溢着笑意。
> 我说，嘿，这是怎么回事？
> 或许，或许她正渴望一个吻……

渐渐地，我能感觉到他无可避免地与我疏远了。

剧场设计师肖恩·肯尼[①]为我的世界带来了色彩与欢愉。他父亲是湖对岸蒂珀雷里郡一个教区的石匠，但肖恩早已脱离那个世界，成为伦敦社交圈的宠儿。我常在报上看到他的名字，偶尔也会读到他在苏豪区一家俱乐部惹出的小麻烦，他是那里的常客。他以剧场设计闻名，

---

① 肖恩·肯尼（1932—1973），爱尔兰戏剧及电影场景、服装、灯光设计师和导演，曾为莱昂内尔·巴特的音乐剧《空袭！》《雾都孤儿》担任布景设计师。

评论家称他的布景激进而具革命性，但对我而言，那些不仅是革新，它们是一座座微型圣殿，是跃然眼前的想象世界。我和肖恩应电视制片人约翰·欧文的邀请，在伦敦的阿尔瓦罗餐厅见面。肖恩姗姗来迟，袖口卷起，外套搭在肩上。他不属于都市：从他宽厚有力的双手就能看出，还有那双钴蓝色却透着不安的眼睛。他对我们态度唐突，对周围光鲜的顾客满眼轻蔑。"扯淡"二字几乎挂在他嘴边。他宣称写作就是扯淡，又高声说弗朗西斯·培根[①]才是伦敦首屈一指的天才，A 代表苹果，B 代表培根。他热爱弗朗西斯·培根，如同热爱耶罗尼米斯·博斯。几杯酒下肚，他略显温和，说我骨子里是个穴居人，而他则是帐篷人，生来就是流浪者。尽管如此，他还是给了我电话号码。整整两周，我不断给他打电话，但无人接听。终于，我真的打通了的时候，我慌乱得只能编造理由，脱口而出邀请他和他的朋友下周六来参加派对。

"我只为面包和葡萄酒而来。"他半开玩笑地说，就此定下了先例。

那天真是一片忙乱，厨房犹如酒店后厨，长桌上堆满锅碗瓢盆，食谱摊开，肉都腌着，送菜的门铃声响

[①] 弗朗西斯·培根（1909—1992），生于爱尔兰的英国画家，其作品以粗犷、犀利、具有强烈的暴力与噩梦般的图像著称。

起。果蔬店的乔·兰登送来新鲜蔬果，随后他将浅色木箱劈开，给火里加了柴。他腼腆地接过爱尔兰咖啡，坐在火炉旁的挤奶凳上，忆起在商业街初见时我引人注目的模样。

那天晚上九点左右，肖恩·肯尼身后跟着一行人，来到外廊。其中有几位年轻的金发女子。她们鱼贯而入，那姿态是如此微妙，让人无从分辨谁与谁是一对。而对我来说，最要紧的是，究竟哪位可能是他的女友。同行的还有作曲家莱昂内尔·巴特[1]和他的司机"掐人吉姆"，这家伙总爱掐人手臂，鼓吹酒精比海洛因强。安德鲁·卢格·奥尔德姆[2]也来了，他身材高大、神情倨傲，曾是滚石乐队的经纪人。他尤其钟爱博易亭[3]——我母亲每年来探访时带来的自制酒。多年后我才得知他当年认为我显然是个趋炎附势之徒，揣测肖恩·肯尼看上我什么。这让我倍感难堪。不过，回到那场派对上，他又声称玛格丽特公主[4]曾与他共饮博易亭，而这位公主向来只喝威雀威

---

[1] 莱昂内尔·巴特（1930—1999），英国作家、流行音乐作曲家，代表作是音乐剧《雾都孤儿》。
[2] 安德鲁·鲁格·奥尔德姆（1944— ），英国唱片制作人、艺人经纪人、乐团经理和作家。他于1963—1967年担任滚石乐队的经理和制作人。
[3] 一种传统爱尔兰私酒。
[4] 玛格丽特公主（1930—2002），乔治六世和伊丽莎白王后的小女儿，英国女王伊丽莎白二世的妹妹。

士忌。她与丈夫斯诺登勋爵一同前来，这位勋爵曾拍摄过我的照片，是受弗朗西斯·温德姆①替《星期日泰晤士报》委托。他说那些照片透着柯罗②油画般的宁静。当他邀请我去肯辛顿宫时，出租车司机碰巧是爱尔兰人，对我被允许"入内"感到目瞪口呆！

在那些日子里的众多人物中，托尼③和弗朗西斯是我多年来一直保持联系的两个人，主要是通过电话。我们会回忆一些往事，计划见面，但很少实现。我最后一次见到托尼是在克伦威尔医院，当时我们都被推去做X光检查，他向我吹来一连串飞吻。

玛丽安·菲斯福尔④也是我派对上的常客之一，她是典型的花一般的女孩，长发飘飘，颈间缠绕着层层项链，赤足漫着步，为叶芝的诗句《若我拥有天国的锦绣华服》谱曲。黛安妮·赛琳托⑤会带着中国古代智慧典籍《易经》

---

① 弗朗西斯·温德姆（1924—2017），英国作家、文学编辑和记者，曾在《星期日泰晤士报》工作。
② 即让-巴蒂斯·卡米耶·柯罗（1796—1875），法国著名巴比松派画家，也被誉为19世纪最出色的抒情风景画家。画风自然、朴素，充满迷蒙的空间感。
③ 安东尼的昵称，指上文中的斯诺登勋爵。
④ 玛丽安娜·菲斯福尔（1946— ），英国歌手和演员，在20世纪60年代获得了知名度。
⑤ 黛安妮·赛琳托（1932—2011），澳大利亚女演员，曾凭《汤姆·琼斯》（1963年）获得奥斯卡奖提名。

和特制的青铜钱币,让我们投掷占卜,从卦象中窥探未来。痴迷于她的肖恩·肯尼,总爱当着肖恩·康纳利①的面说他是"一场缓慢燃烧的草皮大火"。

至今我仍不明白自己怎么会结识这群人。某种机缘将我们聚在一起,团结在"摇摆60年代②"的幻梦中。那是个更纯真的年代,名人尚未被谄媚者簇拥,盛名也远不如今。作为克莱尔郡来的人,我虽为这群璀璨访客兴奋不已,却始终清醒自知。我明白这一切皆转瞬即逝,我们都在路上,去往别的地方,盘旋着向上,向上。

罗杰·瓦迪姆③和简·方达④来我家暂住,因为有位制片人有意让我根据小说《蓝色吉他》⑤为简和她弟弟彼得写个剧本。瓦迪姆像位俄罗斯王子般掌控全局,女人们

---

① 肖恩·康纳利(1930—2020),苏格兰演员,凭借在七部詹姆斯·邦德电影中的表演走红。黛安妮是他妻子。
② 摇摆60年代,由青年推动的文化革命,20世纪60年代中后期在英国兴起,以伦敦为中心,强调现代性和爱好趣味的享乐主义。
③ 罗杰·瓦迪姆(1928—2000),法国电影导演、编剧、制片人,其代表作均在视觉上追求华丽,并带有一定情色元素。主要作品有《游戏结束》《我们曾知否》《艳情轮舞》等。
④ 简·方达(1937—),美国演员,凭借《柳巷芳草》《荣归》两度成为奥斯卡影后。
⑤ 《蓝色吉他》(*The Blue Guitar*),爱尔兰作家约翰·班维尔的小说。

都为他倾倒。但他又极其务实,客人到来前,会对我的着装和发型提出建议。当我在厨房遭遇小意外,把烤鹅从烤箱取出时失手掉落时,也是他赶来救场;我们把肉块拼凑起来,让它看起来体面些。后来,我在客厅见到了朱迪·加兰[①],也就是电影《绿野仙踪》中著名的桃乐丝。她环顾四周,神情忧郁而困惑,随后轻推了推陪同她的男士——我也不认识他——示意离开。两人就这样悄然离去,未与任何人道别。

孩子们每月有一个周末可以回家,对他们来说,那些欢聚时光简直是人间天堂。他们穿着我在古董市场给他们买的红色绣花短上衣(两年后,他们会嫌这衣服太女孩子气而丢弃),全身心投入到庆祝活动中,俨然是小君主,沉浸在歌声、谈笑和特技表演的醉人声浪中。他们负责开门迎客,从地下室搬上一箱箱香槟,充当酒吧侍者。而当大麻卷好,传递到想要的人手中时,卡罗显然表现出极大的兴趣。哦,他们目睹了多少滑稽场面!雪莉·麦克雷恩[②]拉着我的手解读我的前世,煞有介事地宣称我"多次当过母亲和妓女"。接着乔治·梅利[③]表演

[①] 朱迪·加兰(1922—1969),童星出身的美国女演员及歌唱家。
[②] 雪莉·麦克雷恩(1934—),美国演员,198年凭《母女情深》中的表演获得奥斯卡最佳女主角奖。
[③] 乔治·梅利(1926—2007),英国爵士和蓝调歌手、评论家、作家和讲师。

了"男人、女人与斗牛犬"①。这是一幅无声的画面：他赤裸身体，唇边悬着一支没有点燃的雪茄，灵巧地操纵生殖器，准确地表演出男人、女人和斗牛犬的样子。

贝达尔斯传来的消息令人不安。卡罗显然被那些狂欢活动带坏了，被人发现和另一个男孩在马场尽头吸食大麻。当时我正在离他们学校不远的汉普郡的一家健康农场，进行为期四天的惩罚性节食，每天只能吃葡萄柚和喝花草茶。虽然并不觉得饿，我却满脑子想着丹地蛋糕，尽管我平时根本不爱吃。我坐在床上，望着窗外的雨和湖。前一天傍晚我还去湖边散步，听着鸭子嘎嘎叫，站在浸湿的草地上，上面满是它们的灰白色粪便。听到校长助理蒂姆·斯莱克的声音时，我吓了一跳，连忙问是不是出了什么意外。"没有，没那回事。"他向我保证，但我意识到肯定出了什么问题。我听到自己胡言乱语地谈论禁食给我造成的影响，说一切都变了样，云朵成了骆驼——就像哈姆雷特看到的那样②。然后他突然脱口而出：卡罗被抓到吸食"大麻王"。我怒不可遏，震惊不

---

① 一种通常出现在英国男性寄宿学校的游戏。一般来说，年龄较小的学生会自愿（或被迫）扮演男人、女人或斗牛犬，然后走进衣柜，脱掉全身的衣服，通过听外面的人喊的话，摆出对应的姿势。
② 莎士比亚《哈姆雷特》第三幕第二场，哈姆雷特问："你看见那片像骆驼一样的云了吗？"

已,一边连连道歉,一边保证会严厉训斥他。

"事情是这样的……"蒂姆控制着他时断时续的结巴说道,"他说他和你一起抽过,奥布莱恩小姐。"一切开始分崩离析。我仿佛看到一幕刺眼的闪回:黛安妮·赛琳托在挪易经卦,"掐人吉姆"模仿注射海洛因的动作,又记起那些褐色的大麻块被烘热、揉碎后点燃,纯净的气味弥漫整个房间。

我向他保证,此后家里会严加管教,并把责任归咎于一些我不会再邀请来家里的捣蛋鬼。

恰巧第二天孩子们要来健康农场吃午饭。我安排他们吃冷鸡肉沙拉,自己则坚持吃葡萄柚。他们走上台阶时,卡罗落在后面;到了餐厅,我们不得不压低声音说话,因为附近餐桌都坐着遵纪守法的客人。我沙哑地低声质问,他究竟在做什么,竟然躲在围场尽头抽大麻。他满脸悔意地承认了,但解释说那天是舞会之夜,朋友诺莉问他愿不愿意在舞会前"嗨一下",主要是为了壮胆邀请女孩跳舞。他那双蓝灰色的大眼睛泪光盈盈,我能感觉到我们已经引起了旁人注意。我板着脸说,要取消他们即将到来的周末回家许可,但他们心知肚明我最后肯定会心软。这顿午餐吃得索然无味,孩子们垂头丧气地离开时,甚至没敢开口要额外的零花钱。

我母亲每年会来探望一次,对派对的节奏颇不以为然。她质问道，为何我只见过一面的乔·布什金①要为某个周六的狂欢特地租一架更奢华的钢琴？酒瓶和备用玻璃杯明明可以放在厨房的桌子下面，我为什么要一时冲动又买一个餐具柜？她坐在翼背椅里，发髻上别着玳瑁梳子，打量着宾客们，察觉到挥霍无度的迹象和暧昧的暗示。之后她会先行告退，等待我的脚步声，不过那是几个小时后的事了，那时她的台灯依然亮着。我会走进去。一次，她坐在床上，带着责备的语气问道："你到底是不是个好女人？"

是肖恩·肯尼成功说服R. D. 莱恩②在一个周六晚上前来。莱恩，半似路西法，半似基督，脸色苍白、神情疏离地独自坐在一旁，拒绝进食，似乎对周围环境感到困惑。但我告诉自己，那只是他的表象；还有那个写过《天堂鸟》的他，书中充满纷乱的狂喜，令人想起波德莱尔的《恶之花》。书中他描述了一个关键时刻：在格拉斯哥学医时，他带着用报纸包裹的畸形婴儿残骸前往实验室，途中走进一家酒吧，突然有种冲动想揭开报纸，让人们看见，"让世界化为石头"。

他大多数周六都会来，保持着一贯半带嘲弄的疏离。

---

① 乔·布什金（1916—2004），美国爵士钢琴家。
② R. D. 莱恩（1927—1989），苏格兰精神科医师，撰写了大量有关精神疾病的文章，尤其着墨于疾病经验。

出人意料的是,某个晚上他和肖恩爆发了争执。我看见肖恩怒发冲冠,卷起袖子想激他打一架,骂他"黑牙莱恩",还扬言要把他扔下长长的台阶。莱恩以佛陀般的平静应对这番狂轰滥炸,随后从椅子上扯下一条毯子走进花园,躺在潮湿的草地上睡过去了。后来他回到屋里,独自恍惚地跳起舞来,宛如转世的尼金斯基①。就是那晚,他告诉妻子自己回不了家,因为我拿走了他的钥匙,车钥匙和家门钥匙。而正是在那个夜晚,我感觉他稍稍没那么冰冷了。

这些持续了近两年的派对总是戛然而止。凌晨时分,肖恩·肯尼会蜷缩在肾形沙发上,话说到一半就沉沉睡去。女郎们对他失去耐心,嚷着报出伦敦偏远地区其他场子的地址,甚至远至彼得舍姆。人群会突然散去。这正是我想要的,能与他独处。然而有一次,一个叫克丽丝的猎艳女孩执意要耗到最后;我和她跪在他身旁,活像十字架下两位精疲力竭却倔强沉默的异教徒玛利亚,凝视着那张熟睡中稚气未脱的脸。搁在他身后壁架上的油灯,为他圆润的头顶、高耸的前额和蓬乱的金发镀上一层柔光。他睡得很沉,远离尘嚣,宛若新上釉的神祇。他时而咕哝几句,却始终未醒来。或许是厅里老爷钟的

---

① 即瓦斯拉夫·尼金斯基(1889/1890—1950),波兰裔俄罗斯芭蕾舞者,他是当时少数会足尖舞的男性舞者,拥有仿佛可摆脱地心引力束缚的舞姿,这使其成为传奇。

报时声让她惊觉时辰已晚,她突然跳起来唐突地问电话在哪儿。电话在厨房,我踮着脚去偷听。我听见她说"卡夫卡怎么样了?",然后砰地挂断电话。当她收拾东西时,因不得不让出他旁边的位置而恼火,我问卡夫卡是谁。那是她的狗,由她母亲照看着,她因在那不合时宜的时间被吵醒而心情极差。

肖恩每次醒来,总会环顾四周的一片狼藉,满地杯盘,白百合凋萎。然后他总会虔诚地说:"是这些人让花死去的吗?"他会在咖啡里加一点干邑白兰地,再倒几滴在掌心,用力搓搓后深吸一口气。我想我早知道他活不长久,平凡的生活不适合他,他就像一颗需要自燃的流星。我们会坐着,一遍又一遍地听唱片机里迪恩①的歌声,那句我留心聆听的歌词:"坐下吧,老朋友,我心中有话告诉你。"我总以为他也有话要对我说。随后他便起身告辞,照例开玩笑说下周六再来,但只是为了面包和酒。

"但你会来的。"我总会说。

"当然……亲爱的。"

我为那些星期六而活。

有些夜晚,人们会不期而至。某个星期一,理查

---

① 即迪恩·弗朗西斯·迪穆奇(1939—),美国歌手、词曲作者和吉他手。1989年入选摇滚名人堂。

德·伯顿①深夜按响了门铃，说他恰好在附近。这不太可能，因为那时候没人会偶然出现在那个街区。那晚，我着迷而出神地听理查德·伯顿背莎士比亚的台词，我从未看过这样的舞台表演。他从小就背下这些台词，在威尔士的山谷中吟诵，并发誓一生都将献给莎士比亚，一个他违背了并为此感到歉疚的誓言。他热爱语言，热爱作家。他模仿迪伦·托马斯的《一个孩子在威尔士的圣诞节》写了《圣诞故事》，为了让迪伦在天堂里开心。我写的《爱的对象》是他最爱的故事之一，这个故事揭示了一段恋情的灵与肉的纠葛。也许正因为如此，他以为我比他实际更为放荡。他不明白为什么我不想去"卧房"，而只想坐着聊天，继续陶醉其中。对我来说，男人非情人即兄弟；情人更令人生畏，且往往遥不可及，尽管我深深渴望同一个男人身上兼具这两种特质，却始终无法遇到。理查德·伯顿是位兄弟，更是一位吟游诗人般的兄弟。

我越来越多地接触到电影界的人。莱斯利·卡伦②打

---

① 理查德·伯顿（1925—1984），英国演员，尤其善演莎士比亚笔下的人物，主要作品有《浮生梦》《贝克特》《埃及艳后》《灵欲春宵》等。
② 莱斯利·卡伦（1931— ），法国女演员，首次参演的电影是《一个美国人在巴黎》，曾凭《陋室红颜》获得金球奖剧情类电影最佳女主角奖。

算买下我小说《八月是个邪恶的月份》的版权,由她和劳伦斯·哈维①主演。一天晚上,她邀请我去蒙彼利埃广场吃饭,我发现自己坐在马龙·白兰度②旁边。马龙·白兰度,他的思维敏捷而犀利,整个人紧绷着,像一头蓄势待发的动物。他决定送我回家,令我沮丧的是,尽管我提醒他深夜在帕特尼打不到黑色出租车,他还是打发走了自己的司机。我们坐在厨房里,他喝着牛奶,我喝着葡萄酒。又一个吟游诗人。故事。他讲述了自己如何报复那些阻碍他的人,包括一个因他鲁莽骑摩托车而判他入狱的法官。然后,带着孩子气的反差,他满怀敬意地谈到了斯特拉·阿德勒③,那位曾是他导师和缪斯的表演老师。他顽皮而戏谑,说他想问我一个问题,我必须立即如实回答。我猜不出是什么问题。随着他一直卖关子,我越来越尴尬,他只是用不同的强调语气说我必须说实话。当这个问题被提出时,显得颇为无害:我怕痒吗?

这是个纯洁的夜晚。第二天一大早,他就给我们会

---

① 劳伦斯·哈维(1928—1973),出生于立陶宛的英国演员和电影导演,代表作《金屋泪》。
② 马龙·白兰度(1924—2004),美国电影男演员,被视为有史以来最伟大和最有影响力的演员之一。代表作有《教父》《现代启示录》《欲望号街车》《巴黎最后的探戈》等。
③ 斯特拉·阿德勒(1901—1992),美国女演员和表演老师,除马龙·白兰度外,还培养了罗伯特·德尼罗、哈维·凯特尔、伊莱恩·斯特里奇等著名演员。

去那里吃早餐的康诺特酒店写了封信,信中懊悔地证实了这一点。他花了很长时间斟酌字句,在信中将自己比作奥赛罗,还特意送了我一块带斑点的手帕,尽管上面没有草莓图案①。除此之外,他还送了我一本艾比·霍夫曼②的书。

在他动身前往机场前,我们在格罗夫纳广场散步。出乎意料地,他问道:"你是个伟大的作家吗?"这个突如其来的问题让我措手不及。我不想自夸,但也不愿妄自菲薄,于是听到自己回答:"我是这样打算的。"附近有桶形秋千,他让我坐上去,直接用力推了一把,是美妙而令人目眩的感觉,将我送向渴望已久的语言高度。

每个星期一早晨,我都会爬到房子的顶层去写作。这两个世界之间没有任何联系——令人眩晕的派对世界与令人心力交瘁的工作世界。后来在梦中,我看到了分裂的自我。那依然是我的厨房,只是空间变得更大,墙上挂着红色的急救铃,仿佛被改造成了医院。长长的黑色炉灶上摆着沸水翻滚的锅和一口浅锅,锅里热着嗞嗞作响的鹅油。我不假思索地抓起它们,将滚烫的液体泼向那群

---

① 《奥赛罗》中,奥赛罗给了苔丝狄蒙娜一块这样的手帕,手帕上的草莓图案隐喻处女初夜后留在手帕上的血。
② 艾比·霍夫曼(1936—1989),美国政治和社会活动家,青年国际党创始人之一,也是"芝加哥七君子"的成员。

满脸惊愕、难以置信的宾客。派对时代正走向终结。

　　一个字也写不出来的日子里,我就开始整理东西,清空熨衣机,把孩子们穿不下的衣服分类整理好,准备捐给慈善商店。而每次整理时,我总会发现被禁止的香烟。事情是这样的,莫里斯·吉罗迪亚斯①曾来过帕特尼,试图鼓励我写《O娘的故事》②的续集。临走时,他送了我这支烟,暗示它拥有神奇的魔力。这支长长的白色香烟,就像我想象中奥伯利·比亚兹莱③会抽的那种,对我有一种可怕的吸引力。它会对我产生什么影响呢?让我漂浮在玫瑰色的朦胧之地,还是把我送进那片我隐约记得曾去过的可怕海域?我可能夸大了它的效力,但不管怎样,还是会小心翼翼地把它放回围巾里包好,再塞进抽屉。我参加了各种研讨会和讲座,寻找超验的自我,还参加了无数派对,那里有人飘飘欲仙,声称自己看到了青金石的幻象,触摸到了智慧之脐,满口胡言乱语却

---

① 莫里斯·吉罗迪亚斯(1919—1990),法国出版商,创立了奥林匹亚出版社,专门出版在英国和美国审查有风险的书籍,这些书籍仅在法国出版英文版本。
② 1954年出版的一部情色小说,由法国女作家安娜·德克洛以"波莉娜·雷阿日"为笔名创作。德克洛对自己的作者身份守口如瓶,直到四十年后,也就是她逝世前四年才公之于世。
③ 奥伯利·比亚兹莱(1872—1898),19世纪末英国插画艺术家,受到过日本艺术的影响,也是唯美主义运动的先驱。

被当作真正的诗歌。内心深处,我害怕失去我所拥有的那一点点稳定。

有一次,在菲利普·邓恩①位于马略卡岛的美丽农舍里——多亏他女儿内尔帮我弄到了邀请。他的另一位访客在颂扬另类生活。他是个荷兰人,随身携带着货真价实的毒品。当我拒绝尝试后,他决定采用更极端的方式:颅骨穿孔。他打算用百得电钻在我前额中央开个洞,赐予我梦寐以求的第三只眼和顿悟。我也逃离了那里,没有察觉这是在给自己招致灾祸。

---

① 菲利普·邓恩(1908—1992),美国编剧、导演、制片人,主要作品有《痛苦与狂喜》《青山翠谷》《大卫与拔示巴》等。

莎斯姬亚之袖

我选择与莱恩一起服用迷幻药的那个早晨,阳光明媚。然而我心中却充满犹疑。那是 1970 年 5 月 6 日;房间收拾得井井有条,大花瓶里插着许多白粉相间的牡丹花,花瓣上带着血般的红点,外面的河流一派宁静祥和。莱恩十点准时抵达,穿着笔挺西装,打着领带,以前很少见他这身装束。我接受他的心理治疗已约半年。平心而论,这些疗程是非正统的:有时他会侃侃而谈,有时则自顾自地轻声发笑。他推崇精神分析学家格奥尔格·格罗代克①,后者的治疗方式同样离经叛道,并鼓吹疯狂的治疗价值。追溯本源,回归家庭罗曼史才是关键。有几次他甚至向我透露自己的婴儿记忆:婴儿床左右晃动的骇人影象、愤怒的母亲,以及自己在仿拼花地板油毡上爬来爬去的情景。某日,我带去一篮新鲜无花果,他凝视着那些茄紫色的果皮,随后抽出小刀将它们逐一剖开。

---

① 格奥尔格·格罗代克(1866—1934),内科医生和作家,被认为是心身医学的先驱。

他让我们坐在地板上，在五十分钟的疗程中观察那些无花果和嵌在淡红色果肉里的种子。

5月的那天早晨，他到来时，我觉得应该讲讲之前做过的那个梦，但又犹豫不决。我梦到自己还是个小女孩，在上学路上绊了一跤，摔倒在路上，一块锋利的石头划开我的前额。我的脑子掉了出来，变成旋转的陀螺，不一会儿，路过的男女老少开始在上面跳舞踩踏。仿佛这警告还不够似的，我从昨晚共进晚餐的肖恩·康纳利那里得知，他和莱恩是老友，都来自苏格兰，他们一起嗑药的过程很是心惊胆战。然而，我并未取消预约。冥冥中我似乎相信自己既能完成这次治疗，又能逃脱这场可怕的考验。我想尝试的理由有很多：一方面，我内心深处渴望更接近莱恩；另一方面则因读过各类文献而相信，我的梦和写作将得到丰富。

我用杯子喝下迷幻药。我不记得它有任何味道。我记得自己坐在那里，必须叫他抱着我，或者至少拉着我的手，但当我结结巴巴说出口的时候，他突然在那张扶手椅上变成一只老鼠，一只西装革履、系着领带的精英鼠。那是我当天最后一个半清醒的念头。世界开始旋转，旋转，脚下的地板如海浪般起伏摇晃。我逃向厨房，却发现那里同样在晃动，墙壁摸起来竟化作血肉。我退回客厅，他正在起舞，但我拒绝了共舞的邀请——当时的我已然支离破碎。这场折磨持续了数小时。我不再坐着，而是瘫倒在地，喘着气，每一波侵袭都比前一次更狰狞。子宫。鲜血。地狱。烈焰。一颗无花果被剖开后，露出受伤的果肉。

一次，他从墙上取下那面巨大的镀金镜子，让我看到自己紫涨的脸、疯狂转动的眼睛和扭曲的身体。我像分娩时那样破水了，水流如瀑布般从我体内涌出。然而，跪着的地板上却感觉不到丝毫潮湿。我失去了时间感，也察觉不到光线的变化。我忽而语无伦次地讲述着自己如何带着记忆与绝望降生到这个世界，然后两次说道："边缘在不断裂开，而你必须死不止一次，我的母亲，我的谜团，我幼小的孩子们，我只能承受你们。"我依稀想起他们在彼得斯菲尔德的一所寄宿学校，远在天边，遥不可及。

过了一段时间，他离开了，房间里只剩下我，独自一人，像受伤的动物般在地上爬行。我多希望他能留下，渴望他能抱抱我。我多想吃块饼干，脑海中清晰浮现出那块姜味软饼的模样，可厨房里存放饼干的铁罐远得让我够不着。我爬到小桌旁的电话机前，想给泰德·阿兰打电话。电话机正面是金属面板，凹陷的字母和数字键仿佛长在我自己的牙龈上，拨号动作变得难以完成。那一刻，我终于哭了出来，泪水决堤般流淌，对整个无法触及的世界生出不合时宜又徒劳的怜悯。

我得到了某种喘息的机会。天快黑的时候，我望着黄昏的阳光渐渐暗下来，恍惚间，瞥见绚烂的色彩——在天空中，在河面上，脑海中，迸发流光溢彩，浓烈如瀑。恍如昔日在维也纳所见，老彼得·勃鲁盖尔笔下的雪中猎人：皑皑雪原上，乌黑的树干与零星的乌鸦愈发幽暗，两只毛发柔软的赤褐猎犬乞求抚触。持矛猎人渐行渐远，身影消融在通往雪峰与乳青天穹间无形峡谷的平原上。继而浮现伦勃朗第二任妻子莎斯姬亚的衣袖，金色袖子低垂，为礼制而设。我突然渴望与鼠人共舞。归途还需多久？或许，与来时一样漫长。

最终门铃响了，我发现自己能站起来，然后走去开门。泰德·阿兰和肖恩·康纳利来看我怎么样了。正如他们后来所说，他们震惊地发现一个女人变化如此之大，语无伦次，走路像踩高跷一样。我的谈话内容从过去的记忆到零星的知识，再到我在药店配的处方，还有一句诗"哦，生命之主，请赐我根须以甘霖"[①]，不可避免地又谈到莎斯姬亚的金色袖子。我要了一块饼干和一些红酒。酒的颜色美极了。从最上层的酒膜往下，我能看到不同深度的红色带。我慢慢啜饮，仿佛那是琼浆玉露。他们待了很久。到上床时，我身心俱疲，不到二十四小时的时间里，仿佛已活过好几世。

[①] 出自英国诗人杰拉德·曼利·霍普金斯的诗歌《恳求雨神》（"Thou art indeed just, Lord, if I contend"）。

事后回想起来仍心有余悸,我那时几近崩溃。周日,贝丝陪我一同去看望孩子们,并带去了食物篮。她承担了大部分谈话,以免他们察觉我的异常。几周后,在邦德街一家商店购买绣着雏菊的麻编靴时,我猛然看见黄色的花蕊在颤动,那些花朵仿佛活了过来。我这个热爱戏剧的人,却再也不能踏入剧院。在圣马丁巷的一家剧院里,我刚落座就不得不离开,因为头顶仿佛被利剑挑起,直指那精雕细琢的天花板。

巴黎之行本是为了平复这些接二连三的发作,却反而引发了一次新的发作。当时我与罗杰·瓦迪姆在他位于里沃利街的公寓里,讨论重拍狄德罗《修女》①的可能性。简·方达从让-吕克·戈达尔②的片场回来,却一反常态地没有展现她惯常的妩媚姿态,而是摔下一个装满了牡蛎的纸板箱,对瓦迪姆说了些轻蔑的话。

第二天,我在酒店的房间里,幻觉又回来了。我记得,在伦敦家中的壁炉架上,我有一张画家雅各布·科内利斯③

---

① 《修女》的主人公苏珊是私生女,被父母送入修道院做修女。她忍受不了修道院里种种野蛮的暴行和残酷的折磨,几次反抗,想脱离修道院生活。
② 让-吕克·戈达尔(1930—2022),法国和瑞士籍导演,法国新浪潮电影的奠基者之一。代表作有《狂人皮埃罗》《随心所欲》等。
③ 雅各布·科内利斯(约1470—1533),荷兰北部的木刻画家和设计师,是最早在阿姆斯特丹工作的重要艺术家之一。

的明信片，描绘的是《基督圣婴的朝拜》，画面是棕色的室内，棕色中点缀着金色的微粒，天使们悬挂在屋檐下，吹着喇叭向躺在木制支架上的裸体婴儿致敬；但我的访客却不同。我选择的是巴黎的 L 酒店，这里曾被称为阿尔萨斯酒店。我选择这里，是因为奥斯卡·王尔德曾在这里去世，并留下了一笔未付的账单。小小的生物，像穿着小围兜的喷火战机，从天花板的每个角落荡下来，发出咝咝声。起初只是些变形虫，它们开始膨胀并繁殖。我尽我所能避开它们。我尝试了各种策略，提醒自己在一本指南书中读到过埃菲尔铁塔是由 250 万颗铆钉和 1.8 万块金属拼接而成的。奇怪的是，我想起了约翰·贝里曼[①]在都柏林的一家酒店里，每天喝一夸脱[②]威士忌，试图完成一首诗。接着轮到萨尔瓦多·达利，我记得他也在同一座城市，但住在不同的酒店里，跳起来用毛巾拍打天花板上入侵的小生物。为了让我的房间达到套房规格，房间连着前厅。一个怪诞的人影从前厅里冒出来，是个留着连鬓胡的男人。他躺在我上方，胡子沾满了黑啤酒的泡沫，湿漉漉的，而角落里的巨魔们笑得前仰后合。我以为自己完蛋了，便按响了藏在墙后丝绸褶皱里

[①] 约翰·贝里曼（1914—1972），美国诗人和学者。20 世纪下半叶美国诗歌界的重要人物，被认为是"自白"诗歌派的关键人物。最著名的作品是《梦之歌》。

[②] 约为 1.14 升。

的电铃。医生被叫来了，正是他诊断出幻觉的根源——我吃了一只坏牡蛎。药拿来了，服下后，我蜷缩到床中央，拉起被子蒙住眼睛，以抵御那些我幻想中正鬼鬼祟祟、窃窃私语的入侵者。

我曾明确要求不允许访客上楼，但还是有人登门，三次。玛格丽特·杜拉斯是第一位；她摸了摸我的前额和脉搏，便匆匆出门去药房买来了栓剂和椴花茶。接着是彼得·布鲁克①，我们本该一起合作一部剧本。剧本已有标题和主题，但除此之外没有多少进展。片名定为《空缺》。他以图像构思了整个故事架构，大幅白纸上画满了草图，那些如流转万花筒般的概念令我头晕目眩，难以领会，会谈无果而终。随后是塞缪尔·贝克特——他笔下的虚构世界中从不缺病房和收容所的场景。他打开迷你冰箱，取出一小瓶威士忌和玻璃杯，坐了下来。过了许久，他才问我哪里不适，我向他描述了那些诡异的幻觉，以及接踵而至的两位访客：玛格丽特·杜拉斯与彼得·布鲁克。

"啊，那确实会让人这样。"他说道，继续沉思着。

天色已暗，屋内的物件变得模糊不清。众所周知，贝克特不喜欢过多的交谈。他所有的作品都充斥着对那

---

① 彼得·布鲁克（1925—2022），英国戏剧和电影导演，20世纪重要的剧场导演，知名作品有《马哈/萨德》《摩诃婆罗多》等。

些喋喋不休、叽叽喳喳之人的厌烦。最终，我鼓起勇气问他正在写什么，他回答说："没什么，而且又有什么用呢？"不知怎的，话题转到了墓地。我向他讲述了我位于香农河一座岛上的坟墓，那里如此偏僻，有几座教堂，屋顶敞开，任由天空俯瞰，野鸟在墓地上空盘旋进出，墓碑上布满了青苔。他感到惊讶，并问我是否打算回去接受永久的"怨恨剂量"。他可能想起了詹姆斯·乔伊斯所遭受的可怕对待，当局和爱尔兰的殡葬业者对他的遗体是如此反感，以至于它从未被运回祖国。这时，我想起 1964 年初次见到贝克特后不久，他给我寄过一张明信片——也许是他发给许多人的宣言——说那是他最后一次在都柏林，并在埃尔弗里商店买了一顶黑色丧帽。然而，他身上仍保留着浓厚的爱尔兰特质——他的声音、步态、手杖，以及他笔下"道路与沟渠间废墟遍布的土地、可爱的乡间小路、雏菊、绵羊、羔羊、胎盘"，这些都是他与父亲在山间漫步时观察到的景象，还有远处石匠银铃般的捶击声。就连辛格也未曾以如此深情捕捉过爱尔兰。我总将杰克·叶芝、辛格和贝克特视为同类，他们志趣相投，是高贵血统的流浪者，用双脚丈量过那些终将被他们以绘画或语言神圣化的土地。我最初读到他的文字，是在伦敦图书馆四楼那个昏暗的角落。我偶然邂逅一本印有叶芝画作复制品的书——一本让我极想窃走的书。贝克特在简短而闪耀的序言中写道：这位押上自我存在的艺术家来自虚无，亦无亲族。我提及此事时，他抬起头来，面露喜色，全然忘记那是自己的手笔，反而忆起与杰克·叶芝在北都柏林的长途漫步，总在某个静谧的酒馆休憩、沉思。谈论这样一位严谨之人时提及饮酒或许不妥，但爱尔兰的天才们——乔伊斯、贝克特、弗兰·奥布莱恩等众多人物——皆是酒馆常客，他们将那些驻足时光化作孜孜不倦的创作养分。

房间里寂然无声，唯有他椅子的滚轮蹭过踢脚板的吱呀响动，以及女仆们在楼梯平台上彼此呼唤的声音，那呼唤既专横又欢快。他坐着凝视前方，时而抬眼望向角落，那里早先有异象显现。

"根本没必要回去。"他说，带着某种听天由命的意味。而我明白，若非怀着那般美丽、哀伤且永恒不灭的孤寂去爱过那片沟渠、雏菊与废墟遍布的土地，他绝不可能写出那些文字。

从巴黎回来数月后，作家帕特里克·西尔[①]找到我，希望我为某杂志撰写一篇关于麦加年度朝圣的文章。我不假思索地答应了。他指出，我必须放弃天主教信仰并皈依伊斯兰教，才能获准参与，我再次应允。然而，梦

[①] 帕特里克·西尔（1930—2014），专门研究中东问题的英国记者和作家，曾是《观察家报》的记者，采访过许多中东领导人和其他人物。他还是一位文学经纪人和艺术品经纪人。

境却展现了另一番景象：天门洞开，我看见上帝蓄着胡须的脸，他盛怒而全知。他降临人间，是来清算众生罪孽的。一场关乎世界末日的战役正在打响。犹太与穆斯林阵营兵戈相向，一个又一个营在我眼前接连覆灭。最终，他们耗尽了武器，人肉薄片成了临时的武器，像糕点一样被切开，填入神秘获得杀戮之力的人血。我身处犹太阵营，但说实话，双方都一样疯狂，一样嗜血。阵亡者堆叠成山，生前令彼此憎恶的兄弟情谊，在毁灭中强加于他们。正当我踏入战斗前线时，听到一个声音，不知自己的还是他人的，高喊道："我们战斗、承受苦难，并非为了世俗的考量，而是为了得见上帝。"

我给莱恩打电话预约了见面时间。

"这是什么意思？"我一边问他，一边向他描述种种恐惧与灾祸——出生、死亡，以及我从未去过的阿拉伯沙漠。他说，这次旅程本身和随之而来的"闪回"，是我多年前经历过且必将再度经历的循环。这就是命中注定的方式。

那次会面后，我离开时比以往任何时候都更加心神不宁。

当账单递到我面前时，我突然以一种更为刺目的眼光看清了事实。账单数额很高，涵盖了他与我共度的所有时光。尽管心中略感不快，我还是立刻开好支票寄了出去。然而几周后，怪事发生了。他的助手来电，声称账单逾期未付。我申明早已寄出，怕她不相信，便特意预约了他度假归来后的会面。那该是8月的事了。

那日天气和暖，我坐在他的公寓里，他的妻儿正在花园嬉戏。周围的窗户都开着，传来各种声响，我清晰听见有人高喊他的名字发出挑衅。他却对此只字未提。当我提及那张他认为未付的支票时，他奇怪地似笑非笑，从书桌的抽屉取出一个信封。蹊跷的是，虽然地址正确，字迹清晰，这封信却辗转了他在伦敦住过的所有旧居，而且改寄的地址也都写得很工整。仿佛有神秘力量在追踪着他。

临走时，我问他为何弗洛伊德在弗吉尼亚·伍尔夫到访汉普斯特德的诊所那天，送了她一株水仙花。他发出那难以捉摸、冷若冰霜的笑声，此后我再未见过他。

很久以后，当我乘车从爱丁堡前往格拉斯哥时，出租车广播里传来了莱恩去世的消息。他在法国南部的一个网球场上因心脏病发作离世。我欠他一份情；他曾用一声敞亮的尖叫将我打发走，而那声尖叫将成为我后来所写小说的精髓。小说名为《夜》，讲述玛丽·胡里根的故事。在夜晚的躁动中，她思绪纷乱且自责，所有温文尔雅的表象荡然无存。那是我人生的分水岭，标志着我写作风格的彻底转变。

切尔西

是时候离开帕特尼的那所房子了。在焦虑不安的状态下,我开始想象各个房间里摆满了棺材,那些小小的白色儿童棺木,很快,每个房间都被它们占据。因此,这里不再适合居住。

在一片混乱中,我竟设法完成了一些工作,写了一个名为《爱情你我他》的剧本,这是一个充满情欲的弗拉门戈式故事,讲述了一个脾气火暴的妻子、她的丈夫和另一个女人之间的纠葛。剧本被买下拍成电影,最终由伊丽莎白·泰勒①、迈克尔·凯恩②和苏珊娜·约克③主

---

① 伊丽莎白·泰勒(1932—2011),美国女演员,十二岁主演《玉女神驹》引起轰动,以《雨树县》《朱门巧妇》《夏日痴魂》三度获得奥斯卡最佳女主角奖提名,并凭借《巴特菲尔德八号》《灵欲春宵》两次成为奥斯卡影后。
② 迈克尔·凯恩(1933—),英国演员,凭《汉娜姐妹》《苹果酒屋法则》获得奥斯卡最佳男配角奖。
③ 苏珊娜·约克(1939—2011),英国演员,曾获BAFTA最佳女演员奖、戛纳电影节最佳女演员奖,主要作品有《幻象》《孤注一掷》《弗洛伊德》等。

演,但最终结果却平淡无奇,剧本的所有丰富性都被省去了。我拿到了三万九千英镑的报酬,于是和管家伊丽莎白·洛贝一起去找房子。她会开车,而我不会。傍晚时分,我们会开车离开帕特尼,前往切尔西,寻找钉在门廊和柱子上的"出售"标志。我们会下车四处走走,看看街道或房子是不是合适,而我则会像探测水源一样专注地站着,试图猜测里面是否会有那些白色的小棺材。

在下国王路上,我们经过一家枝形吊灯店。店主是两个俄国人,道娜和彼得罗夫。散步时,我总会被他们的橱窗吸引,那里终日灯火通明,吊灯全天不熄。数十盏吊灯挤在一起,低垂的金色链条上,水晶坠子紧挨着,为这段位于铁路桥下、散布着小工厂、冶炼车间和修理厂的街道投下一片微光。向里望去,我不禁想起《安娜·卡列尼娜》中圣彼得堡舞会的场景:安娜发间簪着新鲜的紫罗兰,跳着玛祖卡舞,一圈又一圈地旋转,即将抛弃责任和日常的庸俗尘世,迈向爱情那更高也更骇人的巅峰。

接着我们来到了我未来的宅邸——凯雷广场 10 号。双层客厅里,一个小男孩正在弹钢琴,我仿佛已看见自己的儿子们在此嬉戏。要价与我写这部电影剧本所得分毫不差,这更证明这栋房子注定属于我。与房产经纪人稍作议价后,价格降了一千五百英镑。后来彼得罗夫上门,在楼下客厅悬挂了配套的枝形吊灯。

在那栋房子里度过的第一晚,是我人生中最幸福的时刻之一。我站在门阶上,望见对面餐厅悬挂的一串串小彩灯,旁边是家艺术画廊,再过去则是葡萄酒铺——那里有位热情洋溢的年轻人阿里,后来成了我的骑士。

不久后,我在附近咖啡馆结识了形形色色的人:一位自称夏加尔侄子的黑贝雷帽男子,还有个总带着醉意的布列塔尼人,他在街市兜售洋葱,常踉跄走进咖啡馆喝杯咖啡,然后脖颈和自行车把手上挂着粉皮洋葱串,摇摇晃晃地骑车离去。附近有两家专营20年代服饰珠宝的集市,其中一家的软垫宝座上坐着苏格兰高地女预言家伊莎贝拉·坎贝尔。她后来成了我的朋友,甚至预见了即将降临的恋情。人们都很友善,我常在那里流连,告诉自己再也不会孤单。一个集市的隔壁有家咖啡馆,害羞的年轻女孩在那里做可丽饼,馅料是炖苹果,或奶油奶酪加糖。这正是我梦寐以求的波西米亚生活。

阿里穿着苏格兰短裙,活像个逗趣的小丑,总是戏弄他的顾客,管谁都叫"约翰"。"好的,约翰。不,约翰。您的愿望就是我的命令,约翰。"凯雷广场有间地下室,我问他是否愿意住在那儿。他欢天喜地:"当然,约翰。"不到二十四小时,他就搬了进去。不久后,他母亲送来两株玫瑰作为给我的礼物,说是能带来好运。那些年,他一直与我同住,不过得承认,周末时常有些吵闹的访客。常常是在周一早晨,一辆海军蓝的厢式车闪着蓝灯停在我家门外，怒气冲冲的登记员上门搜寻那些未按时归队的水手——阿里的情人们。我为此告诫过他，这时他会懊悔地低下头，保证说"再也不会了，约翰"。接着他会说爱我，就像爱他母亲和艾拉·费兹杰拉①那样，这是真心话，约翰。

演员帕特里克·马基②来吃午饭，还带了一束红玫瑰。他气场强大，嗓音完美融合了教会之都阿马③的神圣与埃纽·麦克马斯特④扮演伟大莎士比亚角色时的高亢狂想。马基曾与麦克马斯特在爱尔兰巡演，剧团中有年轻的哈罗德·品特⑤。品特常开玩笑说，他和马基一起跑过龙套、合租过房子、共用过护裆。60年代初，我在奥尔德维奇剧院看《生日派对》的预演，在剧院酒吧初次遇见品特。那晚与我们共进午餐的最后一日——2008年12

---

① 艾拉·费兹杰拉（1917—1996），美国歌手，公认是20世纪最重要的爵士乐歌手之一，与比莉·哈乐黛和莎拉·沃恩齐名。
② 帕特里克·马基（1922—1982），北爱尔兰演员，他以与剧作家塞缪尔·贝克特和哈罗德·品特合作而闻名。
③ 阿马，爱尔兰的教会之都或宗教之都（圣徒和学者之城），也是历史最悠久、最受尊敬的爱尔兰城市，拥有悠久的基督教遗产。
④ 埃纽·麦克马斯特（1891—1962），爱尔兰舞台剧演员，他担任自己剧团的演员经理，演出莎士比亚和其他剧作家的作品。
⑤ 哈罗德·品特（1930—2008），英国剧作家及剧场导演，早期作品常被归入荒诞派戏剧，他也是2005年诺贝尔文学奖获得者。

月,他去世前一周——形成令人悲痛的对比。七年间,他与疾病英勇抗争,几乎是不屑一顾,但病魔仍然缠身,再没有比诗句"但我记得如何死去,尽管所有见证者都已逝去"更能说明一切。那时的他,已成了那个下颌线条坚毅、双眼漆黑如甘草、曾因威士忌加冰问题与酒保争执的男人的脆弱影子。初次见面时,他便谈起自己在爱尔兰巡演多年的经历,正如他在最后一日仍会提及的那样,爱尔兰贫穷而凌乱,于他却是黄金时代。他将这段岁月写进了一本名为《麦克》的小书中,以此向麦克马斯特致敬。书中,他刻画了作为演员的麦克、精明的剧团经理人麦克,以及不容冒犯的麦克——他绝不能容忍任何干扰,无论是前排无知的观众,还是在他激昂独白时狂喜昏倒的女演员。

但介绍我与马基相识的并非他,而是塞缪尔·贝克特,地点在皇家宫廷剧院隔壁的酒吧。马基热情健谈,却让人感觉他内心激荡着汹涌暗流。若有莽撞之徒胆敢贸然进来,他定会爆发。他对贝克特的敬爱显而易见,但所有见过贝克特的人皆如此。吸引他们的并非声名,而是那种至纯至简——无论是他这个人,还是他的作品,皆剔透如洗,毫无虚饰。

马基会不请自来到凯雷广场共进午餐。到了约定的那天,他准时出现,穿得像个时髦绅士。他带来的玫瑰配着白色满天星的细枝,当我提到家乡的医院从来不喜欢红白花朵混搭时,他遵从传统,将满天星单独插进了另一个花瓶。他彬彬有礼,近乎温文尔雅,举手投足间带着魁梧男子偶尔会有的那种轻盈。他喝着伏特加,一开始只是浅斟慢饮,但这没能持续多久。他谈起爱尔兰,那里的泥泞与污秽,滴水的树木,严厉的父亲和女人柔软的心肠,他自幼便注定要登上那艘移民船的宿命,带着他那口优雅的腔调。起初他憎恨英国,厌倦外省,厌倦破旧的公寓,厌倦在小剧场演出时台下寥寥无几的观众——尽管其中不乏孤独而善解人意的女房东。他越喝越兴奋,转而陷入忧郁,继而又愤怒不已,随时间推移,戏剧化的表现愈发激烈。

此刻已是五点,继而是六点,马基毫无离开的意思。他正朗诵着《终局》①里哈姆的独白,给那些台词注入一种冰冷而狂乱的疯癫。我惴惴不安地表示自己另有约在身。

"妙啊,妙啊。"他要跟我一起去。为了圆谎,我编了温布尔登山上一户大户人家的姓氏——那是我在搭乘14路公交车去温布尔登接孩子时,百无聊赖间曾留意到的一栋大宅。我走进卧室,换了衣服,化了妆,意识到这一切有多么荒谬。我们一同出了门,我试图安抚他,告诉他那些人相当无趣,晚宴也会很正式。他对此嗤之

---

① 《终局》是塞缪尔·贝克特的作品,用法文写成,是与《等待戈多》齐名的荒诞派名剧。

以鼻，说自己能为这场合增添些色彩。在国王路的拐角处，我看见远处驶来一辆出租车，便狂奔过去，拼命挥手拦车，把马基像被废黜的国王般丢在原地，只听他愤愤不平地咆哮着，控诉自己遭受了何等耻辱的对待——他可是曾在爱尔兰、英国乃至更遥远国度的高门大户里与贵族们共进晚餐的人物。

凌晨三点，我床边的电话响起：是马基，既清醒又暴怒，话语间爱恨参半。他厉声责备我："女人，我给你带来玫瑰，得到的感激却是被你扫地出门。"

我在凯雷广场近邻有些挑剔。我意识到自己不会越过那道篱笆去借那传说中的"一碗糖"。他们对阿里那些喧闹的客人颇有微词。有一次，当时就读于比肯斯菲尔德电影学院的卡罗借了校车来过一晚。他们竟写信投诉，抱怨不得不坐在客厅里，望着窗外如此粗俗的景象。还有些人对我从德鲁斯伯勒带回的在前栏杆上疯长的忍冬花表示不满。多年来，许多知名人士曾光临此地，包括罗伯特[①]和贝丽尔·格雷夫斯[②]夫妇，罗伯特还带来了杰

[①] 罗伯特·格雷夫斯（1895—1985），英国诗人、小说家及翻译家，专门从事古希腊、罗马作品的研究，一生创作了一百四十余部作品。
[②] 贝丽尔·格雷夫斯（1915—2003），英国编剧，是罗伯特·格雷夫斯许多爱情诗的灵感来源，也协助他翻译了《十字架和剑》与《抱着球的婴儿》。

罗姆·罗宾斯①，后者误以为即将见到埃德娜·费伯②，尽管他知道她早已离世。

我的剧本《异教徒之地》在皇家剧院上演了六周。看到自己的名字闪耀在门楣之上，我欣喜若狂。就这样，我结识了琼③和劳伦斯·奥利弗④夫妇，劳伦斯评价该剧"直抵人性深处"。他们是常客，在一次圣诞派对上，透过窗户可以看到劳伦斯指挥众人唱赞美诗的身影。

某天傍晚，萨沙突然从剑桥归来时，发现前门大开，一名警察站在那里，还询问了他的姓名。进屋后，他看见他母亲正与首相哈罗德·威尔逊共舞，首相的妻子玛丽和秘书马西娅·法尔肯德⑤在一旁观看。我本不擅长跳舞，但哈罗德·威尔逊风度翩翩，不像我在巴黎偶遇的劳伦斯·达雷尔⑥——我曾无意中向他坦言自己不会

---

① 杰罗姆·罗宾斯（1918—1998），美国戏剧制作人、导演、舞蹈指导，其成就主要在百老汇戏剧和芭蕾舞方面。
② 埃德娜·费伯（1885—1968），美国作家，1925年凭小说《如此之大》获普利策奖。
③ 琼·奥利弗（1929—2025），英国演员，代表作有《斯大林》《迷人的四月》等。
④ 劳伦斯·奥利弗（1907—1989），英国电影演员、导演和制片人，奥斯卡奖得主，是20世纪备受尊崇的演员。
⑤ 马西娅·法尔肯德（1932—2019），英国工党政治家，自1956年起担任哈罗德·威尔逊的私人秘书，1964年晋升为工党领袖和政治办公室主任。
⑥ 劳伦斯·达雷尔（1912—1990），英国小说家、剧作家、诗人，生于英属印度贾朗达尔，代表作有《亚历山大四重奏》《苦柠檬之岛》等。

跳舞。那次尴尬会面后，他寄来的明信片上写道，若他在我们见面之前就读过我的作品，一定会寻找我的单乳——换言之，他将我视作亚马孙女战士①。而女权主义者与学者们却因我逆来顺受、愁苦哀怨的倾向对我大加抨击。

在我的戏剧《弗吉尼亚》首演之夜，玛吉·史密斯②光彩照人，凯雷广场群星荟萃，包括英格丽·褒曼③，她身披高毛领大衣款款而来，宛如易卜生笔下的女主角。

"黑暗的寒冷笼罩着大地。"这是杰伊写给我的信中令人难忘的一句话。他是高地占卜师在她琥珀色水晶球中预见的两段恋情中的第一位。此前他寄来的几张轻快的明信片已隐约透露出，这段愈演愈烈的情愫暗藏危机。我与他在德文郡街的奥丁餐厅偶遇，店主是另一个无可救药的爱尔兰人彼得·兰根。因同属克莱尔郡，他自认有权训斥我："你这老荡妇，根本不会写作。"这让我想起安

---

① 传说亚马孙女战士为了方便战斗，不惜切下右胸。
② 玛吉·史密斯（1934—2024），英国电影、电视、舞台女演员，被誉为英国最杰出的演员之一。代表作有《春风不化雨》《加州套房》《看得见风景的房间》《哈利·波特》等。
③ 英格丽·褒曼（1915—1982），瑞典国宝级演员。代表作有《卡萨布兰卡》《煤气灯下》《真假公主》《东方快车谋杀案》《秋光奏鸣曲》等。

东尼·伯吉斯[1]也曾如此贬损我，说在乔伊斯、叶芝等巨人之后，只剩下如我这般"微不足道的小人物"。稍后，他又会拎着香槟来到桌前赖着不走，而肖恩·肯尼会因他的粗鲁出面理论——但肖恩·肯尼如今已归于幽冥。这位金发的伊卡洛斯[2]，因为飞得离光太近，四十四岁便陨落了。某种程度上，他早有预感。上个新年夜，在基尔代尔郡凯文·麦克格罗瑞[3]的宅邸，他在访客簿上写道："我有边走边说的习惯，就是走向死亡。"所以那晚，我遇见杰伊，一个害羞的男人，一个柔软黑发散落的初出茅庐的诗人，感觉是肖恩·肯尼的幽灵将我们聚在一起的。杰伊曾在蒂珀雷里郡肖恩的葬礼上见过我。他说，当时他想过马路走进举行守灵仪式的酒馆，最终却只是和那些男人一起站在石墙边，手里拿着帽子，默默致敬。肖恩四个美丽的姐妹中的一个给我看了肖恩九岁或十岁时制作的魔法剧院模型。那是用绿色火柴盒做的，用砂

---

[1] 安东尼·伯吉斯（1917—1993），英国当代著名小说家，拥有诗人、作曲家、剧作家、语言学者和评论家等多重身份，小说代表作有《发条橙》《尘世权力》和"马来亚三部曲"等。

[2] 古希腊神话中迷官创造者代达罗斯的儿子。伊卡洛斯和代达罗斯试图借助用羽毛和蜡制成的翅膀逃离克里特岛。他无视父亲的警告，越飞越高，因太接近太阳，蜡翼融化，从天上掉下来，掉进海里溺死。

[3] 凯文·麦克格罗瑞（1924—2006），爱尔兰编剧、电影制片人和导演，曾担任詹姆斯·邦德系列电影《007之霹雳弹》的制片。

纸剪出闪闪发光的部分。他把它命名为金科拉，一位著名国王的宝座。我告诉她我有多么爱他，她回答说："他让人心碎，他就是那样的人。"

杰伊是个移居爱尔兰的英国人。他在信中常描绘自己沿着那条冰冷碧蓝的大河散步的情景，如何偏离常走的小径，寻到一处老树盘根错节形成的天然树屋，只为独自沉浸在对我的思念中。他让我重见那片我已远离的风景。后来某天，我收到一本《叶芝诗选》，扉页上写着："蓦然遇见你的容颜。"这是一场恋爱的邀约。

他每月会来英国一两次，但我总渴望与他在爱尔兰某处相见，重拾遇见他之前的那段人生，以此弥合我们之间的岁月空白。

马丁城堡、基普城堡、烈士城堡、玛丽城堡、亨恩城堡——这些不过是旅游手册上罗列的爱尔兰城堡名中的几个。我发现香农河口一座城堡的广告，它倒真配得上"公牛城堡"的称号。就城堡而言，它不算昂贵，不过我也未曾亲眼见过。

那是在一片田野中央，山墙显得荒凉破败，因风吹雨打而倾斜剥落。我带着儿子们前去探看。诚然，它坐落于香农河口，也确实设有瞭望窗以防范劫掠者，但牛群已将其据为住处，在敞开的门洞间进进出出，遍地都是粪便，干涸的和新鲜的，还有从散落各处的稻草中散发出的牲畜气息。孩子们找来木桩，搭起摇摇晃晃的脚手架直通顶楼。攀爬上去后，我短暂沉醉于在这处通风良好的长廊里款待杰伊的幻想中。

不久后，我在蒂珀雷里与他重逢，那是3月里格外温暖的一天，我们坐在点缀着雏菊的草地上，制订着不切实际的计划。

那天夜里，我们相拥睡在四柱床上时，一个半似小丑、半似羊人的身影走了进来，身穿白色睡袍，头戴针织睡帽。他在床边来回走动，既滑稽又阴险。杰伊惊坐而起，大喊"滚出去，滚出去"，那身影便微笑着消失了。但他并非幽灵，而是被派来监视我们的人。自那以后，我们便遭人跟踪。然而，我们发誓，没有什么能拆散我们。

他在英国的几位朋友怀疑我们关系亲密。其中一位女士，从我们唯一一次见面时她瞳孔中流露出的刺探之意，我就察觉到她的不满；后来，她从杰伊大衣领口拈起一缕红棕色头发，念出我的名字，猜到了他的不忠。另一位朋友邀我共进午餐，狡黠地说杰伊也会到场，三个男人加上我。杰伊全程避开我的目光，刻意营造出我们素不相识的氛围。我早早离席，走到附近的波托贝洛路，虽然我向来厌恶毛皮大衣，却鬼使神差地买了件廉价货。那件大衣早已风光不再，本质上就是块斑驳的毛皮。我回到家时，他已在客厅里，正对着炉火暖手，神情忧郁而懊悔。他本想向朋友们坦白我们的恋情，却终究未能开口。看到那件大衣时,他说了句糟糕的话——说他妻子或许能把它缝进高档大衣当衬里。我惊骇地冲出了房间。我们一定曾在切尔西的无数后街追逐,却又错过彼此,直到最终在世界尽头①一家名为"奶奶去旅行"的店铺前相遇时,都已精疲力竭,最终重归于好。

他来自爱尔兰的信件是支撑我漂浮的浮木。我会反复阅读那些满载承诺的字句。

后来的某个清晨,他毫无预兆地出现了,拎着一个小包,里面装着几件随身物品,没有一句解释,但显然他已经准备搬进来。我们开始了同居生活。一起做晚餐,他削土豆皮时会哼唱比莉·哈乐黛②的《又到了明天》。我们为彼此朗读托马斯·曼的《特里斯坦》,偶尔也玩拼字游戏。多数夜晚,他会出门用公用电话给家里打电话,但回来后对此只字不提。大概几个月后的某个深夜,他突然痛苦得说不出话,只能用手比画。牙齿不住打战,疼痛从心脏直蹿到口腔。凌晨时分,我叫来了医生。他在心脏医院住了两周。我总在非探视时间去看望,渐渐意识到自己并非他生命的基石。我没带牛蹄冻或葛粉饼干,也不是那个会和他商量出院计划、在晨间休息室复

---

① 伦敦切尔西的一个区,位于国王路的西端,曾经是维多利亚时代的贫民窟。
② 比莉·哈乐黛(1915—1959),美国爵士乐歌手及作曲家,被评价为"永远改变了美国流行歌唱的艺术"。

健,或许还会给他读托马斯·曼的妻子。

然而,出院后他并没有回家,而是回到了我的住所。一切看似如常,却已全然不同。

6月:弗吉尼亚·伍尔夫曾说,平姆里科的母亲们在这个月给孩子喂奶。[①]我渴望我们能有个孩子,并提及了几位我认识的四十多岁生育的女性。我期盼着这样的可能。那晚我们从切尔西堤岸的一场派对归来,一路品评着宾客们的虚情假意与高谈阔论,我决定取来通往广场大门的钥匙,这样我们能在长椅上坐下交谈,将夜晚延长。有一件小事刺痛了我。临别时,他大学时代的一位现已声名显赫的朋友索要他在伦敦的联系方式,他指向我说"目前我正与这位女士相伴",这话刺痛了我。

一弯新月,泛着银光,剃刀般的边缘呈现出硫黄般的色泽。雷雨倾泻整晚后,紫丁香的芬芳浓郁得令人沉醉。就在那张长椅上,我听到了我从未想过,也未曾预料会听到的话语。

"从今往后,我每天都会给你打电话。"他这样说道。但这是一句告别词,我对自己说,为他找了个借口——他多喝了几杯,又见到如今已成名的老友,往昔青春岁月、满腔热望,以及在康河上泛舟的回忆都涌上心头。

[①] 出自弗吉尼亚·伍尔夫《达洛卫夫人》,原文为:"六月的气息吹拂得花木枝叶繁茂。在平姆里科,母亲们在给孩子喂奶。"(孙梁、苏美译本,上海译文出版社,2011年5月)

他肯定不是认真的。不，他是认真的。那晚早些时候，他就已认定这段缘分无以为继。他说自己只是短暂归家，随后将前往德国，去那些他曾深深仰慕的伟大诗人生活过的地方，正是那些诗篇在他年少时给了他轻狂的梦想，让他以为自己也能成为诗人。我们相对而坐，为彼此如此契合，却即将分离而泪流满面。

次日清晨，我早早醒来，决定出门散步。散步或许能让人神清气爽。在富勒姆路上，我鬼使神差地驻足一家古董店橱窗前，明知他也曾在此凝视过同样的物件——银线挂毯、枪械箱、祈祷椅，还有褪色的绿丝绒门帘。我总觉得在外徘徊得越久，一切就越有可能自行回到正轨。

回到客厅，我看见了它——那枚前一晚从戒指上摘下的绿宝石，在他留在壁炉架上的门钥匙金属表面映出微光。他已离去。可我还是跑上楼，想着他或许还在，但事实并非如此。他最爱的褪色打火机搁在床头柜上，因为它能否点着火全靠运气，我便迷信地认为只要火焰能燃起，就代表一切安好。我打着火，从他留下的烟盒里抽出一支烟。我大概抽了那支烟。我必须不停走动：走进花园，连玫瑰都仿佛惊骇失色；回到屋内，去拉开大门张望，又再度关上。随后我坐下来，像患了紧张症般保持着诡异的平静，直到正午时分，残酷的真相再次撕开伪装。

我记得他那晚是飞往爱尔兰的夜班,此刻应该还在伦敦,很可能去拜访那位女性朋友了——正是她在他衣领上发现了我的一缕头发。我在电话簿里查到了她的号码,当我拨通电话开口时,能听见她亲昵地唤着他的名字。他确实如我所求来到了我家,但我突然意识到这是多么越界的行为。出租车的引擎轰鸣着,显然他让司机在原地等候。此刻的他判若两人,冷漠而敷衍。一个正赶着回家的已婚男人。

我等待着,期盼着,回忆着过往种种,甚至不惜放下尊严向他的一位男性朋友打探任何消息。直到某天,我写下了那封充满报复意味的美狄亚之信——那是爱的反面。

一年一度回家度假的时候,我都按捺不住眼泪。母亲察觉了这一点。当我们一起折叠灯芯绒床罩时,翻动的布料时而遮住她的脸,时而又遮住我的,她责备我给孩子们树立了不健康的坏榜样,他们本期待能玩得开心。后来,她以端托盘为由将卡罗叫进早餐室,询问他母亲出了什么问题,我是不是做错了什么。她知道这与爱情有关,并对此感到愤懑。自1962年,也就是十二年前,我离开丈夫以来,她就一直担忧着我可能正过着那种她想象中的放荡生活。她的每一封信都提及此事。她写道:

你将永远拥有我的爱与关怀,不必再费心与日常或工作场合之外的男人纠缠。我为你祈祷,生命中的每一天,我都会双膝跪地,祈求基督,让你铭记圣保罗的箴言:"务要远避淫行。"

我已经四十岁了,我深信,按照母亲的意愿,我与爱情将永远无缘。西尔维娅·普拉斯曾称之为"她诅咒的筋骨"。而曾与我们同住在帕特尼的西班牙互惠生奥罗拉,回国结婚后在信中说:"爱情是一种心灵的恶疾。"自然历史学家吉尔伯特·怀特认为,爱与饥饿是"野蛮生灵的两大动力",而我体内那头野蛮生灵为杰伊哀悼了多年。

第二段被预言的爱情更令人目眩神迷。每当忆起,我总想起与这位洛钦瓦见面的第一天和最后一天,然而这段感情的深远远非这两个关键日子所能囊括。那是在帕尔马尔某个宴会厅里,房间里弥漫着权势气息,他本人也散发着同样的气场。我们畅谈对迪伦·托马斯的共同仰慕,我甚至没留意墙壁是金色还是赭石色,也没注意到大理石柱上镌刻着象征领土的玫瑰、三叶草与蓟①徽章——我完全被迷住了。临别时,我索要了一本小册子,想为这场意外邂逅留个纪念。正是在那册子上,我读到

---

① 英国的象征符号,玫瑰代表英格兰,三叶草代表北爱尔兰,蓟代表苏格兰。

了关于大理石柱与领土徽章的记载。

　　洛钦瓦第一次来我家时，说了每个女人都渴望听到的话："我要用很长一段时间来了解你。"听到这句话，我仿佛看到美好的未来在眼前展开，没有什么能让我畏惧。我站在爱情的高空秋千上，虽然并非完全看不清事情会如何发展——意外的相遇、取消的约会、吞噬一切的嫉妒、恋情的狂喜与破裂。我得在此说明，我缺乏正常恋情所需的狡黠与掩饰。我更倾向于俄罗斯诗人玛琳娜·茨维塔耶娃①那种极端，对她而言，爱情既是狂喜也是炼狱。她与帕斯捷尔纳克交换过象征永恒亲密的四行诗，始终相信痛苦与折磨可以倾注进诗歌。后来是里尔克，她的俄耳甫斯，对她而言，他就是整条莱茵河，他们交流的语言是天使的语言。他们从未相见。在圣吉尔斯寄出的最后一封信中，当时他已奄奄一息，她建议他在地图上选一个法国的大城镇，让她这个乞求者去见他。信没有得到回复。玛琳娜自己承认，她刻意营造出隔绝之爱的情境，以便能将其诉诸笔端。詹姆斯·乔伊斯则更为直白，在与阿玛莉亚·波普尔②的短暂情缘后，他写道："这永远不会成真，写下来吧。"

---

① 玛琳娜·茨维塔耶娃（1892—1941），俄国白银时代诗人和作家，被称为20世纪俄罗斯最伟大的诗人之一。
② 阿玛莉亚·波普尔（1891—1967），詹姆斯·乔伊斯作品的第一位意大利译者，也是他第一本传记的作者。

与此同时，这段恋情令人晕眩，充满曲折迂回、反复思量的智慧，如同信风般忽冷忽热又再度转暖。文字永远无法捕捉爱的本质，只能留下它的症状——情欲的沉溺、相聚与分离之间的巨大落差、被排除在外的感觉。我记得一位女性朋友来电描述某次派对，洛钦瓦是主宾，他经过走廊镜子时用梳子整理头发的模样，引得在场女士们争相献媚。我恨不得如神迹一般亲临现场。或许是我对爱的渴望太过强烈，终究无法将其与日常生活调和。

最糟糕的时节是夏天，分析师们撇下可怜的病人撒手不管，恋人们则举家出国度假。碰巧我们俩都要去意大利，虽然是各自分开。同样的太阳灼烤着我们俩，照着屋顶和圆顶，照着通往海边窄路上嶙峋的岩石，照着纹丝不动、蔫头耷脑的橄榄树叶。

戈尔·维达尔[①]邀请我去了他在拉韦洛附近的别墅"燕子巢"。要从大门走到真正的别墅，必须经过一条长长的林荫道，让人想起《去年在马里昂巴德》[②]中的场

[①] 戈尔·维达尔（1925—2012），美国作家，涉笔小说、剧本、政论等多种题材，不拘一格，以讽刺幽默见长，最畅销作品为《迈拉·布来金里治》，被改编为好莱坞电影。
[②] 《去年在马里昂巴德》，1961年阿伦·雷乃导演的作品，获威尼斯影展金狮奖，也被提名1963年奥斯卡金像奖最佳原创剧本奖。

景，沿途还有一连串矮台阶。月光下——没错，正是月光——高耸峭壁上的白色房屋俯瞰着阿马尔菲海湾，宛如魔法城堡。我的行李箱很沉，因为我还受邀去了托斯卡纳的另一处住所，由于不熟悉礼仪规矩，我带上了所有衣物、太多双鞋和太多书。离开意大利时，箱子会更重，这印证了我的思乡病——我想戈尔察觉到了这点。临别那天早晨，当我和他准备乘火车去罗马，我拖着箱子踉跄下楼时，他用那独一无二的嗓音朝楼上喊道："我又听到西西弗斯的声音了吗？"

我的卧室宽敞无比，极尽奢华。戈尔的同伴霍华德带我参观时，如数家珍地报出曾在此下榻的名流——我尤其记得田纳西·威廉斯①、约翰尼·卡森②和碧安卡·贾格尔③的名字，不禁猜想这些宾客是否也会在午睡时分，将泪水滴落在淡绿色绣花丝绸床罩上，或是倚着阳台栏杆，对某个远方之人倾吐咒骂与爱语。

次日清晨，如梯田般层层叠叠绵延数英里的花园里，一派《雅歌》中描绘的景象：芦荟与黄杨树篱、石榴树、

---

① 田纳西·威廉斯（1911—1983），20世纪美国最重要的剧作家之一，1948年及1955年分别凭《欲望号街车》与《热铁皮屋顶上的猫》获得普利策戏剧奖。
② 约翰尼·卡森（1925—2005），美国著名节目主持人，曾主持脱口秀节目《今夜秀》。
③ 碧安卡·贾格尔（1945—   ），尼加拉瓜女演员、社会活动家，1971年与滚石乐队的主唱米克·贾格尔结婚。

零落的花瓣，喷灌系统全开时，空气如蒙薄纱般泛着银光。如此澄澈。如此妥帖。如此丰盈。可我却郁郁寡欢，想起此刻整个意大利正顶着酷暑的游客们——包括洛钦瓦——都戴着遮阳帽、手持指南书启程了：他们攀爬高耸的台阶前往大教堂，或奔赴锡耶纳广场观看无鞍赛马会上骑手们互相挑衅，或在佛罗伦萨排队瞻仰米开朗基罗的《大卫》。那位在爱情里同样卑微的米开朗基罗啊，他甘愿皮肤被剥下，为挚爱做外衣或凉鞋。

我决定步行去镇上稍微游览一番，这样下次与洛钦瓦相见时，我俩就能聊聊各自的意大利之旅。这段路大约两英里，酷热难耐之际，我走进广场上的大教堂，在相对的幽暗与静谧中，默念几句祷词，逃离了那无处可躲的灼热烈日。我祈祷或许能偶遇他，转瞬又盼他死去。爱意与怨怼交织。悬而未决，悬而未决。"除非我屈服于诱惑，否则我们不会再相见。"

教堂里几乎座无虚席，有年长的妇女，也有年轻的，她们直直地盯着前方的祭坛，还有一些人轻抚着各式雕像，低声向它们祈求。角落里摆放着新鲜的和已经枯萎的花束，粉色的玫瑰渐渐褪成乳白色。我听到教堂司事低声说，在圣母升天节前后，奇迹会发生。"Miracolo[①], miracolo."她这样称呼它。人们期待着殉道者凝固的血液会变成液

[①] 意大利语，意为"奇迹"。

体[①],如果未能如愿,则预示着庄稼收成不佳。那血液就在那里,在一个玻璃圣物盒里,颜色深红,像一块树脂或封蜡。信徒们凝视着它,等待着宣告圣母领报的第一滴鲜血滴落。据古斯塔夫·赫林[②]所说,意大利南部"沉迷于奇迹,就像孤独的人沉迷于梦境",而这些妇女都在那里,我也是其中之一。

有时我会去咖啡馆外喝杯气泡水,随后踱进一家兼卖古玩的古董店,在几间屋子里转悠,翻看价签。由于频繁光顾,我觉得必须买点什么,于是疯狂地选定了一套壁炉工具,已然想象着秋天将至,我将点燃炉火迎接爱人归来的场景。这套工具包括沉重的黄铜钳、配套的拨火棍、铲子,以及两个放置这些工具的铜架。它们被包裹在几张旧报纸里,显然无法全部塞进行李箱:有些工具注定要屈辱地挂在箱带上,让我抵达下一栋别墅时显得狼狈不堪。离开的那天早上,当我拖着箱子跌跌撞撞下楼梯时,箱子的闷响引得戈尔用他洪亮的嗓音朝楼

[①] 指圣雅纳略,4世纪时的天主教殉道者,那不勒斯的主保圣人,他的血液至今一直存放在那不勒斯主教座堂的一个玻璃瓶中,每年三个特别纪念日(5月第一个星期六、9月19日圣人纪念日、12月16日),信众们都会聚集在教堂中见证圣雅纳略的圣血奇迹,即他凝固的血液会在这些日子突然变成液体。

[②] 即古斯塔夫·赫林-格鲁津斯基(1919—2000),波兰作家、新闻记者、散文家。

上喊道:"我又听见西西弗斯了?"他以为那是亘古不变的爱之奏鸣曲。

当我离开时,奇迹尚未发生,但我确信它终将降临——毕竟有那些对骨头与珠串的反复揉捏、沉重的叹息、起伏的胸膛,还有一张张恳切的面容。这一切都必定会加速奇迹的出现,那个终将以某种方式惠及我的奇迹。事实确实如此。

大约两周后,在英国的一列火车上,我与恋人相遇了。他端着渗漏的牛皮纸袋从餐车返回,而我正朝那里走去。我们在两节车厢的连接处相遇,都站在凹凸不平的帆布通道上。列车疯狂地穿过乡野,铁轨咔嗒作响,车厢摇晃不稳,透过蒙尘的窗户能瞥见丰收的田野。我们被甩到一起,然后又分开。显然,那个夏天的分离与半心半意想要结束的决心都是徒劳,我们要重新开始,一切如初。

一天早晨,我醒来后发现自己破产了。这本该是预料之中的事,毕竟我没有定期写作,还总让自己处于待命状态。是我的会计师告知了我的处境,一位金融城人士,他小心翼翼地把圆顶礼帽放在边桌上。破产了。"但我还有这栋房子。"我答道。他告诉我,这房子并不如我想象中值钱。房价正在下跌,原本价值 X 英镑的房子很快就会贬值到负 X。怎么会这样?我心知肚明。爱情、慷慨、不切实际的幻想。我就像那个愚蠢的童女,没有确保自己的油灯常满。① 如同双面雅努斯②，我眼前浮现出每次我为洛钦瓦开门时他感激的神情，而今那扇门将永远关闭，他悲痛的面容也挥之不去。我们只了解彼此的零星片段，但那些片段神圣不可侵犯。我自欺欺人，靠着情感碎屑过活，如今成了叶芝刻薄诗句的写照——"以幻想喂养心灵，心灵因这食粮变得野蛮"。

那位房产经纪人带着几分势利小人的做派，建议我该用大剪刀修剪忍冬藤；接着他敲敲墙壁和窗框，又从天窗爬出半截身子查看屋顶。他重新钻进来时，一边拍打着手上的灰尘，一边说房子状况还算不错，但听他把"还算"二字拖得老长，我就明白这是在暗示要压价。

房子很快就以极低的价格出手，我搬去了伦敦北部更开阔也更寂寥的地界。奇怪的是，搬家那天我竟忙得不亦乐乎。我看着钢琴被搬上运输车，裹着结实的白色吊带缓缓放进货厢，再包上毯子——就像我曾见过我们那神经质的灰狗莉尔赛前被格子呢毯裹住那样。彼得罗夫的枝形吊灯装进茶叶箱，裹着石棉保护层。我甚至挖

---

① 出自《圣经·马太福音》25：1—25：5："那时，天国好比十个童女，拿着灯，出去迎接新郎。她们其中有五个是愚拙的，五个是聪明的。愚拙的拿着灯，却不预备油。聪明的拿着灯，又预备油在器皿里。新郎迟延的时候，她们都打盹睡着了。"
② 罗马本土最原始的神，通常被描述成有前后两张面孔，展望着过去和未来，罗马士兵出征时，都要从象征雅努斯的拱门下穿过。

出了那株早开的白玉兰,它的白花精巧如矮脚鹅的蛋。

在新公寓里,我的朋友兼未来邻居罗宾·道尔顿[1]带了野餐来,我们在地板上铺开餐布,给窗户钉上黑纸。我当时立下的决心简直没完没了。

但和谐只是昙花一现。我几乎未曾留意到,壁纸都阴郁沉闷,是深茄紫色的,一只拉布拉多犬在公共花园里不停地吠叫。不到二十四小时,我种下的白玉兰树就被挖了出来,弃置在通往花园的室外楼梯底部。后来,居民协会的秘书来信告知,种植或损毁树木、灌木这类行为是不被允许的。

在苏豪区盖伊·赫萨餐厅的一次晚宴上,与其他评委们会面讨论《旗帜晚报》年度戏剧奖项时,我才承认了自己的失落。这类场合总是风云变幻,起初人人都在惊叹这一年过得如此快,期待餐厅招牌菜烤鸭配苹果酱上桌,气氛融洽,直到评审开始,随后便充斥着尖酸刻薄与拍桌争执。据某位记者所言,"传闻"洛钦瓦曾拎着鱼馅饼走进多塞特郡情妇的村舍。我明白他这般说辞不过是为了自我吹嘘,更清楚那纯属谎言。那一刻,我比任何时候都坚信,这一切尚未结束,洛钦瓦会等着我,我们的爱情蕴含着神话般的永恒。

---

[1] 罗宾·道尔顿(1920—2022),澳大利亚文学经纪人、电影制片人、回忆录作家,成年后大部分时间居住在伦敦。

我出来时已过午夜，寒气刺骨。我不假思索便让出租车开往凯雷广场，直到踏上台阶看见擦鞋垫旁的牛奶瓶——里面塞着张字条——才惊觉自己走错了。这里早已不是我的家了。

每日伏案时，我总望向那片公共花园，望着被挖走的白玉兰树留下的坑洞，望着从高耸房屋延伸下来的陡峭阶梯，听着那只被主人遗弃户外的拉布拉多犬近乎癫狂的吠叫。我失去了我的"樱桃园"，这将成为我长久的悔恨，甚至是永远。我爱过一个从未真正认识我本质的男人。

这个哀叹我后来从许多女性口中反复听闻，但最锥心刺骨的版本，是在伦敦爱德华七世医院过圣诞节时听到的。彼时我刚接受完髋关节手术，一块五英寸长的金属陶瓷复合体被植入髋骨。病床上摊开的康复手册上写着回家后的训练建议——摆腿、屈膝、抬足。

时光与责任被巧妙地延后了。听着各处教堂传来的甜美钟声，颂扬着这个喜庆的日子，我想起了各郡的母亲们，她们正忙着包装礼物、往家禽身体里塞填料，在接近崩溃的时候，却还要精心准备一顿丰盛的晚餐。夜里下过雪，外面的世界宛如一张真正的圣诞贺卡，小巷和房屋倾斜的瓦片上覆盖着一层柔软如粉末、略带蓝色的雪。

医院里也洋溢着节日的气氛。一位戴着像交通信号灯一样闪烁的巨大红色耳环的护士很早就给我送来了茶，我的门上钉着一个小柳条篮，里面装着巧克力、一块迷你圣诞蛋糕和一小瓶波尔图葡萄酒，是医院祝我早日康复的礼物。还有一本按字母顺序排列的笑话书，我随意翻到一位好莱坞制片人对埃丝特·威廉姆斯①作为演员的评价："湿身时她是明星，干身时她啥也不是。"

助理护士长坚持要我参加的鸡尾酒会定在中午举行。她说我可能会遇到许久未见的人，也许是旧情人，重温"爱的甜蜜旋律"。想到这儿，我不得不准备起来。穿鞋是不可能的，但我有一双新的条纹安哥拉毛袜，那是一位叫特蕾莎的可爱朋友留在楼下的，她太害羞不敢上来。穿衣可不是件容易事。我得用一端带挂钩的棍子，才能设法穿上袜子，然后在病号服外面套上红色丝绸和服。

工作人员花了大功夫装饰走廊。伯利恒之星、冬青花环和烫金贺卡几乎遮住了各种脊椎、受伤肩膀和扭曲膝盖的解剖图。多数病人都回家过圣诞了，聚会主要由不当班的员工组成，他们兴高采烈地戴着纸帽，比较着圣诞拉炮里得到的小玩意儿。一位住院医生戴着毛毡鹿角，显得滑稽又严肃，那是拉普兰一位"感激的病人"送的礼物。一位麻醉师戴着白色口罩，唇部涂着血红色

---

① 埃丝特·威廉姆斯（1921—2013），美国游泳运动员和女演员。十几岁时，她在洛杉矶运动俱乐部游泳队中创造了地区和国家纪录。曾参演《百万美人鱼》《出水芙蓉》等。

的裂痕，手持一张卡片，上面写着"吸血鬼来了"。宾客寥寥无几。一位年轻的阿拉伯女子，有着乌黑的长发、黑莓般的眼睛，佩戴着硕大的祖母绿吊坠，被她的同伴们簇拥着。他们喝着可口可乐。另一位访客坐在最好的扶手椅上，是位健壮的英国女士，正滔滔不绝地讲述着国家每况愈下的境况。前一天，她在厨房摔倒，只是为了取下那罐愚蠢的沙丁鱼罐头，加上女佣不在、地板湿滑，她重重摔了一跤。救护车过了一个多小时才到，她被送进一家糟糕的公立医院，在满是外国人的候诊室里苦等了几个小时，那里简直像可怕的巴别塔。更糟的是，她被迫在那里过夜。她带着传教士般的热情宣称："我现在知道蹲监狱是什么滋味了，毕竟在公立医院住了一晚。"如今她总算待在了一开始就该来的地方——一家她身为信托人的医院，而且已经喝到第二杯香槟了，甚至可以说是第三杯。谈话随后转向女王的演讲，一位护士说，到那时我们可能已经享用过头盘——烤火鸡和配菜，正品尝着圣诞布丁，情绪会相当愉悦。那位脾气火暴的女士却表示异议。她可不会心情舒畅。她甚至都不愿听演讲，作为终身保皇派，她无法忍受心爱的女王向欧洲妥协的想法。戴着毛毡鹿角的医生试图劝解，说这并非女王的决定，她闻言立刻要求拿拐杖，像将军检阅部队般霍然起身。

我正一瘸一拐地走回房间时，有人通报有访客到来。

是作家安德鲁·奥黑根①，一位新朋友，短短两年间，已成为我坚定的挚友。他带着风雪进门，雪花缀满肩头和睫毛，那精巧的弧度仿佛是用卷发棒烫出来的。他去望了弥撒，在雪中跋涉好几英里过来——唱诗班的歌声将他带回童年场景：家庭津贴簿、拉扯四个男孩与无用丈夫的母亲、格拉斯哥中央车站顶上贝尔威士忌广告牌那句蛊惑人心的"在你走之前"。他带来了成堆的礼物：蜡烛、手套、一瓶双倍麦芽威士忌，还有一幅拼图——画面是艾米莉·勃朗特置身于淡棕与深褐的瓷砖室内，宛如荷兰大师作品的复刻。这位穿三码鞋、据说拥有航海家头脑的女作家，终其一生固守方寸之地，却勘透了扭曲心灵的迷局。他给自己斟了少许威士忌，又从圣诞老人般的行囊里摸出另一件礼物。我问他，为什么我们这些经历过苦难的人会如此挥霍无度。他想了想说，或许是因为撒克逊大哥让我们凯尔特人觉得自己很"渺小"。我请他唱首歌，他便唱起了罗伯特·彭斯的《邦妮·莱西住的地方》，几位护士从门口探出头来，点头表示赞许。

傍晚时分，伊琳娜——一位来自东欧的护士——帮我整理好床铺后，问我能否在床边坐几分钟。她很孤独。她本渴望回家，但需要乘坐五小时的快车，花费不菲，她

---

① 安德鲁·奥黑根（1968— ），苏格兰作家，写作小说和非虚构作品，多部小说获布克奖提名。

负担不起。她正为梦想中在祖国的小屋攒钱,另一个梦想则是遇见完美的男人。她曾有个深爱的男友,但他却与别的女人同居,如今那女人又对他喊"滚开",因为他又迷上了另一个女人。她哭了,擦干眼泪,为哭泣道歉,接着哭得更凶,说:"我内心平静,但很孤独。"看到我床头柜上的书、笔记本和笔,她近乎祈求地说:"女士,请为男人写一本关于爱的书吧,他们不像女人那样懂得爱。"

我不忍心告诉她,伟大的爱情故事讲述的总是男女之间的痛苦与隔阂。

我离开了伦敦北部,搬回切尔西一间租来的房子。我漫步在熟悉的背街小巷,经过那些带小花园和绿色飞地一般的排屋,四处飘散着种荚与花粉,人们打着喷嚏,闲人偶尔搭话。附近军营的一位退休老人总坐在轮椅上,而他的老伴去买杂货了。老人穿着猩红外套,戴着流苏帽,自豪地挥舞着绿色纸卷装饰品。他会不时重复同样的话:"在威尔士",赋予威尔士特洛伊般的神话回响。

第三部分

空白页

　　什么都写不出来,但我记得自己文思泉涌时,词语来得全不费力,一页页故事在笔下飞速流淌。我特意从美国带回吴竹牌钢笔,它是幸运之笔,还具不损伤照片、无酸、防水、保存时间长、耐光、防褪色、不透纸的特性。但这些都无济于事。亨利·詹姆斯说这种创作枯竭期——或称之为抑郁的螺旋——"对他的天才有益"。但我更认同弗吉尼亚·伍尔夫的观点,她在某次精神受创时曾说,该去约翰·路易斯百货订制新衣,那时她已濒临疯狂边缘。我重读钟爱的旧书,也读几本带着旧书神韵的新作。我坚持写日记,却不安地发现,只有极年轻或极疯狂之人才会记日记。日记里充斥着混乱的篇章——"波吉亚家族的毒花""冥王黑暗之门",以及尼采的"我们拥有艺术,以免被真理毁灭"。尽是些有启发性,却无实际用处的文字。

　　有时我会去大学或学院给学生演讲,本应传授些智慧箴言。我带卡夫卡的作品读给他们听,告诉他们卡夫卡曾说一本书必须是凿开我们内心冰封大海的斧头。在赫尔，风从北海吹来，裹挟着湿冷的浪花，拍打着窗玻璃，窗棂在寒风中震颤，赤裸裸地直面这个世界。几乎空无一人的餐厅里，话题转向了空白页，以及作家们为寻求灵感而逃往的地方。其中一位讲师刚从拉普兰归来，像驾着雪橇的布狄卡①，驱使四只哈士奇穿越雪原，自己劈柴生火，搭起帐篷。每晚入睡前，她凝望那银装素裹的静谧夜晚，这成为她梦境的素材，在梦中，她构思了一个令她自己都惊叹的童话故事，可惜在醒来的瞬间又消逝无踪。

我想起自己曾无数次在绝望中徒劳奔波。哪个神志清醒的女人会在萧瑟寒冬前往英国乡间的小屋，只为寻求一位自称融汇东西方性学秘术的上师的疗愈？他身披白袍、头缠白巾，身边围着一群前妻与现任情妇，她们尊称他为"上师这个""上师那个"。或许是效仿威廉·赖希②，他显然是高潮疗法的拥趸，按摩时坚持裸体，将自

---

① 布狄卡，英格兰东英吉利亚地区古代爱西尼部落的女王。在丈夫普拉苏塔古斯去世后，罗马人抢占了其土地，她自己受毒打，她深爱的女儿们惨遭凌辱，国民要缴重税。因此她领导了不列颠诸部落反抗占领军统治的起义。她在惠特灵大道战役惨败后，因不愿被俘而服毒自尽。布狄卡一直是英国重要的文化标志。
② 威廉·赖希（1897—1957），美籍奥地利心理学家，试图在理论上把马克思主义和弗洛伊德主义结合起来，在实践上把政治革命、社会革命与心理革命、性革命结合起来。

己的身体重重压在不同脉轮上以增强刺激，喘息声夸张得离谱——就差没搬出奥根盒①了。多年前，我曾在一名挪威医生的监督下坐进过这种东西。

在那栋乡间小屋里住着三位求诊者：经营餐馆的和善女士、总在咳嗽的女人，以及我。墙壁薄如纸页，夜里能听见咳嗽声，还有从上师与后宫佳丽居住的内室传来的嬉笑。

我们喝下掺有矿物质和维生素的混合果汁，据说能驱散饥饿感，确实如此。由于下雨，我们大多时间都待在客厅里，大厅飘来燃烧的线香气味，我们翻阅着过期的杂志读星座运势，彼此无话可说。在度过了两天无精打采、毫无写作进展的日子后，我决定提前离开。这一决定并不受欢迎。那群女人警告说，她们的上师会多么难过，而上师本人也试图说服我留下，说我没有给予他的方法应有的尊重。在火车上，我感觉自己像是放学了一样，点了一杯温吞的澳大利亚白葡萄酒，只有四分之一瓶的量。

奥地利的温泉浴场与众不同，更显简朴。人们来此只为"疗养"，一切活动都围绕这个主题。餐厅窗外是

---

① 赖希创造出"奥根"一词，用性高潮带来的愉悦程度来衡量个体的奥根能量，并发明了"奥根盒"，一个直立式长方体盒子，由一层层木材与金属制成。它可以放大使用者的"奥根能量"，据称可以促进免疫系统，破坏癌细胞，提升性能力。

一片湖泊,对岸矗立着城堡般独特的一排酒店,陡峭的山坡上覆盖着常青树,一直延伸到山顶。山峰起起伏伏,最后一抹淡紫色的天空也被遮蔽。医生建议我们将斯佩尔特面包咀嚼四十次,直到变成像浓浆一样糊。我们四人围坐在一张桌子旁,有奥地利人、德国人、英国人,还有我,一边嚼着面包,一边或许在思考自己的消化系统,或是犹豫睡前该服用温和还是强效的泻盐。我查了德语中"唾液"这个单词,抄在笔记本上。这里不鼓励交谈,也不提倡阅读。身着蒂罗尔[①]传统服饰、系着半截围裙的女侍者礼貌而严格地监督我们的疗程,想多要一块米糕是绝无可能的。

主灯熄灭后,自知无法入眠,我便只呆坐在那里看鱼缸里的鱼不停游来游去,它们穿梭时激起层层涟漪。它们争斗不休,各类小冲突不断,随后又短暂休战,各自停栖在树皮碎块或卵石上,划定领地,重整旗鼓准备下一轮厮杀。

我给它们起了名字。萨达姆·侯赛因是那条条纹斑驳、趾高气扬的鱼。乔治·布什是个平庸之辈,身边簇拥着吹嘘的同伴。弗拉基米尔·普京占据着富豪角落,喽啰们在他周围聚集。还有一条珊瑚色的天使般的生物,鱼鳍轻颤,我称它为艾米莉·狄金森,被困在这些极权主义

---

① 奥地利西部的一个州。

者中间。

　　禁食导致了昏昏欲睡和轻微的幻觉。下午,我会坐在户外,身边的长凳上放着崭新的笔记本和一本托马斯·曼的《魔山》。一些病人坐在折叠椅上,另一些则在吃完简朴的午餐——米糕和咸味酱——后回房休息,敷上温热的洋甘菊花敷布,而少数勇敢者则骑上自行车或踩着越野滑雪板出门去了。我坐在一座喷泉前。从一只石葫芦中,一簇水花升起,然后沿着边缘溅落进水池,池水仿佛瞬间托住了融化的月光石戒指般的馈赠。我试图冥想,与水融为一体,但我只是在为某个可能写的故事积攒一些素材。

　　低矮的女贞树篱围出一块块草坪,橘色花朵——我猜是矮种金盏花——无精打采地开着。一棵白桦树上总聚集着整群的褐色小鸟,它们停驻枝头,却从未引吭高歌。厨房在我所坐之处的后方,飘来的烤肉香气令我倍感煎熬——那盛宴注定与我无缘。"治疗"结束后,仍滞留的病人能享用美味餐食,待严苛的疗程结束即可,但我一刻也不愿多待。连托马斯·曼的著作都显得沉闷不堪。

　　一天下午,那位每天早晨在坐浴疗法时与我相邻而坐的年轻女孩即将启程前往英国,我陪她在门外等候出租车。我询问起街对面那栋建筑的用途,得知那是附近高尔夫俱乐部会员专属的酒吧餐厅时,内心涌起阵阵兴奋。我的精神为之一振。我打算六点半悄悄过去,在当晚喝添加到我食谱里的清汤之前,犒赏自己一杯葡萄酒。我把这个计划透露给她。她猛地抓住我的手臂,说我绝不能冒这个险。原来有位俄罗斯寡头曾带着随从来疗养,某晚擅自去餐厅享用牛排和香槟,结果回来就被押送回房间,被勒令立即收拾行李离开——他们违反了诊所的规定。

她离开后,我翻开新笔记本的扉页,看到自己抄录的约瑟夫·布罗茨基的诗句:"摒弃冗余本身,就是诗歌的第一声呐喊。"什么都没写的我,反而更接近诗歌了。

有些傍晚,镇上会来一个年轻人照料鱼儿。他会清洗鱼缸,往水里撒些东西,对它们说话,然后用一块深色布罩住鱼缸过夜。我总试图与他攀谈:鱼儿吃什么?何时交配?它们在黑暗中睡觉吗?而他只是微笑着回答:"我的英文不好。"

然而,在我离开的那天早晨,他留下了一封手写信,标题是《我的鱼儿一家》:

> 性、食物、战争,这就是它们的生活。鱼儿时刻警惕着敌人。每条鱼都在观察谁最强壮。条纹鱼总待在石头上。蓝鱼总在木头上游弋。这条最小的鱼出生在这个缸里,它的父亲是来自马拉维湖的黄鱼。母亲不知是谁。所有的鱼整天都在游弋。游过几百、几千米。雄性会打架。雌性打架较少。颜色

越鲜艳,越爱争斗。没有颜色更容易生存。雄鱼看到雌鱼颤抖,就想成为它的英雄。然后跳舞。雄鱼在沙底挖个洞,游向雌鱼吸引它的注意,雌鱼就会跟随。雌鱼在沙上产卵,含在嘴里三周半。卵在那里很安全。四周后小鱼就能游动了。熄灯后,鱼儿游动减少,但从不完全入睡,从不完全静止。你问我是否有最喜欢的。青金石蓝鱼。它叫阿赫利。它非常美丽,蓝色的身体,头上有白色条纹。但每条鱼都很美,都需要最好的照顾。别忘了我们。

饲养员迈克尔

收到马略卡岛别墅的邀请时,我的希望被点燃了。多年前的春天,我去过那座岛屿,那时杏花盛开,记忆里那是个花团锦簇的天堂,山顶上点缀着风车。一个来自加纳的年轻女孩,我称她为奥菲利亚,帮我弄到了邀请函,因为她曾为别墅主人做过室内装修。她会陪我一起去,在那里过周末,而我会有十二天的时间独自写作。

从帕尔马机场,我们乘上出租车出发。天色渐暗时,我们一离开高速公路,她就开始担心方向对不对。小路越来越窄,乡野景色陌生疏离,偶尔能看见远处田野里房屋透出的灯光,颠簸的小桥过后,道路愈发狭窄,几乎成了小径。在近两小时不断升级的忐忑后,她突然喊道:"找到了,找到了。"因为她瞥见了一块画着巨型野猫的广告牌。

"El gato①, el gato。"她说着,让司机在一条土路上左转,他匆忙照做,我们都能听到松动的鹅卵石在引擎盖上弹开的声音。然后是第三声"找到了",我们来到了通往主路和庄园的绿色大门前。

这里有两个入口,但因为我们有行李,她决定从院子的入口进去。她在锁上转动大钥匙,又更加缓慢地推开一扇带加固斜铁条的木门,我想起路易斯·布努埃尔②电影中充满情欲的世界。接待室的角落里有个金属水槽,它通向客厅,客厅有许多阴暗的高拱门,一个接一个,一直延伸到外面的锻铁楼梯。她摸索着找灯。客厅里有皮椅、沙发、插画书和一张长长的木桌,我可以坐在那里摊开笔记,开始工作。别墅里冷得像座陵墓。在占了一堵墙的巨大壁炉里,一根树干放在一层白灰上,许多小树苗从树干上突伸出来。

我们要去找锅炉,为此摸索着穿过了一连串房间,有些亮着灯,有些没有。那里有一张乒乓球桌、网球拍、崭新的摩托车,还有一个似乎已经报废的锅炉。引火器熄灭了。旁边立着一台木制橄榄压榨机,熟铁手柄直立

---

① 西班牙语,意为"猫,猫"。
② 路易斯·布努埃尔(1900—1983),西班牙国宝级电影导演、电影剧作家、制片人,代表作有《一条安达鲁狗》《白日美人》,擅长运用超现实主义电影手法。

着，像个没有指向的罗盘。回到客厅，我们把报纸团成团，傻乎乎地扔在那根纹丝不动的大木桩顶上，以为这样就能取暖。她发现了酒窖，得意扬扬地回来，手里拿着一瓶陈年克拉雷红葡萄酒，我们半心半意发誓要还回去一瓶。

上楼睡觉前，我拿出所有笔记本，扫视那些我在飞机上写的杂乱无章也无关紧要的文字，为了证明自己已经开始准备写作——"波吉亚的毒花""黑暗的冥界大门""谁向但丁口述了地狱的篇章？"这些笔记与我要做的工作毫无关系。

卧室比楼下还要冷。我不停念叨着"卡安多尔"，仿佛这是句咒语，同时搓着手取暖。卡安多尔是屋主的另一栋别墅，我们第二天可以去那里。它设施齐全：暖气、灯光，还有一台已经安装好的电炉。我花了些功夫才把窗帘拉紧，裹着白色羽绒被躺下，与自己进行了一次坦诚的交谈，斟酌着我星期天是否应该和奥菲利亚一起离开。

一层乳白色的薄雾笼罩着天空，不久我就起床走到了外面，观察周围的环境，看太阳升起。四周环绕着橄榄树和柠檬树。橄榄树弯曲多节，枝干上布满瘤结和突起，然而它们的叶子细长银亮，发出轻柔的沙沙声。梯田层层叠叠地延伸至田野，打理得井井有条，远处是人迹罕至的茂密松林，一直绵延到灰白色的山边，山顶积雪闪烁。

别墅后方有几道低矮的石墙,一只绵羊蜷缩在一道墙下,仿佛刚从达米恩·赫斯特[①]的福尔马林缸里逃出来似的,它被吓呆了,沉默着,没有咩咩叫一声。这将会是我的伙伴。

奥菲利亚出现了,神采奕奕。她已经给屋主打了电话,对方十分赞同我搬到卡安多尔去,我们要去物业办公室拿钥匙。结果这栋房子比预想的更显孤寂,一座方方正正的现代建筑孤零零地矗立在田野中央,周围既无橄榄园,也无柠檬林。按下巨大的白色开关后,中央供暖系统确实开始运转,但几台风扇发出的轰鸣声太大,足以扼杀任何写作的可能。我最终决定夜间住在老城的膳宿公寓,每天清晨搭出租车返回庄园独居写作。唯一营业的公寓里,店主递上楼上两间房的钥匙任我们选。两间房别无二致,一间朝向广场,另一间临着窄巷。我选了后者,心想会更安静些。

奥菲利亚去赶飞机后,我看到人群聚集在广场上,得知当晚将举行被称为"各各他山[②]节"的庆典。这是为了纪念农场动物的守护神圣安东尼,清晨时分农场里已经举行了祝福仪式。届时会有朝圣活动,人们需要爬

[①] 达米恩·赫斯特(1965—),英国艺术家。他把动物的尸体浸泡在福尔马林中的系列作品《自然历史》有着极高的知名度。
[②] 罗马帝国统治以色列时期耶路撒冷城郊之山,据《圣经·新约》记载,耶稣基督曾被钉在各各他山上的十字架上。

上三百六十五级台阶，到达坐落在山顶的小教堂。这就是所谓的各各他山。沿途有美丽的住宅、花园，甚至还有商店。我爬到半山腰时，第一批朝圣者已经在往下走，累得气喘吁吁。于是我转身和他们一起回到了广场上。广场上已经亮起无数纸灯笼，响亮的鼓声预示着狂欢的开始。这是个魔幻之夜，美酒与欢宴之夜，巨大的横幅上面用黑色字体写着"在这烈火之夜，一切合法"。在完成了攀登的苦修之后，人们兴高采烈地拥入广场参加酒神节。他们戴着丑角和小鸽子①的可怕面具跳舞，孩子们也跟着跳，又嬉笑着逃离那些刚从屠宰场出来、犄角滴血的魔鬼。年轻人正在把一棵大树拖到教堂的台阶上准备点火，一个正要收摊的女人半价卖给我一条针织披肩，满脸不情愿。

马塞尔·普鲁斯特曾形容钟声"富有弹性且含铁"，但在那小旅馆的小房间里，躺在窄床上，伴随着收音机闹钟发出的浅绿色微光，那些钟声显得莽撞而放肆，将难熬的时光切割得支离破碎。

"节日里没有人睡觉的，夫人。"当我一大早就下楼归还钥匙时，房东的女儿说。我不得不放弃押金，因为

---

① 狂欢节中最著名和最传统的角色，起源于意大利即兴喜剧。二者是情人关系。丑角常常穿着五颜六色的服装，愤世嫉俗，爱吹牛。小鸽子常穿白色的丝绸或缎子短裙，戴着一顶帽子，轻浮而快乐。

正如她所说,她父亲已经为我安排了最好的条件,而且他们本可以把房间租给一个体面的人。清晨的广场上空无一人,天使圣母教堂的黄色砂岩还没有阳光照耀,一位老妇人正用柔软的绿色扫帚清扫垃圾。教堂的门关着,但我能回想起它华丽得令人头晕目眩的内部,圣母、天使和圣徒的塑像,他们穿着华丽金衣,手臂上缀满金饰,头上戴着金冠。

我在杂货店买了一些不需要烹饪的东西,脑海中浮现着仍裹在包装纸里的电炉,它就搁在别墅厨房门内。杏仁、沙丁鱼罐头、咸饼干,还有酿橄榄。沿陡峭的通道走下去,在一家已经关门的精品店橱窗里,只见穿着淡棕色貂皮衣服、胸脯如炮塔一样耸立的女性人体模特,被杂乱地堆在一起,好像有人怒气冲冲地把这个地方腾空了。侧窗上写着一位提供指压按摩服务的先生的名字和电话号码,我仔细抄了下来。

回来的路上,我一直要求出租车司机开慢一点。"Lento[①],lento。"我说,以便记下地标好给按摩师指路。先是一个环岛,然后左转,接着会看到一个公鸡雕塑,红褐色的,不太美观。随后是一片树木,路暗下来了,山上有座修道院,司机告诉我它叫"圣玛利亚修道院"。他显得很着急。汽车颠簸驶过狭窄的道路和凹凸不平的石桥,我几

---

① 西班牙语,意为"慢一点"。

乎没来得及看广告牌上那只野猫。

"El gato。"我说。

"Salvaje①。"他说,然后很快转向右边,差点撞上一棵树,开上我白天看到的那条沙子色粗糙小路。

"Salvaje?"

他耸了耸肩,说游客们"loco②,loco",非要闯入野猫出没的森林。他不得不下车去打开绿色大门,很是恼火。接着我们一路下行,经过橄榄园和葡萄园,来到别墅前——我要在这里"被扣押"十一天。

有一些迹象鼓舞人心。园丁来过了。巨大的壁炉里燃着熊熊烈火,木柴被推回去充当了某种壁炉架,高大的原木摆成金字塔状,以便通风。他装满了三辆手推车的木柴,确保在他周四回来之前,我有足够的木头用。"Jueves③。Jueves。"那天,油也会送来。我问起废墟下那只孤零零的羊,他只是说"Estúpido④,estúpido"。看到书和笔记本,他问我是不是"Profesora⑤",我怏怏地说我不是。

他走后,我决定当天就去做按摩,以达到"mucha

---

① 西班牙语,意为"野生的"。
② 西班牙语,意为"疯了"。
③ 西班牙语,意为"周四"。
④ 西班牙语,意为"愚蠢"。
⑤ 西班牙语,意为"女教授"。

calma①"的状态,这个词是我在短语书中学到的。一切都取决于那个日本人。他那充满禅意的抚触,会给我迷惘、失眠的状态带来奇迹。接电话的是个女人,我分不清她是日本人还是马略卡人。她是礼貌的化身。我在字典的帮助下交流:睡不着,神经紧张。"nerviosa②。"她重复了一遍,并说她丈夫马上就来,因为帮助所有紧张的人是他的职责。"A las tres③。"

"Es a la disposición de usted。④"他随时听候我的差遣。我用英语夹杂着零星西班牙语把路线告诉她,她写了下来。他得从波连萨出发,经过环岛,经过esculpido cockerel⑤,然后是深色的树木拱门和修道院所在的Puig⑥。我告诉她,他会以为,随着道路越来越窄,越来越颠簸,他可能会觉得走错了路,但他必须继续走,直到他到达el puente⑦,看见el gato的照片。他将沿着空无一人的路走下去,直到一扇绿色的大门,然后沿着camino⑧,走到entrada⑨,我会

---

① 西班牙语,意为"非常平静"。
② 西班牙语,意为"紧张"。
③ 西班牙语,意为"在三点"。
④ 西班牙语,意为"随时听候您的差遣"。
⑤ 西班牙语,意为"公鸡雕塑"。
⑥ 加泰罗尼亚语,意为"山"。
⑦ 西班牙语,意为"桥"。
⑧ 西班牙语,意为"道路"。
⑨ 西班牙语,意为"入口"。

在那里等着,等着。"A las tres。"

我把羽绒被、毛巾和床单搬了下来,放在靠近壁炉的地方,以为他会带来一张按摩床。我不时出去看看他的车到了没有。三点半他还没到,我倒不太担心。她向我保证,只要我愿意,他就会待在这里,一个小时,两个小时,随我要求。有几次我站在阳台上,愚蠢地挥舞着手臂,好让他拐过私人车道最后一个弯时能看到我。电话铃响了,我急忙去接电话,在石地板上滑了一跤,差点受伤。我的不安也传到那个女人那里,她向我保证他已经在路上了,他已经走了两个小时,可惜看错了方向,也没有带地图。"没有 carreteras①。"她说,没有路,但我不用担心,因为他有义务帮助那些痛苦或紧张的人。我又重复了一遍路线:环岛、树木拱门、公鸡、桥、土路等,对这次探险的信心开始动摇。

每打一次电话,误解就更深,她的声音越来越尖利,重复着我随口说过的话,光线微弱,越来越暗,狭窄的小巷,仿佛空无一物,感觉自己迷失了方向,但必须坚持走下去,直到看见那扇绿色的门。我决定走到大路尽头,甚至到更远的地方,去等待他那辆红色本田。

光线开始暗淡下来,我感到脸颊上落着柔软的东西,就像飞蛾的翅膀,不过那是雪,这座岛上几乎闻所

---

① 西班牙语,意为"公路"。

未闻的东西,落下就变成了水。我能听到摩托车引擎轰鸣的声音,并确信当地的暴徒已经听说了我的到来,女士独自一人住在别墅里,准备出来抢劫。我一路跑回房子,刚进门电话铃就不响了。我认为这是个好兆头,她打来电话只是想说他马上就到了。她没有马上重拨电话,我的想法更坚定了。我读着从教堂和公寓拿的传单,只是为了打发时间。圣安东尼是一位来自埃及的科普特①圣人,是沙漠中的圣人,是所有进入荒野的僧侣之父。他被魔鬼用无聊、懒惰和女人的幻象诱惑,当这些不能摧毁他时,女人的幻象就变成野兽、狼、狮子、蛇和猫。他隐居了一辈子,编织灯芯草席。接着,我读到《伊利亚特》和《圣经》中提到的橄榄树。它原产于地中海沿岸、西亚、北非和里海南端的伊朗北部,与丁香、茉莉和真正的白蜡树有远亲关系,更适合贫瘠的土壤。橄榄叶是洪水退去时,鸽子衔回给挪亚的象征。

一切似乎都很顺利。

高高的木拱门下阴影越来越浓,我不必把脸贴在窗户上就知白昼已尽,彻底消逝。外面一片漆黑,飘着零星雪花,露台、橄榄树、橘子园、网球场,还有可怜而愚蠢的达米恩·赫斯特都被吞没了。我不敢走出去,生怕

---

① 北非的一个基督教民族,自古以来主要居住在现代埃及和苏丹地区。大多数科普特族人都是科普特正教会的基督徒。

滑倒或踩空台阶。电话铃响了。她的镇定受到了严峻考验。她丈夫不得不掉头回家，因为能见度越来越低。这里有许多桥，但遗憾的是，没有那座能让他找到我的桥。

我知道，每次都知道，这整段旅程——不得不在盖特威克机场又买了个帆布包，以便把一些书从装满的旅行箱里拿出来，笔记本上写着"波吉亚的毒花""黑暗的冥界大门""公寓"，还有越来越响的钟声——都只为一个原因而存在，推迟我给渴望又抗拒动笔之书写开篇的恐惧。

房间里唯一的声响，是当我无意间将青绿木柴投入火中时，欢腾的火焰吞噬水分发出的咝咝声。

北　方

书写北方意味着踏入一片争议的泥潭，会引起某些人的愤怒与指责，会导致友谊的破裂，还会有人嘲笑我"与北爱共和军①同床共枕"。都柏林某餐厅里，作家休·莱奥纳德②就曾当众对我高声抛出这般指控，引得众人侧目。

我敬仰那些书写战争的作家，尤其是海明威、奥威尔与奥登。但这是一场迥异的战争，被称作"肮脏战争"，公开与隐秘并行的厮杀：北爱共和军、四大新教准军事组织、安保部队与英国陆军共同制造的死亡与废墟。街头枪战、宵禁、恐怖与反恐行动、汽车炸弹、诡雷陷阱、美人计、路障、暗杀、伏击、仇杀、惩戒性殴打，以及特工与双面间谍的灰色地带。这场战争中，英勇与罪行相互纠缠，理想在胜利的狂欢中被彻底背叛。

---

① 以爱尔兰统一为目标的准军事组织，为北爱尔兰问题时期最大及最活跃的共和派准军事组织。
② 休·莱奥纳德（1926—2009），爱尔兰剧作家、电视剧编剧和散文家。

母亲在给我的信中，每每都会详细谈论她读到的这些暴行，怜悯那些不得不前往停尸房辨认亲人尸体的生者。他们往往仅能凭借一枚外套纽扣、一个皮带扣或一只鞋子来确认。她看到了战争的可悲之处；然而，对南方许多人而言，爱尔兰共和军日益成为令天主教同胞蒙羞、玷污国家圣坛的"无脑暴徒"。而另一方的"无脑暴徒"却几乎未受到如此激烈的谴责。

1974年我初到贝尔法斯特时，首先注意到的是那里的光线。阴雨蒙蒙中的灰色光线，工人阶级的新教与天主教住宅区——房屋一模一样，如小人国般迷你，山与海的存在，以及层层叠叠堆积的云团，呼唤的是诗意而不是流血。这里有两个群体，他们共享同一种语言和同一片土地，却以返祖般的狂热宣称这是他们与生俱来独有的。我惊讶于人们如何继续日常生活，这里总有警笛声，以及随时可能爆发更严重灾难的隐秘恐惧。没有一家街角小店、酒吧、停车场、迪斯科舞厅、加油站或路边的停车带能逃脱"瘴气"（谢默斯·希尼[①]如此称呼），那鲜血横流的阴霾。这里不会有《格尔尼卡》[②]，也不会有

[①] 谢默斯·希尼（1939—2013），爱尔兰作家、诗人。1995年获诺贝尔文学奖。
[②] 西班牙画家毕加索的名画。格尔尼卡是巴斯克自治区比斯开省的一个市镇。1937年西班牙内战时期，德国空军及意大利皇家空军对其进行了人类历史上第一次地毯式轰炸。

《向加泰罗尼亚致敬》①；正如安娜·阿赫玛托娃②描述她在斯大林统治下的岁月时所说："我的缪斯已被历史鞭挞至死。"这与往昔的叛乱毫无相似之处——那些我在学校学到的、几天内就被镇压的起义，最近一次是1916年的复活节起义，叶芝为此写下那首关于"甜蜜而勇敢"③之人的美丽宣泄诗篇。这是一场达到史诗规模的战争，屠杀与反屠杀，在纸面上可称为詹姆士一世时期的风格，但在现实中却成了死亡与伤残的可怕数据，以至于如同哈姆雷特所在的艾尔西诺城堡④，各方犯下"奸淫残杀，反常悖理的行为"⑤。

并非没有故事可讲，而是故事太多，野蛮而混乱，常常超出人类的理解范畴。仅以该省历史上的一周为例，便可窥见这种疯狂与混乱。1988年，三名手无寸铁的

---

① 乔治·奥威尔的作品，记录了他在西班牙内战期间（1936年12月至1937年6月），为共和派战斗的个人经历和观察。这场战争是影响他政治观的决定性事件之一。
② 安娜·阿赫玛托娃（1889—1966），俄罗斯"白银时代"的代表性诗人，曾被誉为"俄罗斯诗歌的月亮"，但在苏联政府的宣传下，她被污蔑为"荡妇和修女"。
③ 出自叶芝《1916年复活节》。
④ 原型为卡隆城堡，位于丹麦北西兰岛东部，是北欧文艺复兴时期最重要的城堡之一，也在16至18世纪的北欧史中扮演着关键性角色。《哈姆雷特》除了第五幕第一场之外，几乎都发生在此地。
⑤ 出自《哈姆雷特》第五幕第二场。

爱尔兰共和军成员在直布罗陀街头被英国特种空勤团击毙——他们很可能正计划发动袭击。当载着遗体的灵车驶向贝尔法斯特时，数千人在都柏林迎候。在贝尔法斯特西部的米尔敦公墓，又有数千名哀悼者聚集，一名忠诚主义①枪手突然发动袭击，开枪射击并投掷了手榴弹。数十名天主教徒对他穷追不舍，途中三人被他杀害。最终，他们在高速公路上将他抓住，并殴打至昏迷，直到警车赶到将他带走。几天后，在其中一名遇害者的葬礼上，两名英国陆军下士误将车辆开进墓地。民族主义者以为数日前的袭击重演，便将两人拖出车外枪杀。恐怕只有从地狱游了一遭回来的但丁，才能理解那一周里盘根错节的因果纠缠：冷血的谋杀、疯狂的杀戮、仇恨与复仇在幽暗地底发酵的种种。毒药、恐惧，还有接连不断的葬礼。

每周有两班巴士从市中心开往朗凯什拘留中心②，一班载天主教徒，一班载新教徒。我看着那些母亲与妻子们的脸，疲惫而坚忍，拖着行李，拽着孩子——这些面孔若出现在都柏林、伦敦或纽约街头，没人能分辨出

---

① 指阿尔斯特忠诚主义，主要流行于北爱尔兰新教徒工人阶级，支持英国君主，要求北爱尔兰继续留在英国，反对统一的爱尔兰。
② 现名梅茨监狱，位于北爱尔兰首府贝尔法斯特西部，建于1971年，专门关押政治犯和准军事组织的犯人。

"这是天主教徒"或"这是新教徒"。但猝不及防的尖锐敌意仍在。我误上了新教徒的巴士,当听到我的南方口音,一个女人勒令我下车,去找"芬尼亚①人渣们"。而这场巴士之旅最令我难忘的,是一个约莫六岁的勇敢小男孩。他在过道来回走动,竖起食指对每个乘客或每对乘客发出诘问:"那又怎样?"我想写下这一幕,却终究未果。他的母亲可曾教他唱反抗歌曲?他会成长为持枪的战士吗?停滞不前的和平倡议最终会成功吗?

> 和平的代价几何,
> 是否要我们押上性命?
> 当无人再可赴死,
> 和平会随之降临吗?
> 和平的代价几何,它正来临,抑或已逝?

创作这首歌的是天主教青年斯蒂芬·麦肯。如今他的名字与成千上万无辜受害者的白色十字架一同矗立在贝尔法斯特市政厅的广场上。他以生命为代价换来了这座十字架。凌晨两点,当他与女友从皇后大学的舞会归来

---

① 芬尼亚,爱尔兰共和兄弟会及其在美国的附属机构芬尼亚兄弟会的总称,芬尼亚兄弟会是19世纪末20世纪初致力于建立独立的爱尔兰共和国的秘密政治组织。

时，被几名尚基尔屠夫①挟持上车，带至偏远之地。在那里，他头部中弹，喉管被割裂——这是周六夜晚的常态，他们持刀斧专为猎杀天主教徒。

然而，当他们的领袖被爱尔兰共和军枪杀时，《贝尔法斯特电讯报》的专栏中涌现了数百篇深情的悼词。其中一篇来自他的姑妈，写道："没有什么比我们拥有的关于你的记忆更美好了，对我们来说，你非常特别，上帝一定也这么认为。"

多年来，我不断听闻那些母亲痛失子女的悲惨故事，这些悲剧或由一方或另一方犯下的暴行所致。有被塑料子弹夺去生命的小幽灵朱莉·利文斯通，她在一次警察骚乱中遇害，生前曾用蜡笔在烘干柜、炉子下方和壁纸内侧写下自己的名字，只为让母亲在她死后能找到这些痕迹。还有一位天主教母亲，她搬去与新教徒区的男子同住，结果房子遭忠诚主义者炸弹袭击；尽管她跳窗逃生，朝屋内的孩子呼喊，让他们冲向楼梯，但楼梯已经在一片火焰中烧了起来，三个孩子就此殒命。另一位新教徒母亲则在爱尔兰共和军轰炸尚基尔路鱼店时失去了儿子，她将自己扣在朗凯什拘留中心出口的旋转栅门上，直面那个原定获准十天圣诞假释的凶手。安妮·马奎尔推着婴

---

① 该团伙因绑架、折磨和谋杀随机或涉及天主教的平民而臭名昭著。

儿车行走在贝尔法斯特西区的路上，身旁跟着另外两个孩子，一辆失控的汽车突然冲上人行道，将他们碾碎。那是一辆逃亡车，由一名爱尔兰共和军成员驾驶，他的战友丹尼·列侬坐在旁边，刚刚被一辆装甲路虎车上的士兵击毙。她昏迷了两周，醒来后得知孩子们的命运时，根本无法相信，因为她没有看到他们下葬。失去的痛苦太过沉重，最终她用电动切肉刀割腕，并留下一张字条请求宽恕。

当爱尔兰共和军轰炸英国时，那种恐惧与忧虑清晰可感，一位妇女沮丧地问我，为什么爱尔兰人要在曼彻斯特、伯明翰或伦敦杀害无辜民众。跟她讲历史或安妮·马奎尔有关的一连串死亡都无济于事。但爱尔兰的反应则截然不同——更个人化、更激烈、更具挑衅性，有时甚至摇摆不定。1974年，忠诚主义者一天之内在都柏林和莫纳亨引爆三枚汽车炸弹，造成迄今为止最惨重的屠杀，数十人在交通高峰时段丧生，另有数十人受伤；据说，停尸房成了爱尔兰长久以来最阴森可怖的场所。而当阿尔斯特防卫协会①发言人宣称"我对都柏林的爆炸事件非常满意。我们正与自由邦交战，现在轮到我们嘲笑他们了"时，那种阴郁氛围几乎无法缓解。

---

① 阿尔斯特防卫协会，北爱尔兰的一个亲英国准军事组织，成立于1971年，曾被英国认定为恐怖组织。

家乡的人知道我要去北方，还打算为此写点东西，会问我怎么能对爱尔兰共和军的罪行视而不见——这支军队给自己的人民带来死亡和毁灭，从卡扎菲上校那里获取枪支和塞姆汀炸药。当爱尔兰牧羊犬俱乐部的晚宴舞会上，一枚安装在窗格上的炸弹引爆，人们被火球吞噬，房间简直成了熔炉，救援者徒劳地扯下窗帘试图扑灭火焰时，罗马教皇谴责其行径"惨无人道"。这些年来，我对这一切都没有视而不见：不断升级的苦难，皇家阿尔斯特警队①被指控隐瞒可能用于对付忠诚主义准军事组织的罪证，仇恨堕入令人毛骨悚然、丧失人性的深渊，比如天主教青年罗伯特·哈米尔在波塔当被忠诚主义团伙活活踢死，事后他妹妹在街上遭人嘲弄，凶手的支持者们蹦跳着叫嚣："罗伯特在哪儿？""罗伯特在哪里？"我当时自问，现在依然自问，为何这个省没有陷入无政府状态和彻底的疯狂。比如，一位母亲、妻子或女儿怎能想象自己的亲人被关在单人牢房里，坐在浸透尿液的毯子上，地上爬满蛆虫，墙上涂满粪便？那时，共和党人为了被承认为政治犯，开始了"肮脏抗议"②，而在监狱外，省

---

① 皇家阿尔斯特警队，1922—2001年英国在北爱尔兰设立的警察部队。
② "肮脏抗议"，共和党囚犯对英国政府将他们视为普通罪犯，而不是政治犯的抗议。抗议包括拒绝洗澡或穿监狱制服，旨在获得认可并改善监禁条件。

内的狱警和工作人员正成为爱尔兰共和军的袭击目标。

接着是绝食抗议,十个人分阶段进行,由博比·桑兹领导,他是一位偶像、救世主般的人物,因持有一把手枪被判十四年监禁。我读过他的作品,字里行间满是对自己人的怜悯和对敌人的憎恶。"今天我战胜了一个怪物"是他其中一篇文章的标题,那怪物就是将他囚禁于此的非人制度,是嘲弄并殴打他的狱警,以及日益吞噬心灵的仇恨。

经过六十六天的绝食,1981年5月,博比·桑兹躺在监狱医院的水床上,视线所及之处是一个巨大的十字架——那是教皇特使试图调解无果后赠予他的。当他去世的消息传开时,据说,一名狱警大笑,另一名则哭了。街头爆发了激烈的骚乱,警察动用了塑胶子弹,数名天主教徒丧生。在贝尔法斯特北部,新教徒送奶工埃里克·基尼和儿子德斯蒙德被天主教暴民乱石砸死。

整个欧洲掀起了声援桑兹的游行浪潮,巴黎、米兰、根特和里斯本的街道以他的名字命名,而在奥斯陆,则有人焚烧英国国旗。在纽约,码头工人协会对英国船只进行了二十四小时的抵制,爱尔兰酒吧停业两小时。一些报纸怒斥恐怖主义的胜利,而《纽约时报》指出英国低估了爱尔兰民族主义的深度。但毫无疑问,他的死亡以及随后九位殉难者的牺牲,永远改变了人们对北爱尔兰问题的认知。

几年后,我为博比·桑兹写下了一首诗:

在你那猪圈里,
无数待消磨的时光。
你可曾梦见——
猎犬、
先知西拉,
拉特库尔的黑莓正熟透。
你的唇是一场叛乱。

在塞瓦斯托波尔街的转角处,
你从饱经风霜的壁画中向外凝望
多么美丽啊,
如此光芒四射,
据说,天降吗哪
曾经。
游客用镜头捕捉你的身影
带回家——
落叶在你周身翻飞,
还有雨——
那幅壁画时常被雨水浸透,
历史被一遍又一遍地冲刷,
但正如你所说——

> "你当时在全力以赴",
> 带着若有若无的微笑。

最终,我正是在克莱尔郡的家中,偶然发现了我要写的故事。当时我正在姐姐家吃午饭,大家谈论的是蒂娜——可怜的蒂娜,自从五天前银行遭劫后一直神情恍惚。那天,她像往常一样早早到岗,正喝着茶时,两个蒙面劫匪绕过警报系统、挥舞着枪支,命令她立刻交出装现金的袋子。整个过程仅四分钟。尽管无人宣称对此负责,但厨房里的所有人都说这明显是爱尔兰共和军的手笔。他们提到几个月前山上邮局的案子:那天早晨社保金袋刚送到,一个戴巴拉克拉瓦头套的持枪男子突袭了女局长,她后来告诉警卫自己"像蠢驴般嚎叫",吓得亡命之徒落荒而逃。因为这番英勇表现,人们后来称她为"安妮·奥克利①"。那个亡命之徒在几英里外的公路上与当地警卫交火时被击毙。午饭后,我去见了那名警卫,由于天色尚早,他主动开车带我去现场"感受氛围"。以下是他用急促的科克腔调回忆的经过:

> 那是个阳光明媚的早晨,要我说那可是 5 月里

---

① 安妮·奥克利(1860—1926),19 世纪闻名美国西部的女神枪手。

顶好的天气。大伙刚领了救济金去快活,突然对讲机里传来警长的命令,让我火速进山。车速飙到一百多英里,我们打开了警笛,这时只见他们的蓝色轿车迎面驶来。两车交错的瞬间,我鸣枪示警,表明来者不善。副驾驶上的那家伙摇下车窗。他戴着巴拉克拉瓦头套,只露出眼睛,冲我们破口大骂。我们掉转车头,我们的白车和他们的蓝车对峙着,枪战就此爆发。当那两个家伙突然扫射时,我的司机蜷在前排座椅间。我开火还击——战斗就此打响。我朝他们的司机开了三枪,我知道自己打中了,因为我看到他倒在方向盘上,头套耷拉着,就知道得手了。另一个疯子狂言乱语,叫嚣着要弄死我,他下车了,我也下了车。我们各自躲在车后面,猫着腰探头射击,然后又缩回装弹,准备下一轮射击,子弹横飞。他占着优势,因为既有步枪又有左轮。我们相距不到三十码,我觉得,不是他死就是我亡,这是关键时刻。可接下来发生的事却是,一辆运木材的卡车突然拐过弯来。那家伙见自己被堵住了,就端着步枪瞄准,走过去,对司机说了几句干脆利落的话,然后跳上车,坐到了空位上。后来我听说,司机被命令把他送到一个废弃的采石场,那里藏着一辆备用车。他的步枪和准军事夹克在那里被发现,之后他徒步走向一座荒凉的山,最终误入一个吉卜赛人的营地,完全不知道自己身在何处。

对我们这些在现场的人来说,情况就截然不同了。那个趴在方向盘上的人失去了意识,但还有呼吸。他没死。我们把他拖出来,用荧光外套垫成枕头,让他躺下。弹壳散落一地。美好的清晨,鸟儿全不见了,枪声把它们都吓跑了。在救护车和法医到达之前,现场必须得到保护。不远处有栋房子,沿着林荫道走几步就到,一个男人神色慌张地走过来,说他当时正给孩子们倒玉米片,但枪声一响,他就让孩子们趴在地上挤作一团。他给我们端来茶。我那时愿意用任何东西换杯威士忌。接着赶到的是神父和医生。神父主持了临终圣礼,然后开始布道,质问这一切是否有必要,说这个国家已经彻底疯了。

"哎呀,我跟你讲,那可是大场面。"他略显窘迫地说道,环顾四周,发现鸟儿已经回来了。

"你当时是什么感觉?"我问他。

"当你开枪的时候,胜负概率是对半开的;但如果你击中他,情况就截然不同了,因为我们骨子里都是爱尔兰人。"他说这话时,神情凝重,比起报纸上连篇累牍的抨击和电视报道,这话更让我体会到那场战争的复杂与悲怆。这为我的小说《辉煌而孤独的房子》提供了开篇：历史无处不在，它像雨水、冰雹、雪花或鲜血般渗入土壤与底土。房屋记得，外屋记得，人们沉思，故事因讲述者而异。这是一个关于一名爱尔兰共和军男子南下的故事，他临时落脚在一座大宅里，那里有位卧床不起的老妇，当他破门而入时，她难以置信。渐渐地，随着他们开始交谈、争论，发现彼此既有相同之处又有分歧，显然，其中一人的牺牲不可避免。

在某些圈子里，人们遗憾，这部小说语言的精湛无法弥补主题的令人反感，而我几乎不认识的戴维·黑尔[①]给我写了一封信，说作为一个英国人，这让他对那场战争有了一些了解。最辉煌的时刻是收到那张白色卡片，上面压印着金色的鹰徽，是希拉里·克林顿邀请我去白宫共进晚餐的请柬。当我第一次在那场星光熠熠的聚会上见到她时，她从侧门走进人群，看起来害羞而犹豫，仿佛她也和我们一样是访客，正在参观，站在那里看着林肯的玫瑰木床，床头板巨大，床顶挂着帷幔，有人说他从未在那张床上睡过。就在那里，我发现了杰克·尼科尔

[①] 戴维·黑尔（1947— ），英国剧作家、编剧、戏剧和电影导演。他以舞台剧作品闻名，作品有《天窗》《垂直时刻》《艾米的视角》等。他根据小说改编的《时时刻刻》《朗读者》均获得奥斯卡最佳改编剧本提名。

森①，我在伦敦与安杰丽卡·休斯顿②一起见过他，当时他正在拍摄《闪灵》。我问他是否可以让我搭个便车回家，这个请求一定让他很惊讶，因为他向众人讲述了一个令人震惊的事实：我竟然是坐出租车来白宫的，这在那些阶层中是闻所未闻的。

晚餐时，我与杰克和希拉里相邻而坐，话题转向了一个微妙的礼仪问题：尽管不情愿，但何时该转过去与另一侧的邻座交谈。我给他们讲了个故事，正如拉尔夫·理查德森③曾向我讲述的那样，以此作为社交得体的范例。当时他坐在女王身旁，感觉女王刻意忽视他，正暗自沮丧时，女王却在"咀嚼间隙"转过头问道："拉尔夫爵士，你演过多少次易卜生的戏？"这句话如同重新赐予他爵位般令人欣喜。"咀嚼间隙"这个词，后来成了我与希拉里寥寥通信中她常用的表达。

贝尔法斯特与那血腥的"瘴气"仿佛已遥不可及。

餐后，我们看了部尼科尔森主演的电影，大家吃着爆米花，随意闲谈。每当总统被叫出去处理事务时，我

---

① 杰克·尼科尔森（1937— ），美国著名男演员，被普遍认为是电影史上最优秀的男演员之一。代表作有《飞越疯人院》《尽善尽美》《母女情深》等。
② 安杰丽卡·休斯顿（1951— ），美国女演员，代表作有《普里兹家族的荣誉》《伪情半生》《致命赌局》。
③ 拉尔夫·理查德森（1902—1983），英国演员，代表作有《女继承人》《泰山王子》等。

总忍不住想起《奇爱博士》里那个疯子将军掌控核按钮的经典场景。

1994年,我为《纽约时报》撰写格里·亚当斯①的人物特稿时,并未得到如此热忱的回应。当时有传言称,政治僵局或将出现转机,同时他可能获得签证前往纽约参加一场关于北爱尔兰问题的会议。

他某种程度上是个被放逐者,在边境南北都遭人憎恶。他仿佛每一起死亡事件的使者,而撰写关于他的文章,也让我受到牵连。多年来,他一直在修道院与约翰·休姆②进行秘密会谈,两人都是民族主义政党的领袖,信念坚定,却秉持完全不同的意识形态。休姆毫不避讳地指出,爱尔兰共和军(明显影射纳粹)自视为"优等民族"。尽管存在分歧,他们仍坚持对话,正是凭借这份勇气与毅力,爱尔兰才迈出了通往和平的第一步,尽管蹒跚,却至关重要。

我是在贝尔法斯特福尔斯路上的新芬党新闻办公室

---

① 格里·亚当斯(1948—),爱尔兰共和派政治家、新芬党领袖,自2011年2月至2020年2月担任爱尔兰下议院劳斯选区议员。
② 约翰·休姆(1937—2020),爱尔兰裔政治家,社会民主及劳工党的创党成员,1998年和大卫·特林布尔共同获诺贝尔和平奖。他被认为是北爱尔兰现代历史上最重要的政治人物,也是北爱尔兰和平协议的缔造者。

见到亚当斯的。那是个小房间，茶杯里剩着半凉的茶水，烟灰缸堆得冒尖，窗户上还卡着一块硬纸板——那是多年前一名伪装成记者的皇家阿尔斯特警察闯入后留下的，他开枪打伤三人，又从窗口逃走，不久便饮弹自尽，而破损的窗框至今未修。

亚当斯身上有种令人困惑的平静，且鲜少恶语相向，这在他的新教对手身上几乎是不可能的。迈克尔·柯林斯张扬、鲁莽，亚当斯却显得深思熟虑且内敛。但柯林斯的命运阴影必然萦绕在他心头：当柯林斯在签署允许爱尔兰分治的条约时，就深知自己签下了"死刑令"，最终，他在家乡科克郡一个诗意地名为"花之口"的地区遇害。亚当斯所在的天主教社区因为持续二十五年的血腥冲突已疲惫不堪，许多人敦促他"妥协和解"，而另一些地方则出现裂痕，还有人怀疑他背叛了事业，这种不满情绪通过天主教教堂附近卵石墙上的涂鸦清晰可见。

亚当斯看上去疲惫不堪，双眼幽暗如狐。他满怀激情地称纳尔逊·曼德拉为偶像，显然认同其从武装斗争走向谈判桌的人生轨迹。他正在为当晚将在贝尔法斯特发表的演讲做最后润色，该演讲要求约翰·梅杰首相澄清都柏林与伦敦即将联合发布的一份文件——该文件旨在为预期中的和平构建框架。但阻碍重重：梅杰坚称文件"绝不能留下爱尔兰共和军的指纹"，而爱尔兰总理阿尔伯特·雷诺兹则恳请他排除困难推进下去。与此同时，街头双方的杀戮行动正在升级。忠诚主义者因担心被背叛而变得愈发恶毒,意图进一步激怒爱尔兰共和军。阿尔斯特统一党领袖詹姆斯·莫利诺预测该文件对天主教徒毫无益处,而阿尔斯特防卫协会则发布了自己的文件,概述了一个必要情景,即"对阿尔斯特进行种族清洗,发动全面战争,利用部分天主教徒作为棋子并消灭其他人,以减少对食物供应的需求"。他们估计,整个行动将在一两周内完成。伊恩·佩斯利牧师公开表示,他的政党无意"与格里·亚当斯就任何问题进行对话"。还有人提议将亚当斯隔离以进行净化。尽管如此,亚当斯却出人意料地乐观,称和平进程"乘风破浪,势不可挡"。为了破坏任何和平或联合议会的可能性,佩斯利牧师正在"对南方、天主教会、爱尔兰共和军,以及背信弃义的大不列颠发动老套的攻击",有鉴于此,我问亚当斯,如果这种不太可能的情况真的发生,他是否会与佩斯利握手?

"为什么不呢?"这便是回应。这并非愤世嫉俗,亦非妥协退让,而是政治的现实主义。

但正如叶芝所言,和平"缓缓降临",曾蓬勃生长的希望终化作绝望。

1993年10月的一个周六,在尚基尔路上,当街道挤满数百名购物者时,一枚炸弹爆炸了。两名爱尔兰共和军成员穿着白大褂,伪装成送货员,将炸弹藏在塑料托盘的遮盖物下,带入一家鱼店,他们认为阿尔斯特防卫协会的指挥人员将在楼上的房间会面。炸弹提前引爆，炸死了鱼贩和店内的人，建筑物倒塌，街上路过的人也都遇难，很快被埋在废墟下。警察、当地人和救护人员都赶到现场，用斧头、撬棍或赤手空拳挖掘死者和幸存者。当肢体被抬出时，救援人员循着呻吟声或呼吸声找人。一位医生后来在英国医学杂志上写了一篇文章，描述他看着一名年轻女子的情景，当他翻开她的眼皮，用手电筒照射时，闪闪发光的角膜上有灰尘，呈现出死亡的模糊不透明。"我不知道这是不是人类。"他写道。

报复行动迅速展开。他们原本企图暗杀的北爱防协领导人放出狠话："约翰·休姆、格里·亚当斯，以及民族主义选民将为今天的暴行付出惨痛代价。"

忠诚主义者枪手展开疯狂杀戮，一周内杀害六名天主教徒。随后，在格雷斯蒂尔一家酒吧——那里正举行万圣节乡村西部舞会——灾难降临。"不给糖就捣蛋。"两名枪手闯入时高喊，人们起初以为是万圣节的恶作剧，直到枪声响起。曾多次载我走访北爱的少年雷蒙德当时也在酒吧。他奇迹般生还后描述了这场屠杀：尖叫四起，墙壁溅满鲜血，四处是残肢，宛如恐怖片场景。那位曾在尚基尔路检查垂死女孩角膜、质疑那是不是人类特征的医生，面对这场屠杀时，恐怕会发出同样的诘问。

十四年后的 2007 年，经过无数次失败的倡议、誓言与否认之后,两位特立独行、身披神职外衣的人物,伊恩·佩斯利牧师与耶稣会教徒格里·亚当斯,终于从各自的权力巢穴中走出,并肩坐在钻石形会议桌前直面镜头,宣布他们准备在新成立的爱尔兰议会中携手合作。

我独自在伦敦的家中,观看了这一幕,带着可以理解的激动与难以置信的心情,正如大卫·麦基特里克[①]所言,见证了"贝尔法斯特有史以来最接近奇迹的时刻"。我记得,采访亚当斯结束后,他特意送我下楼到书店,赠予我一本用贝尔法斯特方言编写的当地谚语集。他是个孤独而叛逆的人物,却有着与生俱来的笃定,这最终将他引向了权力的宏伟阶梯。我也记得,由于以开放态度书写他的故事,我的"愚蠢小说家心态"曾被某家英国报纸称为"远程共和主义的芭芭拉·卡特兰[②]"。

[①] 大卫·麦基特里克(1949—),出生于贝尔法斯特的记者,自1971年持续报道北爱尔兰的事件。2000年获得奥威尔新闻奖。
[②] 芭芭拉·卡特兰(1901—2000),英国作家,被称为浪漫女王,是20世纪全球最畅销的作家之一。

纽约，纽约

我经常受美国某所大学的邀请去教一学期的课，对此我欣然接受。那是一种喘息，一种激励，也是一种从沉闷中逃离的方式。我在纽约市立学院教过几次书，学院位于136街与修道院大道的拐角处。

纽约总是充满活力，仿佛空气中都弥漫着某种奇妙的灵药。在海关排队时，我几乎按捺不住自己，队伍常常停滞不前，官员们伏案填写表格，然后带着令人恼火的施虐心态走开，故意让我们焦灼等待，令众人普遍的恐惧和我个人的担忧加剧——我的签证可能有问题。

接着是从机场乘出租车进城的兴奋，通常是在黄昏时分。我们会经过几处记忆中的地标，比如世界博览会的旧址，一个巨大的球体矗立在钢环之上；然后驶过几排一模一样的木板房，以及紧挨在一起的高耸灰色公寓楼群；最后来到桥上，进入曼哈顿的边缘地带。随着离目的地越来越近，那种不耐烦的躁动愈发急切，我在心里默念着交通信号灯快变绿，"快变绿！"。沿着第五大道开，只见公园深处有一座低矮的建筑，像看守人的小屋，它宁静而古怪,仿佛是旧纽约的遗迹,我母亲常提起的那个纽约,也是我在肥皂和古龙水的深褐色广告中看到的那个纽约。

我曾住在温德姆酒店,马多克斯①夫人总是热情相迎。礼宾员兰迪会站在前台,递给我一支插在玻璃纸长笛中的红玫瑰。随后,一位行李员(其中一位后来成了好莱坞著名经纪人,多年后我还在洛杉矶某餐厅偶遇他陪同妮可·基德曼)会领我前往1006号套房;等候我的是更多的鲜花和粉色纸条上的电话留言,纸条上"有人来电"的标记旁打着勾。整个世界仿佛自由女神像般向我张开双臂。相比之下,英国简直像座修道院。

回想起在那里遇到的许多人,我至今仍惊叹不已。其中几位是通过戏剧经纪人米尔顿·戈德曼引见的。他在萨顿广场的派对堪称传奇,而他还有个著名的习惯,就是热衷于互相引见所有人,包括将相伴多年的伴侣阿诺德·韦斯伯格介绍给阿诺德自己的母亲。正是在米尔顿的引见下,我见到了斯特拉文斯基的第二任妻子维拉·德·博塞②。这位年过九旬的女士端坐着,而我们排队与她寒暄几句。在米尔顿带我出席的设计师侯斯顿③举办

---

① 约翰·马多克斯和苏珊娜·马多克斯是温德姆酒店的拥有者。
② 维拉·德·博塞(1888—1982),美国舞蹈家和艺术家。
③ 侯斯顿(1932—1990),美国时装设计师,在20世纪70年代享誉国际。

的一场豪华派对上,我见了玛莎·格雷厄姆[1]。她身材高挑,气场强大,在我看来宛如部族女先知的转世。我清晰记得我们的对话:恰巧我们各自都有一个未完成作品的标题,都叫《血的记忆》——后来她用这个标题写了自传,书中她宣称生命即舞蹈,舞蹈即生命。

温德姆酒店的大堂里总是名流云集。一次,我被介绍给科拉尔·布朗[2],她得知我要与马克多斯夫妇共进晚餐,承诺给我打包一点吃的回来,语气中带着讽刺的欢欣。这份冷遇是短暂的,因为次日圣帕特里克节的庆典上,我将与格利高利·派克[3]同台,在圣帕特里克大教堂的讲坛朗诵爱尔兰诗歌,配乐则由菲尔·库尔特[4]创作。

我邀请众人来到一家餐厅,这里略显冷清,红色主题色的灵感明显源于附近57街的俄罗斯茶室。歌剧出身的大堂领班文森特为我们献唱了他最爱的咏叹调。孩子

---

[1] 玛莎·格雷厄姆(1894—1991),美国舞蹈家和编舞家,20世纪最重要的舞者之一,也是现代舞蹈最早的创始人之一。
[2] 科拉尔·布朗(1913—1991),澳大利亚裔英国女演员,代表作《英国人在外国》。
[3] 格里高利·派克(1916—2003),美国电影演员,一共获得过五次奥斯卡奖提名,1963年以《杀死一只知更鸟》获得奥斯卡最佳男主角奖。
[4] 菲尔·库尔特(1942—),北爱尔兰音乐家、作曲家和唱片制作人。

们追问我什么时候回家，卡罗提醒我洗衣机坏了；但萨莎欢天喜地地告诉我，我与劳伦斯·斯特恩、吉恩·奥尼尔①、奥斯卡·王尔德和塞缪尔·贝克特一起，出现在了"德克西午夜跑者"乐队的一首歌里。②

早些时候，为了出版《八月是个邪恶的月份》一书，我曾住在阿尔冈昆酒店，也偶然遇到一群杰出人物。在蓝色酒吧，我与桑顿·怀尔德③长谈许久，次日他便要乘灰狗巴士横穿美国。他告诫我，不要总写那些充满渴望的女主角，而应效仿《皆大欢喜》中罗莎琳德的勇敢与无畏幽默。后来，我收到一封手写信，上面写道："亲爱的埃德娜·奥布莱恩，今晚七点能否在蓝色酒吧与我相见？若五分钟后彼此投缘，我们就去享用大鱼或其他肉类。你的，君特·格拉斯。又及：这是我第一封英文信。"七点过几分我下楼时，他已站在酒店电话旁，大概正往我的房间拨号。那时我常被误认为玛琳·奥哈拉④，有次

---

① 吉恩·奥尼尔（1938— ），科幻、奇幻和恐怖小说作家，曾获得布莱姆·斯托克奖。
② 德克西午夜跑者，英国流行乐队，在20世纪80年代中期风靡一时。这首歌名为"Dance Stance"。
③ 桑顿·怀尔德（1897—1975），美国小说家和剧作家，有小说《圣路易斯雷大桥》和戏剧《九死一生》《我们的小镇》等。
④ 玛琳·奥哈拉（1920—2015），爱尔兰裔美国演员及歌手，曾参演希区柯克的《牙买加旅店》。代表作有《青山翠谷》《巴黎圣母院》等。

在出租车里，因屡被询问而不耐烦，我答道："是，我就是。"司机却说："你是个该死的骗子，她昨天才坐过这车，你根本不是她。"

那他为何还要问我？无非是以为我可能是她妹妹之类的。

哦，是的，除了这些镀金之地，还有其他面目的纽约，我曾在许多小说作品中读到的其他纽约。在索尔·贝娄的《抓住时机》中，那个纽约的银幕幻梦——虽迥异于盖茨比的美国梦，却在膨胀与妄想的催动下，同样沦为一片"灰烬之谷"。有艾萨克·巴什维斯·辛格的纽约，移民们在老式咖啡馆里相遇，虽身无分文，却满载着对拉比和媒人的丰富记忆，用充满爱情与财富的离奇故事为生活增添色彩。还有阿纳托利·布罗亚德①笔下格林威治村的波希米亚人，以及休伯特·塞尔比②《布鲁克林黑街》中的瘾君子、流氓、妓女和异装癖者。

布鲁克林，就在桥的那一边，我母亲在那里生活了八年，也是我打算去研究那本关于她的小说的目的地。因为纽约的布鲁克林是"河对岸的巨型蛾摩拉城"。我曾

---

① 阿纳托利·布罗亚德（1920—1990），美国作家、文学评论家和编辑，曾为《纽约时报》撰稿。
② 休伯特·塞尔比（1928—2004），美国作家，他的两部小说《布鲁克林黑街》和《梦之安魂曲》的故事背景设置在纽约，并被改编成电影。

读到过这样的描述。我还读到，沃尔特·惠特曼曾在驿马车顶上朗诵莎士比亚的作品，从那里的人们身上汲取灵感，并从街头的井中打水。同样是在那里，亨利·米勒记录下了他在廉价旅馆中的精神启蒙，诺曼·梅勒①据说也是在那里刺伤了他的一位妻子。

母亲从布鲁克林带回了一匣子尘封的记忆。只有一次，当她向另一位妇人倾诉时，我偶然听见她提起那个她深爱的男人——啊，那个她本该嫁的男人。那晚，他送她回家，路过一间声名狼藉的屋子时，竟鬼使神差地提议进去看看。她最初在别人家做女佣，后来成为大百货公司裁缝间的裁剪工。她带回些华而不实的衣裳，一把点缀着白山茶的黑纱扇，一袭乔其纱舞裙，还有银色舞鞋，却鲜少有机会穿戴。我继承的并非这些花哨物件，而是裁缝间那把剪刀，尺寸只有大剪刀的一半，如今锈迹斑斑地收在抽屉里，成了珍贵遗物，仿佛我和她之间仍有未剪断的牵绊。

来到温德姆酒店1006套房时，我对这里属于我还半信半疑，做的头一件事就是翻遍五斗柜抽屉里垫着的纸张，查看自己留下的字条是否还在——有时它们安然无恙，有时则没了踪迹。我会走到带赤陶花盆的露台上，

---

① 诺曼·梅勒（1923—2007），美国著名作家。作品主题多挖掘剖析美国社会及政治病态问题，以描述暴力及情欲著称，代表作《裸者与死者》。

查看之前撒下的种子包是否开花了，偶尔能发现几片耷拉着的三色堇花瓣倔强地穿透了都市的黏土。我总在 12 月来访，那是生机盎然的时节。那时节，第五大道橱窗里的人造雪景让真正的雪都黯然失色。玻璃书柜里成排的书籍中，竟无人偷走汤姆·沃尔夫①的《名利场大火》，这始终令我惊讶。

从温德姆酒店沿街而上，离第六大道两门之遥，便是我最爱的让·拉菲特餐厅。那个街角常有个疯子开车经过，摇下车窗，对衣着光鲜的女子辱骂不休，认定她们是妓女；而我裹着墨绿长外套，也成了他发泄怒火的对象。一家行李店旁的路段上，三叶草图案被斜切进柏油路面，附近有家熟食店，以招牌饺子鸡汤闻名遐迩。

我和电影导演尼尔·乔丹②在一起时，邻桌的米洛斯·福尔曼③正热烈地交谈着。我在布拉格就认识米洛斯，记得初次见面那天，我去他狭小的公寓拜访，里面的黑铁炉子散发的热气微温。我因仰慕他的电影《黑彼得》和《金发女郎的爱情》而寻访他。那次见面时他说："我

---

① 汤姆·沃尔夫（1930—2018），美国作家、记者，新新闻主义的鼻祖。
② 尼尔·乔丹（1950—　），爱尔兰导演、编剧，曾凭《哭泣的游戏》获得奥斯卡最佳原创剧本奖。其他作品包括《冥王星早餐》《夜访吸血鬼》。
③ 米洛斯·福尔曼（1932—2018），捷克裔美国电影导演、编剧，曾凭《飞越疯人院》《莫扎特传》两夺奥斯卡最佳导演奖。

该怎么请一位女士脱下外套,又不会让她脱光衣服?"我回答,对某些人而言,这两者差别不大。在让·拉菲特餐厅,他又责备我更偏爱他的朋友——导演伊凡·帕瑟①,当初他们一起住在帕特尼迪欧达路我家时也是如此。他还记得我举办的一次晚宴,包括他和丽塔·塔欣厄姆②在内,有四个人对龙虾过敏。

我的夜晚总是排得满满的,多亏了我两位忠实的朋友亚瑟和亚历山德拉·施莱辛格,他们每晚都邀请我参加聚会。我至今仍能想起那些聚会,正如菲利普·拉金曾说的"那枚由面孔组成的胸针",那些散发着玫瑰芬芳与特权气息的密室。公寓楼的接待大厅总是摆满鲜花,棋盘格大理石地面上铺满红色一品红,到了秋天,这里一派丰饶,满是枝枝叶叶,果实、浆果垂坠,你如果误以为自己闯入了森林,那也是情有可原的。门童会领你走进铺着红色皮革、带窄丝绒座椅的等候电梯。啊,那些声音,当电梯将你吐到顶层复式套房时扑面而来的声音。名流面孔——作家、演员、政客——还有足以养

---

① 伊凡·帕瑟(1933—2020),捷克电影导演、编剧,捷克斯洛伐克电影新浪潮运动代表人物之一。主要作品有《斯大林》《才能竞技》《逝水年华》等。
② 丽塔·塔欣厄姆(1942—),英国演员,曾凭《蜜的滋味》获得1962年戛纳电影节最佳女演员奖。主要作品包括《日瓦戈医生》《坐卧两用室》。

活一个饥荒国家的串串珠宝。女主人总是那么端庄,就像托马斯·杜因①笔下那位抱着鲁特琴的淑女。我记得有一幅马格利特②的画:蓝色暮霭中的花园,蓝雪松通向一座幽灵般的房子。在另一个沙龙里,挂着一幅毕加索的画作,令人惊讶的是,在这幅以斗牛场为主题的作品中,他竟选用了淡绿色,而非斗牛场上炽热的血红。天才的大胆之举。在常去小坐的弗里克收藏馆,看到贝利尼③的《沙漠中的圣方济各》时,我深感震撼,他给岩石涂上乳清般的绿色,还添了一头驴子、几丛竹子和一张讲经台,营造出家常的温馨。

那些盛大晚宴的座位安排总是精心策划、煞费苦心,宾客们要么身居高位,要么地位卑微。我常常有幸坐在诺曼·梅勒旁边,岁月让他变得温和了许多。早在他意气风发的年代我就认识他,第一次是在乔治·普林顿④的派对上,他对着正要离开的作家比尔·曼维尔⑤喊道:"曼维

---

① 托马斯·杜因(1851—1938),美国画家,因其贵族女性人物画而闻名。
② 即勒内·马格利特(1898—1967),比利时超现实主义画家。
③ 即乔凡尼·贝利尼(约1435—1516),意大利文艺复兴时期艺术家,被认为彻底改变了威尼斯绘画,使其走向更感性和色彩主义的风格。
④ 乔治·普林顿(1927—2003),美国作家,以体育写作和协助创办《巴黎评论》而闻名。
⑤ 比尔·曼维尔(1926—2017),《乡村之声》《时尚COSMO》《纽约每日新闻》的专栏作家。

尔，代我向普林顿道晚安。"还有一次，他说我们本可以结婚，因为我的声音让他想起他的前妻珍妮·坎贝尔[1]，她是苏格兰人。梅勒有着多副面孔：作为艺术家的梅勒，作为好斗者的梅勒，作为知识分子的梅勒——他永远试图用争斗和对抗来摆脱这个标签；还有那个在布鲁克林圣约翰福音天主教堂里羞涩亲吻我的大男孩模样的梅勒，当时我们是为躲雨才进去的。他带我徒步游览了这座城市，那时我正在为打算写的那本关于我母亲的小说做调研。当我告诉他故事的主旨时，他摇了摇头，说这太局限于内心生活了，然后重复道："你太局限于内心生活了，这就是你的问题。"他建议我不要那样做，不如跟他和乔治·普林顿一起去哈瓦那，他们正在那里上演他写的关于菲茨杰拉德、海明威和他们妻子的戏剧。他们的泽尔达退出了，我可以顶替她，只是我那时要去巴德学院教书。说实话，我宁愿用哈得孙河畔安南代尔的宁静环境换取哈瓦那那些刺激的夜晚。他心目中的文学英雄是多斯·帕索斯[2]、托马斯·沃尔夫、亨利·米勒，尤其是海明威。海明威，如此伟大却又如此可悲地被误解。对于一个曾公开表示自己与过去的联系比其他任何作家都少的人来说，

---

[1] 珍妮·坎贝尔（1928—2007），英国社会名流和驻外记者，20世纪50年代和60年代曾为《旗帜晚报》撰稿。
[2] 即约翰·多斯·帕索斯（1896—1970），美国小说家、艺术家，主要作品有《曼哈顿中转站》、"美国三部曲"等。

诺曼那天对布鲁克林的记忆却异常清晰：他写第一本书时住的寄宿公寓、他与第一任妻子住的房子、他母亲的房子，还有那栋著名的房子——在一次派对上，他用小刀刺进了第二任妻子的胸口。人们在街上认出他，我们经过时，男人们会触碰他的手臂。在我们匆匆前往的各个酒吧里，店主和酒保都对他毕恭毕敬。

在上东区、萨顿广场或中央公园西区举行的盛大晚宴，时间总是出人意料地过得飞快，因为其中有致辞的仪式，尤其是众人期待已久的主宾发言。一个小铃铛会叮当作响，每每这时，我的心便往下一沉。某位权威人士——总是刚从北京、伊斯坦布尔或耶路撒冷回来的男性——即将揭示他的发现，发表他的高见，为世界指点迷津，尽管这个世界依然疯狂、血腥、金钱至上。某个这样的夜晚，我逃进了洗手间，而那里，坐在马桶盖上的是肯尼斯·加尔布雷思夫人[①]，只是在消磨时间。这些她早已听腻了。那间洗手间，如同所有洗手间一样，是静谧的圣殿：小瓶、玻璃塞瓶和细颈瓶，药膏、软膏和香水，仿佛出自美第奇家族统治时期佛罗伦萨的药剂师之手。

承蒙如此盛情款待，我理当设宴回请。那是个周日

[①] 即凯瑟琳·加尔布雷思（1913—2008），美国作家。其丈夫约翰·肯尼思·加尔布雷思是苏格兰裔美国经济学家、外交官。

的夜晚，人们本该从汉普顿或康涅狄格度假回来。暖风轻拂，让·拉菲特餐厅的客人们簇拥在敞开的窗边，街头的喧嚣隐约可闻。首先到达的是施莱辛格夫妇，他们带来了叶夫图申科[①]和他的妻子玛莎，接着是比尔·沃尔顿[②]、玛丽埃塔·特里[③]、卡洛斯和西尔维娅·富恩特斯[④]，以及阿尔·帕西诺[⑤]与他美丽的女友林德尔·霍布斯[⑥]。还有几个孩子和他们的玩伴，人数远超预期，圆桌不得不加装活动桌板。场面热闹非凡：可乐、健怡可乐、苏联红伏特加、灰雁伏特加、波本威士忌轮番上阵。没有生蚝——这家店从不供应，周日也不提供任何贝类。阿尔·帕西诺裹着头巾，试图隐身，腼腆的他却依然引发了一阵骚动，仿佛丛林电报瞬间传遍了他的行踪，这里

[①] 即叶夫根尼·叶夫图申科（1933—2017），苏联及俄罗斯诗人，出版了近四十本诗集，作品包括《不要在死期之前死去》《浆果处处》《提前撰写的自传》等。
[②] 比尔·沃尔顿（1952—2024），前美国NBA职业篮球运动员及电视评论员，场上位置为中锋。
[③] 玛丽埃塔·特里（1917—1991），美国政治记者，曾由约翰·F.肯尼迪任命，代表美国参加联合国人权委员会。
[④] 西尔维娅·富恩特斯（1945— ），墨西哥记者，也是访谈电视节目 *Tratos y Retratos* 的主持人。
[⑤] 阿尔·帕西诺（1940— ），美国演员、电影制作人和编剧，代表作有《教父》系列、《闻香识女人》等。
[⑥] 林德尔·霍布斯（1952— ），澳大利亚电影导演和制片人，与阿尔·帕西诺交往七年。导演作品包括《大限将至》《热浪春潮》等。

很快就座无虚席。素来机敏的领班克劳德悄悄找我商量：他的朋友曾在帕西诺先生的电影里跑过龙套，想来打个招呼。我恳请他稍等。叶夫图申科站起身，让妻子为他与阿尔拍张合影，随后提到他曾给达斯汀·霍夫曼①寄过一部剧本，但没有得到回复，现在想转给阿尔·帕西诺看看。我开始感到尴尬，毕竟与他不过两面之缘——两天前的夜晚，我们在他与苏珊娜·伯蒂什②主演的王尔德戏剧《莎乐美》后台初次相遇。当时费了好些口舌才说服他来共进晚餐，我至今仍记得那些盛着红白葡萄酒的小陶罐，以及薄如圣饼、点缀着迷迭香的扁平面包。在让·拉菲特餐厅，他沉默寡言，而在奥索餐厅，却谈笑风生，谈的都是奥斯卡·王尔德、其母斯佩朗莎、施洗者约翰、希律王——其间苏珊娜不时起身到衣帽架旁抽烟。正是在那里，他讲述起往事。或许他年轻时并未真在布朗克斯当过门房，但我们光是听他描述那个圣诞夜就足够动人：对锅炉一窍不通的未来"教父"麦克·柯里昂③，却被叫去处理公寓爆裂的锅炉，发现开门的是个迷人的

---

① 达斯汀·霍夫曼（1937—   ），美国演员，共获得七次奥斯卡奖提名，凭借《克莱默夫妇》和《雨人》两次获得奥斯卡最佳男主角奖。
② 苏珊娜·伯蒂什（1951—   ），英国女演员，皇家莎士比亚剧团成员。
③ 阿尔·帕西诺在电影《教父》系列中扮演的角色。

女人，于是疯狂地问她是否愿意跳个舞。

餐厅里人满为患，服务自然难免出错。有人没点鞑靼牛排，却上了这道菜，焦头烂额的服务员只说："反正账算在您头上。"亚瑟对洋葱的态度异常固执。"不要洋葱。"他不断高声强调。一份蛋奶酥在我眼前塌陷成饼，孩子们因薯条迟迟未到而哭闹不止。我暗自发誓再也不请名人来餐厅吃饭。如果不是亚瑟在场，这晚简直是一场灾难。众人都仰仗他周旋。人们不断追问他相识的总统们——他们的缺点、伟绩、长处与短处。他对肯尼迪怀着毫不掩饰的盲目崇拜，但也承认，他认识的总统里无人符合爱默生"伟大领袖必能克己"的标准。俄罗斯的没有。日本的没有。德国的没有。柬埔寨的没有。喝完酒，场面活跃起来。我暗自祈祷卖红玫瑰的吉卜赛女人别出现，那只会引发更多混乱。随即我想起她常出没在西区另一家装有色玻璃隔间的餐厅。我几乎没动刀叉。正如人们所言，我们的餐桌，成了众人瞩目的焦点。为何纽约的一切都如此极端——无论是欢乐时光，还是艰难时刻，无论是受到热情欢迎，还是被冷落排斥？为何我在格林威治村一间阁楼遇见的罗伯特·梅普尔索普[①]，会用那般冰冷、毫无怜悯的目光审视我，把我看透？为

[①] 罗伯特·梅普尔索普（1946—1989），美国摄影师，擅长黑白摄影。

何我竟在一天之内收到如此多的玫瑰？为何当我漫无目的地坐在上东区一家咖啡馆里时（仅用一小段塑料格栅与邻店相隔）会遭到一群愤怒喧哗的男子纠缠，他们正散发谴责93街雇非工会承包商的卑鄙雇主的传单？为何我在琳赛·邓肯①租住的公寓里滑过镶木地板摔伤肩膀时，却因众人正观看奥斯卡颁奖礼而羞于启齿？

众人离去后，我在让·拉菲特结清了账单。那位曾在帕西诺电影里担任群众演员的高壮黑人仍坐在高脚凳上，正为和帕西诺说上了几句话而暗自笑着。

随后，我坐在环绕一棵树的石凳上，位于回温德姆的半途，呼气，再呼气。此刻只剩我一人，却仍心神不宁，仿佛刚侥幸逃过一场严酷审讯，而非一场晚宴。我，绝非那位持鲁特琴的淑女。在几乎无人的街道上，摩天大楼兀自矗立；它们的顶端仿佛在慵懒的天际微微摇曳。来自各家餐馆的年老夫妇漫步而过，小贩们推着推车，黝黑的皮肤融入夜色，而车篷下藏着的手袋与围巾，明日便会陈列在第五大道的转角或第六大道的某处——狂热爱好者常在那里游荡。

我的戏剧《弗吉尼亚》正在公共剧院排练，凯特·尼

---

① 琳赛·邓肯（1950— ），苏格兰演员，出演过哈罗德·品特的舞台剧，凭借舞台剧《私生活》获得了托尼奖。

莉甘①请求我给她讲讲弗吉尼亚·伍尔夫在苏塞克斯郡的最后一次散步——伍尔夫穿过田野，将石头放进口袋，沉湖而死。一位舞台工作人员悄悄示意我接电话，说是杰姬·奥纳西斯②打来的，但很可能是恶作剧。结果并非如此。电话那头正是杰姬，询问我是否有空赴约。我有空，于是受邀次日共进晚餐。她的公寓精致典雅：装饰着现代绘画和雕塑，还有古代半身像和小雕像。杰姬身姿轻盈，少女般娇俏，时而深情款款，时而任性多变，活像个山鲁佐德③——只不过她不讲故事，而是鼓励他人讲述。那晚，她询问我在写什么，以及教书是否影响了写作（确实如此），我至今记得她说："我希望你能分得一杯羹。"

令我惊讶的是，她会在中央公园慢跑，去麦迪逊大道的莫里斯美发沙龙，不带保镖四处走动。但正如她所说，有时人们会拦住她，告诉她1963年11月达拉斯事件④发生的那一天他们正在做什么，尽管已经过去二十年。随着对她的了解加深，我明白了她为何能做到

---

① 凯特·尼莉甘（1950— ），加拿大演员，曾凭借《潮浪王子》获得奥斯卡最佳女配角奖提名，也凭舞台剧《谁为我伴》获得托尼奖提名。
② 即杰奎琳·肯尼迪（1929—1994），美国第35任总统约翰·肯尼迪的夫人，1961—1963年美国第一夫人。
③《一千零一夜》中的主要女性角色和故事讲述者。
④ 指约翰·肯尼迪遇刺身亡一事。

这一点,因为她有一种与生俱来的天赋,那就是与人保持距离,如有必要,还会将人拒之门外。在我们十年的友谊中,我们有过一次令我遗憾的裂痕。娜塔莎·理查德森①邀请我参加她主演的电影《夏日痴魂》的放映会,她衷心希望我能带上杰姬一同前往。我以为这是一场私人放映,结果却有一大群摄影师蜂拥而至围住杰姬,要求她朝这边或那边看,她尖刻地说:"埃德娜,这不是私人放映。"

她从一家商店给我寄来一个天鹅绒束口小包作为礼物,附带的纸条上写着:"为你珍藏真爱的一缕发丝。"她并非浪漫之人,却坚守着浪漫的信条,以此在名人这个肉食世界中支撑自己。

我们约在62街的一家电影院见面,外面下着倾盆大雨。我提前到了,却发现当晚没有电影放映,因为有人包场办私人观影会。汽车和出租车一辆接一辆,雨水四溅。这时,一个出租车司机和另一个司机吵了起来,脏话满天飞,"浑蛋,浑蛋"。他们下车冲到街上准备干一架。出租车里的女乘客悄悄溜出来,求我让她躲一躲,因为她不想被警察叫去做证。两个男人跟跟跄跄,像搞笑短片里的摔跤手一样,虽然互相扭打,却不得不抓着

---

① 娜塔莎·理查德森(1963—2009),英国演员,作品包括《天生一对》《乡间一月》《大地的女儿》等。

对方保持平衡，但谁都不肯退出这场打斗。

　　杰姬到了，头巾低垂遮住脸庞，撑着一把缺了根伞骨的伞。没人注意到这些，因为所有人的注意力都集中在两位摔跤手身上。汽车鸣笛声此起彼伏，交通陷入停滞，警笛的哀鸣声越来越近。杰姬环顾四周，说这场景可上不了《纽约客》"本地话题"栏目那些体面整洁的报道。她为迟到道歉。我简要说明电影取消的情况后，我们继续前行，徒劳地寻找出租车。她提议乘公交，但等车队伍排成了长龙。接着，她一言不发地点了点头，我随她走向第三大道布鲁明戴尔百货的入口——司机们等候的地方。她轻叩第一辆豪华轿车的车窗，惊醒了打盹的司机，用那标志性的、略带气音的独特嗓音问道："能送我们去第五大道1040号吗？"随后以优雅灵巧的动作撩开头巾，抖松头发，难以置信的司机这才猛然意识到，杰奎琳·奥纳西斯正请他送她回上城第五大道的家。

　　那天晚上，她的公寓里只有我们俩，因为她的伴侣莫里斯·坦普尔斯曼[①]以为我们还在电影院，便安排稍后在餐厅碰面。她谈起肯尼迪家的男人们，那种毋庸置疑、代代相传的魅力与他们的弱点，还含蓄地影射了他们的不忠，却又轻描淡写地带过。老肯尼迪先生总爱在桌下

[①] 莫里斯·坦普尔斯曼（1929— ），比利时裔美国钻石商人，杰姬的最后一任伴侣。

碰她的膝盖,连她当总统的丈夫对此也耿耿于怀。她初次遇见杰克时就"沦陷"了,尽管她掩饰了这份心动;她心里明白,嫁给他,生活将如同过山车,但要她做别的选择更是不可想象。总统遇刺后,是罗伯特·肯尼迪①每晚来探望她这位未亡人,防止她崩溃。许多清晨,她都会发现他的狗守在她门外,就像《荷马史诗》中等待主人奥德修斯的忠犬阿尔戈斯。那个特别的夜晚,她格外敞开心扉、柔情似水。我是这个星球上她最爱的三个人之一。我说,如果她和我爱上了同一个男人,那会怎样?她立刻反驳道,说她会希望我得到他,她会当我的伴娘,但我不相信她的话。

那时她还没有养狗,但曾经和阿里·奥纳西斯②确实养过一只。在纽约大多数沙龙里,小狗们占据着主导地位,蜷缩在有和它们一模一样的肖像的绣花靠垫上。电影制片人汤姆·约翰逊向我讲了关于阿里的狗和杰姬冷淡态度的故事。一天深夜,他正和一位非常漂亮的年轻女孩沿着第五大道散步,偶遇了遛狗的奥纳西斯。他们被邀请上楼,而正准备睡觉的杰姬态度并不热情。更糟的是,阿里还和那个年轻女孩调情,女孩既被他们的名

---

① 罗伯特·肯尼迪(1925—1968),约翰·肯尼迪的弟弟,曾任美国司法部长、纽约州参议员。
② 阿里·奥纳西斯(1906—1975),希腊海运巨头,曾是世界首富,杰奎琳的第二任丈夫。

气迷得眼花缭乱,又略带些醉意,这次拜访很快就结束了。第二天,杰姬派人给女孩送去了一大束鲜花,附着一张带有奥纳西斯签名的卡片。女孩后来做了件傻事,给奥纳西斯打了电话,而他甚至不记得她是谁。这件事让我对杰姬有了些了解,也让我明白了她的深不可测,那种既属于权力又属于权力侍从的本质。她与其他女人不同,更顺从,更轻率,却又保持着距离。她或许会出席这个或那个聚会,像盛装的仙女皇后般翩然而至,短暂地融入人群后,便消失无踪。她是个爱书之人,在出版社工作,对文学满怀热忱。她曾写信给我,与我探讨我的作品和他人的著作。一次,当我把从麦迪逊大道勒布书店买来的齐别根纽·赫伯特①的《静物与缰绳》寄给她时,她当晚就写了三页长信,盛赞这位她从未听说过的波兰诗人。她临终前写给我的最后一封信,用的是深蓝色风信子色的信笺,字里行间满是希望、春天、我们将要做的事,以及重新焕发生机的日子。那不是多愁善感;那是自我保护。早在她成为第一夫人之前,她就拥有被珍视之人的笃定,而她内心的小女孩紧紧抓住这一点;这是她的盔甲,让她以惊人的沉着应对各种噩梦。具有讽刺意味的是,1962年,玛丽莲·梦露穿着紧身裙

---

① 齐别根纽·赫伯特(1924—1998),波兰诗人,诗集有《赫尔墨斯,狗和星星》《客体研究》《科吉托先生》等。

为肯尼迪总统献唱生日赞歌时（杰姬明显缺席），她毫无防备，内心的小女孩早已被伤得体无完肤。杰姬则恰恰相反，她一生都戴着面纱度过，离开时身上的星尘依然完好无损。

我在纽约结下的友谊经受住了漫长分离的考验。每次我回去，它们似乎都在等待重新继续。罗杰·斯特劳斯[①]会从他位于联合广场的办公室过来，带我去巴斯克海岸餐厅吃午餐，那是文明的堡垒，也是杜鲁门·卡波特未完成的小说《应许的祈祷》的背景地。罗杰穿着白色西装，带着丝绸手帕，风度翩翩，热衷于八卦，对文学有着不可思议的直觉。在他所有的作者中——我很幸运成为其中之一——他公开表示最喜欢的是约瑟夫·布罗茨基，他会随身携带一本约瑟夫的书，只是为了展示它。

布罗茨基是个才华横溢、锋芒毕露的人，对"阻挠文学的人"怀有冰冷的蔑视。这是他的口头禅之一，还有"猫的睡衣"之类他收集的各种词语。他特别喜欢民谣《拉里被绞死的前夜》，这首歌是布兰登·贝汉[②]唱给

[①] 罗杰·斯特劳斯（1917—2004），美国知名出版社法劳·斯特劳斯·吉罗（Farrar, Straus and Giroux）出版社的创办人。
[②] 布兰登·贝汉（1923—1964），爱尔兰诗人、小说家、剧作家。爱尔兰共和军成员。1939 年因涉嫌恐怖主义活动被捕，1942 年再次被捕。

他听的。这首诙谐的歌谣讲述了拉里即将被处决时,他的一帮都柏林混混朋友,为了买足够的酒水守一整夜的灵,也为了能在系上绞索之前用酒、鼻烟、纸牌和歌声给他一个体面的送别,当掉了自己的衣服。

约瑟夫有着法老般的慷慨,我常常与大卫·里夫①一起被邀请到俄罗斯茶室,店主罗曼会热情招待我们。有一次,他送给我一只蓝色瓷蛋作为礼物,我戴着它以求好运。约瑟夫和罗曼可能刚从俄罗斯来到纽约——不是那个充满毒杀与清洗的极权主义俄罗斯,而是广袤草原与苔原的故乡,孕育了普希金、果戈理、曼德尔施塔姆和布尔加科夫等复杂而叛逆天才的伟大母亲俄罗斯——约瑟夫引用这些文豪时总带着淋漓尽致的风采。他只字未提自己在北方寒地的精神病院或监狱强制度过的岁月,也不提他作为"社会寄生虫"受审后被驱逐的经历。他一生为诗歌而战,并且赢了。他还会开玩笑说:戈尔巴乔夫同志留着小胡子,克里姆林宫登山家斯大林同志也是,后者的名字还是一种格鲁吉亚鞋油品牌。我们有时会就契诃夫争论不休,因为他赞同自己的缪斯安娜·阿赫玛托娃的观点——她将契诃夫纳入她的《玫瑰经》组诗中,称契诃夫"千篇一律地沉闷,如一片泥海,缺乏

---

① 大卫·里夫(1952—),美国非虚构作家和政策分析师。他的著作着眼于移民、国际冲突和人道主义问题。

英雄主义和殉道精神,缺乏深度、黑暗与崇高"。帕斯捷尔纳克并不这么认为,我常提醒约瑟夫这一点,但当他承认《第六病室》是个伟大的故事时,我们又重归于好。伏特加盛在彩色小壶里,鲜艳的颜色让人以为它无害,我不能说当罗曼带我们进里屋签访客簿时,我们是完全清醒的——约瑟夫已经用俄语写了几行字,又删掉了。有天夜里,他们从西54街送我走到西58街,像两个吟诵的托钵僧,用母语背诵着普希金的诗,嗓音低沉洪亮,大舌音滚动,那声音如此陌生,却吸引了一群听众,他们虽听不懂,却能感受到字里行间的激情。

在我眼中,纽约的街道总是比那些毫无生气的公寓楼更有活力,也更触手可及。那些楼里有着漫长孤寂的走廊、深褐色的地毯、几天前的旧报纸,以及一种如同乔治·西默农[①]伟大小说中描述的如死亡一般、充满悬念的沉寂。

只要有机会,我就会待在户外。即便是冬天,我也会选择64街一家咖啡馆外的长凳坐下,看世间百态流转。那是12月,圣诞气氛正浓,一个街区外的圣诞老人,他那破旧的鞋子与节日红白配色的鲜明对比显得格格不入。天主教堂旁的花园里,灌木丛上积着雪,形成一朵

[①] 乔治·西默农(1903—1989),比利时法语作家,一生中创作了许多推理作品。他成功塑造了儒勒·梅格雷探长这个角色。

朵花椰菜大小的蓬松白花。耳边飘来各种声音：人们的交谈、铃铛的叮当声、手机里传出的争执片段、此起彼伏的汽车喇叭声，还有鸟儿啄食面包屑的窸窣声。路过的许多女士穿着皮草大衣，可以看到风吹来时她们领子上细毛的颤动。人们行色匆匆，有慢跑的，有推婴儿车的母亲，两位女士驻足咖啡馆查看蛋糕价格后悻悻离去，其中一人说道："知道吗……我宁愿自己烤。"一位妻子正告诉朋友，自从和丈夫特德看完那部低俗戏剧后，家庭生活变得"堕落不堪"。在这纷杂场景中，一个亚裔男孩经过，手里捧着盒装白兰花，花朵依偎在绵纸中，他骄傲的神情宛如高举奥运火炬。坐在我旁边窄座上的女士不断咳嗽，说鲜花总让她过敏。对面艺术画廊格调高雅，唯有行家才敢踏入。而同一栋楼的高层却是临时展厅，窗外悬挂着空调外机，黑黢黢的，满是煤烟渍。

我在纽约各处结交了朋友与熟人。我常去市中心拜访那些声称能引领我找到内在自我、内心战场，以及快乐源泉的江湖术士。一位占星师将我纳入她的掌控，每次会面前，她年迈的母亲都会从我这里收取两百美元、二十朵必带的红玫瑰和一件珠宝。也是在一个周日，在其中一间公寓里，有人介绍我认识了美丽的日本艺术家和子。她以水晶作品闻名，那些作品犹如千万朵绽放的花——表坠、吊坠、戒指和项链，都是充盈着光芒的小世界，有夕阳的余晖、黄麝香葡萄酒的莹润、粉玫瑰的光泽，还有青金石、蓝宝石和红宝石在白绸上闪烁的微光。后来她搬到了57街，住进一间能眺望中央公园雾霭与晨昏的公寓。从前总穿黑衣的她，如今一身素白，宛如为新郎披上新娘盛装。那位新郎就是鸟儿鲍比。

一天清晨，一只受伤的小鸟落在她的窗台上，小小的，棕褐色，奄奄一息。她收留了它，悉心照料使其恢复生机，用滴管喂它葡萄糖和蜂蜜，并为它截去了折断的翅膀。很快，尽管还绑着绷带，它就能扑腾了，而鸟儿鲍比也几乎准备好开始鸣叫了，可惜它的歌声缺乏音乐的甜美。她曾在某处读到，鸟儿每晚都会梦见它们要唱的歌，于是她决定通过持续播放莫扎特的音乐来丰富她的小家伙的梦境。她的工作室里充满了莫扎特的旋律，而在我回家后，她的来信中总会充满关于鲍比非凡才能的消息——它心满意足地歌唱，对窗外的世界毫无兴趣或好奇，也不渴望逃到中央公园的某棵树上享受晨露。她会详述鲍比在歌唱方面日益显露的天赋，以及他们如何进阶到巴赫的清唱剧，她为它感到骄傲，就像一位母亲看到自己的孩子在学校表现出色一样，同时也不忘提及当买家来看她最新的系列作品时，鲍比会发脾气，表现出毫无道理的嫉妒。

每当我来到温德姆酒店时，总会收到她预先备好的礼物，一条项链或一枚戒指，以及关于鲍比日益丰富的表演节目的新消息。我去探望她时，会带上白色的花——如今她只穿白色衣物，却不得不忍受鲍比的坏脾气。它总用喙拨弄笼子上装饰的水晶，那些水晶蕴含特殊疗效，专为它高度紧张的性情挑选，而它却威胁着要将其毁坏。

后来有一年，我来到酒店，发现温德姆的前台没有包裹了。在她公寓的大厅里，年迈的门房认出了我，从服务台后走出来，无奈地摊开双手。无须他开口，我便明白，鸟儿鲍比和它的主人已经离开了。

一个叫乔治的男人会开车送我去市立学院，他的座位下藏着一把斯登冲锋枪。他语速飞快，每次路上都会给我讲前一晚发生的谋杀、强奸和抢劫案。从公园大道向北驶过几个街区进入哈莱姆区，就像到了另一个国度——褐砂石建筑破败坍塌，街道几乎空无一人，零星几个孩子站在人行道上，男人们或独行或成群，目光空洞地望向远方，而乔治则不断向我灌输最新的犯罪率数据。那时哈莱姆区尚未迎来第二次文艺复兴①，游客们还未被灵魂料理②和福音音乐吸引而来。我想起1930年在此漫步的洛

---

① 指20世纪20—30年代，以纽约哈莱姆地区为中心的黑人文化和艺术运动。该运动涵盖了文学、音乐、戏剧、电影制作等领域。
② 一种民族融合菜肴，一开始为殖民地时期在南部殖民地农场进行种植工作的西非黑奴所食用，后在美国本土黑人社区中发展出以玉米、豆类、蔬菜、猪肉为主的饮食内容。

尔迦，当时他是哥伦比亚大学的学生，将这里视为被遗忘之地，感受着他所谓流淌在血液中的"石榴石般的暴烈"。

由于我从未上过大学，任何校园的环境总让我感到望而生畏——那些自行车、储物柜、长袍和无处不在的陌生感。置身教室时，我总能感受到弗拉基米尔·纳博科夫不容置疑的权威评判，听他叱责那些"丰腴的畅销书"。浮现在我脑海的另一位导师是乔伊斯，他迂回的方式，话题从中国古代的青楼女子跳转到圣母玛利亚的受孕，信马由缰。

起初，我会给学生朗读些激荡人心的作品，比如伊阿古①妒火中烧时愈发狰狞的独白，或是福克纳笔下充满《圣经》寓意的南方故事。但他们更热衷展示自己的习作，对我援引的洛尔迦的创作箴言——"真正的诗歌需要真正的苦修与牺牲"——并不买账。学生中有位叫沃尔特·莫斯利②的年轻人，他求知若渴，品味驳杂，深谙优秀短篇小说那股揪住人心的力道。多年后当他以"易兹·罗林斯"系列犯罪小说闻名时，我仍记得某天把他拉到一旁说的话："你有黑人血统、犹太基因、贫寒出身，这些都是写作的富矿。"

---

① 莎士比亚《奥赛罗》中的人物。
② 沃尔特·莫斯利（1952— ），美国小说家，以犯罪小说而闻名。2020 年，莫斯利获得了国家图书基金会美国文学杰出贡献奖章，成为第一位获得该荣誉的黑人。

不授课的日子里，我批改学生作业、撰写报告，然后漫步纽约街头。这种漫游方式，我在其他城市从未有过。

有时我仿佛看见了幽灵，或者说，确实目睹了其他纽约人未曾注意的景象。一次，我正前往当时位于麦迪逊大道靠近30街的《悦游》杂志社，在街角处，我看见一群头戴帽子、沉默寡言的黑人老者，个个手持棍棒，像在等待一场预谋的袭击。他们站在那里，浑身散发着不安，宛如《旧约》中等待末日审判的复仇者。

我常常会去波道夫·古德曼百货公司家居部的七楼。那里琳琅满目：桌子、茶几、高脚柜、装饰架、精美的盘盏、玻璃器皿、象牙制品、蔓越莓色铃铛，简直是一座我母亲会为之沉醉的珍宝宫殿。某天乘扶梯时，我瞥见时装部有套衣服，立刻在下一层跳下扶梯去看。那是华伦天奴设计的——是漂亮的绿色真丝乔其纱，点缀着淡金色的浮雕玫瑰花纹。我每周都去守望，等待降价。每次重返都以为它已被买走，但它始终静候着我。终于有天价格降到了我勉强能承受的数字，尽管仍高得离谱。可恼的是，这是件两件套，而我只要外套，不想要那条相配的迷你短裙。我找来女经理，她是中国人，对我这可怜巴巴的要求露出困惑的微笑。最终，以七百美元，这件外套归我所有。当我捧着层层包裹的它时，仿佛捧着自己的嫁妆。

在七楼时，我偶尔会幻想成为一位贵妇人的模样——那种拥有多个包裹、被护送到侧门，由司机接往郊外白色宅邸的特权妻子。那里的砾石小径修剪得整整齐齐，宽阔的草坪边缘种着雪松，巨大的床两侧摆放着乌玉台灯，分属"他和她"。但转念间，我又会想起约翰·契弗笔下那些婚姻故事，充满腐朽、酗酒与背叛，于是白日梦便戛然而止。

我的下一次小小奇遇发生在一家灯具店。许久以来，我一直心仪一盏橙色台灯，玻璃灯罩如蘑菇伞般优雅低垂，上面点缀着棕色的斑点。我估摸着，把它带回家应该不会太麻烦。终于有一天，我进店问了价格。店员热情洋溢地招呼我。那位身穿黑色西装、脚踏黑麂皮鞋的年轻男子步履轻盈如猫。他来自中东，说话声轻若耳语，直道我的光临令他倍感荣幸。

此刻，他正滔滔不绝地炫耀自己的资历。他上过康奈尔大学，后来又去了哈佛商学院，但他真正的兴趣在于玄学。经营这家店只是为了取悦他家老爷子。听说我是作家后，他的兴致立刻高涨起来，声称有些能让我毛骨悚然的故事可讲。他暗示自己有过一段风流往事，那些香艳情节简直像是从《一千零一夜》书页里出来的，还说如果我们相熟，或许会与我分享这些冒险经历。我们可以合作：他有丰富的阅历，配上我的笔力——老天，咱们甚至能拍成电影。那盏灯免费送我了。他可不是什么浪荡子，不，先生，只要他愿意，大把无脑金发妞和那些赖着要赡养费的女人都会投怀送抱，只不过他有品位，有灵魂，还精通玄学。他提议我俩一起去广场酒店——他在那儿长期包了间套房，前台根本不用查护照或身份证。套房宽敞极了，带两个浴室，色调搭配令人放松。我开始浮想联翩：自己会穿着牡蛎色真丝和服，用木勺舀着土耳其软糖或果子露享用。我愿成为伍迪·艾伦短篇小说中的艾玛·包法利，尝过上流生活的滋味后，拒绝回到小说里自杀。但转念一想，我又会变成一具尸体，被塞进黑色塑料袋，被人从仆人通道抬出去。他看出我在犹豫，很快我就成了两盏灯骄傲的主人，他会把它们运到伦敦。第二盏灯是绿色的，那种洞穴般的绿，我想象着它们放在家里桌上或书桌上，冬天傍晚，伦敦灰蒙蒙的光线中，那些迷人的灯盏里色彩如涟漪般流淌。

由于我来自"旧大陆"，他细数了广场酒店酒柜里各种爱尔兰威士忌的混酿，描述我们将如何惬意地消磨时光——听着音乐，饮着鸡尾酒，彼此熟络起来。此刻他离我如此之近，我甚至能看清他深色胸膛上悬挂的金质徽章上所刻的文字。他保证说，这段经历会永远铭刻在我的记忆里。就在"铭刻"这个词蹦出来时，我开始发抖。我冲向门口，他紧随其后。我们站在室外，他的声音几乎被淹没，因为隔壁门口有个以养猫为生的男人正举着纸板，向路人展示自己凄惨的境遇，身边围着一群猫和幼崽。

我偶尔会受邀前往美国各州进行作品朗读会。

在德卢斯的一家旋转餐厅里,外面正下着雪,我感觉自己像是被困在镇纸里的人。"我永远也离不开德卢斯了。"我自言自语道,望着下方缓慢如蜗牛爬行般的车流在几条车道上蠕动,车灯黯淡无光。鲍勃·迪伦离开了德卢斯①,就像斯科特·菲茨杰拉德离开了明尼苏达的麦田草原,尽管他以一位当地大亨为原型塑造了盖茨比,那位大亨修建了连接五大湖与太平洋的铁路。

我曾受邀去一所距小镇几英里的学院做朗诵,那份邀请如此诱人,令我难以拒绝。现实却大相径庭。德卢斯和它的大湖属于远洋巨轮,与我无关。当天早些时候,我沿着主街散步,这条街道带着忧郁沉闷的气息,和全世界的主街如出一辙。教堂门廊处,夹杂在各种传单中的,是一则歌唱比赛公告,获胜者将赢得双人纽约行,去观看音乐剧《万事皆可》。红牛旅馆静默无声,再往前,一队男子正排队献血,每献一品脱②血,就可获得两美元报酬。我怜悯他们,也深知他们会因我的怜悯而鄙夷我。这些人穿着棉袄,沉默寡言,面色阴郁,正是鲍勃·迪伦会为之写下苍凉绝伦歌词的那类人。

朗诵会后,发生了一件让我心神不宁的事。不断有

---

① 鲍勃·迪伦在明尼苏达州德卢斯出生,十九岁时离开这里去往纽约。
② 1美制品脱约为473.2毫升。

人说我的朗诵多么"出色",这个词在举办派对的房间里流传开来。气氛十分融洽。女士们穿着长裙和实用的鞋子,餐台上摆着各式沙拉和蘸酱,还有白葡萄酒以及壶装的热红酒。正当我啜饮着红酒时,一位热切的年轻学生问我,为何在小说中对母亲如此不留情面,忽然间,红酒杯竟从我手中飘了出去,我不再觉得自己出色。至今我仍记得白色地毯上那一小摊暗红的酒渍。仿佛是来自彼岸的讯息。

在那家旋转餐厅的高处,我想起了所有描写过雪的作家:纳博科夫笔下被雪覆盖的庄园,海明威描绘的奥地利滑雪坡上滑雪板发出的吱嘎声,约翰·麦加恩笔下受伤猫头鹰滴在雪地上的血迹,拖着铁夹穿过雪原,还有西尔维娅·普拉斯那句"雪没有声音"。可它其实有:当雪花在多层窗玻璃外堆积时,它正告诉我,我将永远无法离开德卢斯。四天后,我离开了。

诚然,在离开纽约的旅途中,我总感到几分困顿。在洛杉矶——我此行是为见几位对我的短篇小说《天堂》有意向的制片人——我几乎像被监禁在比弗利山庄酒店的小屋里,只偶尔去热带风格的花园散散步。我收到大束的鲜花,却未曾遇见任何人,而隔壁小屋里的男人每天一大早就用洪亮的嗓音给纽约的股票经纪人打电话,对着电话那头的人大喊大叫。

我对电影界的涉足时断时续。1963年,与丈夫分居后，我曾与德斯蒙德·戴维斯^①合作拍摄《绿眼睛的女孩》，那段时光如此愉快融洽，以至于我常在傍晚漫步于寇松街，满心期待着第二天的合作。后来某段时间，我受邀前往罗马为达米亚诺·达米亚尼^②导演的电影进行短期剧本修改。我们的工作模式是这样的：我每天写作，傍晚他会来到哈斯勒酒店，读完前一天写作的成果后，总会以一种迷人又无奈的方式将稿纸递还给我，说道："我觉得这是个错误。"最终，在同一间酒店大堂，制片人将我拉到一旁，告知我不再需要我的服务，而我的接替者正被引向刚刚还属于我的座位。

在改编安德烈亚·纽曼^③的《春风入罗帐》时（该剧由彼得·豪尔^④执导，克莱尔·布鲁姆^⑤以精湛的低调演技，

---

① 德斯蒙德·戴维斯（1926—2021），英国电影和电视导演，以1981年版《诸神之战》成名，《绿眼睛的女孩》是他导演的首部长片。
② 达米亚诺·达米亚尼（1922—2013），意大利电影导演、作家、编剧和演员。电影《警察局长的自白》1971年获莫斯科电影节圣乔治金奖，犯罪电影《调查》1987年获意大利电影金像奖。
③ 安德烈亚·纽曼（1938—2019），英国小说家，作品包括《世界的份额》《幻影》《笼子》《毒药的礼物》等。
④ 彼得·豪尔（1930—2017），英国戏剧、歌剧和电影导演，被认为是"20世纪下半叶英国戏剧界最重要的人物"，为皇家莎士比亚剧团和英国国家剧院执导过多部作品，电影作品包括《第一场》《不要跟陌生人说话》等。
⑤ 克莱尔·布鲁姆（1931— ），英国电影和舞台剧演员，1952年出演卓别林导演和编剧的电影《舞台春秋》后成名，其他作品包括《影子大地》《罪与错》《国王的演讲》等。

饰演了被欺骗的妻子弗朗西丝),我与美国制片人朱利安·布劳斯坦合作。每天早晨,我来到他位于伦敦切舍姆广场的公寓时,他总会举起一张白色卡片,上面永远写着同样令人困惑的问题:"弗朗西丝阴道的动机是什么?"我无言以对。

那是一个晴朗而孤寂的周六傍晚,在伦敦,我意外接到了约翰·休斯顿的电话。我至少有十年未见过他,也未听到他的消息了。他就那样出现了,用那独一无二、极具说服力的嗓音,邀请我去巴亚尔塔港与他合作一个剧本。我欣喜若狂。剧本改编自 A. E. 埃利斯[①]的小说《机架》,而在墨西哥的酷热中,我希望能构思出发生在瑞士深雪疗养院里的爱情场景。

剧本讨论进展顺利,休斯顿起初对我写的场景赞不绝口。他每天上午十一点左右到,像一位大祭司,穿着白色长罩衫,在楼梯上咳嗽着。他的狗唐·迭戈跟在后面。从女仆卢帕那儿,我得知唐·迭戈能把人撕成碎片。在它上的犬类学校里,唐·迭戈被教会了一些关键词,一旦听到这些词,就会直接攻击人的咽喉。看着唐·迭戈那黄牙龈和暗黑的臼齿,我知道如果自己不小心说出其

[①] A. E. 埃利斯(1920—2000),英国小说家、剧作家德雷克·林赛使用的笔名,格雷厄姆·格林曾称《机架》与《尤利西斯》同样重要。

中一个关键词就会完蛋。这让我很难集中精力在剧本上。不过我也不能提这事。休斯顿热爱动物，只尊重同样热爱动物的人。"亲爱的，我受不了懦夫"这句话我听过无数次。头一个月，一切还算顺利，尽管我差点在酷热中昏厥，全身涂满各种防蚊乳霜、喷了各种喷雾来驱蚊。我的随身物品全被收走，剩下的十周里，可以穿的衣物少得可怜，不过这也无关紧要。

那年8月，为了给他庆生，我几乎凭着某种天启般的直觉，成功觅得整座巴亚尔塔港仅有的两瓶唐培里侬香槟。休斯顿带着他年轻许多的女友玛丽埃拉前来，事实证明，那晚堪称魔幻之夜。他展现出前所未有的健谈，追忆着对某些演员的偏爱——尤其是博吉[①]和他自己的父亲沃尔特·休斯顿[②]，像个少年般动情地反复喊着"爸爸，爸爸"。他还谈起爱尔兰的圣克拉伦斯宅邸、戈尔韦郡的狩猎会、胡安·格里斯[③]的画作，以及初见贝尼尼雕

[①] 即美国演员亨弗莱·鲍嘉（1899—1957），凭借《卡萨布兰卡》获得奥斯卡最佳男主角奖提名，凭借《非洲女王号》获得第24届奥斯卡最佳男主角奖。

[②] 沃尔特·休斯顿（1883—1950），加拿大演员和歌手。他凭借在儿子约翰·休斯顿执导的电影《碧血金沙》中的角色获得奥斯卡最佳男配角奖。其他作品包括《胜利之歌》《黑夜煞星》《龙种》等。

[③] 胡安·格里斯（1887—1927），西班牙画家、雕塑家，一生在法国生活和工作。他的作品与立体主义密切相关。

塑《圣女特蕾莎的狂喜》①时的震撼。

过了一段时间,他对剧本的看法发生了转变,态度激烈而无情。他曾经激赏的场景,如今令他生厌。他曾誉为"唯有通灵者方能写出"的台词,此刻全成了废纸。"这算什么,亲爱的?这种半吊子垃圾?"他总这样质问。我逐渐自我怀疑到连"你好"这种台词都分不清是妙笔还是败笔。每天午餐时分他离开后,我总要偷偷哭。卢帕问我为何哭泣。我用磕磕巴巴的西班牙语说,我在为家乡、为孩子们、为玫瑰哭泣。这话听起来有些矫情,但我的词汇量实在有限。第二天早上,她带着三朵玫瑰来了,那是她上班路上从别人家花园里偷摘的。三朵玫瑰,在酷热中蔫头耷脑。我们把它们插在一杯水里,当休斯顿又一次来参加气氛紧张的会谈时,他注意到了这些花,看到它们蔫巴巴的样子,问道:"亲爱的,哪一朵是你呢?"我指了指三朵中最蔫的那一朵,他咯咯地笑了,说:"哎呀呀,你可太委屈自己了,我觉得你是这一朵。"他的声音低沉而温柔,说着又拿起另一朵玫瑰,却只见花瓣如牛奶般雪白,一片片从他手中飘落。还有四个难熬的星期要挨。

---

① 即乔凡尼·洛伦佐·贝尼尼(1598—1680),意大利雕塑家、建筑师、画家,杰出的巴洛克早期艺术家。《圣女特蕾莎的狂喜》是位于罗马"胜利之后圣母堂"祭台左侧科尔纳洛小堂的一组白色大理石雕塑,被视为巴洛克雕塑的杰作之一。

这部电影最终未能拍成。听说好莱坞大亨们看到他提交的剧本时勃然大怒,我因辜负了他的期望而深感羞愧。然而,最后一次交谈时,他依然胸怀宽广。尽管病魔缠身,他仍满怀激情地筹备拍摄乔伊斯的《死者》——剧本由他儿子托尼[①]执笔,女儿安杰丽卡将担纲主演。他不再是彼得·维尔特尔[②]笔下那个"白色猎人黑色心",而化身为普洛斯彼罗[③],为自己最后的作品选择了乔伊斯这篇关于死亡的温柔挽歌。

2009年12月,我的戏剧《闹鬼》在纽约59街剧院首演。英国评论家们曾对它热情洋溢,我也莫名期待能获得同样的反响。然而事与愿违。那天,我在酒店早早醒来,等待着好消息。到了八点,我开始感到焦躁不安,便打电话给我的朋友玛丽琳·劳恩斯[④]——她当晚要为我举办生日派对。刚听到几个令人失望的苛刻形容词,我

[①] 即托尼·休斯顿(1950—),美国演员、编剧,著有《海军的悍妇》《冷面小金刚》和《死者》等剧本。
[②] 彼得·维尔特尔(1920—2007),德国作家、编剧,十九岁时出版了广受好评的小说《峡谷》,并为阿尔弗雷德·希区柯克的《海角擒凶》撰写了剧本。他最出名的是小说《白色猎人黑色心》,讲述了他拍摄《非洲女王号》时与约翰·休斯顿合作的经历,1990年由克林特·伊斯特伍德自导自演拍成电影。
[③] 莎士比亚《暴风雨》中的主角。
[④] 玛丽琳·劳恩斯(1949—),英国模特,多次登上《花花公子》封面。

就请她不必再念下去了。其实我知道,报纸六点左右就已送达,装在塑料文件夹里,挂在门外把手上,但我始终不愿去拿。得知判决结果后,我拿起报纸,沿着走廊走到员工工作区,发现双扇门虚掩着。里面传来各种冰箱的嗡嗡声、大型吸尘器的轰鸣,还有堆着半份早餐的推车,上面覆盖着折叠的白色大餐巾,宛如一具尸体。这与走廊的整洁、豪华的地毯、那些不得不生活在半明半暗中的高大花卉,以及墙上那些毫无生气却也无伤大雅的画作形成了可悲的对比。一个年轻人,我认出他就是那个总爱检查迷你吧台的阴郁家伙,对我突然闯入略显不悦。当我递给他那份折叠的报纸并说"烧掉它"时,他一脸茫然。

玛丽琳和劳恩斯[①]居住的那条街从第一大道延伸至萨顿广场和东河,仍萦绕着它钟爱的传奇——玛丽莲·梦露、阿瑟·米勒、鲍比·肖特[②]和赛·科尔曼[③]都曾在此居住。这里弥漫着童话般的氛围,真实的雪花与人工雪景交织,圣诞彩灯与光明节烛火相映,还有身着燕尾服的酒店门童——他们敏捷地为客人招揽出租车,尖锐的哨声在清冽的寒风中此起彼伏。

[①] 即维克多·劳恩斯(1928—2017),《花花公子》60—80年代的总裁。
[②] 鲍比·肖特(1924—2005),美国歌手和钢琴家。
[③] 赛·科尔曼(1929—2004),美国作曲家和爵士钢琴家。

"这是费里尼①的风格……兼收并蓄。"玛丽莲这样评价那场派对。当她在前厅遇见我时,派对正酣。她身着金色锦缎礼服,脚踏金丝蕾丝鞋,将我引入一个充满欢声笑语的房间,弗兰克·辛纳屈②的歌声正施展着摄人心魄的魔力:

> 那手指穿过我的发间,
> 那狡黠勾人的眼神,
> 将我的良知剥露无遗,
> 这是巫术。

边桌上堆放着别人送来的礼物,其中有一碗奶油色巧克力做的玫瑰,栩栩如生,连中心用棕糖制成的花蕊都仿若真实。老罗伯特·唐尼③正告诉我,人死后,既无上帝,也无白光——他可以为此做证,因为他曾因糖尿病被开了致命剂量的处方药,差点就没了命。

---

① 即费德里科·费里尼(1920—1993),意大利艺术电影导演,作品风格混合了梦境与巴洛克艺术影像。代表作有《大路》《甜蜜的生活》《八部半》《爱情神话》等。
② 弗兰克·辛纳屈(1915—1998),美国男歌手、奥斯卡奖获奖演员。被公认为20世纪最优秀的美国流行男歌手之一。
③ 老罗伯特·唐尼(1936—2021),美国导演、演员,演员小罗伯特·唐尼的父亲。他作为演员出演的作品有《木兰花》《不羁夜》等。

"你还死得不够透呢,亲爱的。"他的妻子罗斯玛丽说道。

"没有上帝,也没有白光。"他重复道。

"你还没被正式宣告死亡呢。"罗斯玛丽说,众人大笑。这时又来了更多人,包括《闹鬼》的三位演员:饰演贝里太太的布伦达·布莱森①气场十足;尼尔·巴格②,饰演贝里太太那满口谎言的梦中情人;还有贝丝·库克,她扮演那个无意间将麻烦带入他们位于伦敦布莱克希斯破旧住所的孤女。

菲利普·罗斯已然在场。这位以隐居著称的作家偶尔露面时,永远是聚会中的智者。他对文字有着近乎苛刻的严谨,智慧如刀锋般锐利,而当他兴致盎然时,又能成为世上最风趣的人。我曾目睹他将一个故事编织到令人眩晕的高度,仿佛见证思维超越自身极限的瞬间。在他的鼓励下,杰克·拉莫塔③正重演那些他经历过并幸存的战役——精彩的、伟大的、糟糕的、不光彩的较量,

---

① 布伦达·布莱森(1946—),英国女演员,电影作品包括《傲慢与偏见》《拯救格雷斯》《赎罪》等,也主演了长寿英剧《探长薇拉》。
② 尼尔·巴格(1948—),爱尔兰演员,主要话剧作品包括《万尼亚舅舅》《死亡玩笑》,参演电影包括《透纳先生》《故园风雨后》《妈妈咪呀》等。
③ 杰克·拉莫塔(1922—2017),美国职业拳击手,前世界中量级冠军。

那些撕咬、近身战、速度、蹲姿、组合拳、失败与逆袭，将叙事推向"芝加哥大屠杀"，在情人节那天，他与宿敌舒格·雷·罗宾逊①鏖战十三回合，最终被打得血肉模糊。后来菲利普告诉我，遇见童年时代通过订阅《拳坛》杂志虔诚追随的偶像，于他而言恍若小说情节。他说看着暮年的杰克坐在对面，几乎无法想象那具身躯曾承受与施加过的暴力。

"十三回合下来，他一次都没能把我打倒。"杰克正说着，众人纷纷鼓掌，因为众所周知且屡见报端的是，拉莫塔"败北时展现的勇气，让早期的斯巴达人都显得怯懦"。

大厅里正在架设扬声器，我们被领出去参加这场惊喜活动。作为贵宾，我坐在唯一的高椅上，那犹如王座，男士们排列在后，女士们在前，他们眼中闪烁着期待的微光——帕特里夏·哈蒂②、布伦达·布莱森、贝丝·库克、金·凯特罗尔③、亚历山德拉·施莱辛格、罗斯玛丽·唐尼、玛丽·唐恩，还有许多人。玛丽莲和她的探戈

---

① 舒格·雷·罗宾逊（1921—1989），美国职业拳击手，前世界中量级、次中量级冠军，1990年入选国际拳击名人堂。
② 帕特里夏·哈蒂（1941— ），美国女演员，参演了《圣女魔咒》《纽约重案组》《波城杏话》等电视剧。
③ 金·凯特罗尔（1956— ），英裔加拿大女演员，1987年因主演电影《神气活现》一炮而红，她凭借在《欲望都市》中的表演获得金球奖最佳电视女配角奖。

老师正在昏暗的枝形吊灯下翩翩滑行，像两个被探戈音乐奇迹般卷入渴望的梦想家，亲密无间，却又奇异地疏离。他们的双脚仿佛在地板上描绘着图画，时而当他带着她旋转又旋转，那些画被踢得剥落，随着第二次踢得更高、更踌躇满志，她与他分离，又再度与他融为一体。操作电梯的年轻人看得入迷，不停地上下往返，拉开栅栏，只为多看几眼，让双眼饱览这一幕。

"要么它吸引你，要么就毫无感觉。"玛丽莲说，突然从舞蹈老师的臂弯中抽身而出。当我们陆续回到房间时，她羞涩地表示自己无论如何都不会发表演讲。女人们围住探戈老师，都想学艺，渴望得到他的秘诀，而老师则以神秘的礼貌回应道："探戈是生活的美丽借口。"

轮到我与杰克·拉莫塔同坐。他戴着一顶棕色斯泰森毡帽，与他的年轻妻子头上那顶一模一样，是维克托刚赠予她的。他目光灼灼地注视着妻子的举动，隔空喊话说她和那位酒吧侍应待得太久了。他脸上除了鼻梁上方一小块凸起的肉疙瘩外，看不出曾遭受重击的痕迹，双手则白皙光滑，显然备受呵护。

"你有一双钢琴家的手。"我听见自己傻乎乎地说道。他答说："骨头断了之后，会长得更结实。"我们毫无共同语言，于是陷入一阵尴尬的沉默。玛丽莲走过来，跪在我们身旁，跟他讲述《闹鬼》及它遭遇的不公待遇，他的目光在她和我之间来回游移，最后问道："她能说到点子上吗?"

"她能说到点子上。"玛丽莲答道。他朝我投来一瞥,露出略带认可的微笑。

音乐时间到了,主要由尼尔·巴格从他丰富的爱尔兰曲库中挑选演唱,他赋予这些歌曲如此深沉的情感,让房间里的氛围都为之一变。人们的面容显得柔和,眼中泛起泪光。很快就要到告别酒的时刻了。此时我已回到酒店,走在长长的走廊上,听着电梯井传来的风声——那风声仿若从大西洋吹来的风,让我想起那些远航的旅人,他们在茫茫大海上听到这样的风声时,便知道那是归家的召唤。

第四部分

多尼戈尔

20世纪90年代，为修建房子，我前往爱尔兰西北端的多尼戈尔郡。这里的地名粗犷而富有乐感，乡间湖泊密布，被埃里格尔山、穆基什山、布卢斯塔克山、西杜尼什山和斯纳赫特山环绕。

斯蒂芬·雷亚[①]和他的妻子多洛斯带我来到此地。斯蒂芬用他那贝尔法斯特式的讽刺口吻说："这里结合了北方和南方的最佳风貌，却没有两边的糟心事。"在这一点上，他大错特错。

冒险有其令人兴奋之处，也会遇到障碍，充满戏剧性与夸张情节。光是获得一块地皮，就需要一种狡猾，来理解"不"可能意味着"是"，而任何"是"都是含糊其词。一个已经承诺卖出的地方，第二天可能会被收回，因为卖家给在英国、美国或澳大利亚的儿子、女儿或兄弟姐妹打了电话，对方表示反对。

---

① 斯蒂芬·雷亚（1946— ），北爱尔兰电影和舞台演员，凭借《哭泣的游戏》获得奥斯卡最佳男主角奖提名。主要作品包括《爱到尽头》《夜访吸血鬼》和《冥王星早餐》等。

在我继续寻找的过程中，我的律师帕迪·斯威尼和承包商菲尔·沃德与我一起跋涉，经常会陷入泥潭和沼泽，最终抵达一片可能——仅仅是可能——待售的狭长陆地。在血腥岬角，狂风如此猛烈，将我们吹得像旧报纸页一样贴在一起，然后又分开。还有一次，未来的建筑师萨沙被我们从机场带到我们所在的地方，那是一片与世隔绝的孤立领地，海浪冲击着沿途的岬角，我们脚下则有更多在迟缓翻滚的海浪。他向我指出，不仅流沙是障碍，流沙下隐藏的水道也是。因此，就像《忽必烈汗》[①]中所写，我最终会得到一座首先漂浮起来，而后真正被冲入大海的房子。

我几乎要放弃了。

后来的一天早上，在伦敦，我的朋友马努斯·伦尼打电话给我说，他的飞机从卡里克芬海滩起飞时，他注意到下面的柱子上有"待售"的标志。那是一处安静的海湾，当地人称之为"岬角"，我已然看见自己置身其中，享受着"超出理解的平和"。

当晚，我便登上了同一架返航卡里克芬的飞机，头一次俯瞰那个郡的壮丽景色。岩石与水域交错，如月球的表面，广袤的海盆几乎波澜不惊。那些洁白的房屋如鸽舍舒适地嵌在这片看似柔和的群岛间。随着帕迪、菲

[①] 柯勒律治最好的作品之一，被认为是英国浪漫主义诗歌经典。

尔和我开车沿海岸公路前行,那些小房子愈发清晰:漆着红漆的前门,每根晾衣绳上都挂满衣物,明信片般的风光。暮色温柔,浅褐色的奶牛在岸边悠闲踱步,这质朴而永恒的景致令人想起康斯特勃①的画作。诚然,山顶那座石砌的爱尔兰教堂确实显得孤寂,公用电话亭的玻璃门随风晃开,更是将荒凉诠释到了极致。

就在路的尽头,立着那块"待售"的牌子,没有大门,只有一条杂草丛生的小径,柳树相依,一个面朝大西洋的破败小屋静静伫立。附近有两处住所,一栋小屋和山坡上一座较大的房子,门前的花园倾斜而下。埃里格尔山高耸于海面之上,上面的白色大理石纹理如同新雪的脉络。人们称这座山为"她"。他们说:"她正为你闪烁光芒。"确实如此,数百万年前凝结的熔岩仿佛在向我们致意。这是个隐秘的角落,几十年来居住于此的家族,骨子里带着对陌生人——比如我——的戒备。

站在那里时,我憧憬着什么?友善的邻居,了解大海的千姿百态,认识各种海鸟,或许还能邂逅最后一段绵长的爱情。

在我们对面,圭多尔的灯光次第亮起,与那座狭长低矮酒店的灯火相连,望过去宛如一座大都会。我忆起

---

① 即约翰·康斯特勃(1776—1837),英国风景画画家,他的很多作品描绘的都是家乡附近的戴德姆溪谷的风景,他主张艺术要从观察自然中来,而不是凭空想象。

莫德·冈恩曾骑马穿梭于圭多尔农民之间，目睹他们的茅舍被夷为平地，我原打算以她的名字来命名我将来的房子，不料阴差阳错，最终却称之为"粉红之家"。

自那天早晨离开伦敦后，又有两方参与竞价，帕迪告诉我，交易将以拍卖的形式进行。次日，我躺在小旅馆的单人床上，电话如预期中不断响起，价格节节攀升，我整日如坐针毡。雨水急速滑落窄窗，我恍若置身车内，挡风玻璃被无尽冲刷，不禁对自己这场冒险的理智产生了怀疑。

四点钟时，这地方归我了。那天傍晚，帕迪、菲尔和我一起开车过去。一道彩虹从埃里格尔山横跨河口，弯弯的末端正好悬在废墟上方。我们三人都看到后都笑了。彩虹慢慢褪去，节奏舒缓，越来越淡，最后消失的是那抹橘色，像橘子皮的颜色。男人们打开挂锁，推开门，我们走进一间小厨房，里面有一节陡峭的楼梯通向楼上。因为这里空了近二十年，到处都散发着潮湿发霉的味道。在一个角落里，灰泥墙上挂着一幅壁画，似乎是善牧基督的肖像，穿着红色长袍，手持权杖。我让菲尔发誓，无论我们对这地方做什么改动，这幅善牧基督的肖像都要留下来。

地点位于海平面以上三十英尺[①]，萨沙决定不让人炸

[①] 约等于9.1米。

开岩石，而是将我们的"乡间别墅"建在不同的高度上。随后，与规划官员的多次会面令人沮丧。我们并不总能达成一致，对他们坚持要当时流行的"经典当代"风格感到困惑。对方告诉我们，房子不能偏离现有传统太远，因此，我想要的大房间（为了更多狂欢）只能被安置在一系列相连的小建筑里，就像一排村舍。遵守了所有这些规定后，房子终于建成，实际上还被刷成了三种不同的粉色，因为当地油漆店每种色调的油漆罐数量有限，我们全买了下来。

就在建造开始之前，某晚，我凭直觉怀疑有人搞鬼，于是马上返回多尼戈尔。我走进厨房，甚至还没打开手电筒，最先闻到的就是火灾后的焦煳味；墙壁熏得漆黑，善牧基督被烧得面目全非。我走到邻居家，是一位年长的妇人，我曾与她交谈过，出于邻里之情，还让出一小块地给她放油罐——那地方本属于我们地界内。她家的灯已熄灭，窗帘紧闭。于是我坐在一块大石头上，潦草地写了张字条，心里琢磨她是否注意到了那场火灾。一周后，她寄往伦敦的回信却出奇地令人宽心。她描绘了一个假设场景：万圣节当晚，肯定是几个从邓格洛（九英里外）骑车来的年轻人，看见被扔在地上的"待售"标牌，出于好奇破门而入，又恶作剧地点了火，不料火势失控。我对此将信将疑。紧接着从伯明翰来的信函赫然写着："我们六姐妹，决定对先父手写的遗嘱提出异议。"这让我担心购房交易可能失效。其他作家搬进陌生住所时，都受到了热情接待。我钟爱的作家辛格，身后常跟着一群男子与少年，为他讲故事；少女们从岩缝间采来铁线蕨赠予他；夜晚的篝火旁，他聆听那些充满想象力的故事，这些故事滋养了他的伟大作品。其他作家也写下了在普罗旺斯、托斯卡纳或希腊群岛定居的故事，令人艳羡，而我却深陷危机。纵火与警告信仅是邪恶事件的前奏。我家门前小丘上的金雀花丛也遭人点燃，山上那栋房子里住着的老妇的女儿怒气冲冲地打来电话，声称我们计划建造的房子太大，破坏了她的视野，与周围环境格格不入，必须拆除。

　　后来，在伦敦的一个晚上，一个没有透露姓名，但带着多尼戈尔口音的男人打来电话，说我的房子会一块砖一块砖地倒塌，而且，所用的水泥已经被腐蚀了。直到那时，我才从建筑工人那里得知，每天傍晚他们离开工地后，就有人趁水泥块还未凝固故意将之拆毁、推倒以泄愤。作为本地人的菲尔一直劝我不要灰心，说这些恶意终会过去。然而并没有。一艘蓝色小船停在了我们房子的泊位上，我们写去要求移走的信件也被置之不理。最终，我的律师发出的信件得到了对方家族中某位成员的回复，对方声称如果我真是个懂规矩的乡下女人，就该停止这些"胡闹"，乖乖去找那位年迈的邻居，让她安心。根本无法判断，谁是这场风波的主谋——是这户人家还是那户，或是山里某家我从未见过的邻居，或许整个社区都串通起来了。我去当地警察局报案时，也遭到了几分冷遇。我这个外来者，在这里建了一栋大房子，惹得邻居们心生不满——他们彼此熟识，甚至可能沾亲带故，毕竟都姓同一个姓。直到我搬出莱特肯尼地方法院和都柏林高等法院，事态才没有继续恶化，但敌意仍在发酵。

搬家是在12月，在历经了四年的挫折和希望落空后，那些大型搬家卡车在狭窄道路上缓缓前行的声音令人激动不已。我从拍卖行购买家具的清单证明了我曾有多么挥霍。比如，有一个中式红漆橱柜，上面绘有宝塔和园林景观，放在镀金藤条木架上；还有描金彩绘的中式镶板、配套的镀金双人木扶手椅、手工雕刻的华丽餐桌和椅子，采用杜果木和桃花心木色调；还有成套的金属花园椅和梨形镜子，蚀刻着威尼斯风格的花纹，顶部饰有叶状冠饰和挡板。那个美丽的哥特式砂岩壁炉，在搬运工将其从三层阳台台阶短距离下移至客厅时，前部被划了一道口子，但我依然难掩兴奋，听到自己说，这反而增添了一丝真实感。

我，一个渴求寂静的人，拥有着全世界最安静的卧室，耳边只能听见羊群在隔壁田野的巨石间啃食稀疏草料的声响，以及那架每日清晨早早启程的小飞机发出的嗡嗡声。

"塔拉的大厅"是我的朋友大卫·麦基特里克带着妻子帕特来参加乔迁小聚时给这里起的名字。卡罗的两个孩子，八岁的乔治娅和五岁的尤安，正在准备一场戏剧表演。那天的准备工作异常紧张：除了撰写这部史诗般的剧本外，还要印刷节目单（之后还用水彩装饰）、挑选服装道具，以及决定在阳台的哪一侧进行演出。演出定在晚餐后，我们被要求留在"杧果与桃花心木"餐桌旁，因为惊喜至关重要。我们等了很久。最终乔治娅走了进来，满脸愁容。她弟弟怯场了——他脱掉了战妆和戏服（还踩了几脚），把自己锁在"岩石屋"里，宣称自己是天底下最没用的男孩。这需要不停地哄劝。他的父母恳求他，我也加入了劝说。萨沙发誓要从窗户爬进去，又答应以双倍价格购买节目，尤安这才出现了，头戴一顶男式礼帽，身披一件带魔法扣环的丝质和服，这扣环将在即将展开的戏剧中扮演重要角色。乔治娅一身素白，宛如圣女。考虑到之前的铺垫，演出出奇地简短，而台词，就我们所能理解的而言，是混杂着英语、日耳曼语和精灵语的杂烩。

"那里……那里。"是他的第一句台词，伴随着夸张的噘嘴和共谋般的神情，他指向敌人。是一条龙，由倒下的椅子与幕布构成。值得一提的是，那幕布本是我为几扇窗户准备的柠檬色薄纱，精美绝伦，但那天晚上"一切全为赫库芭[①]，赫库芭也全为我"。

[①] 赫库芭，古希腊神话中的女性人物之一，是特洛伊君主普里阿摩斯的妻子，她在特洛伊战争中发挥了一定作用，成为相关戏剧、文学等作品的重要题材来源。

随之而来的声音由一长串"呐呐"和"啦啦",以及反复出现的"长鞍"组成,大概意味着即将骑马逃离。必须用某件物品施法,让幕布后的巨龙陷入沉睡。这件道具是个时钟,自我搬来后停摆的三座钟之一,显然是因为受不了咸涩的海风。把钟抵在头上,能让人昏厥。这点我们深有体会,当时钟碰到乔治娅的脑袋,她便配合地晕了过去。计划是她潜行至幕布下击晕巨龙。此时她念出了第一句台词,节目单上已尽责地标注了翻译。她紧张地说"苏特安?",意为"要多久?"。尤安试图安抚她,说他的心在为她歌唱,随后用扣环在她的脸庞和额头上画圈以示庇护,她便出发了。与巨龙的谈判是无声的,只有从我床头抽屉顺走的小德鲁伊铃铛不时叮当作响。尤安一时出戏,借机系好靴带,随后又哼起"呐呐"和"啦啦"的调子,直到她笑容满面地出现,手里捧着两样重要的物件,一卷系着红丝带的羊皮纸和一条白色蕾丝头纱。

"要结婚了。"她轻声细语道,声音甜美得几乎听不见。与此同时,她弟弟读完卷轴,郑重地将头纱戴在她头上。随后,他们十指相扣,从阳台上缓步而下,穿过一扇双开门步入长鞍,走进那传说中的灿烂阳光里。掌声雷动,经久不息。他们一共谢幕了五次,门房那把无疑因雕爪脚而入选的扶手椅,扮演了恶龙的角色。所有人,包括主角们,都流下了骄傲与喜悦的泪水,承诺的礼金如数奉上，大大小小的酒杯里盛满了香槟。

在同一个阳台上，斯蒂芬·雷亚和玛丽·马伦[①]为我正在给BBC制作的一个节目朗读了叶芝和乔伊斯的作品。一个阳光明媚的周日，斯蒂芬召集了一些才华横溢的音乐家，其中包括尼尔·马丁[②]，他用大提琴演奏了他的组曲《死亡之岛》。这是他为卡塔尔·奥·塞尔凯[③]的诗歌创作的音乐，诗中众多未受洗的孩子之一的母亲讲述了她的悲伤和对天主教会的愤怒，因为天主教会不允许这样的孩子安葬在基督教墓地。"二战"期间，在一次历史的偶然事件中，一些被德国U型潜艇鱼雷击中的士兵被潮水冲上多尼戈尔海岸，埋葬在孩子们的无名墓旁。音乐中的孤独，加上此地的孤寂和大海的呜咽，让我觉得一切都很好，已经安顿下来。然而，这种确定感可能会被一个独自度过的暴风雨夜摧毁。

暴风雨不分季节，随时来袭，疯狂咆哮。

风和侧风推着海浪咆哮而来，海浪翻起，又在泡沫中退去，一波又一波，伴随着同样混乱而愤怒的泡沫猛

[①] 玛丽·马伦（1953— ），爱尔兰演员，创立了德鲁伊剧团，1998年凭《丽南山的美人》获得托尼奖最佳话剧女主角奖。
[②] 尼尔·马丁（1962— ），北爱尔兰作曲家。
[③] 卡塔尔·奥·塞尔凯（1956— ），现代爱尔兰语诗人。

烈撞击。我逐一检查了二十扇窗户的插销,并在前后门的门缝里塞进毛巾。外面的院子里,安全灯疯狂地忽明忽暗。透过厨房的窗户,我看见柳树已被刮倒,横七竖八地堆作一团。鸟儿坠落在浮冰上,被狂风撕扯得东倒西歪,其中一只或许是鸬鹚,只剩残破的躯体在空中翻滚,像断了线的风筝般失控旋转。雨水冲刷着院里的岩架,渗入粉红之家和地基。我画了个十字,祈祷黎明快些到来。

清晨:天空澄澈如水晶,海面如丝绸般平滑,有着万千色彩——淡蓝与浅粉,如同我在邓克罗伊纪念品商店见过的短外套的色调,旁边永远陈列着无处不在的绿大理石十字架,以及标有"仅限屁股"字样的比利克牌微型马桶。但这些色彩总是转瞬即逝,总会迎来一阵被称为"太阳雨"的阵雨,邻居晾衣绳上的床单又淋个透湿。我为那些清晨而活,那种风暴过后重归原始的宁静,仿佛整个世界都被重新归位。我会走到户外,沙滩是鸽白色的,有海浪留下的痕迹,芥末色的海藻晾在岩石上。然而,无论是暴风雨还是阳光,我都痛苦地意识到自己写得还不够。我常打趣说,萨莎设计的房间太过宽敞奢华,令人难以集中精神,但其实我本可以躲进门房的扶手椅里,确实也这样做了,这样就不会分心。地域是写作的灵魂,而我终究不是那片由峭壁、花岗岩和碎石构成的粗粝天地的对手。我倾向于去更柔和、更绿意盎然的地方,去那些长满野花、杂草和旋花丛的沟渠,以及游动着棕褐色斑点鳟鱼的小河。我无法将自己融入其中，它的措辞对我来说太过晦涩难懂。

独自一人时，救护车的后车厢显得格外空旷。某个复活节周六，我被诊断患有绞窄性疝气，如果不是萨莎和一位名叫绍芭的女孩在身边，我恐怕早已"魂归幽冥"。粉红之家地处偏远，医生呼叫的救护车竟找不到我们。萨莎站在大门外，拼命挥手，却眼睁睁看着救护车在道路看似伸入海中的弯道处掉头。他全力奔跑，在另一处岔路口追上了仍在找路的救护人员。待我被抬上车盖上红毯时，医生注射的药剂已让我头晕目眩。我们本会途经埃里格尔山，穿越毒谷，但我在半昏迷状态中浑然不觉，只觉得自己在某种"准世界"里来回颠簸。入院时，我连回忆自己的姓名和母亲娘家姓都极艰难，只觉得连珠炮似的提问令人难以招架。我住进一间很大的病房，电视声音嘈杂。经过一段似乎过于漫长的等待后，我被两个年轻人用推床运送着。他们正热切讨论着次日复活节星期天举行的爱尔兰式曲棍球赛的种种事情。推床颠簸不稳，我们沿着走廊跑，上一层楼，又下一层，再上到手术室，那里有许多身着白大褂、戴白帽和白口罩的陌生身影等待着，仿佛要举行某种仪式。

我醒来时嘴里插满了管子，喘着气说想喝水。一个年轻人来抽血，却找不到血管。在我哀求他停下时，他说这对他也是"学习曲线"。后来，换了一位斯里兰卡护士，她像珠宝匠般灵巧地操作针头，血液欢快地涌进玻璃管中。

我邻床的女人奄奄一息，从她的呻吟声和不断赶来的众多亲戚就能看出。随后，她的病床被屏风围住。没过多久，神父带着盛油的木盒来为她行临终圣事。一名护士紧随其后，一手举着高高的点燃的蜡烛，另一手拿着白布。他们诵念《玫瑰经》时低沉的嗡嗡声、蜡烛燃烧的气味，以及温暖的油膏，营造出一种祥和的氛围，丝毫不像死亡降临；仿佛她只是从生命的一个篇章过渡到另一个篇章。我渴望追随她而去，因为干渴几乎难以忍受，嘴里的仪器感觉像台叉车。她被连人带床推了出去。屏风撤走后，我发现那对粉色的耳塞从床头柜掉落在地上，孤零零地躺着。住院时能在手提包里找到它们纯属幸运，它们一直是我抵御持续噪音和电视喧嚣的屏障。耳塞被捡起来洗干净，那晚，喧嚣再度变得模糊。

拔管的那天，我能感觉到自己的吞咽，随后尝到最初几滴如甘露般的水。那一刻，我对活着充满了感激。

然而，回到家后，当我坐着读康复贺卡，看着窗外一边是水仙花，另一边是大海时，我开始权衡这一切。不得不承认，作为一个不开车的人，我确实选择了一个孤独的偏远之地。我并非航海者。但一年后，我还是把房子挂牌出售了。

搬家的那一天到来了。我忙着包裹玻璃杯和几件装饰品,将破旧的床单裹在镜子上,清空抽屉,翻找出关于地毯保养的小册子和新奇鸡尾酒配方点子的传单。成堆的纸板箱已经打包完毕,客厅里看上去像被洗劫了一样。听到轻轻的敲门声,我吓了一跳。是一位年轻女子,"六姐妹"之一,她在我的房子上方的小山上建了一所小房子。她穿着长长的印花棉布裙和白色抽绳上衣,上面印着盛开的罂粟花。她的羞涩从她犹豫的样子中显而易见。在我住在那里的那些年里,我经常看到她像山羊一样,敏捷地从一块石头跳到另一块石头上。有一个圣诞节,她以为四下无人,便脱光了所有衣服,径直跑进了冰冷的水中。几分钟后,她出来了,像一位青翠的夏娃,身上沾满水草,一种当地人称为海莴苣的水草。是什么冲动让她这么做的?我在晚上经常看到她,拿着锡罐,在岩石下面寻找贻贝做晚餐,但我们从来没有说过话,谁也不敢先开口。

她走了进来,问我是否需要帮忙。还没等我回答,她就已经开始收拾东西了。有件事我一直想问她:在那十年里,她是否怨恨过我住在这里?"是的,有两次。"第一次是当她看到在自己从小长大的石屋山墙上又砌了一个烟囱时。第二次是我们搬进去的那晚,每个房间都亮着灯,对她来说,站在几百码外的山坡上望去,那就像一座她被驱逐出的童话城堡。还有一件小事我想问:那个圣诞节,是什么让她跳进了冰冷的海里?"啊,这……"她给出了一个支支吾吾的答案。

她一边整理书,一边问我是否都读过,并提起这些年她唯一读过的一本是《廊桥遗梦》。这时,她的目光落在一本摊开的书页上,便出声念道:"大海,还有荷马……是爱推动万物运转。"她很喜欢这句话,将其抄在一张鸡尾酒食谱的背面,塞进了长裙口袋里。他是个高个子男人,来自白夜与云莓之地①的陌生人。去年圣诞节,他将自己以北欧女神的名字命名的船停靠在圭多尔港时,她在一个空啤酒瓶里留了张愚蠢的字条,放在了甲板上。不,她并未幻想与他共赴远洋,她永远不会离开那片海岸线,她嫁给了这里,以一种不可能再嫁给一个男人的方式。

她指着低矮的窗户说:"我母亲去世那晚,他们就让她躺在那儿。"那时她还是个孩子。她的母亲在那间小屋里生下十一个孩子,她属于那里,以一种我永远无法企及的方式。

在楼梯下,我发现了最后一瓶香槟。我们坐在即将被搬运工拆解的长桌边缘,望着大海,一言不发。

次日清晨,天还未亮我便离开。我将后门钥匙从饰

---

① 指俄罗斯。

有铁钉的庄严橡木大门的信箱口塞了进去。我还给拍卖师留了一封标着"紧急"的信。他稍后会来查看一处新发现的潮湿痕迹，买家发现后颇为忧虑，买卖有泡汤的危险。信件的副本至今仍保存在我的纪念册中：

> 亲爱的布兰登，我已咨询建筑商，他表示潮湿斑块不用担心，不会蔓延到大厅。成因是房屋的一角建在岩石上（与圣彼得大教堂颇相似！）。他们打算埋设电极，之后覆盖防水灰泥并粉刷，这样就能彻底阻隔湿气渗透进来。外墙也将按要求重新粉刷。

来接我的出租车司机并非预想中的年轻人，他年长些，似乎因为时间太早而有些不悦。

在那苍白的光线下，我们目睹了一幕奇异的、幽灵般的景象。田野里满是野兔，几十只，出奇地安静，耳朵竖着。这场景有种诡异感，暗示着疯狂与威胁。我让司机放慢车速，就在他减速时，一些显然都是母兔的兔子四散到一边，为即将开始的比赛腾出场地。公兔们后腿站立，两只一组，开始互相攻击。它们动作娴熟且带着一种仪式感，仿佛经过排练一般——虽然这是不可能的。它们这种打出勾拳和刺拳的本能是与生俱来的，为了赢得心仪母兔的芳心，必须战斗。

怕我误了飞机，司机发动引擎，突然没头没脑地说了句:"我本来婚姻很美满。"接着,他便向我倾诉妻子是如何猝然离世的——体检时医生还说一切正常,转眼却把他从候诊室叫进去,只见她与医生、两名护士(其中一位是男护士)全都泪如雨下,原来她只剩一周可活。妻子死后那两年,他浑浑噩噩,连圣诞晚餐去了哪个女儿家都记不清。他如行尸走肉般度日,接受心理咨询也无济于事。最终,他决定开出租车,好与人接触。后来,某个深夜,他载一位女士回家。下车时,她提议改天可以一起散步。之后他们驾车去过莱特肯尼逛街,又去了戈塔霍克狂风呼啸的海岬,差点被风刮跑。他嘴上虽不说什么,但或许等我再来时,会看到他焕然一新,重新成为有家室的男人。

飞机总是选择两个方向之一起飞,这取决于风向。正如我所期望的,它从粉红之家上空掠过,下方是那快乐的小屋,宛如一位宫女,柔和的轮廓向大自然敞开。

时光之夜

夜间狐狸悲鸣,实乃不祥之兆。起初我还以为是婴儿的啼哭。那声音咬破了梦境,一个我不愿被惊扰的梦,尽管已记不清梦的内容。那是只雌狐,估计是一位母亲,正为掘洞筑巢做初步侦察,而这座花园——灌木、无花果树与自生杂木交织成片——正是绝佳的隐蔽之所。

下雪了。厚厚的雪堆积在花坛与树篱上。在阴沉的天空中,雪花飘落,雪花飞舞,雪花静卧,雪花等待。

它开始在白昼现身,会突然到来,坚守在那里,像只站白色雪地里的锃亮幽灵。下巴俏丽尖削,神情中带着奇异的、近乎人类的凄凉。打量我一番后,它便摇曳着走向无花果树与高高的后墙,褐色尾巴甩动间,尽是嘲弄之意。有时当它回眸一望,我耳垂后方两处凹陷便会热血上涌,这预示着恐惧。

2011年1月,据天气预报说,是自1963年以来最严酷的寒冬。温布尔登公地被皑皑白雪完全覆盖,在那片纯净的洁白中,你甚至数不清通往对面豪宅的台阶有多少级。

那年冬天，我离开了丈夫，在公地附近租了间房。当时萨沙在窗玻璃的雾气上写下"救命"，羞于承认自己想回父亲的家——尽管在那里他痛苦不堪，但那终究是他熟悉的地方。那晚他和哥哥被迫分开，由于我只能收留其中一个，他们抛硬币决定，萨沙赢了。

我们住进新公寓，里面除了放在地板上的一张床垫、一把厨房椅、几个马克杯和一个煤气灶外，什么都没有。我正烧水准备泡热可可时，水壶蒸汽凝结成雾气，让大大的"救命"字样赫然映在窗户上。

早些时候，在里奇韦的一家牛排馆，我们遭遇了小小的羞辱。我的钱只够点一份牛排配薯条，便询问能否两人分享。困惑的服务员叫来了经理，对方带着傲慢的优越感声称所有餐桌已被订满，我们只得羞愧地退场。

我试探着问萨沙是不是想回家，他点了点头说"是的"，于是我们穿上威灵顿靴和外套，出门去了公用电话亭。拨通号码后，他父亲接听了电话，萨沙断断续续地和他交谈，最后商定他父亲半小时后来接他。我们在楼下门廊处等待，在那漫长的三十分钟里，我们没怎么说话。街灯下积雪的小径泛着淡淡的粉红色，路面很滑。

次日清晨，我离开了那间公寓。经过一番恳求，温布尔登那家商店的年轻店员终于同意我把那张床垫退回，因为我解释说塑料包装未拆，自己也未曾睡过。我搬到了帕特尼一间临河的屋子,离那个在大雾之夜收留我的女人的住处不远。这间租来的房间是我徒劳又可怜的筑巢尝试。我常不切实际地幻想,倘若我们能往下沉,沉入厚厚的雪堆里躲藏,所有烦恼就会迎刃而解——我将获得孩子们的监护权,他们的父亲会接受这个事实,生活终将回归正常的节奏。新房子里,我时常独处,房东去了康沃尔郡的住宅。我带孩子们去拜访过几次。他们总被书房里那些航海地图与罗盘收藏吸引,这间航海博物馆般的研究室属于她父亲,而这位老人已不太可能再见到这些藏品,他如今在康沃尔海边那栋房子里卧床养病。

我接到弗朗西斯·温德姆的委托,他是《皇后》杂志的编辑,请我写一篇关于马的文章

我收到的那张一百英镑的支票,召唤着一场出游。于是在接下来的周六,我带他们去了河岸街的一家邮票店。萨沙对邮票萌生了早熟的兴趣,自诩为未来的集邮家。之后,我们前往萨沃伊酒店享用午餐。那里出借领带,服务员手臂上搭着一排供他们挑选,随后引领我们进入富丽堂皇的餐厅,在中央的圆桌落座。如此优雅周到,侍者们疾步如飞,响应着每一个需求。不久后,当餐车推至桌前,半面银盘盖被掀起时,他询问起"年轻绅士们"的喜好。

"正宗的……正宗货。①"卡罗说道,用的是他们偶然听来的英式短语。他已经忘记了从爱尔兰学来的那些,连他们的口音也微妙地变了调。

之后,他们喝了餐后甜酒,微醉中,在一间配有漂亮金色写字台的前厅里,用雕花信纸给我母亲写了一封信。他们对她格外喜爱。萨莎给她寄去一篇关于邮票的论文,接着又是一封详细讲述1884年喀土穆围城战②的信。当时查尔斯·戈登将军率领部队抵抗苏丹军队长达十个月,最终因敌军趁尼罗河水位低下包抄、攻破城墙和大门而战败。他期待有一天能在旧货店的某个盒子里找到那个时代的邮票,上面有埃及的邮戳。最神奇的是,信封里还夹着一名士兵对他们所忍受的饥饿和苦难的记述。卡罗决心写一封同样长的信,回忆起一篇名为《渴望》的祈祷文,文中痛斥了生活中"恼人"的考验。我也趁机拿了些雕花信纸,塞进手提包里,相信这会给我刚开始写的小说带来好运。我在每一个空闲时刻写作,在公交车上、火车站里、学校门口,那部在狂热时期写的小说《幸福婚姻中的女孩》,被认为与我早期明亮抒情的笔调大相径庭。

那年冬天,我遇见了电影导演杰克·加菲尔德。他从

---

① 原文为"pukka",该词源自印地语和乌尔都语,在英式英语俚语中使用。
② 马赫迪战争中一场为争夺喀土穆而进行的战役。

福特纳姆梅森百货给我寄了美食礼篮,里面有我从未品尝过的美味——水晶冻火腿、鹅肝酱、榅桲果冻、各式奶酪,还有浸满樱桃白兰地和樱桃酒的松露巧克力。同样是那年冬天,T. P. 麦肯纳[①]邀请我参加了萨姆·佩金帕[②]举办的派对,但我始终未能与主人谋面。这在60年代的派对上并不罕见,因为宾客们会带来朋友,而这些朋友又会招呼更多同伴,不速之客对闯入一扇可能虚掩的大门毫不在意,屋内正高声播放着"我会把所有的爱都献给你"。

那年冬天,我买了一顶灰度极浅的哥萨克羊羔皮帽,有一两个男人吻了我,但我还没准备好回应任何人的吻,我的心依然冰封未化。

那年冬天,西尔维娅·普拉斯结束了自己的生命,身后留下如刀锋般锐利、充满残忍真相的诗篇。她的丈夫特德·休斯在献给她的一本书中写过一首诗,诗中丈夫是女士的影子,但影子在生活中会换位置,正如宫廷诗中的角色轮转。我曾见过西尔维娅·普拉斯一面,是在伊丽莎白女王大厅的诗歌朗诵会后,罗伯特·格雷夫

---

① T. P. 麦肯纳(1929—2011),爱尔兰演员,电影作品包括《一个青年艺术家的画像》《尤利西斯》,舞台作品包括《瓦尼亚叔叔》《海鸥》《谁害怕弗吉尼亚·伍尔夫?》等。

② 萨姆·佩金帕(1925—1984),美国导演,擅长拍摄西部片,作品包括《亡命大煞星》《日落黄沙》《铁十字勋章》等。

斯为我们引见,当时我感受到她身上某种敌意与冷峻。然而,随着时间的推移,在我日益深重的困境里,她那充盈着死亡意象与孩童身影的诗作,成了慰藉我灵魂的简报。那些精妙绝伦的措辞、千锤百炼的意象、庄重肃穆的意境——"百合。百合。"①"月亮……从她骨色的头罩中凝视。"②——让我觉得仅凭诵读,便能承受世间苦难。

在租来的房间里,窗外是河流,百叶窗关不严实,冰冷的月光在地板上漫步,映照出银背镜子上的橡果和粉色布拖鞋上的玫瑰花饰。我不敢入睡,怕发生什么可怕的事,怕丈夫趁我不备带他们去新西兰——他曾这样威胁过,因为他有个姐姐在那里。在梦里,我不断试图追上他们,在温布尔登车站狂奔上一段台阶,却总在抵达站台时,眼睁睁看着列车开走,他们虚弱地挥着手。在另一个梦里,我正在熨衣服,烧焦的布料气味突然变成了皮肉烧灼的味道——他们的皮肤粘在熨斗底上咝咝作响,我被自己造成的灾难惊醒。

一位曾为我们工作过的爱尔兰姑娘正在受训成为儿科护士。她偶尔会来帮他们的父亲。那个周六早晨她没能来时,孩子们被吩咐要用吸尘器打扫,并在一点整为

---

① 出自西尔维娅·普拉斯《夜间之舞》。
② 出自西尔维娅·普拉斯《边缘》。

父亲送去早餐——伯爵灰茶和微微烤焦、洒了橄榄油的黑麦吐司。我早料到,那个爱尔兰姑娘,凭她在他面前容易脸红的性格,一定会站在她们父亲那边。我担心她会暗中破坏。当我出庭的黑暗日子到来时,她确实这么做了。她在火车站把孩子交给我时,没对我说一个字,只是贴着他们的耳朵说了些亲昵话,然后转达我丈夫的严肃要求,他们要按时睡觉,好好刷牙,必须规律排便。为了重建我对他们逐渐消失的权威,我要求她带了些换洗衣物和内衣来。仅仅是看到他们的背心、袜子和费尔岛毛衣散落在椅子上,就在某种程度上让我感觉离他们更近了。

那年2月底,冰雪开始融化。

屋顶的积雪如小型雪崩般滑落,水管爆裂,街道与纤道泥泞不堪,然而,几株雪花莲已穿透阴湿沉重的泥土中探出头来。

那只雌狐来得更频繁了,夜里的叫声是如此诡异,如同报丧女妖,召唤着生者与亡魂。虽然它已经挖了两个洞穴,但我并不知道它们之间还有一条相连的隧道。我开始感到不安,于是咨询了多个机构,想了解我能做些什么。我从其中一个机构得知,狐狸是夜行性哺乳动物,在黑暗中捕猎和觅食,寿命可达十二到十五年。该机构表示,狐狸袭击人类的情况很少见,除非是走投无路。但眼下正是走投无路的境地。我联系的另一个机构同样无法提供帮助。他们问我，是否知道狐狸于1930年第一次在伦敦定居。我确实不知道。我那只被称为"城市"狐狸的动物，已在城市中达到某种平衡状态，射杀不可取，设陷阱也不行。狐狸更喜欢花园两侧有墙的角落，在那里它们会感到安全。尽管许多住户喜欢亲手喂食狐狸，但我应该克制驯化它们的冲动。根据1985年的《食品和环境保护法》，向洞穴中投放恶臭化学品是违法的。认为可以将野生动物移到新区域也是一种误解，它们不会在那里定居，也不会知道最佳的觅食地点。这样做，我将犯下另一项可能导致监禁的罪行。我联系的一家害虫防治局推荐了一种模拟狐狸竞争对手气味的驱避剂。唯一的缺点是，它在任何五金店、园艺中心或手工商店都买不到，因为需求量过大。

某夜，感应灯明灭不休，我下了床，望向窗外，竟目睹了难以置信的一幕——八九只幼狐，正如松鼠般疯闹嬉戏，在花坛间窜进窜出，搅动常青灌木丛，积雪恰到好处地落在它们深褐色的皮毛上——比它们父母的毛色更深。雌狐立在下方，近乎静止地微微蜷伏着，任幼崽们过来吮吸片刻，之后又卷入狂乱的旋涡中奔跃，我必须说，可谓无限幸福的画面。

我退出了卧室。

隔壁的房间曾用于待客，但这些年已少有欢宴。此刻，正如W. G.塞巴尔德的某部小说（那位诡谲的文学幽灵）所言，是托马斯·布朗爵士[①]笔下"超越白昼的时光之夜"。这是斯科特·菲茨杰拉德沉思并亲历其"崩溃"的时刻，是狼与城市狐狸出没的时辰。书籍无处不在——书架上、书列顶端的窄缝里、地板上、椅子底下，有我读过的，也有未读的，比如我收藏了三册，却从未翻阅的普鲁塔克的《雅典的兴衰》。传单散落四处：吠陀经卷、一则标题为"接通天堂热线"的剪报——天主教徒只需支付每分钟五十便士即可电话告解。还有封误寄到我地址的信，确认我与丰胸顾问的预约。哦，仁慈的耶稣啊。我在黄金岁月参考过的健身手册——《腹部紧致法》《BI压力单杠》《嘻哈瘦身》，连同沙漏腰身的理想图示，都堆在角落。当地议会发放的小册子正为六十五岁以上人群提供建议。"你准备好了吗？"标题这样问道，而我精神抖擞地回答：没有。

正是在新加坡旅行时，我意识到自己跌入了低谷。爱情已转入地下。作为一名作家，我被认为放纵且不可理喻，我的写作被视作狭隘而偏执，不过是针对外国人炮制的一堆陈词滥调。批评者认为，我无法将任何经历置于恰当的视角；故事永远千篇一律。一位明显有爱尔

[①] 托马斯·布朗爵士（1605—1682），巴洛克时期最伟大的英语散文大师之一，对科学和医学、宗教及西方密契主义均有贡献。作品包括《瓮葬》《医生的宗教》等。

兰血统的英国女记者觉得我的文笔"令人窒息",并以小镇轻佻女子的敏锐评价说,我已从爱尔兰捞足了好处。

新加坡机场一尘不染。

我至少认识三个自杀的人。其中一位男士曾随口向我求婚,实际上却已与他人有婚约。他在前往伦敦的途中,带着装有子弹的手枪走进树林。事后,人们在他的行李中发现了一套睡衣和半瓶布林格香槟,仿佛在说,倘若生的引力胜过死的诱惑。还有日内瓦的一个少年,在拥挤的咖啡馆外与朋友道别时喊着"今晚我会睡得很香",却因服药过量再未醒来。

一天早上,在法国大西洋沿岸的一家酒店里,一位年轻女子主动提出陪我去赌场兑换现金,因为酒店的机器坏了。她堪称时尚的终极代表,每天换不同的装束,踩着极高的高跟鞋,满足客人们的各种需求。她计划在那年晚些时候结婚,正在考虑蜜月可能去或不去的几个城市。正值冬季。大海狂躁不安,喷涌出光辉灿烂的波浪,转瞬又被漆黑与靛蓝的波谷吞噬湮灭。旋转木马却静止不动,那些白瓷马匹披着金色鬃毛,前腿微抬,无人骑乘,身上披着珍珠般的露水。兑换完钱后,我们在游戏室里坐下喝咖啡,她向我讲了她的故事。我永远无法知道她为何要向我倾诉。或许是因为,那个没有荷官和赌桌的房间,熄灭的灯低垂在绿色呢绒桌面上,肃穆得宛如一座告解室。

她与未来的丈夫同居了近十年,之后开始察觉到变化,感情逐渐冷淡。他是个旅行推销员,她相信,后来也确实找到了证据,他在多维尔有了外遇。尽管她发现了那个女人的名字、工作的药店,以及他们一起用餐的餐厅,却从未向他提起。某天,趁他仍未归家,她决定投海自尽。她水性极佳,在海上游了很远,直到岸边的路人都看不到那颗上下晃动的灰金色头颅。在那孤独的浩瀚中,她失去了死的意志,开始折返,但体力也几乎耗尽。她记不清自己如何在水面挣扎求生,只记得历经好几个小时爬回岸边时,自己穿着湿透的泳衣,浑身冰冷,说不出话来。一对夫妇发现了她,试图扶她起身,让她交谈,最终将她送往医院的精神科病房。几周后,她那未婚夫才被联系上。来探望时,他如同殡仪师一般,正式而疏离;他没有问她为何那样做,只是说,她在康复期间可以暂住他家。此刻,正如她在空荡的赌场里那个早晨告诉我的那样,他们即将结婚,但她没有告诉我的是,爱情的本质发生了变化,它已经变了样。

出版商为我安排的新加坡酒店,坐落于专属庭院中,花园打理得极精致——青草、灌木、树木及宽大的大黄叶片如扇般恣意摇曳。那是10月。

在卧室里翻看宣传册时,我了解到从这里"商业购物区"步行仅需七分钟。尽管我打算结束自己的生命,却仍执着于活人的礼节。我即将赴澳大利亚做巡回签售,预计要去墨尔本、阿德莱德和悉尼三座城市,要给当地接待我的人带些礼物。眼前这家百货商场有好几层,通体是玻璃幕墙,灯火亮得刺眼,整日播放着乏味的音乐。化妆品柜台的立式放大镜里,我的脸惨白发胀,显得怪异。两个年轻女孩正在招摇——她们穿着相同的亚麻围裙,细肩带上缀着布艺玫瑰花苞。她们从巨型展示架上试遍各种口红,不时发出阵阵笑声。她们在唇上涂了一层又一层,很快连手背和脸颊都蹭满了艳丽的唇印。接着,她们嬉闹着,在各个柜台间滑步穿梭,宣告着自己的快乐、青春与无忧无虑。我憎恶她们。憎恶她们的傻笑,她们的活力四射,憎恶她们甩动的马尾辫拍打着暗沉瘦削的锁骨。她们懂得什么是爱,又懂得什么是绝望吗?我突然想到,若我对她们说:"抱歉,今晚八点半我要结束自己的生命。"百货公司里的笑声恐怕会传染开来。随后,我任由自己短暂地想象那个我曾深爱的男人,而后又悄无声息地抽身,连一个会意的动作都没有。爱情就在这样悲哀的联想中枯萎了。

我为澳大利亚的陌生人买了丝巾和领带。我本应与他们相见,却终未去成。

回到酒店,被泛光灯照亮的庭院宛如露天剧场的布景,各种绿植焕发出惊人的生命力,树干上点缀着细碎的金色光斑,灌木丛从上到下都被照亮,修剪成圆顶状的黄杨树篱,就像穹顶一样,正熠熠生辉。生活竟能如此美丽。露台上的情侣们饮着鸡尾酒,男士们穿着奶油色或白色外套,女士们佩戴珍珠项链,披着毛皮披肩。远处飘来舞曲声,隐蔽的软管中,水流悄然、执着地潺潺流淌,令人心神不安。

在我的房间里,床罩已被掀开,枕头上摆着淡紫色的新加坡兰花、一小块黑巧克力和一份早餐菜单。药片包在一块年代久远的手帕里。这是那是泛黄的丝质手帕,镶着白色蕾丝边,上面绣着令人动容的格言:"敬爱施予者"。多年来,从各地医生那里积攒的时差药片、赴美及其他旅程备用的药丸,都被我倒进了这块手帕。我不喜欢威士忌的滋味,便先倒了杯香槟。随后,我拉开窗帘坐在窗边,听着楼下的人声、圆舞曲音乐,以及连绵不绝的流水声——那水声莫名让我联想到自己被冲走的画面,这是我不敢去想的事情。情况越来越可怕了。只剩一小时。

我正饮着第二杯香槟,忽然听见一阵轻轻的叩门声。会是谁呢?总共敲了三下,随后一个信封从门缝底下滑了进来,外面印着"传真"的字样。信是萨沙写的,那熟悉的西里尔字母笔迹跃然纸上:"你猜怎么着,明天是周日,你要和波莉·怀特共进午餐。她下午一点来接你。"她曾是他在贝达尔斯时的好友,而他的初恋正是她的妹妹露西。我猜想他大概是在伦敦诺丁山门偶遇了她,她正要返回现在居住的新加坡,就在那时那地,他替我定下了这次约会。我在房间里来回踱步,反复念叨着那句话:"你猜怎么着,明天是周日,你要和波莉·怀特共进午餐。"

我无法想象片刻前那个疯癫的自己。我决定下楼去和随便什么人聊聊天,好重新融入生活。低头凝视着这令我喜爱的笔迹,信中的语气匆忙又轻快,却带着笃定的确信——明天我将与波莉·怀特共进午餐,而事实也必将如此。

我不时回到卧室,抱着狐狸们已经离开的非理性期待。它们仍在那儿,欢快地嬉戏着。我多希望威廉·福克纳能走进来。在美国相识的莉莉·库欣[①]曾描述她与丈夫安东尼·韦斯特[②]接待福克纳的经历。整整一个下午,他凝视着窗外的两只狐狸,如同浮雕般静止,堪称动物界的弗拉基米尔和爱斯特拉冈[③]。但威廉·福克纳并不在我的客厅里,尽管他的所有作品都静静立在玻璃书柜中,与我最珍爱的那些书为伴。

---

① 莉莉·库欣(1909—1969),美国艺术家。她的作品收藏在史密森尼美国艺术博物馆和纽约现代艺术博物馆。
② 安东尼·韦斯特(1914—1987),英国作家和文学评论家,其父是著名科幻小说家 H. G. 威尔斯。主要作品有《遗产》《在黑暗的夜晚》等。
③ 塞缪尔·贝克特《等待戈多》中的人物,两人徒劳地等待戈多的到来。

福楼拜的母亲曾说，他对文字的热爱让他的心变硬了。这会是真的吗？这会是真的吗？

在一堆信件中，有一封是卡罗寄来的，里面附了一封他从父亲浩如烟海的纪念品中为我挑出的信。我丈夫的笔迹已严重褪色，却又如此熟悉。这是一封写给我的信，一封我从未收到过的信，或者也许只是他为了写而写的信。这封信写于他去世前约五年。"我亲爱的。"信的开头写道。这个"我亲爱的"让我感到困惑。它曾经是真的，也持续了一段时间，当我们在湖滨公园的傍晚，我会坐在他的书房里，头顶的灯没有开，但也许桌上放着他刚从工具棚里拿来的汽化灯，他白天在那里修修补补。在我们相处的最初几个月里，他说他不想写作，他太快乐了，以至于无法写作。他会鼓励我给他讲关于家乡的故事，码头和荨麻，在一个风平浪静的日子里回家的醉鬼们如何靠在我们大门的墩上解手，还有粪肥和野忍冬等各种气味；而对我来说，最持久的气味来自蛋奶粉，它们泛着那种最淡、最轻盈的粉红色。他喜欢听这些轶事，那时他并不嫉妒。

那个在我记忆中驻留最久的夜晚，是我以一种试探却又饱含情感的方式告诉他，我可能怀孕了。几周来，我晨吐不止，常躲进树林呕吐。一次，一个身披杂色毛皮外套的陌生男子，或许是猎人，偶然撞见我，他说治疗我这种情况的最佳方法是啃一个生番茄。还有一次，在山间，我瞥见一群鹿正以迷惘而轻盈的姿态跃动，翻越那些带刺铁丝网，上面还沾着颤动的黄白色羊毛。那一刻，我确信自己正孕育着一个生命，那种感觉奇异而令人惊惶。

在这封以"我亲爱的"开头的信中，这位疏远的丈夫提议我们重新同居，因为他虽然清楚我数不清的缺点，却得出结论：没有他，我永远不会快乐。我一度爱过他，或自以为爱过，此外还有三到四位其他恋人，其中一位颇具诗人潜质，另一位选择了权力之路，还有一位像对待狄多①女王般将我推开，仿佛我会诱惑他放弃征服，重返迦太基，沉溺于爱情。

那是在多塞特郡一个美丽的花园里。玫瑰、丁香与青草的芬芳交织，槌球棍斜倚在台阶上，一本摊开的书倒扣在木桌上——就在这样的午后小憩时分，我正伺机溜去游泳池。这座花园属于哈罗德·品特与安东尼娅·弗雷泽②每年夏天租住的宅邸，而我和弗朗西斯·温德姆，就像两个雀跃的乡下表亲，总在滑铁卢车站会合，开启

---

① 古迦太基女王，迦太基城的建立者。据维吉尔在《埃涅阿斯纪》中的记载，埃涅阿斯与狄多相爱，但因为要去建立未来的罗马，不得不离开迦太基，狄多心碎自杀。
② 安东尼娅·弗雷泽（1932— ），英国历史、传记、侦探小说作家，哈罗德·品特的妻子。作品包括《苏格兰玛丽女王》《玛丽·安托瓦内特：旅程》等。

为期四天的假期。我至今仍记得,我们同时倒抽一口气的瞬间:当火车从伯恩茅斯蜿蜒而过,庄严地驶向多塞特的田野、树篱、页岩与灌木林时,初见那片水银般倾泻的海面,波光耀眼,惊鸿一瞥后又被蜿蜒的铁道甩在身后。那四天的欢愉时光里,谈笑从未停歇,哈罗德反复讲述那些陈年轶事,但这却如陈年老酒(席间亦不乏此类佳酿)般历久弥香,更因死亡的阴影而愈显珍贵。他会模仿那位为他治病的苏格兰教授的口音说道:"可你是我们的明星学员啊,品特先生。"他常为我吟诵叶芝的诗句,尽管我们俩都叫不出诗名,那是写给康斯坦斯·戈尔-布思[①]的,诗人曾见她在光秃秃的本布尔宾山下骑马赴约,她有着"乡野的美丽,带着青春独有的孤寂野性"。

在一次特别的拜访中,传来消息说,裘德·洛[②]和一位制片人将共进午餐,与哈罗德商讨剧本。此事尚未最终确定,而我暗自希望他们别来,因为眼下我们的生活节奏已经建立。当时我站在卧室里,俯瞰那条让人联想

[①] 康斯坦斯·戈尔-布思(1868—1927),爱尔兰政治家,英国下院首位女性议员,也是欧洲首位女性内阁部长。她和妹妹伊娃是叶芝的儿时好友。
[②] 裘德·洛(1972—),英国男演员,因《天才雷普利》《冷山》获得奥斯卡奖提名。其他作品包括《布达佩斯大饭店》《大侦探福尔摩斯》《蓝莓之夜》《兵临城下》等。

起《去年在马里昂巴德》的长长林荫道。这时,我突然看见他们的车驶过畜栏,两位男士下车,从后备厢取出随身物品,包括泳衣。

午后花园里,百年古树掩映的林荫小径下,点缀着不知名却显然喜阴的斑驳小花。万籁俱寂,睡意沉沉。裘德·洛——那位阿多尼斯①般的美男子——正酣然熟睡。我折回原路,这意外打乱了我原定的游泳计划。作为旱鸭子,我套着充气臂圈准备下水,那对臂圈上赫然印着大写的"妮维雅面霜"字样。为保险起见,我还带了张侧放的厨房椅当扶手。我每日特意选在园中无人时前来,偏偏今天撞见这位阿多尼斯,他随时都可能醒来。我退回台阶底端,静坐守望。他金发闪耀,披着8月柔光朝我走来,冷不防俯身吻了我。恍若小说情节。这让我想起契诃夫那篇必然名为《吻》的小说:一群军官受邀到冯·拉贝克中尉的庄园喝茶,那儿同样弥漫着玫瑰、丁香与新鲜青草的芬芳。其中一位军官,因不够自信去打台球或加入玛祖卡舞,便在那座大宅子里闲逛,误打误撞地穿过走廊和小前厅。这时,他看到一扇门透出微光,便停下脚步,听到脚步声和衣裙的窸窣声,灯光随即熄灭,一个气喘吁吁的女声低语道:"终于来了。"两条

---

① 古希腊神话中一位掌管每年植物死而复生的俊美的神,深受女性崇拜。

柔软、芬芳，明显属于女性的手臂环抱住他的脖颈，温热的脸颊贴上他的脸颊，接着是一个甜蜜的吻。吻他的人发现认错了军官，轻轻惊叫一声，后退了几步。但这并非发生在多塞特郡的花园里，这里只有玫瑰盛开和割过青草的气息。契诃夫笔下那位叙述者事后几小时仍沉浸在那个吻中，我也一样，回想起裘德·洛吻了我，他一言不发，随后消失在屋内。然而，夜幕降临时，当他们离去，我多么庆幸自己已不再年轻，如释重负地叹了口气——幸好这并非一段感情的开端，不必踏上爱的蹦床：更多的激烈，更多的狂热，更多的希望，更多的绝望，更多的一切。

狐狸们在花园里来来去去，闹腾了好几周后，我终于找到一家愿意把它们送到乡下的公司。两个男人来现场查看，他们四处走动时显得鬼鬼祟祟，一边嗅闻，一边追踪足迹，还一直直呼我的名字。他们说会带笼子来，也确实带了，准确地说，是其中一人带来的——大笼子装成年狐狸，小笼子装幼崽。

诱饵是一只鸡翅，略微带血，挂在远端的一个金属钩上；诡计在于，当狐狸够到它时，弹簧会突然弹起，活板门随之关闭。花园里的景象令人不适：丑陋、低矮的笼子，总共有七个，还有那带血的鸡翅诱饵，它会一天比一天更加腐臭。我预见到了即将发生的事情。笼中的狐狸，以及那些狡猾得足以逃脱囚禁的狐狸，会出于同情而嚎叫。外面将会持续传来哀嚎。然而，事情完全不是那样发展的。一切都变得出奇地安静。

我自问，那只毫无戒心的狐狸——也许是那只经常与我四目相对的雌狐——是在夜晚的哪个时辰走向她的厄运的？因为第二天早晨，我沿着小路走去时，看到了一条后腿——红褐色的，一动不动，很奇怪。我僵住了，然后急忙回去打电话给那个人，让他立刻过来，但两条电话线都没有回应。当他终于到来并提起笼子时，狐狸已经发狂，来回跳跃着，发出呜咽般的叫声。他以轻柔的气息回应着，那些近乎"哦"又似"啊"的声响，随后将笼子放入货车后部，准备开长途车前往乡间的某处。

从那以后，每天清晨，我外出查看时都发现活板门紧闭着，里面却空空如也。它们识破了把戏。当我打电话询问时，他说可能是大风把活板门关上了，但我不信，因为有几只狐狸已经折返，在笼子间来回踱步，我既害怕，又期待着它们的出现。约莫五天后的早晨，又有一只狐狸出现在笼子里，比之前的年轻许多，虽不是幼崽，却沉默而气势汹汹。它直勾勾地盯着我，那目光是如此固执、如此冷酷，让我想起一段已被封存的记忆，那个我始终未能与之和解的父亲的眼神。

我们身处养老院，我和一位名叫阿加莎的朋友，还有我的父亲。我们的探望即将结束，他察觉到了这一点。这次探望不算糟糕，但也不算愉快。问答之间："你为什么不愿和其他病友一起在餐厅吃饭？""我告诉过你我不愿意，也告诉过你原因。莫霍克人，全是莫霍克人。你什么时候回去？"我说一两天后就要回英国，但希望圣诞节前能回来。"圣诞节，我生命中最孤独的一天。""可你不肯和其他人一起吃饭、拉响炮什么的。""我告诉过你我不愿意，也告诉过你原因。我一生中最孤独的一天。"我们勉强挪出了那个小房间，阿加莎和我站着，现出他此刻愤怒的身影。我们沿着走廊走去，我知道他跟在后面。他在一个我认为是音乐厅的大房间里追上了我们，那里有一架小钢琴、一把吉他，还有一幅病态紫色调的芭蕾舞者壁画。低垂的白绳上悬挂着生日贺卡，每张都以各种字体和颜色写着"爷爷"。甚至有一张卡片还在忽明忽暗地闪烁。它还能闪烁多少个小时？我暗自思忖。他已追上我们，拖过一把椅子划过石板地面，发出刺耳的声响。他坐下便开始唱《丹尼男孩》。"风笛声声，召唤着……"他完整地唱完了整首歌，眼中噙着泪水。曲终时，他抬起头，露出一种绝望而恳求的神情。我知道他期待我走过去拥抱他。我也确实想这么做，但终究没能迈出那一步。在那空荡如洞穴的房间里，孤独将他重重包围。

到 6 月时狐狸已了无踪迹。

野　马

康内马拉遭遇了多年来最严重的霜冻与大雪。酒店的园丁说，这场霜会毁了春草，让倒挂金钟丛和河边的野草"遭殃"。河面如玻璃般，已凝结成冰，唯有狭窄的桥下，水流挤过时发出哗啦声，随后呈扇形流开去，形成一道幽暗柔滑的溪流。悬垂的冷杉树上，融雪如破损的蕾丝般垂挂，小树苗则覆着纤细的蛛网状雪纱。康内马拉矮马正在覆雪的山地草甸上打滚撒欢。

康内马拉是我最钟爱的地方之一，这里仍配得上"狂野、如画、崎岖"的称誉，游客来此可以瞥见"土著"居民，也能捕捉沼泽丛上掠过的精灵身影。

前一晚，我住在巴利纳欣奇酒店，在那里发现了一本皮面小书，书中生动记录了作者玛丽亚·埃奇沃思①1834年到此游历的见闻。与她同行的有准男爵兼慈善

---

① 玛利亚·埃奇沃思（1767—1849），英裔爱尔兰作家，欧洲早期现实主义儿童文学作家之一，也创作成人文学作品。著有《拉克伦特堡》《贝琳达》等。

家库林·史密斯爵士,以及他年轻的妻子伊莎贝拉。他们从戈尔韦出发,对前路的艰险一无所知。乘坐的豪华四轮马车,内设有专门放置写作盒、梳妆盒和地图的凹槽——只是那些地图根本派不上用场,因为道路中断后,没有任何指示牌能指引方向。崎岖美景很快就不再令他们惊叹,尽管库林爵士满脑子都是改善爱尔兰农民生活的计划,却不得不向他们求助——从戈尔韦雇来的马匹说什么都不肯再前进。突然间,一群被称作"沼泽行者"的男人和少年不知从哪儿冒了出来。他们狂野躁动,说着访客听不懂的方言。这群人光着胳膊抓住马车,先是站着,继而踩着石头跳跃前进。其中有个叫乌利克的巨人,像摆弄洋娃娃似的把女士们举起来,接着是穿着粗呢外套的男人们,最后连马匹也被他们稳稳当当地安置在了坚实的地面上。然而,库林爵士的慈善之举并未慷慨到满足那些沼泽行者每人一先令的工钱要求。他认为每人六便士才合理。工人们尖叫、咒骂、斥责,而女眷们自然被吓得惊慌失措,只得沿途抛撒硬币,以求被平安护送至巴利纳欣奇城堡。

那时,城堡还归托马斯·马丁私人所有,访客们颇感意外地发现,石砌建筑仅草草粉刷,猪圈与粪堆紧邻宅邸,房间陈设简陋,窗户无帘,玻璃咯吱作响。然而,正如埃奇沃思小姐所言,晚餐之丰盛,足以让伦敦的美食家们惊叹不已——鹿肉、鲑鱼、龙虾、生蚝、野味,佐以香槟和法国顶级葡萄酒。

我深夜才到,出租车缓缓驶上蜿蜒的林荫道,路边的石头被漆成刺眼的白色,与青草边缘相接。城堡里灯光微弱,城墙和高塔比周围的大树还要高耸。推开大厅的门,我看见一个年轻人只穿着衬衫,正站在梯子上自言自语。那是哈姆雷特的独白,有"太过坚实的肉体"和"短短一个月前……那双鞋尚未穿旧,(格特鲁德)便追随"他父亲的尸体。他转过身看见我,突然不再念诵,从梯子上下来,把领带从衬衫里拉出来,指着蓝色水桶和湿漉漉的拖把,有些窘迫地说:"这就是我的工作。"他自我介绍说是守夜人。

我被带离大厅,来到狩猎室,在那里,为次日准备的炉火很快就噼啪作响,葡萄酒和水果蛋糕摆在我面前。我正沉浸于他背诵的更为流畅的篇章中,那些狂喜而戏剧性的段落,使得这里不再仅仅是康内马拉一间挂着野猪狩猎图画的房间,而化身为法兰西的一座亭阁——吉弗雷之妻康斯丹丝①在此宣称自己并未疯癫,却宁愿自己真的疯了;我仿佛目睹"法兰西的母狼"安茹的玛

---

① 出自莎士比亚《约翰王》,在第三幕第四场中,康斯丹丝说:"我的名字叫作康斯丹丝;我是吉弗雷的妻子;小亚瑟是我的儿子,他已经失去了!我没有疯;我巴不得祈祷上天,让我真的疯了!"该人物原型为布列塔尼女公爵康斯丹丝,布列塔尼公国的实际统治者。

格丽特①领军征战于蒂克斯伯里战场；又或是听到托马斯·杰斐逊心灵与头脑的对话。他背诵的独白陪伴着他拖地、清洗茶壶、擦亮皮鞋、准备早餐。正如他所言，这方小小的剧场帮他消磨了漫漫长夜中最难熬的时光。

后来，我们站在敞开的门前向外眺望。靛蓝的夜空笼罩着积雪的田野，群山峰顶闪耀着超凡脱俗的天国光辉。

既然爱尔兰已失去往日活力，她的未来将何去何从？

"诗歌。"他以神秘主义者般的狂热宣称，正是爱尔兰孕育的瑰宝。

"它就在那儿……它还在那儿。"他指着那令人目眩神迷的美景说道，在那超越凡尘的瞬间，我很难对他产生怀疑。

他的名字叫约翰。

清晨，我与艺术家多萝西·克罗斯②结伴出发，她被我对德鲁斯伯勒的描述所吸引，同意前来拍摄。据我侄

---

① 安茹的玛格丽特（1430—1482），英格兰国王亨利六世的妻子，于1445—1461年和1470—1471年为英格兰王后和名义上的法兰西王后，玫瑰战争中兰开斯特派的主要人物之一。1471年，玛格丽特被迫率军参加蒂克斯伯里战役，战败，她十七岁的独子爱德华被杀，玛格丽特被获胜的约克军所俘。
② 多萝西·克罗斯（1956— ），爱尔兰艺术家，运用雕塑、摄影、录像和装置等不同媒介创作，曾代表爱尔兰参加1993年威尼斯双年展。

子迈克尔说,如今大自然已重掌主权,到处都长满了荆棘、酸模、常春藤、荨麻,甚至还有矮的小桦树苗,它们的细小枝条从灰浆裂缝和腐朽窗框间探出。

那里依然空无一人。

多萝西是位艺术家,偶尔会摄影。她为她的狗路易斯拍摄的那张照片,是我见过最动人、最孤寂的画面,充满了疏离与犹疑。照片中,路易斯站在一条空荡荡的小径上,头顶是蔚蓝的天空,背后是更蓝的山峦,卵石遍布的海岸上覆盖着一张破旧的绿色海藻网。路易斯的头侧向一边,正犹豫是要后退还是前进。

她曾游历世界各地,安第斯山脉、南极洲、大溪地,与珍珠养殖户共事。在巴布亚新几内亚,她聆听过召唤鲨鱼的海巫秘术①。她的雕塑作品《处女裹尸布》令她获得了声名:处女裹着荷尔斯泰因牛皮,乳头如荆棘冠冕般,垂坠在布满乳房的头颅上。与之形成鲜明对比的是,这位处女可能正身着多萝西从祖母箱底找出的缎面婚纱,仿佛要去参加舞会。作品既原始又空灵。在科克郡的少女时期,她在《农民期刊》上读到一句萦绕终生的话——"世界上最黑暗的地方是母牛的体内"。她的作品有时会

---

① 许多巴布亚新几内亚人将鲨鱼呼唤视为神圣的权利,他们吟唱着祖先的名字,出于对鲨鱼的尊重,摇晃椰子拨浪鼓,引诱鲨鱼,然后徒手抓住。这种当地传统认为,鲨鱼承载着祖先的灵魂。

招致非议，但她总一笑置之。有报道称，某位农夫评价她为马德里修道院制作的装饰在男性使徒像上的镀银玻璃高脚杯①，是淑女版的"爷们儿勃起"。然而，最终回归爱尔兰生活的是她，而我才是那个远离故土的人。

如今她成了坐拥五英亩土地的女王，这全凭运气获得。她在都柏林的工作室租约被地产大亨夺走。她正驾车行驶在康内马拉这条偏僻的路上，突然瞥见一块手写的"出售"牌子，便下了车。从装满艺术创作废料的行李箱里，她取出那枚幸运马蹄铁，埋在这片土地中，一头好奇的奶牛在一旁注视着她。这五英亩地环绕着一处海湾，通向波涛起伏的大西洋，延伸至远方的新大陆，戈尔韦和克莱尔海岸外的小岛在薄雾中若隐若现，宛如漂浮的绿色网格盆。

在等待房屋修复规划许可的前六个月里，她睡在水边的一间小铁皮屋里。守护她的是那尊17世纪的缅甸佛像、每天清晨在泉边饮水的水獭，还有那头最初盯着她看的奶牛——她给它起名叫"发型"，因为它头顶的毛实在太鬈曲了。她多次帮当地农场主的忙，才把"发型"从屠宰场救下来。农民自然觉得肥沃的草地该有更好的用途。搬到那儿后，她唯一的朋友是个叫米基的老

---

① 这套作品由十二个杯子组成，象征《最后的晚餐》的十二位男性使徒，形状既像男性生殖器，也像女性乳房。

人,她常替他修剪树篱,米基则扶着梯子,喊她"亲爱的夫人",还夸口说他的村舍花园会胜过巴比伦空中花园。傍晚时分,她会独自去他的小屋拜访,老人坐在炉火旁,细长的手指——正如她所说——像钳子般扣在手杖弯头上。他不寂寞,不期待什么,也不哀叹,这个坚韧的康内马拉男人曾走遍世界,最终回到这片土地的西陲定居。

由于霜冻,驾车过程惊心动魄,车辆频频急转,多次滑出路面,险些坠入康诺特的大湖之中。湖水冰冷汹涌,拍打着岸边。多萝西不停地说着话。不可否认,景色很美——山坡上的积雪泛着矿石般的亮光,山顶呈现粉金色,就像宗教画中描绘的天堂景象。

她正向我讲述在科克她母亲家度过的新年前夜的故事。整个城市烟花四起,路易斯发了疯似的咬它母亲的羽绒被,接着是睡袍外套,然后是布拖鞋,最后咬断了连接电话与墙壁的电线,误触了火警。结果,他们与六位健壮、血气方刚的科克消防员一起迎来了新年。

我们驶过的小镇渐渐苏醒:楼上的百叶窗被拉起;一个女人沿着纤道匆匆走来,手里端着两个杯子和一个茶壶;啤酒桶从人行道滚下,进入地窖。

在游荡的日子里,我就熟悉过这些地方。那些有着河流、石桥、教堂尖顶的小镇,雨衣挂在窗外的衣架上,布店的橱窗。乌特拉德,那里有瀑布,某天郊游时,分别十二岁和十三岁的卡罗和萨沙,在某种神秘的求爱仪式中,朝他们的表妹玛丽安扔石头,萨沙还把他的新防风外套落在了河岸上。戈尔韦城,大约六十年前,我和姐姐帕齐戴着引人注目的帽子去参加一年一度的赛马会,那顶帽子是如此抢眼,都登上了第二天的报纸。尽管手头拮据,我还是买了一顶由福特先生设计的帽子,黑色的欧根纱材质,戴在头的一侧,就像个飞碟。它还吸引了一些绅士的注意,他们邀请我们去拥挤的酒吧,其中一位对我姐姐很是着迷,甚至向她求婚。但第二天早上,在餐厅里,他闷闷不乐,宿醉未醒地说:"你是护士吗?你的脸看起来很熟悉。"然后是克拉林布里奇,以牡蛎闻名。在被排斥的日子里,我曾参加过那里的牡蛎节。戈尔韦的主教凯西对我的出席非常反对,当晚在艾尔广场酒店举行的晚宴上,我被安排独自坐在侧桌,年轻的酒店经理因不得不这样做而感到羞愧。

但一切都"变了,彻底变了"。

主教和神职人员的影响力已不复存在。两份报告——《瑞安报告》和《墨菲报告》刚刚发布,详尽揭露了五十年来神父、基督教兄弟会及修女在孤儿院、洗衣房、修道院和学校中对儿童实施系统性虐待的黑暗残酷的事实。无数关于殴打、饥饿、惩罚和持续性侵的真相被揭露出来,教会与政府沆瀣一气竭力否认,因而更显恶劣。民众的愤怒如沸水般灼痛心扉。复活节周日,都柏林临时主教座堂外的栏杆上挂满系着黑丝带的婴儿鞋,祭奠所有被剥夺的童年,各式标语牌上写满血泪人生。一块援引《路加福音》中磨石经文的牌子写道:"有人是磨石。有人颈项上被拴了磨石。① 耶稣哭了。②"另一块则控诉天主教是"纳粹宗教"。在德拉姆康德拉大主教官邸的庭院里,一位绝食数周的男子举着可能是自己讣告的标语:"日日遭受毒打,为让我成为天主教徒。"

随着"罗马之石"③的崩塌,传说中的"凯尔特之虎"④也一夜之间从繁荣走向衰败,如今被称为"凯尔特残骸"。在这片被债务压垮的土地上,那些永远无法完工的房屋和住宅区,雨水渗入混凝土的痕迹,都是那些狂妄岁月与耻辱衰落的鲜活见证。爱尔兰弥漫着一种抗争的情绪。在一场肆无忌惮的贪婪、腐败、鲁莽的狂欢中,或许还带着对长久以来被视为饥饿与匮乏民族后裔的挑衅,爱尔兰出现了借贷滚借贷和建设的狂潮。在政客们的默许下,那些高高在上的精英,洗劫了这个国家,以至于当"金融剃头"发生时,数万亿资产被一笔勾销,

---

① 出自《路加福音》17:1—17:2。耶稣又对门徒说:"绊倒人的事是免不了的。但那绊倒人的有祸了。就是把磨石拴在这人的颈项上,丢在海里,还强如他把这小子里的一个绊倒了。"
② 出自《约翰福音》11:35。
③ 指教会。
④ 指爱尔兰在1995—2007年的经济状况,当时处在由外国直接投资推动的经济快速增长时期。

数百万资产缩水至原有价值的十分之一。

"这就是业报,这就是业报"成了当下的流行语,只不过没人确切知道业报是什么意思,就像没人明白为什么一位权威人士坚称,如果爱尔兰遵循了梅纳德·凯恩斯的财政政策,就能幸免于难一样。

一名承包商将水泥搅拌车开到议会大门前,拔掉钥匙后,便消失无踪;与此同时,有人突发奇想,要拍卖一辆曾属于某位银行"腹语者"的宝马轿车,条件是必须当众销毁。于是这辆车在电视镜头和群情激愤的围观者面前,"哐当一声"被砸了个粉碎。

部长们不得不捧着讨饭碗去布鲁塞尔,向被称为"三驾马车"①的金融巨头们寻求救助。而这些人如今因向爱尔兰社会注入"紧缩政策的毒药"而遭人憎恨。政客们"胆战心惊",大选仓促启动,报纸上的读者来信,纷纷呼吁用笔尖蘸满复仇之墨投票。一位特立独行的候选人自称"毫无陈词滥调",还自种大麻,发誓要把爱尔兰从金钱的腐蚀与堕落中解救出来。

途中经过一座桥时,我看见一块揭示一切的告示牌:贪婪是一把刀——留下的伤痕很深。

我们从戈尔韦郡来到了克莱尔郡。这里就是我的家

---

① 即欧盟委员会、欧洲中央银行和国际货币基金组织创建的单一决策小组,在2007—2008年世界金融危机中塞浦路斯、希腊、爱尔兰和葡萄牙面临破产时,对其进行"救助"。

乡。取代松散石墙的,是纠缠在一起的荆棘、灌木和榛树,构成了田地间的界限;那些夏日里本该绿草如茵的小路,此刻无人踏足,覆满晶莹霜珠。突然,一段灼热的记忆涌上心头——我想起前一天早晨在都柏林书店里,读到南希·舍佩尔-休斯①的《圣徒、学者与精神分裂症患者》。书中提到了关于阿恩克洛亨一位牧羊人的故事。那人激烈抨击我的作品,带着显而易见的满足感说道:"他们把那个女人赶出了克莱尔郡。"

牛群像往常一样伫立在栅门口凝视,宛如徘徊在炼狱之门的孤寂身影;那些树木与林地,总能在叶芝的某首诗中找到类似的身影,依然美丽,依然经受着风暴的洗礼。浅金色的天光,泛着粼粼水色,多萝西暗自期盼这样的景色能长驻,因为她不愿让德鲁斯伯勒沾染康涅狄格的气息。

迈克尔在门口等候着我们,有那么一瞬间,我仿佛产生了幻觉。为了迎接我们的到来,他热情洋溢地清除了那些让多萝西萌生拍摄这栋房子念头的全部诗意元素——荆棘丛、常春藤、白蜡树,整个如诗的景致。所有的诗意都被一铲而空。

"我可以把它们都重新栽回去。"他说道,见我盯着

---

① 南希·舍佩尔-休斯(1944—),人类学家、教育家和作家,加州大学伯克利分校医学人类学博士项目主任和联合创始人。

那扇不再被绿荫环绕、红漆剥落褪色的大门面露沮丧，他显得有些垂头丧气。整栋房子宛如一个佝偻的老妪，正缓缓沉陷回地基之中。

别无他法，只能进去。他骄傲地领着我们穿过那扇后门。这些年来。他一直以为门是锁着的，因为上次来访时，他不得不把我从一扇窗户的狭窄缝隙下塞进去。当我扭动着钻进去时，他还在喊着："你进去了吗？进去了吗？"厨房里有一种有人居住过的古怪气息，桌上摆着脏兮兮的代尔夫特陶器，仿佛刚刚有强盗经过并饱餐了一顿，窗台上的小收音机还在断断续续地发出声音，其实它的电池早就没电了。然后我们走进餐厅，那里确实有一个满是灰尘的胡桃木橱柜，里面还放着另一台报废的收音机，这在过去是我父母引以为豪的东西，他们会坐在它前面，就像坐在熊熊燃烧的炉火前一样。那里还有半幅橘色窗帘，像是剧院的道具，几只死乌鸦从烟囱里掉了下来。我母亲的存在仍奇怪地存在于每一处：在橘色窗帘的褶皱里，在她藏巧克力块的煤桶里，在她绣着古老凯尔特图案的粗呢垫子上——她以为那些图案会让我印象深刻。她曾多么努力地想要维持这一切啊。

楼上，衣柜门吱呀作响地开合着，父亲旧日的房间，靠墙斜放着那块橡木床头板，上面有一块不均匀的斑痕，被他的头蹭得发了白——那是他一次次呼唤楼下的人送茶时留下的痕迹。在一堆凌乱的衣物中，混着丝绸灯罩、一卷教皇赐福的卷轴（那是对我兄长与嫂子婚姻的祝圣），还有个踩着高跷、头戴黑色安全帽的快活骑师。

常春藤，那疯长的常春藤，已从窗户侵入。某些房间里，铺着潮湿被褥的床铺，仿佛停放着尸体。更多的乌鸦盘旋着，但这里不是契诃夫的《海鸥》，这是垂死挣扎中的德鲁斯伯勒。

我查看了橱柜，哥哥曾在那里存放了一罐他在音乐比赛中赢的桃子罐头，却只发现一件爬满蛾子的马海毛毛衣。穿过楼梯平台，在母亲的房间里，圣水盆边缘残留着干涸的盐渍，舌尖触碰时苦涩难当。我坐在床沿。曾被粉刷过的墙纸如今是淡雅的麦芽色，但我仍能依稀辨认出那些低垂的枝条，细茎上悬挂着娇小的粉红玫瑰蓓蕾，栩栩如生，以至于我儿时总以为它们会像荆棘丛中真正的玫瑰那样绽放。

正是在那间屋子里，我与母亲同睡。每晚，我们都将冰凉的金属十字架紧贴身体和嘴唇，念诵基督在各各他山的祷词："他们扎了我的手和脚，我的骨头我都能数过。"那栋房子里，我们都很孤独寂寞，且有时会发生争执。

隔壁是父亲的卧室。有一晚，我听见噼啪爆响，火焰蹿腾，跑过去一看，发现竹边桌着了火，盖在他身上的毯子也烧了起来，而他却酣睡不醒。我不假思索地推开窗户，往外扔东西。母亲在临终回忆的日子里，竟向医院的修女讲了这场火灾,还有其他降临在我们身上的磨难,仿佛已无须再感到羞耻。

多萝西一直四处走动拍着照片,惊叹于遇到这么多奇异又勾起回忆的事物。房间冷极了,我呼出的气息在她的小相机镜头上凝成一片淡蓝色雾气,更添几分她执意要捕捉的幽灵气息。突然,一只鹡鸰,忙碌而活泼,仿佛在嘲弄那些死去的乌鸦,飞进了那个房间,在悲伤的残骸中扑腾,对新环境感到欣喜。当它的前额撞上窗玻璃,黄色的小腿蹬来蹬去时,我们徒劳地试图抓住它,但它却避开了。最后,我们从一堆破烂中拿起那把破伞,用伞尖引导它进入走廊,飞过楼梯井,然后到较低的走廊。在那里,好奇心——几乎不可能是本能——让它停落在一束边缘已经生锈的白色人造婚礼花束上。

田野空旷无人,迈克尔趁机把自己的马赶了进去——一匹杂色马、一匹棕色马和一匹暗褐色马,它们站在栗树下,冬日阳光里,树枝宛如饱满的黑色麂皮。迈克尔自幼爱马,爱它们的触感与气息,也爱和骑手们为伴,侧身骑马跟随父亲,在周日狩猎中走遍乡野。他记得那声"出发"的呼喊,记得农夫们猩红的外套,猎犬迫不及待的吠叫,还有那欢快的狩猎号角声,每个周日都像圣诞清晨般令人期待。后来他成了骑术冠军,创下了无鞍跳马的世界纪录,家中橱柜摆满了奖杯、奖牌与绶带。

在向德鲁斯伯勒及其幽灵告别之前,他决定为多萝西,再次讲述帕迪的金子的故事,那匹马的奇异冒险曾是整个国家的谈资。

帕迪的金子,一匹十六掌①高的阉马,脸上有道白色条纹,属于住在山上的杰克·马龙。杰克把帕迪训练得精通体操技巧,教会它如何踏出多步离地、精准弹跳完成干净利落的跨越。这是为每年10月在巴利纳斯洛举行的越障赛准备的。比赛中,每匹马被单独带入围栏,用长绳牵引,必须连续跨越由啤酒桶底座上叠放的油桶构成的障碍物,这些障碍在最后十匹马角逐时会越升越高。

帕迪的金子表现出色,虽然按理应是冠军,但担任裁判的夫妇却剥夺了它的桂冠,因为他们打算买下它。获得第三名后,它的身价下跌了。这对夫妇坚信它是"超级明星",认为三千八百英镑的投资短期内就能转化为两万英镑的暴利。几天后,他们将从迈克尔的骑术中心把它接走。

这对夫妇抵达时,同行的还有他们的一位表兄神父。寒暄过后,哎呀,他们发现自己竟忘了带支票簿。令他们懊恼的是,神父主动提出垫付,说他

---

① 约等于 1.63 米。

们可以事后再还。杰克接过支票，随后从帽子里掏出那枚象征吉祥的二十英镑硬币——他往上面吐了口唾沫①，这才递过去。

不出一个星期，迈克尔就接到了电话。那对夫妇觉得自己被骗了。他们打算把帕迪的金子退还回来。帕迪的金子根本不配合，完全不是他们想象中的"超级明星"。它非但没能跃过横杆和木桶，反而把障碍物撞得七零八落。迈克尔说杰克不太可能收回这匹马，毕竟这是桩买卖，生意归生意。杰克态度坚决，坚决不要这匹马。"啪嗒啪嗒"是他遇到任何争执时的口头禅。他绝不回头。迈克尔只得打电话给买主，建议他们哄着这匹马，教它些把戏，激发它腾空而起的冲劲。

"这马就是个没用的废物。"那人说道。

"它这是明摆着讨厌你们俩吧？"迈克尔说。

"讨厌个屁"这就是他听到的话，外加一句直白的提醒——那匹马就要回来了。

由于无人知晓杰克的住处，邻居们收到提醒和警告：若有一对陌生夫妇前来打听杰克的下落，切莫透露，也别收留那匹马。不久后，一辆挂着马拖

---

① 爱尔兰当地习俗，认为在硬币上吐一口口水再扔出去会带来好运。

车的吉普车来回穿梭,却徒劳无功,车主试图在狭窄的小巷和偏道上穿行,到田间和干草棚里问农夫们,却只换来粗鲁的对待和放狗驱赶。由于巷道太窄无法掉转马拖车,他们常常得倒车行驶,而躲在沟渠后的孩子们则对他们大声嘲弄。

然而,就在那个冬夜,迈克尔从工作的刨花板厂回来时,用他的话说,"天黑得早,还下着大雨",听到的却是帕迪那熟悉的响鼻声和悠长的呼吸,这家伙依然精神抖擞。帕迪已经安顿下来,那带白色条纹的脸从半截门上方探出,等着吃燕麦。第二天早晨,支票跳票了。杰克暴跳如雷,说他们把他当傻子耍,压根没打算付钱。事情陷入僵局:杰克不想要这匹马,新主人也不想要,警察更是懒得管。迈克尔给那对夫妇打电话,转达杰克重新开支票的要求,并提醒他们会按周收取养马费。电话那头的男人只说了句"随你便"就挂了。法律程序启动后,律师间的往来信函一周比一周火药味更浓。与此同时,帕迪的金子身影欢快地在田野间漫步,与其他马儿耳鬓厮磨,每天享用两顿碎燕麦,一顿要吃掉半桶,夜晚则在舒适的厩舍里反刍休憩。

此案历时六个月才在比尔的地区法院开庭审理,法官称其为"极离奇",并判决这对夫妇必须收回马匹,并支付所欠的三千八百英镑。然而,迈克尔在此期间花费的数百英镑费用未获补偿,于是,这场纠纷的第二篇章就此展开。

"把那匹马锁起来"——这是他们离开法庭时一名警卫给他的建议,于是他和杰克双双采取了攻势。迈克尔买了一把挂锁,以便白天在工厂工作时能将帕迪的金子锁起来。然而,他再次回家时,在那个典型的漆黑雨夜,发现新挂锁被扔在鹅卵石地上,帕迪已不知所踪。用他的话说,杰克和他决定走"肢体路线"——戴上指节铜套。他们盘算着在即将到来的10月,帕迪的金子会参加调教赛,届时他们定要讨回这笔债。

正如他们所设想的那样,在那片美丽绿地和沙质草地上,在百匹骏马之中,帕迪的金子正被牵进围栏,对周围的一切漠不关心。它高昂着头,以令人惊叹的跳跃轻松越过所有障碍。当最后一轮比赛来临,人群挤在围栏的铁丝网前,目不转睛地观看每一个激动人心的瞬间——帕迪极机敏,前腿紧贴腹部,头和肩膀低垂,后腿轻巧一蹬,完美地跃过每一个横杆。

高潮随即转移到酒馆的喧嚣中,伴随着所有必要的装饰、欢呼、痛饮、醉醺醺的搬运工,骄傲的主人被热情的祝福者高举在肩头,被迫从装满威士忌的银杯中饮酒,浑然不知他的宿敌正伺机而动。

他的宿敌是个塞尔维亚人,绰号"日瓦戈医生",身高六英尺六英寸①,从事运输工作,此次是受雇而来。迈克尔不见踪影,他坐在接应的货车里。看似温顺的杰克独自一人,饮着一杯孤寂的啤酒,懊悔放走了帕迪。紧张气氛不断升级,直到关键时刻,主人踉跄着走进男厕所。当他进去时,"日瓦戈医生"紧随其后,而杰克则走过去把守门口,阻止他人进入。男厕所是个小隔间,有一个方形洗手池和一个马桶。在那里,两人面对面相遇,就像《危险丹·麦格鲁》②中的主角们一样。

"你欠别人钱——赶紧还上。"店主被告知时一脸茫然,随后爆出一连串咒骂,接着卷起袖子准备干架,却反被人抓住倒提起来,脸被按进一池冷水中,同时内兜里的钱包也被摸走。零钱叮叮当当滚过瓷砖地面。

"我们迅速离开了小镇。"迈克尔带着虚张声势的语气说道,重温着他在酒馆里享受的那一幕:男人们疯狂地反抗,扬言要报复;而他们,这三个海盗,则带着战

---

① 等于 198.12 厘米。
② 出自英裔加拿大诗人罗伯特·威廉·塞维斯的诗《丹·麦克格鲁的枪击案》,后被改编成歌曲《危险的丹·麦克格鲁》,由汉克·斯诺演唱。

利品逃之夭夭了。

我们漫步走向那些马站立的地方,它们几乎一动不动,宛如马戏团的幻影。随后,它们开始朝我们走来,高昂着傲慢的头颅,充满好奇。当我们靠近时,那匹枣红马察觉到我是个陌生人,反复甩动着鬃毛,接着前蹄腾空跃起,迈克尔连忙发出"吁……吁"的安抚声,让它平静下来。它的肋腹闪闪发亮,龇着牙,呼出温热而急促的气息,眼珠滴溜溜地四处转动。他让我抚摸它,和它交朋友,但我退缩了。

"来吧。"他说着,拉起我的手放在它颈背的毛上。当我的手指滑过那块突起的骨节,沿着几乎不见肉的面颊向下,直至它宽阔的鼻孔和湿漉漉的粉色嘴唇时,我能感受到它的紧张不安。

"你做得很好。"他说道,但我的心却怦怦直跳,因为我想起了很久以前的马,那些夜晚在马厩里猛烈撞击木隔栏、嘶鸣着渴望自由的马。它们被压抑的能量是如此巨大,如此狂野,仿佛随时会破门而出。它们给我和母亲带来的恐惧,与对父亲的恐惧如出一辙,密不可分。

那晚,我们在戈韦尔的一家酒店用餐,宽敞的餐厅远不如一两年前热闹。几对出来过周五夜晚的年轻夫妇低声交谈着,摇曳的烛火让人恍若置身古老的教堂。多萝西低头看着酒杯里紫红色的沉淀物,突然哭了起来。

"我每次哭,都得哭上三回。"她说,试图用笑声掩饰自己的窘迫。

这与回归有关,永远渴望回归,就像动物那样,如同大象跋涉千里只为重返象语者曾居住的地方。

"我们回去是为了那声低语。"她说道,那梦寐以求的和解。

盛　宴

我去看了人生中第一部 3D 电影。戴上在鼻梁上略显笨重的眼镜，我坐定下来，不知会看到怎样的景象。片头字幕过后，突然，一条青草萋萋的小径径直朝我头颅穿行而来，惊得我几乎尖叫出声。我试图躲避，蜷缩进座椅，低头闪躲，可那条小径仍不断逼近，分岔迂回如同多年前乡间的无名小路——记忆与现实在此重叠。接着，嶙峋石柱拔地而起，巨大洞窟赫然显现——这正是沃纳·赫尔佐格[①]执导的《忘梦洞》。石柱、雕刻的野兽、马匹、野牛、犀牛接连穿透我的身体，涌入双眼，钻进口腔，侵入脑海，就像童年时代那般，所有景象都无从屏蔽。一个男人的身影，沃纳·赫尔佐格本人的，真切地在我肩头之上行走（虽未触及）。随后他头戴防护盔，手持火炬踏上一个平台。紧接着，又有九个或十个同样装

[①] 沃纳·赫尔佐格（1942—　），德国导演、演员、编剧，德国新浪潮领军人物之一。著名作品包括《阿基尔，上帝的愤怒》《生命的标记》《陆上行舟》等。《忘梦洞》是他首次用 3D 形式拍摄的纪录片。

束的人依次现身。我想离开,但这些身影与嶙峋岩壁却封锁了所有去路。

我想如果换个座位就能避开他们,但任何移动都太引人注目。我觉得,唯一能做的就是坚持看完。渐渐地,我跟自己说去看,去看墙上的奇观,那些几乎竖起的晶莹石笋,以及从三万年前凝视远方的人和兽的形象。一个女人从石壁的凸起处走出,喃喃自语——像个疯狂的卡珊德拉①,或是带来末日消息的母亲之一。实际上,那是沃纳考古队的一员,她正站在屏幕边缘,眼看就要掉下去。我伸出手去接住她。

幸好,情况有所缓解,电影场景转到了德国的某处洞穴外。一个身披驯鹿皮、脚踩驯鹿毛皮靴的男子站在斜坡上,突然,他的右靴径直朝我前额踢来。他弯腰拾起一支木笛,吹奏起《星条旗永不落》的几个音符——这旋律对我这个乐盲而言美妙得难以言喻,更抚平了那些深埋已久却意外被唤醒的恐惧。我想,我毕生所求,不过是找一个能倾诉恐惧的人,让囚禁已久的音乐得以流淌。

不久后,我们来到另一处洞穴。沃纳用他那令人昏昏欲睡的嗓音——我见过他几次,所以很熟悉——讲

---

① 古希腊神话中特洛伊的公主,阿波罗的祭司。因神蛇以舌为她洗耳或阿波罗的赐予而有预言能力,又因抗拒阿波罗而预言不被人相信。特洛伊战争后被阿伽门农俘虏,后遭克吕泰涅斯特拉杀害。

述着一个故事。他指着地上两组脚印，一男一女，问道，其中一人是怀着友谊，还是攻击之意追随另一人。随后他又提出，由于洞穴内部随时间变迁，这两组脚印可能相隔数千年。我倒抽一口冷气。我不愿这男人与女人相隔千年，我愿他们始终相伴。

我走上国王路时已是黄昏，正是暮色四合、混乱迷离的时分，恰如《荒原》中描写的"紫罗兰时刻"，只不过此刻天空呈现铅灰色，人们正匆匆进出附近的超市。我满脑子仍是那些洞穴，无法想象其中生活的情景，就像仰望几颗星星时，永远无法想象其外无垠的黑暗太空。

我拐进那些背街小巷——在伦敦生活五十年后，我已开始熟悉这些地方。经过一排排小房子，白天里它们是糖果般的粉红、翠绿和天蓝色；随后转入更僻静的街道，房屋退居深处，有些装着百叶窗。曾有一次，在这样的街道上，我写过几句诗：关于暮色中透过窗户望见屋内的灯盏、沙发、软凳、书籍，以及我多么渴望走进那些房间，融入那些生活——却忘了或许也有人会经过我的窗前，看见我那红色房间，生出同样的向往。但我从未考虑过这点，因我"无可救药地困在自己的盲屋之中"。

我走过三角形的绿地，那里有长椅，醉汉们时而坐着，时而呕吐。我常去买蛋糕和软糖寄给纽约朋友的食品店，窗台完全空荡荡的，只有中央架子上摆着一只小小的泰迪熊。

再往前走，一位女士拦住我，说希望我不要介意，只因我们是同乡，她想和我握个手。她是位退休护士，也住在本地。用她的话说，为了出门走走、避免忧郁，她报名参加了伦敦各地的徒步旅行团。这些团几乎不花钱，还能结识形形色色的人，包括那些迟迟无法从丧偶之痛中走出来的鳏夫。

不知出于什么特别的原因，她向我提起自己在都柏林有位富有的姑妈，名叫杰拉尔丁，住在福克斯罗克。每年春天，杰拉尔丁姑妈总会雷打不动地邀请她去巴伦国家公园，看从石灰岩板缝里钻出的野花。整片土地仿佛被花朵腌渍过似的——没错，就是腌渍——细茎上缀满花朵，白的、带斑点的、蓝的。最动人的当属龙胆花的蓝。她说从利斯敦瓦纳的一家酒店坐上轻便马车出发，一路走走停停，饱览这场色彩盛宴，实在是妙不可言。

"那种蓝。"她说着，仿佛整个人都融化在了蓝色里。那抹蓝，就像我在伊斯坦布尔清真寺内殿见过的，也像我们母亲和祖母往漂洗盆里倒的利洁时牌靛蓝染料——既能让亚麻布焕然一新，又添几分淡雅色调。她说，和杰拉尔丁姑妈乘马车旅行的妙处就在于，那些画面会永远烙在记忆里：蓝色的野花，被大西洋怒涛雕琢出的岩座，还有海岸边一条永远追着皮球跑的狗。

她随后提到，60年代时，她常在伦敦街头看到我——戴着华丽的长耳环，穿着拼色麂皮外套——想象我过着怎样精彩的生活。那时的"我"有太多版本：她眼中见过的那个我；与伊莎贝拉——那位高地占卜师——一起坐在古董集市垫子上的我，她的水晶球像木乃伊般裹着一层又一层布，我仿佛在德尔斐神谕前等待；还有那个始终未能克服游泳恐惧的我，尽管我曾在附近的公共浴池跟一位教练学习，他站在池边握着绳子让我紧抓，总相信我们在进步，即使事实并非如此。

在告别前，我提到刚看过《忘梦洞》。"画面很震撼吧？"她说。她昨天才看了这部电影。我说听到那些足迹的故事时感到伤感，两个人，或许相隔千年，永远无法相遇。"不是两个人，不是一男一女，而是一匹狼和一个孩子。"她轻声说道，仿佛不愿冒犯我。她的话如箭般击中了我，让我意识到，在那个黑暗的洞穴里，男人与女人分离的足迹唤醒了我心中一份如此强烈的爱——它虽未绽放，却也未曾消亡，就这样在隐秘的黑暗中生生不息。

我们即将分别，她说我们肯定还会再见，我说但愿如此。

"但我们现在住在这里了。"她说。

"是啊。"我应道，仿佛两个国家在我体内交战，推挤又和好，就像我分裂自我的两半。

回到家里，我打开了所有的灯，包括楼上房间里的那盏红灯，屋子里一点也不显得空荡，反而充满了光亮，仿佛一个为最后的盛宴准备就绪的房间。

致　谢

我本不愿写回忆录，但我的经纪人埃德·维克多热情高涨，最终成功说服我动笔。我误以为这会是一段轻松的旅程。安德鲁·奥黑根带我结识了费伯出版社，引荐了我的编辑李·布拉克史东——他与我的美国编辑帕特·斯特拉坎以巧妙的方式全程给予我帮助和鼓励。许多意想不到的人也伸出了援手，包括修女雷帕拉塔、伊恩·麦克莱恩、路易斯·哈迪、格拉萨·马尔克斯、娜迪亚·普劳迪安、莫妮克·亨利、卡丽-安妮·布拉克史东、艾玛·库珀、玛丽·莫里斯、大卫·麦基特里克、约翰·霍根、阿尔伯特·凯利、帕齐·麦加里、德斯·拉利、帕特里克·奥弗莱厄蒂、多萝西·克罗斯，以及罗若西·博若莱。在写作过程中，我阅读了大量回忆录，此刻浮现脑海的有托尔斯泰的《童年·少年·青年》；弗吉尼亚·伍尔夫的《存在的瞬间》；弗拉基米尔·纳博科夫的《说吧，记忆》；理查德·沃尔海姆的《萌芽》；菲利普·罗斯的《遗产》；鲍勃·迪伦的《编年史》；卡罗·盖布勒的《父亲与我》；

夏多布里昂的《墓畔回忆录》；伊丽莎白·哈德威克的《不眠之夜》；约翰·库尼《约翰·查尔斯·麦奎德》；约翰·瑞安的《回忆往昔》；莱昂内尔·弗莱明的《头颅或竖琴》；尤利克·奥康纳编纂的《帕特里克·坎贝尔精选集》；布莱恩·英格利斯的《小儿子》；英格玛·伯格曼的《魔灯》；大卫·麦基特里克的《理解麻烦》；西尔维娅·普拉斯的《家书》；安妮·塞克斯顿的《书信中的自画像》；乔治·蒙泰罗编辑的《与伊丽莎白·毕肖普的对话》；约翰·麦加恩的《回忆录》；丹尼斯·奥德里斯科尔采写的《踏脚石——谢默斯·希尼访谈录》；以及伊丽莎白·鲍恩的《鲍恩之家》。我担心，在专心写作的这些年中，我已忘记了一些曾激励过我的人和书。我还应该补充，我童年时期的那些重要人物为我提供了最丰富的素材，因此，我对生者和死者都深表感谢。

图书在版编目（CIP）数据

我无惧声名狼藉：埃德娜·奥布莱恩回忆录 /（爱尔兰）埃德娜·奥布莱恩著；李思璟译 . -- 北京：北京联合出版公司，2025.7. -- ISBN 978-7-5596-8463-9

Ⅰ．I562.55

中国国家版本馆 CIP 数据核字第 2025LM4860 号

Country Girl: A Memoir by Edna O'Brien
Copyright © 2012 by Edna O'Brien
Translation copyright © 2025, Ginkgo (Shanghai) Book Co.,Ltd.

本书中文简体版权归属于银杏树下（上海）图书有限责任公司
北京市版权局著作权合同登记 图字：01-2025-1355

我无惧声名狼藉：埃德娜·奥布莱恩回忆录

著　　者：［爱尔兰］埃德娜·奥布莱恩
译　　者：李思璟
出 品 人：赵红仕
选题策划：银杏树下
出版统筹：吴兴元
编辑统筹：尚　飞
责任编辑：龚　将
策划编辑：刘　君
营销推广：ONEBOOK
装帧制造：墨白空间·李易

北京联合出版公司出版
（北京市西城区德外大街 83 号楼 9 层　100088）
北京盛通印刷股份有限公司印刷　新华书店经销
字数 251 千字　880 毫米 ×1092 毫米　1/32　13.625 印张
2025 年 7 月第 1 版　2025 年 7 月第 1 次印刷
ISBN 978-7-5596-8463-9
定价：98.00 元

后浪出版咨询(北京)有限责任公司　版权所有，侵权必究
投诉信箱：editor@hinabook.com　　fawu@hinabook.com
未经书面许可，不得以任何方式转载、复制、翻印本书部分或全部内容
本书若有印、装质量问题，请与本公司联系调换，电话 010-64072833